講談社文庫

ローカル線で行こう！

真保裕一

講談社

目次

第一章　出発進行……7
第二章　カリスマー号列車……81
第三章　企画でGO!……155
第四章　駅舎炎上……221
第五章　緊急停車……291
第六章　減速信号……363
第七章　線路よ続け、いつまでも……441
解説　大矢博子……548

ローカル線で行こう！

第一章　出発進行

1

ぷあん、と呑気《のんき》な警笛を響かせて、二両編成の古めかしい列車が動きだした。高原の山並みへ向けて、派手なオレンジ色に塗《ぬ》られた車体が出発する。

その車内は、まるで老人団体の貸し切りだった。

平均年齢は七十歳を超える。過疎《かそ》と高齢化が進む沿線の人口比率をはるかにしのぐ偏《かたよ》り具合である。しかも、ほとんどが病気持ちだ。

「お早うございます。はい、そこ。階段がありますから、気をつけてくださいよ」

広くもないホームに、ざっと二十人もの老人がひしめいている。スローモーションのようにのそのそと歩くお年寄りを見回して、鵜沢哲夫《うざわてつお》は毎日決まった呼びかけをくり返す。

朝のささやかなラッシュがひと段落すると、もりはら鉄道は、病院通いの老人専用列車へ一変する。若い世代はほぼマイカーを持ち、運転のできないお年寄りが昼間のお得意さんなのだから仕方なかった。

「あ、押さないでくださいね。ゆっくりでいいですから。はい、手すりにつかまって」

この原坂《はらさか》駅の近くには、市民病院のほか、整形外科に眼科と皮膚科、歯科医院がある。哲夫が出向してくる前には、たった八段しかない階段で将棋倒しの惨劇が起こり、骨折者を出している。以来、老人ラッシュのピーク時には社員がホームに立つ決まりとなった。

沿線十七駅のうち、駅員がいるのは三つのみ。そのうちのひとつで、本社も置かれた旗艦《きかん》駅なのだが、ここの駅長は改札から動こうとしない。

今日も苦み走った仏頂面《ぶっちょうづら》を変えず、井上郁夫《いのうえいくお》はただ黙々と立っている。JRからの横すべり組。通称、大魔神。赤字ローカル線を体現する古参の一人だ。

無遅刻無欠勤で、決められた仕事のほかは何もしない。無難に一日をすごせばいい。向上心のかけらもない。

こういう生き方を恥と思わない者が、地方のお役所にもよく居座っている。

哲夫は置物でしかない駅長から目をそらした。つぼみをほころばせる桜並木の間を、オレンジ色の車体が小さくなっていく。

新潟《にいがた》トランシス社製のディーゼル式軽快気動車、M五〇〇系。最高時速は百キロを誇る。が、安全性を確保するため——その実、レールやブレーキの摩耗《まもう》を嫌って——最大速度を四十キロに抑えての運行が続く。これぞ宝の持ち腐れだ。

JR森中《もりなか》線が廃止となり、第三セクターもりはら鉄道に引きつがれる際、転換交付金が国から補助された。路線一キロ当たり三千万円。総延長は四十二キロなので、十二億六千万円。

その貴重な資金で新型気動車を八両も買いつけたのだから、何たる大盤《おおばん》振《ぶ》る舞《ま》いなのか。展望なしの、どんぶり勘定。破綻《はたん》の道をひた走る地方自治体にふさわしき第三セクター鉄道だった。

「アンチァン。いっづも、ありがとさんよ」

今日も金歯を光らせた老婆が屈託《くったく》ない笑いを投げかけてくれる。

「いえいえ。お気をつけてお通りください」

よたよた歩く老人に日々手を貸し、自分は何をしているのかと嘆《なげ》きたくなる。仙台《せんだい》に帰ってくるんじゃなかった。母に泣きつかれて、宮城《みやぎ》県庁のI種試験を受けた自分が馬鹿だったのだ。

幸運にも合格できた。幹部職としての道が拓《ひら》けた。東京でも就活《しゅうかつ》はしたが、内定をもらえたのは、一部上場でも地方では名を知られていない中堅機械メーカーだった。

「帰っておいでよ。県庁のお役人ったって、出世が約束されてる幹部職なんだろ。あたしのひざの具合も悪いし。親戚もみんな喜んでくれてるよ」

母にしてみれば、一世一代の名演技だった。名のある企業から内定がもらえず、それがもとで当時つき合っていた彼女にも振られ、半ばやけになって地元へのUターンを決めた。

ところが――いざ帰ってみると、母は市民マラソン大会に出るほどの健康体だった。親戚は誰一人として就職祝いをくれなかった。折からの不況のせいもあり、同期の入庁組は名門大卒のエリートぞろいだった。約束された出世にも暗雲が垂れ込めた。

それでも懸命に働いてきた。予算の資料を作るため、残業代もなく県庁に連泊した。どさ回りと呼ばれる田舎《いなか》の出張所も無事に勤め上げた。歳上ばかりの部下に気を遣い、名士気取りの村議と渡り合い、胃薬を心の支えに規定の三年を乗り切った。

三十歳を目前にしてようやく県庁に戻され、商工経営支援課の課長代理になったのも束《つか》の間、県下最大のお荷物と言われる赤字ローカル線への出向だった。

「おれが何をしたって言うんだよ！」

哲夫は、同期組が開いてくれた送別会の席で、荒れた。

期待の裏返しだよ。副社長なんて羨《うらや》ましい。会社を任せてもらえるなんて貴重な経験じゃないか。同期のやつらは慰《なぐさ》めてくれた。が、どいつの目もしたたかに笑っていた。

こいつは出世争いから消えた。下手に張り切って田舎で活躍するからだ。出る釘は打たれて、使いやすい駒《こま》に利用される。まあ、頑張ってくれ。声なき声に笑われている気がした。

県からの出向者は、哲夫一人。若い社員もいるにはいたが、五十八人の全社員のうち、八割方はまたも歳上の部下だった。

廃止への見通しをつけるために送られてきた破産管財人。そう見られているため、社員はまともに挨拶すらしてくれない。笑顔で「お早う」と声をかけてくれるのは、この時間帯に乗り降りする老人だけだ。

「あんだ、独り身だって？　更級屋《さらしなや》のセイキっちぁんから聞いだけど、本当かえ」

田舎のお年寄りは地獄耳だ。噂話しか趣味がないため、驚くべき情報網を持つ。病院の待合室を、ただですごせる老人休憩所と信じる者ばかりなのだ。

「本郷《ほんごう》のタナミさん、知ってっちゃろが？　あんとこの孫娘、まだ独りなんだと」

知るもんか。本郷がどこの町かも聞いたことはない。

「ウメさん、ありゃダメだっちゃ。エモトの三男坊とできちょるって話があんでな」

「あっちゃー。手の早いこった」

「そういや、エモトも手が早かったっけか」

「今もちょくちょく悪さしてるらしいぞ」

入れ歯が飛び出そうなほどの豪快な笑い声がホームに弾《はじ》けた。

はいはい、おらが村の噂話は外でやってくださいな。あんたらがホームにいたんじゃ、こっちは仕事に戻れないのだ。今日は本社で役員会を兼ねた臨時の株主総会が開かれている。その決着いかんでは、こちらの身の振り方にも影響が出る。

苛立《いらだ》つ本音を胸に閉じ込め、哲夫は後ろを振り返った。視界の端に、見かけない影がちらついたのだ。

目を疑った。

ドクダミの生《お》い茂る地に一匹の蝶《ちょう》が迷い込んだかのごとく、若い女が一人、ホームの先に立っていた。

ピンクがかったベージュのハーフコート。品のいいダークブラウンに染めた縦ロールの髪。焦《こ》げ茶のケリーバッグ。いや、どうせよく似たまがい物だろう。こんな田舎に、高級ブランドのバッグを持つ女がいるわけもない。よく見ると、パンプスの上に伸びたふくらはぎが、スポーツ選手並みにたくましかった。

イモだ。後ろ姿なので若い女と早合点《はやがてん》したが、若作りしたおばさんに決まっている。

「あんだも気になるかえ？　ここらじゃ見んからねえ、あんなべっぴんさんは」

老婆の一人が馴れ馴れしく擦《す》り寄ってきた。

「ありゃ、セールスじゃねえな。バーの借金を取り立てるため、男を追いかけて来たんかもな」

「みっちゃん、あんたも苦労したっちゃな、旦那には」

つられて笑うわけにもいかず、哲夫は聞こえなかったふりをして、ホームに立つ女を盗み見た。それにしても……。

女の姿は、完璧なまでに単線ローカル線の長閑《のどか》すぎる駅の風景から浮いていた。近くには市役所もあり、この原坂駅の周辺は、沿線最多の住民を持つ。が、市町村合併の大号令に合わせて、無理やり五万人を集めようと、近場の五町村が大急ぎでスクラムを組んで市に昇格したばかりだった。駅から二キロも行けば、田圃《たんぼ》と畑ばかり。旅行者が訪れたくなる観光スポットはない。保険のセールスレディだって、車がなければ不便極まりない地だ。

しかも女は、誰もいなくなったホームの端で、横に立つ薄汚いビルをなぜか見上げていた。築三十五年を超える、もりはら鉄道の本社ビルだ。

ホームの反対側には、駅前のささやかなロータリーが開け、少しは見通しが利く。

ぞろぞろとアヒルの行列ばりに病院通いの老人たちが歩いていく。その流れに背を向け、何を好きこのんで薄汚れた壁を眺めているのか。

さらに、謎はあった。今の列車で到着したのなら、終点の森中駅方面から来たはずで、東北本線からの乗り継ぎ客ではない。

森中町は、かつて炭鉱町として栄えた。戦後はセメント工場もでき、一時は八万人を超える人口を誇った。が、炭鉱は四十年も前に廃山。頼みの綱のセメント工場も十二年前に閉鎖された。町内に七つの駅はあるが、住民以外に乗り降りする客はほとんどいない。

若作りのおばさんがマイカーを修理に出してしまい、やむなく鉄道で市民病院まで来たのならうなずける。が、女はなぜか一人でホームに立ち続けている。

さては、変わり種の〝鉄子《てっこ》〟か。

近ごろは、ローカル線巡りを楽しむ奇特な鉄道ファンがいた。その手の客目当てに、もりはら鉄道でもイベント列車を走らせている。終点までの往復チケットに、弁当とお茶をセットにした安易な企画だ。申し訳ばかりのラッピングを施した列車も走らせ、カメラを手にした鉄男《てつお》や鉄子が訪れることも時にはあった。

が、女は一眼レフカメラを持ってはいない。偽のケリーバッグを抱えた鉄子など、もとよりいるはずもなかった。

まあ、おかしな客は、どこにでもいる。

哲夫は老婆たちに続いて改札へ歩いた。挙動不審者というわけではないのだ。早く仕事に戻ったほうがいい。赤字で悲鳴を上げるバランスシートのチェックという、高等数学を駆使しても解決できない難問が待っている。

大魔神は無表情のまま改札にまだ立っていた。客を見送ったあとは駅の掃除に取りかかる。十二分後に今度は下り列車が到着する。それまでの暇つぶしだ。

「では、あとはお願いします」

哲夫が声をかけても、大魔神は見向きもしない。はいよ、と今日は返事をもらえただけましだった。ベテランの施設主任などは、新たな首切りを命じに来た役人と見て、真っ向から睨《にら》むような目をぶつけてくる。

その逆に、人員整理のリストに載せられたくないと、歳下の哲夫にお追従《ついしょう》の笑みを向ける社員もいる。面倒なこと、このうえない。

改札の前で左に折れて線路を渡ると、本社ビルの通用口がある。

もとはJR森中運転区の運輸本部庁舎だった。第三セクターへの移行とともに、無償譲渡された施設を本社ビルとして使っていた。

もりはら鉄道の資本金は、五億円。持ち株比率は宮城県が最も多く、三十六パーセントを占める。次が合併した原坂市で、二十パーセント。終着駅のある森中町が十。

あとの三十四パーセントが民間企業と、ひと握りの個人株主という割合だった。

昨年の赤字は二億円を超える。運賃収入は、ざっと四億八千万円。百円の運賃を稼ぐため、四十二円を余計に使っている。

国からの交付金十二億六千万円は、とっくに底をついた。

第三セクターへ移行する時に、県と周辺町村が三十億円もの資金を出し合い、経営安定基金を作った。ところが、バブルは弾けて低金利時代となり、悲しいかな運用益は出なくなった。今や基金を取り崩して赤字を補塡《ほてん》する日々。ついに残金も一億を切ろうとしている。

年間赤字が二億なのだから、あと一年しか持たない勘定だ。

当初は社員百余名を有したが、やむにやまれぬリストラを断行し、五十八名という少数精鋭にまで人件費を削った。二十分に一本だった列車も、朝夕のラッシュ時をのぞいて一時間に一本へと間引きした。もう削れるところは、ない。

さらに、沿線人口二十一万人は、この四半世紀でほぼ半減した。もりはら鉄道に、もはや明日はなかった。

あとは、いつ決断するか。その見極めに、県は人件費持ちで一人の幹部職員——鵜沢哲夫を送り込んだ。もりはら鉄道の瘦《や》せ細った首に鎌の刃を振り下ろす死神。そう思われている。

事実は違った。おまえの力で赤字を少しは減らせるか、と上司からは言われていた。中へ入って数字を見るにつけ、頭を抱えた。副社長という要職でも、気の重い仕事だった。

通用口のドアを開け、暗い階段を上がる。経費削減のためにエレベーターは停まっている。

階段の窓からは原坂駅の殺風景なホームが見下ろせた。あの女はどうしたろうか。思い立って足を止めた。

女の姿はホームから消えていた。そりゃそうだ。吹きさらしのホームにたたずんでいても意味はない。

歩きだそうとしたところで、哲夫はまた窓に向き直った。

女がいたのだ。ピンクがかったコートが、寂《さび》れたロータリーからシャッター通りとなった商店街のほうへ歩いていく。改札を出て、駅を回り込もうとしている。

「あれ……」

女が県道の踏切前で立ち止まった。若作りしたおばさんではなかった。

哲夫より少し下かもしれない。せいぜい三十すぎ。遠目に目鼻立ちはそこそこ整って見える。老婆たちがべっぴんと言ったのも、いくらかうなずけた。

「え……？」

思わず声が出た。女が踏切の中へ歩き、線路の真ん中で足を止めたのだった。

もりはら鉄道は単線だ。が、ＪＲ時代からこの原坂駅の北西には車両基地が作られ、そこに続く引き込み線が延びている。女は西側へふたつに分かれた線路のほうをじっと眺めたまま動こうとしない。

「おいおい、何してるんだよ……」

まもなく下り列車が通りかかる。腕時計を確認した。あと二分。知ってか知らずか、女はまだ踏切の中で立ったままだ。

若い女の一人旅。寂れた駅のホームにたたずみ、踏切で立ち止まる……。

嫌な予感が胸をよぎった。哲夫は階段を二段飛ばしに駆け下りた。通用口を出て、線路を横切る。大魔神が掃除の手を止めて何事かと振り返ったが、見向きもせずに改札を抜けた。

「もうすぐ列車が来ますよ！」

走りながら呼びかけた。それでも女は動かなかった。じっと引き込み線の先を見ながら立ったままだ。

「危ない。何してるんだ！」

踏切の警報機が鳴りだした。赤いランプが点滅し、オレンジ色の車体が遠く見えてきた。

目の前の県道でライトバンが停まる。遮断機《しゃだんき》が下り始めた踏切に、哲夫は駆け入った。

すると——女が動いた。走り寄る哲夫から逃げでもするように、早足で移動を始めた。

哲夫は女を追いかけて踏切の外へ出ると、その腕をつかんで引き止めた。

「何するのよ！」

女が挑むような目をぶつけてきた。肌に多少の荒れはあったが、化粧はかなり手慣れている。睨む目には力があり、焦点も定まっていた。

「危ないじゃないか」

叱《しか》りつける哲夫の後ろを、これ以上はないほどスピードを落とした列車が、のそのそと通りすぎていった。乗客に年寄りが多いため、急ブレーキは厳禁なのだ。

「危ないわけないでしょ。こんなトロい列車に誰が轢《ひ》かれるもんですか」

女は馬鹿馬鹿しいと言いたげに、縦ロールの髪を振った。

確かにそのとおりだ。遮断機が下りてこようと、老婆でも楽に逃げられただろう。

「じゃあ何をしてたんですか。踏切の中で立ち止まらないでください」

「あら……」

女がにわかに目を見開いた。細く整えられた眉《まゆ》が跳ねて、一歩下がるなり、哲夫の足元から見上げていった。低くはない鼻ととがったあごのラインを誇るかのように突き上げて言う。

「もりはら鉄道の職員ね、君」

君という呼びかけが、上からの物言いに聞こえた。

なぜこんな女に、君呼ばわりされなくてはならないのだ。

「そうですよ。だから、注意しに飛んできたんだ。事故があっちゃ困りますから」

「ここの駅長は、さっきの無愛想《ぶあいそう》な大魔神みたいな人でしょ。てことは、君はサポート役よね。どこの部署かしら」

「ぼくの部署がどうだっていうんです」

「あ――」

鼻先に、真っ赤なマニキュアを塗った人差し指を突きつけられた。

「もしかして、副社長になる鵜沢君？」

言い当てられて、哲夫は一歩身を引いた。

もりはら鉄道によほど詳しい鉄子か。しかし、いくらこの鉄道に親しみを覚えていようと、副社長の要職にある者を君づけで呼ぶとは思いにくい。

「だって、スーツも靴も腕時計もブランド物でしょ。もりはら鉄道の安い給料で、ここまで頑張る人ってほかに考えられないもの」

頑張る——だと？

歳の若さから甘く思われるのが嫌で、哲夫は身形《みなり》に隙が出ないよう心がけてきた。その気負いを見下されたように感じられた。

「そっか。副社長自らホームに立ってたわけか。感心、感心。ま、そうでもして少しはやる気のあるとこ見せないと、県からの出向だもの、社員に恨《うら》まれるわよね」

女は、ずけずけと社内事情について論評を下した。ここまで事情通だと、ただの鉄道ファンではありえなかった。

「あ——銀行の人でしたか？」

素早く予測をつけて、哲夫は口調を変えた。地元のこだま銀行も六パーセントの株式を持っている。強引なリストラ策を押し進め、社員との軋轢《あつれき》を残したうえで去っていった前社長は、その銀行の元幹部だった。

多少の経費削減には成功した。が、社内の空気をシベリア鉄道より冷たくしたあげく、その改善策をひとつも取らぬ間に、前社長は胃に穴が空いて入院する事態となった。社員による無抵抗無反応という、マハトマ・ガンジーも真っ青な社長いじめが、ねちねちと続けられた結果だ。おまえも気をつけろよ。哲夫もそう上司から忠告を受けてきたのだった。

「あれ。会長から何も聞いてないわけ？」

女が拍子抜けしたように首をかたむけた。

「会長って……」

「決まってるでしょ。もりはら鉄道の代表取締役会長よ」

今の会長は、森中町長の五木田陽造《いつきだようぞう》だった。実務を束《たば》ねる社長には、県のOBや銀行幹部が代々就《つ》いてきたが、会長職は地元自治体首長による持ち回りになっていた。

「あ、そうか！」

大声で言うなり、女がいきなり左フックを見舞ってきた。哲夫はとっさにスウェーしてよけた。が、パンチではなかった。女は左手の腕時計を顔の前に猛然とくり出したのだ。見るとはなしにのぞくと、キティの絵が入った安っぽい腕時計だった。

「株主総会はまだ始まったばかりだものね」

またも社内事情を語り、女が妖《あや》しげに微笑《ほほえ》んだ。

事実、九時から本社の会議室で臨時の株主総会が開かれている。まだ正式な副社長となっておらず、代表権を持たない哲夫は、通常業務を命じられた。

参加メンバーは十一名。会長の五木田陽造。株式を持つ宮城県からは、副知事と経済商工観光部長。原坂市長の堀井信丈《ほりいのぶたけ》。

会社側の常勤取締役が二名。一人が県職員のOBで、財務部長を兼任するもう一人の副社長、小野塚邦昭《おのづかくにあき》。残る一人がJRからの転職組の運輸部長、岩本道雄《いわもとみちお》。

監査役も務めるこだま銀行ともりはら信用金庫の代表者が二名ずつ。民間代表として、六パーセントの株式を持つ地元の建設会社社長、飛高仁三郎《ひだかじんざぶろう》。

経営幹部が一堂に顔をそろえ、次の社長に誰を据えるかを話し合っていた。ついでに、哲夫の副社長就任も承認される運びだった。

社内秘とも言える内部事情を知る女……。

何者なのだ、こいつは。

疑問を抱きながら女を見つめていると、新たに到着した老人たちが改札から次々と出てきた。

「あんら、ナンパかいな、駅員さんよ」

「見かけんお嬢さんだっちゃね」

「まあ、べっぴんさんじゃの」

「皆さん、お気をつけくださいね。どうぞお帰りも、もりはら鉄道をご利用くださ い」

女が笑顔になって呼びかけている。哲夫は驚き、見事な作り笑いに目を奪われた。まるで社員のような言い方を、なぜこの女がするのか。

老婆の群れに手を振って見送ると、女は作り笑いを消して哲夫を見た。

「仕方ないわね。社内で待ってましょうか」

そう言うなり、ヒールの音を立てて歩きだした。

哲夫は出入り業者を思い浮かべた。まだ出向して二週間で、顔に覚えのある者は少ない。たとえ取引先の者でも、この無遠慮さは礼儀を失している。

「おい、社内で待つって、どういうことだよ」

哲夫が追いかけると、女のバッグの中で携帯電話が鳴った。見ると、偽物ではなく、本物のケリーバッグだった。コートの下は同じ色味のスーツを着ている。

「はい、シノミヤでーす。……あら、そうなんですか。いいえ、会長。わたしはちっともかまいませんわよ。はい、皆さんの前でご紹介いただいたほうが、わたしの人となりをご理解いただけると思いますもの。……ええ、実は今、新副社長の鵜沢君と一緒なんです。驚きましたぁ？」

哲夫は名前を出されて息を呑んだ。馴れ馴れしく〝会長〟と呼びかけている。どう考えても、五木田陽造町長からの電話だとしか思えなかった。

客からの誘いを軽くあしらうキャバクラ嬢のような親しさだった。会長職にある地元の町長と笑い合うこの女――。

「はい。では今すぐそちらにうかがいます」

携帯電話をたたむと、シノミヤという女はにっこりと微笑んだ。左の頰《ほお》に、指でついたような笑窪《えくぼ》が浮かんだ。

「今すぐ会議室に案内してくださるかしらね、鵜沢君」

2

ドアを開けると、会議室の冷ややかな空気が一気に身を包んだ。

四月のこの時期、原坂市の朝の空気は冷え込んでいる。が、ドアの向こうで待ち受ける男たちの視線と顔は、バナナで釘が打てるくらいに凍りついたものに感じられた。

哲夫の上司でもある副知事はもちろん、銀行関係者に原坂市長、飛高建設の社長にいたるまで、品定めしてやろうと意気込む目を向けていた。

そんな中、一人だけ孫娘を愛《め》でるように微笑む初老の男が中央の席にいた。革張りの椅子にちょこんと座る姿は、隣の飛高社長の体軀と比べてあまりに小柄で、まるで腹話術の人形みたいに見える。代表取締役会長の五木田陽造だった。

彼は、この周辺市町村に五つのスーパーマーケットとふたつのホームセンターを展開する実業家でもあった。店を統轄する五木田物産は、もりはら鉄道の株式を四パーセント持つ。五木田は町のトップであり、株を持つ民間経営者の代表でもあるのだった。

「さあ、入って。皆さんにご挨拶なさい」

五木田がにこやかに言って手招きをした。

哲夫は、男たちの冷ややかな視線を浴びて汗が脇を伝った。品定めというより、被告の入廷を待つ被害者の親族を思わせる目つきだった。

ところが、篠宮亜佐美《しのみやあさみ》と名乗った女は胸をそらすような姿勢のよさで進み出た。シヨーのランウェイを闊歩《かっぽ》する一流モデルを思わせる自信に満ちた歩き方だった。哲夫も負けじと背筋を伸ばし、遅れてあとに続いた。

篠宮亜佐美はコートとケリーバッグを片手に歩むと、右足を前に突き出した通称コンパニオン立ちになり、堂々たる身ごなしで男たちを見回した。

「五木田会長からご紹介にあずかりました篠宮亜佐美です。よろしくお願いいたします」

わずかに語尾を伸ばした甘ったるい口調で言い、楚々《そそ》として頭を下げた。

今時の若い女で、これほど綺麗な礼を見せるのは、厳しく指導を受けてきたコンパニオンぐらいしか思いつかない。手慣れた化粧も、それで納得ができる。

冷ややかだった男たちの目と顔つきが変わった。猫騙《ねこだま》しを食らったように身を引いた者が四名。哲夫の上司たちと鉄道側の役員だ。嘆《なげ》くように首を振り、顔を見合わせた者がやはり四名――こちらは銀行と信用金庫の代表者である。そして飛高建設の社長が横の五木田を茫然《ぼうぜん》と見た。堀井市長は天を仰ぐなり、口の中でぶつぶつと何か言いだしている。

哲夫も名乗りを上げたが、反応はなし。

掌《てのひら》に湧《わ》いた汗を、そっとズボンにすりつけた。今日の議題は、次の社長を決めることだった。

嘘だろ、おい……。

「五木田会長。このようなとんでもない人事を認めたら、わたしたちは沿線住民からそっぽを向かれますよ」

銀行の男が眼鏡《めがね》を押し上げながら言った。こだま銀行の副頭取だ。

横で天を仰いでいた堀井市長が視線を戻して言った。

「これは、あんまりだ。大胆を通り越して、茶番になってしまう」

信用金庫の責任者も吐息をついて、追随《ついずい》した。

「五木田さんの言わんとすることは、わかりますよ。しかし……いくら彼女が森中町の出身とはいえ、多くの人が納得してくれるとは、とても思えませんね」

「いやいや、待ってください、皆さん」

元力士のような体格の飛高社長が、分厚い掌を大きく横に広げた。苦笑が口元に張りつき、面白半分のような顔になっている。

「五木田さんは、よくお考えなんでしょう。ほら、客寄せパンダと言うじゃないですか。大々的に発表すれば、マスコミは喜んで飛びついてきますよ。少しは鉄道マニアの集客につながるかもしれない」

「なるほど。知名度と注目度が高まれば、沿線住民のほかにも、もりはら鉄道に乗ってみようと思う者が増えるという計算ですか。新社長自らイベント列車のコンパニオンでも務めれば、少しは話題にもなる……」

副知事の矢島栄一《やじまえいいち》が、期待薄の口調で発言した。

すると、好々爺《こうこうや》の笑みを保っていた五木田が真顔で首を横に振った。

「誤解しないでください、皆さん。わたしは篠宮君を客寄せパンダとしてスカウトしようと考えたわけではありません」

嫌な予感が的中し、哲夫は背筋が伸びた。男たちの戸惑《とまど》う様を、じっと黙して眺める篠宮亜佐美の横顔に目が吸い寄せられる。

「先ほども資料を添えて話したように、彼女は同僚からカリスマと呼ばれるほどの売上を誇るアテンダントなんです。一日二十万円の売上があれば一人前と言われる中、彼女は一人で五十万円を超える数字をたたき出してきた。そこには、客のニーズを見抜く眼力と、彼女なりの経営戦略があったからと言えるでしょう」

「ええ、数字は見ました。確かに驚くべき売上です。彼女の影響力もあるんでしょうか、同じ営業所のスタッフも不況を吹き飛ばすほどの数字を出すようになってきている。しかし、しょせんは新幹線の売り子じゃないですか」

銀行の副頭取が辛辣《しんらつ》な物言いをした。新幹線のアテンダントを見下した言い方だった。そこには男の本音もまじっている。若い女風情《おんなふぜい》に何ができるのだ、と。

篠宮は笑顔を変えない。それどころか、いかにもと言いたげにうなずいている。

哲夫も正直、呆気《あっけ》に取られた。

新幹線の売り子とは……。何かの冗談なのか。頼みの綱の交付金と基金を食いつぶし、ついに五木田会長は血迷ったらしい。

銀行側は攻撃の手をゆるめなかった。

「彼女に、資本金五億円もの企業のバランスシートが読めますか。キャッシュ・フローの正確な意味さえ知っているかどうか怪しいでしょうね。減価償却の算出法など、まず知らないはずだ」

「当たり前じゃないか。それは、鵜沢君の仕事だ。そうですよね、矢島副知事」

急に名指しされて、哲夫は仰天した。

二人の上司は、手にした資料を意味もなく持ち直している。返事がないのを肯定と解釈したらしく、五木田が満面の笑みに戻った。

「篠宮君は何より故郷を大切に思っているし、地元の鉄道を愛してもいる。そして、お客の期待に応えるすべを知ってもいる」

　いかにも田舎の老人が好みそうな精神論だった。

　町と鉄道を愛するがゆえに社長が務まるなら、列車通学する地元の高校生にも適任者が見つかりそうだ。卒業後も鉄道が残るようにと、彼らは支援のファンクラブを結成した。町民の中にも、駅に花壇を広げようというボランティアがいた。

　だが、切符の売上という小さな数字の積み重ねである鉄道経営と、沿線の切なる思いは別次元の話だ。精神論が通用するほど甘くはない。

　会長職にあり、細かな数字の報告を受けている町長が、何たる子どもじみた夢を語るのか。

　田舎の経営者は、都会の熾烈《しれつ》な生存競争を知らない。国と県からの交付金に頼れば、仕事は天から下りてくる。地方のぬるま湯にひたりきった政治家の限界を見る思いだった。

「皆さんが銀行での経歴をたくましく思い、こぞって賛成した前社長は、数字を見るばかりで、お客の顔をまったく見てこなかった。でも、彼女は違う。新幹線で毎日乗客と触れ合い、自分の手でひとつずつ商品を売ってきた。我々もりはら鉄道に足りないものを、彼女なら必ず見つけ、手直しをしていってくれる」

　五木田の熱弁が終わると、手を上げる者がいた。哲夫の直属の上司、経済商工観光部長の陣野《じんの》尚彦《なおひこ》だった。

「小野塚さん。あなたは会長の提案に納得されているのですかね」

陣野が矛先《ほこさき》を向けたのは、県庁職員の先輩でもある財務部長だった。

小野塚邦昭はもりはら鉄道に出向し、そのまま転職した。子どもの喘息《ぜんそく》を治すために田舎暮らしを選んだのだという。その子も今では二十歳《はたち》をすぎ、東京の大学に通っているらしい。

名指しされた小野塚が、運輸部長の岩本と顔を見合わせた。二人の眉には明らかな困惑《こんわく》が浮かんでいた。納得などできるはずはない。だが、社員の一人として、会長に面と向かって逆らうわけにもいかない。

「会長の発案には驚かされましたが、一面の理もあるような気がしております」

「我々としては、安全運行第一の姿勢を変えず、踏ん張るのみです」

小野塚が無難な感想を口にし、岩本が言わずもがなの言葉をつけ足した。社長が誰に決まろうと、譲《ゆず》れないものはある。そういう意思表明もふくまれていそうだった。

大規模なリストラを断行した前社長に立ち向かい、社員の権利を守ったとの自負があるのだ。JR時代には組合運動を束ねていたという噂も聞いた。

「面白い。いいじゃないですか、五木田さん。どこかのローカル線じゃ、猫の駅長が話題になってたはずですしね」

飛高が肩を揺すり上げ、また面白がるように言った。

「このままでは早晩、もりはら鉄道は行きづまる。廃線になるかどうかの瀬戸際なんだ。打てる手は、すべて打ってみるに限りますよ、ねえ」

本気で言っているとは思えなかった。お手並み拝見。猫よりはまし。世間の注目を集められるぶん、まだいくらか助かる。

「待ってください。素人の女性に経営を任せるなんて、うちとしては絶対に認められません」

銀行の副頭取が語気を強めた。前社長の改革が失敗したのは、社員の無理解が理由なのだ。ここで方針転換を安易に認めたのでは銀行の沽券《こけん》に関わる。役所でもよく見られるメンツ優先の意見だった。

「何かあれば、誰が責任を取るんですか。五木田町長が住民を説得して、町の予算から資金を捻出《ねんしゅつ》していただけるわけですかね。それとも責任を取って辞職もやむなし、と言われるおつもりでしょうか」

「町に鉄道が残るというのなら、わたしはいつでも首を差し出す覚悟でいる」

五木田は迷いなく言った。堀井市長のほうは、我関せずと頬の肉を指先でつまんでいる。三者三様。立つ位置によって、人の意見は変わる。

副頭取の視線が県の職員に向けられた。

「最大株主である県はどうお考えです？　経営安定基金がゼロになった際には、新たな資金援助をしていただけるのでしょうか」

副知事に目でうながされて、陣野が素《そ》っ気《け》なく応じた。

「すでに県は、十八億円という資金を県民の貴重な予算の中から捻出しております。黒字化への展望があるならまだしも、昨今の状況下では、大変厳しいと言わざるをえません」

「そうでしょうとも。県のお考えはわかります。そこで――わたしどもは来るべきその時に備えて、所有資産の評価額を細かく算出し直すべき、と提案します」

このまま赤字が続けば、もりはら鉄道は破綻《はたん》する。人件費の補償を県や自治体が被るのならいいが、こちらにまで皺寄《しわよ》せがくるのではたまらない。そうなる前に、潔《いさぎよ》い撤退を視野に入れるべき。現金の出入りしか見ない銀行らしい主張だ。

県としても、これ以上の援助は難しい。が、沿線の票を期待する地元の議員が、断固として鉄道の存続を唱《とな》えているとの現状がある。素人社長を据えるぐらいなら、赤字分を自治体で補填していく気だろうな。そう銀行側は確認しておきたいのだ。

「ちょっとよろしいでしょうか」

成り行きを見ていた篠宮が、元気よく発言する小学生のように高々と手を上げた。男たちの、まだいたのか、と言いたげな視線が集まる。

冷淡な態度を気にしたふうもなく、篠宮が一歩前に出た。

「鉄道がなくなれば、より過疎化は進む。当然の常識として、皆さんご承知ですよね」

言われるまでもなかった。鉄道が赤字ならば、バス輸送に切り替えればいい。そう簡単にいくものではないのだ。

鉄道は、運行ダイヤが決められている。バスの到着時刻は、道路事情に左右される。鉄道の駅には待合室がある。バスの停留所は、道端の吹きさらしで屋根もない。廃線まで鉄道を利用してきた者も、バスを見限ってマイカーに鞍替《くらが》えする。よって幹線道路は栄えるが、駅前商店街は壊滅する。商店街が消えれば、車がないと生活できなくなり、人々はより利便性を求めて都会へ向かう。田舎にとって、果てしない負のスパイラルが続く。

「では、ここで質問です」

篠宮が急に明るく言って男たちを見回した。

何の余興だと、眉を寄せる者がある。五木田一人が自慢の孫娘を見やる目で笑っていた。

「今日ここまで、もりはら鉄道を利用して来たかたは、手を上げてください。はい！」

自らが率先して手を上げ、また彼女は男たちを見渡した。

手を上げたのは、五木田一人だった。

「あ――この本社の近くに住んでる堀井市長さんと飛高さんは、もちろん車ですよね。ほかの方々も、五木田会長をのぞいて、すべて車で来られたわけですね」

男たちが顔色をうかがいながら、不承不承《ふしようぶしよう》といった面《おも》持ちでうなずき返した。

「もりはら鉄道の売上が低迷している。皆さん、ご承知ですよね。でも、鉄道を利用してここまで来ようという発想は浮かばなかった。もしかしたら私用でもほとんど利用なさったこと、ないんじゃありませんか？」

ここに集まる者たちは株主だ。社員ならば、自社路線は乗り放題との特典がある。が、赤字第三セクターに株主優待の規定はなかった。利用するには、株主でも運賃を払う必要がある。

「何を言いたいんだね」

銀行の副頭取が眼鏡を揺すり、信用金庫の担当者も不満顔で続いた。

「我々は忙しいんだ。ほかにも回らなきゃならないところがある」

「一時間に一本しかない鉄道が、仕事に使えると思うのかね」

こういう時、県の職員は黙っている。二人ともに話の先行きを読んでいる顔だった。さすがに立ち回りはうまい。

篠宮があくまで笑顔を絶やさずに言う。

「この沿線には、桜の名所もあれば、藤棚《ふじだな》が名物のお寺もあります。鮎《あゆ》の釣れる川もあれば、秋には紅葉の燃え盛る素晴らしい渓谷もあるんです。皆さん、多くのお知り合いに宣伝してくださってますよね。経営者の方々なんですから」

最後に意地の悪い言い方をつけ足して、篠宮は男たちの反応をうかがった。

言葉を返そうとする者は一人もいない。五木田一人が、してやったりの顔で笑っている。

「わたしは五日前から、この沿線の駅をひとつずつ降りてみました。――驚きました。待合室があっても、申し訳ばかりに名所の案内図が貼ってあるだけ。鉄道はダイヤ通りに運行すればそれで事足りる、と皆さんはお考えなんでしょうね」

彼女は視線を直接そそぎはしなかったが、その言葉は二人の社内役員に向けられていた。

副知事の矢島が遠慮がちに言った。

「宣伝にはお金がかかるからね。もりはら鉄道のホームページで名所のPRもしていたはずだ」

「そのとおりです。大々的に宣伝するには、それなりの資金が必要です。でも、クチコミにお金はいりません。この中で、随閑寺《ずいかんじ》の藤棚を見に行かれたかたはいますか？

では、小室川《こむろがわ》で鮎釣りを楽しまれたかた？　ご家族で小室渓谷まで足を伸ばされたかたは？　あら、お一人もおられないんですね。なんて、もったいなーい」

篠宮は大袈裟《おおげさ》に肩を落としてみせた。男たちは口をつぐみ、いつしか彼女の独演会に見入っている。

「わたしは地元の出身ですから、友だちと何度も足を運びました。勤め先の同僚を誘って、一緒に来たこともあります。東北新幹線の中で、もりはら鉄道の宣伝もしてきました。なぜなら、わたしの大切な故郷だからです」

哲夫は笑いを嚙み殺した。

経営者を気取る幹部たちが、若い女にしてやられていた。五木田が先ほど語った精神論を、彼女は巧みな話術で仕事への取り組み方に置き換え、男たちに投げかけていた。

「今回のお話をいただいて、わたしは戸惑いました。五木田会長は、わたしを買い被りすぎていると思ったからです。そこで、わたしに何ができるのかと考えながら、もりはら鉄道に乗ってみました。そしたら、まさしく親方日の丸、旧国鉄も裸足で逃げ出すような光景が目に飛び込んできたんです。駅の手すりもトイレも汚いまま。笑顔ひとつ見せない運転士に、観光案内すらできない駅員。売店では土産物にほこりがかぶり、無味乾燥な案内板とおざなりなチラシ。申し訳ばかりの車内アナウンス。失礼ですが、この鉄道の経営は素人以下です」

効率化を目指しすぎたために、まずサービスが切られた。次に人件費が削られ、社員は仕事をいくつも兼ねるように迫られ、自然と不満が態度に表れていった。

現場と上層部の険悪な空気が、鉄道を重苦しく覆《おお》っていた。それでも鉄道がなくなるよりはまし、と住民も我慢を重ねているのだった。

「お金がないなら、知恵を出すべきなんです。お金も知恵も出さないのなら、経営にも口を出す資格はないと思います。違いますでしょうか？」

おお、大きく出たものだ。

案の定、副頭取の横にいた銀行マンが挑むような目を向けた。

「面白いことを言いますね。さすがカリスマと呼ばれた女性だ。五木田会長の人を見る目には感心もいたします。しかし、いくら何でも経営経験のまったくない者を社長に据えるのでは、世間の笑い物になりかねない。人は肩書きに弱いものですからね」

「わかりました」

篠宮が受けて立つように言った。バンと開いた右手を突き出した。

「では、五ヵ月後の数字を見て、わたしを首にしてくださってもけっこうです。見習い期間とお考えになってください」

何と……。たいした自信だ。

たった五ヵ月で結果を出してみせる気らしい。鉄道経営も甘く見られたものだ。

「一年ごとに、総理大臣が首を切られることもありましたからね。赤字ローカル線の社長が五ヵ月で替わったところで、誰も驚きはしないはずです」

「篠宮君……」

五木田が初めて不安をにじませた。スター・ウォーズのヨーダによく似た小顔が皺で埋まる。が、篠宮は断固たる口調で言った。

「これまでの経営がいかに素人だったか、その点をご理解いただくには、五ヵ月もあれば充分です。九月頭の経営会議で、どれだけ赤字を減らせたか、とくとご覧ください」

ここまで自信たっぷりに言われれば、誰も反論はできなかった。

この女、はったりがうまい。新幹線の客相手に弁当やビールを売り続けて、何かをつかんだという自信があるのだろう。が、列車内でワゴンを押すように、資本金五億円の会社を操っていけるものか。五木田も、どこまで成算があってスカウトしようと決めたのか。

哲夫が面白半分に見ていると、篠宮がクルリと振り向き、またも人差し指を突きつけられた。

「わたしとこの鵜沢君に、どうかお任せください。若い力で、このもりはら鉄道を盛り返していきます。ね、鵜沢君」

3

「いやいや、驚いたよな。でも、誰がトップに立とうと、おまえの仕事が変わるものじゃない。あとは頼んだからな」

篠宮亜佐美の一人舞台となった株主総会が終わると、陣野尚彦が音もなく近づいてきた。哲夫を出向させた張本人とあって、念押ししようと思ったらしい。

――哲夫なら打ってつけだろ。田舎のオヤジ連中を手懐《てなず》ける技は持ってるし。ほら、鉄道オタクを鉄男って言うしな。

陣野は理由にもなっていない言い方で哲夫を励まし、出向を命じた。自分を親しみやすい男なのだと演出したいために、場違いな駄洒落《だじゃれ》を連発する悪癖を持つ。場の空気を考えずに本音を呟《つぶや》き、下手《へた》な洒落でごまかそうとするのだ。

「売上にどう変化が出るか。レポートを楽しみにしてるぞ。新社長のサイン入りで頼む」

例によって笑えない冗談で締めくくると、陣野は副知事の尻を追う小ガモのようにせかせかと去っていった。

見送る暇もなく、今度は後ろから肩をつかまれた。

強引に振り向かされると、飛高仁三郎の分厚い体軀が迫ってきた。もう六十歳を超えながら、いつも頰に吹き出物ができている。ずんぐりとした体型もあって、町の者は彼をミニラと呼ぶ。

「いいか、鵜沢君。君が頼みの綱だぞ。ああ見えて、五木田さんは業師《わざし》だ。近ごろのスーパーは、休日になるとマスコットキャラの着ぐるみを使って女子どもを騙《だま》して客を集めたがるだろ。けど、あんなものは目くらましだ。いつまでも続くもんじゃない。鉄道を守るためには、君が頑張ってくれよな」

地元では指折りの経営者でもあり、鋭い読みをしていた。激励と警告、どちらの意味もありそうな力強さで肩をたたかれた。

「君が沿線の未来を握ってるんだ。頼むぞ」

「全力をつくします」

役人答弁を述べてミニラを送り出すと、次はこだま銀行の幹部が寄ってきた。副頭取自ら、県職員の若造に声をかけてくる熱心さだった。

「社長決裁の新たな出費は、すべて経営会議を待たずに知らせてくれ。まあ、最初のひと月はマスコミ対応に振り回されるだろうが、事業計画のほうは慎重かつ入念に検討してくれ。記者発表の日程も、決まり次第教えてほしい。いいね、その際、下手な発表を行わないよう、くれぐれも念押しを頼む」

素人社長を面白がって、マスコミが新事業のアイディアを聞き出そうとしてくる。下手なアドバルーンを勝手に上げられては、残り少ない資金がつき果てかねない。手堅い経営を続けるためにも、おまえが客寄せパンダの首にロープを巻き、しっかり握っておけ、というのだ。

原坂市長の堀井は哲夫に声もかけず、おつきの者と早々に消えた。県に次ぐ大株主でありながら、いつも影が薄い。

前回の経営会議にも、堀井は顔を出さず、市の財務担当者を派遣してきた。どこかで鉄道経営を見限っているように思えてならない。

原坂市は、森中町と並んで、もりはら鉄道の中核となる地だ。それでも市長が経営に口を出そうとしないのは、五木田への当てつけだという噂があった。

地元のもりはら鉄道を守るために、堀井はまず森中町に合併を持ちかけた。もりはら市を作って鉄道とともに町興しをしようという発想からだ。

が、五木田町長は頑《がん》として首を縦に振らなかった。

いざ合併となれば、住民の多い原坂町に吸収される形となる。終着駅の町を守るには、独自の自治体として残るべき。そう主張されれば、町民も合併には反対したくなる。その際の遺恨《いこん》が続いているというのだ。

ともに鉄道の経営に参加しながら、森中町と原坂市では、その熱意にかなりの温度差があった。しかも五木田町長は、民間の株主も兼ねている。それなら、あんたが責任を取ればいいじゃないか。堀井市長はそう突き放しているのだ。

森中町ではこのところ、ひとつの噂が話題になっていた。

このまま行けば、もりはら鉄道は、はらさか鉄道になってしまう。森中町内の駅を斬り捨てることで赤字を減らし、存続の道を探ろうとする者がいる——と。

だが、哲夫には断言できた。森中町内にある七つの駅を切ったぐらいで赤字は消えない。

「鵜沢君や」

軽やかに名前を呼ばれた。会議室には、五木田と篠宮が残っていた。

いつも五木田は、秘書課の者と鉄道に乗って本社を訪れる。町役場でも職員に電車通勤を奨励していた。鉄道会社を運営する取締役として、その姿勢は筋金入りだ。

「うちに広報なんて担当者はいない。けれど、しばらくはマスコミからの問い合わせが続くはずだ。君が引き受けてくれるね」

早くもパンダの首に巻いたロープを握る役目が授けられた。哲夫も晴れて副社長として承認されたが、総務の責任者も兼ねる。運輸や技術の部門から広報係を出すわけにもいかない。

「承知いたしました。早速、マスコミ各社へのリリースを送っておきます」

「あ、待ってちょうだい」

何かメモを書きつけていた篠宮が、長い指を広げて待ったをかけてきた。

「面倒だから、ここに呼びましょ。一度に人を集めて大々的に記者発表をすれば、うちの鉄道の宣伝にもなるしね」

哲夫は無理して表情を変えなかった。

最悪の選択だった。素人の若い女が、赤字鉄道の社長に就任するのだ。マスコミが面白がって飛びついてくる。大々的に記者会見を開くなど、ハイエナの群の中に蜂蜜《はちみつ》を塗りたくって裸で飛び込むようなものだ。絶対に骨までしゃぶりつくされる。

「リリースなんか流したら、個別のインタビュー依頼が入って大変な騒ぎになるでしょ。それならいっそ、わんさか人を集めたほうが効果的だと思うのよね。ゴールデンタイムのニュースで一斉に流れたら、ン千万円単位の宣伝費を使うのと同じ効果になるわよ。ね、会長」

「亜佐美君はアイディアマンだな」

にこやかに笑う五木田の本意を疑いたくなった。

孫娘を見る目ではなく、若い愛人に向ける眼差《まなざ》しに近い。どういう経緯から彼女をスカウトしてきたのか、ますます興味が湧く。

「お待ちください、会長。若い女性が社長に就任するなど、例のあることではありません。もりはら鉄道は赤字続きで、とうとう大ばくちに出たとか、だから第三セクターはダメなんだとか、批判的な意見が出ることも予想されます。下手をすれば、経営陣すべてに迷惑が及びかねません。マスコミ総出によるネガティブキャンペーンのような事態になるのをさけるためには、派手に人を集めず、地道な経営を続けるとの印象を与えるべきと考えます。大手のマスコミだけに限定して、短時間のインタビューに応えるという形を取ったほうが無難ではないでしょうか」

「いかにも役人の対応だなあ……」

篠宮が腕を組んで嘆きをもらした。役人への先入観が感じられた。

失点になりそうな事態を予測し、排除する。その何が悪い。

「ねえ、鵜沢君。鉄道会社は、今やサービス業なのよ。JRはどこもスピードとサービスのアップに励んでいるの。お客様がそれを望んでいるからよ。単に運行ダイヤを守って列車を走らせておけば、それでいい——なんてのは、まさしく役人の発想なの。そんな取り組み方じゃ、この時代に生き残っていけるわけないでしょ」

「亜佐美君は現場をよく知ってるからな」

またも五木田がにんまりと賛同した。

どうもこの二人、本当に怪しく思えてきた。

「失礼ですが、マスコミの怖ろしさをあなたは知らないようだ。今のマスコミはマッチポンプですよ。自分で火をつけ、火事を煽《あお》って、面白がる。あなた一人が矢面《やおもて》に立たされるのではなく、五十八人の社員はもちろん、沿線住民まで被害を被《こうむ》るのでは目も当てられなくなる」

「批判なんか、あって当然よ。でも、もり鉄は変わるんです。その象徴が、新社長である、わたし。そう強くアピールしなきゃ、会長が骨を折ってダイヤモンドより頭の硬い連中を説き伏せてくれた意味がなくなるでしょ。ね、会長」

「君の思うとおりにやってみなさい」

五木田は完璧なまでに、篠宮の掌の上で転がされていた。見事な爺転《じじころ》がしの技だった。カリスマ・アテンダントではなく、トップキャバクラ嬢かと思いたくなる。

「鵜沢君。まず君から始めなきゃ。ミスを招かないように、という役人の発想を捨てないとね」

「これ以上、もりはら鉄道にミスが重なれば、それは即破綻につながりますよ」

「わかってるわよ。運輸と技術に関しては、ミスするわけにはいかないから、役人じみた慎重さでもＯＫよ。でも、総務と営業を束《たば》ねる君が無難じゃ、ダメ。断じて、ダメ。若い女が社長だなんて、誰が見たってふざけた話じゃないの。それを利用しなくて、どうするのよ。何だったら、記者会見の席に水着で登場したっていいと思ってるわよ、わたしは」

男の性《さが》で、篠宮の水着姿をつい思い浮かべていた。ずっとうなずいていた五木田が、初めて首を振った。

「亜佐美君、いくら何でもそれはやりすぎだよ」

「それくらいの覚悟だって、言いたかっただけです」

「しかし、会長。うちで最も広い部屋は、この会議室です」

哲夫はそう広くもない会議室を見回した。

「そうだな……。ここに報道陣が押し寄せたんじゃ、床が抜けるな」

「ご心配なく。ここでやるなんて、わたしは言ってませんから」

「うちにホテルを借りるような予算はとてもありませんよ。原坂市の公民館にスケジュールを問い合わせてみましょうかね」

皮肉で言ったつもりだが、篠宮はめげた様子もなく一人で歩きだした。

「その話はあとにしましょう。まずは社内の挨拶回りにつき合ってくれる?」

女はこれだから扱いにくい。気分次第で話をすり替えたがる。予算のことを指摘されて、形勢が不利になりそうだと見たのだ。

腹話術の人形どころか、新社長の操り人形と成り果てた五木田が、篠宮と腕でも組むような近さで寄り添い、会議室を出ていった。先が思いやられる。

篠宮が最初の訪問先に選んだのは、本社一階にある運輸部のオフィスだった。

平均年齢は五十歳を超える男部屋だ。総勢二十一名の運転士は、すべてＪＲと私鉄からの転職組。若い者が少なく、技術職でもあるため、人件費の突出した部門だ。それに比して、社員のプライドも高い。

技術課は総勢二十名。車両と軌道と電気施設が受け持ちだ。たった二十名で、沿線四十二キロの施設全般と保有する十二両の列車を管理していると聞き、哲夫は耳を疑ったものだ。

ただし、アウトソーシングは徹底している。三ヵ月以内の定期検査は社内で受け持つが、分解検査と修理はＪＲの子会社に発注する。日々の運行に支障が出ないよう、最低限の目配りを利かす部門である。

篠宮が運輸部をまず訪ねるのは当然だった。列車運行の要で、最も手強《てごわ》い職人が束になっている部屋なのだ。前社長もこの牙城《がじょう》に食い込むべく奮闘した。が、社内では治外法権――アンタッチャブルの聖域だった。

「失礼いたします」

哲夫が明るく言ってドアを開けても、反応はない。

そもそも社の外で働いている者が多かった。時間待ちの運転士はソファでくつろぎ、雑誌から顔を上げない。技術課はデスクがすべて空で、席についているのは課長一人だった。

「皆さん。少しよろしいでしょうか。もうお聞きとは思いますが、つい今し方の臨時株主総会で、新社長が決定いたしました。真っ先に運輸部の皆さんにご挨拶をしたいと言われ、こうして五木田会長と新社長がお見えになっております」

哲夫が挨拶回りに来た時は、本当に誰一人として席を立たなかった。若造の役人に何がわかる。針の筵《むしろ》を実感できる視線を浴びた。

似た扱いが予想されたので、哲夫は会長の名前を添えた。部屋の奥で立ち上がる者がいたのは、客寄せパンダの効果もあったのだろう。

「皆さーん、お仕事中、失礼しまーす」

篠宮がヒールの音を立てて進み、折り目正しく頭を下げた。

社長が早々と挨拶に来たというのに、運輸部長の岩本も席から立とうとしなかった。ソファに陣取る運転士たちは、ベテランが動こうとしないのを見て、落ち着きなく体を揺らしている。

「あ、どうぞ、そのままで聞いてください」

立たなくてもいい、と相手の無礼を笑顔で受け止めてから、篠宮はゆっくりと男たちを眺め渡した。

「初めてお目にかかります。篠宮亜佐美です。わたしはこの十年、東北新幹線でアテンダントを務めてまいりました。鉄道に関する仕事をしてきたわけですが、運行に関しては、まったくの素人です。当然ながら、皆さんのお力がなければ、会社は立ちゆきません。けれど、ただ列車を時間どおりに走らせていくだけでは、遅かれ早かれこのもりはら鉄道は破綻します」

ショック療法のつもりもあったのか。だが、社員も周知の事実で、その場の空気が張りつめるようなことはなかった。

「だからといって、わたしは運輸部門の仕事に口をはさむことはいたしません。すべて岩本部長の手腕にお任せするつもりですので、これまでどおり安全第一の運行を引き続きお願いいたします。ただひとつ――運転士の皆さんにわたしからささやかなお願いがあります」

手の雑誌に早くも目を落としかけたベテラン運転士が、ピクリと反応して視線を上げた。

「ちょっと待っていただけますかね、社長さん」

岩本部長が腰を浮かして身を乗り出した。すべて任すと言っておきながら、頭ごしに何の要求を突きつける気か、と警戒心があふれて見えた。

「ご心配なさらないでください、岩本さん。ほんの些細《ささい》なお願いにすぎませんから」

「うちの運転士は、みんな安い給料にも文句を言わず、実によくやってくれてますよ。これ以上何をさせようと――」

「部長。聞かせてもらいましょうよ」

奥でスポーツ新聞を開いていたベテラン運転士が立ち上がった。

担当課長も務める、この部屋の主のような男、馬場《ばば》山泰成《やまやすなり》。第三セクターに移行する前から在籍する最古参の運転士だった。

「前社長に厳しく言われて、わたしら運転士は車内の掃除もしてきましたよ。ワンマン運転なんで、無人駅では駅員の代わりに切符の回収も手がけてるし、イベント列車の研究会だって、毎週時間を見つけて残業代なしに取り組んできてる。控え時間に、駅員業務のローテーションにも加わってる。それでもまだ足りないところがあるなら、聞かせてもらいましょうか」

哲夫は密かに息を呑んだ。明らかな喧嘩腰《けんかごし》だ。素人女に何がわかる。おまえの要求など聞き入れられるものか。運転士を代表し、受けて立とうという気概が満ちていた。

「では、お言葉に甘えて、わたしからのお願いをひとつ言わせていただきますね」

こいつ、なかなかに神経が図太い。

篠宮は、敵の対決姿勢を承知しながら、女の武器を最大限に使い、ちょっと舌足らずな言い方をしてみせた。銀行マンだった前社長は、ＪＲとの人事交流を図り、ゆくゆくは運転士を外部への委託に切り替えようという遠大な計画を練り上げた。が、馬場山を中心にした鉄の結束に跳ね返されて、見事なまでに討ち死にした。

素人の女社長は、何を言いだすつもりなのか。その場の空気が凍りついていく。

「運転士のみなさーん。それぞれお一人ずつ、ニックネームを考えてきてください」

はあ？　ニックネームだと……。

手に汗握る思いで成り行きを見ていた哲夫は、拍子抜けした。ソファに座る運転士たちも、虚をつかれたような顔で首をひねっている。馬場山は聞き違えたと思ったのか、耳の穴に指を差し入れた。

篠宮が涼しい顔で続けた。

「お客様に愛されてこその鉄道だと思うんです。皆さんのご尽力により、もり鉄はここ五年近く、十分以上の遅れを出したことがありません。これは赤字ローカル線という現状とは関係なく、どこに出しても胸を張って宣伝できる数字です」

そんなものなのか。篠宮は断言したが、よその鉄道事情にうとい哲夫にはピンとこなかった。

なぜなら、五分程度の遅れは日常茶飯事なのだ。ワンマン運行のうえに無人駅が多い。運転士はドアの開け閉めから、運賃の精算までを受け持つ。特に、最大のお得意様である老人が始末に負えない。小銭を用意せずに乗ってきては、のろのろと財布を取り出す。中には一円玉までかき出す者がいる。

全駅に券売機を置く資金がないため、運転士が釣り銭を手渡している。運賃を切りのいい数字にしたいが、駅の位置によって差が出たのでは公平さに欠ける。ゆえに運賃の精算が理由で、ほぼ毎日何分かの遅れが出る。ただ本数が少ないこともあって、目くじらを立てるほどではない、と利用者が思ってくれているにすぎなかった。

「ワンマン運行がほとんどですから、運転士の方々も大都市圏の私鉄やＪＲと違って、お客様と触れ合う機会が自然と多くなってきます。そこで、より親近感を抱いていただき、我が町の鉄道だという意識をさらに喚起していくためにも、運転席の後ろのガラス窓にニックネームを掲示していきたいのです。名前だと個人情報の点からも、ちょっと問題が出そうですからね」

実を言うと、運転台をのぞけば、担当者の名前はわかる。運行表を束ねるファイルに、ネームプレートを差し込んであるからだった。

が、篠宮はわざわざニックネームをお客に向けて掲げていこうと提案していた。

哲夫の横で、また五木田が微笑んでいた。赤字続きの重苦しさが蔓延《まんえん》する社内に、場違いな石を投げ入れて、その波紋の広がりようを楽しんでいる目だった。

「ニックネームだなんて……そんなものが何の役に立つんだろうかね」

馬場山が怒ったような口調を隠さずに歩んできた。岩本部長も席を立っている。

篠宮がまた一同を見回した。

「ニックネームは何でもいいんです。動物の名前だって、野菜をもじったものでも。あら、今日はカバさんの運転する列車ね。いつもお疲れ様、ニンジンさん。そうやってニックネームが定着していけば、もり鉄への愛着が必ず沿線に広がっていきます。残念ながら資金に余裕がないため、お金をかけたサービスはできません。ご存じのように、経営安定基金も底をつきかけています。一刻の猶予もならない現状ですが、運転士の皆さんまでが険しい顔をするわけにはいかないのです。少しでも親しみを抱いていただくための――ささやかでも実効性のある一歩だと思ってください」

「馬鹿馬鹿しい……。おれたちの仕事は、列車を滞《とどこお》りなく運行させることだ。あだ名で客に馴れ馴れしく呼ばれることじゃない」

馬場山が横を向き、笑い飛ばすように言った。

篠宮が小刻みにうなずいた。

「そうです。実に馬鹿馬鹿しいお願いです。わたしも運転士の方々に、こんな話をしたくはありません。皆さんは運転のプロであり、本当ならそのお仕事に集中していただきたいのです。けれど、赤字ローカル線の現状が、それを許しません。ワンマンとなったため、今や運転士は、駅員よりもっとお客様と触れ合う機会の多い、言わばアテンダント——つまり、接客係の役割も、否応《いやおう》なしに担《にな》わされているのです。でも、ダイヤ通りの運行を目指して、ただでさえ緊張を強いられる運転のほかに、やたらとお客様に笑顔を振りまけだなんて、わたしには言えません。だから、せめてお客様のほうから親しみを覚えていただけるよう、ニックネームを掲示していこうと提案させてもらっているんです」

篠宮は一歩も引かなかった。

本当は、鉄道もサービス業だから運転士も笑顔を作れ、と言いたかったのだろう。が、新入りの若い女に、いくら正論でも笑えと言われて、大の大人が笑えるはずもなかった。

その折衷案《せっちゅうあん》として、ニックネームを出したのだ。

客から親しく呼びかけられれば、不機嫌な顔は見せられない。通学の生徒からはからかわれそうだが、客との会話は必ず増えていく。マスコミも珍しい取り組みだと飛びつくだろう。注目されれば、運転士もやる気が出てくる。

前社長との虚《むな》しい戦いを経て、仏頂面が多くなっていた運転士に、一考を求める意味合いもそこには込められていた。馬鹿馬鹿しいアイディアのように見えても、いくらかは効果を期待できそうだった。

「お願いできませんでしょうか、馬場山課長」

篠宮が歩み寄るなり、馬場山の手を握って下から見上げた。さりげないボディタッチに、お願いポーズだ。おそらく新幹線でも、この手で中年男をお得意様としてきたのだろう。

「できることからやっていかないと、もり鉄に明日は来ません。みんなでこの鉄道を守っていきましょう。どうか力を貸してください。——皆さん、お願いします」

馬場山の手を握りしめたまま、一同を見回しつつ頭を下げた。

「やってくれるよな、馬場山君」

黙って見ていた五木田が、役どころをわきまえたように進み出た。

会長にも声をかけられ、馬場山が深く息をついた。そこで握られていた手に初めて気づいたように姿勢を正した。やんわりと手を抜いて、五木田に向き直った。

「会長にそこまでおっしゃられては、断るわけにいかんでしょうな」

「ありがとうございます、馬場山課長。皆さんもぜひお願いします。明日までに、それぞれニックネームを考えてきてくださいね」

「えー、明日ですか」

運転士の一人が驚きの声を上げた。

篠宮は回れ右をして振り向いた。

「だって、早く決めとかないと、間に合わなくなるでしょ」

「何に間に合わないと――」

岩本部長が後ろで疑問を呈した。

篠宮がまた、オルゴールの蓋を開けると回り出すバレリーナのようにクルリと振り向いた。

「日曜日の特別列車です」

「はあ？」

哲夫も首をひねった。確かにイベント列車は休日に運行している。だが、次の日曜に予定は入っていない。集客を見込める春休みは終わったからだ。次の観光シーズンは月末からのゴールデンウィークとなる。

「馬場山課長。運転をお願いできますでしょうか。満員間違いなしの列車ですからね。集客の具合にもよりますが、最大で何両編成まで可能でしょうか？」

「え？　そりゃ、停まる駅のホームの長さに関係してくるけど……」

ついに馬場山までが掌の上で転がされて、すぐさま篠宮に答えを返していた。

「鵜沢君。今すぐ招待状のリリースを出してちょうだい！」

今日何度目になるのか。人差し指が威勢よく突きつけられた。

「焦れったいなぁ。わからないの？　臨時列車を出して、その中で記者会見を開くのよ。さあ、忙しくなるわよーぅ！」

4

日曜日の午後二時半。

普段なら閑散とする原坂駅のホームが、人と機材であふれ返った。受付をすませたテレビカメラが十三台。三時間も前から本社ビルや沿線風景を撮る取材クルーが出る盛況ぶりだった。

地元の新聞社をはじめ、鉄道関係の雑誌を出す東京の出版社にもリリースを送ったので、取材記者は八十名を超える数にふくれあがっていた。

『もりはら鉄道新社長就任のご挨拶と記者会見を兼ねた特別列車を運行します！

本日の株主総会において、満場一致で新たな社長が決定いたしました。地元森中町出身の三十一歳という若さあふれる女性社長の誕生です。鉄道業界に詳しいかたなら、その名をすでにご存じかもしれません。

篠宮亜佐美。前歴は、東北新幹線の車内アテンダントです。一日二十万円を売り上げれば一人前と言われる中、彼女は五十万円という爆発的な売上を誇るスーパーレディーとして知られ、カリスマ・アテンダントと呼ばれてきました。その篠宮亜佐美が、鉄道経営の先頭に立ち、地元のもりはら鉄道を建て直して参ります。

つきましては、新社長就任のご挨拶を兼ねた特別列車を走らせることといたしました。マスコミの皆様がたに、もりはら鉄道の美しくも素晴らしい沿線風景を楽しんでいただきたく、列車内での記者会見を企画いたしました。どうぞ、ふるってご参加ください！』

　最初に哲夫が書いたリリースは、簡潔に報告すべき事項を並べあげたのみだった。篠宮はそれを読むなり、あっさりと突き返してきた。

「言ったはずよね。役人の発想は捨ててちょうだいって。一世一代のイベント列車よ。マスコミが飛びつくように、新社長が若い女だってことを強調しないでどうするのよ！」

　ダメ出しは、三回続いた。さすがにムッとした。すると最後には、篠宮自ら赤ペンで修正を入れた。完成した原稿は、遊園地の新アトラクション体験会を告知するリリースと似たり寄ったりの派手な文面となった。

「これよ、これ。完璧じゃない」

　自分で自分のことをスーパーレディーと紹介するのだから、神経の太さは並みではない。しかも篠宮は、運転士の制服を着て列車に乗り込む、と言いだしたのだった。

「何でダメなのよ。ニュースで大きく取り上げてもらうためじゃないの。ごく普通のスーツなんか着てたら目立たないでしょ。メイドやバニーガールの扮装《ふんそう》をするわけじゃないのよ。制服は、鉄道マンの基本でしょうが。違う？」

そう言い切ると、彼女は一番小さなサイズの制服を運転課から借りてきた。自分の体にフィットするよう、自ら針と糸で修正を加えだした。

「本当は楽団でも呼びたいけど、予算がないから無理よね。仕方ないから、母校の吹奏楽部に声をかけてみるわね」

篠宮は県立原坂高校に電話を入れると、自ら母校を訪ねて後輩に話をつけてきた。

「いやー、下手くそなくせして、ちゃっかりしてるよ、今の子は。ハンバーガーとポテトのセットでどうにか交渉成立。とんだ出費よ。あ、経費の心配はしなくていいわよ。一万円ぐらい、わたしが払っとくから」

その学生たちがホームの隅に陣取り、「鉄道唱歌」から「汽車ポッポ」まで、鉄道にちなんだ楽曲を景気づけに奏《かな》でていく。テレビカメラも囲み、イベント列車を盛り上げる雰囲気ができ上がっていた。

篠宮は、通常のイベント列車と同様に、営業課の職員以外に休日出社を求めなかった。といっても、営業スタッフは二名しかいない。駅長の大魔神は改札から動こうとしないため、哲夫もふくめた三人で、今日までの準備を進めてきた。

ホームページに告知コーナーを新設し、駅にも案内板を置いた。哲夫は広報係としてマスコミ各社からの問い合わせに追われた。朝から晩まで携帯電話は鳴り続けた。

特に多かったのが、新社長の写真がほしいというものだった。

「そうくると思ったのよね。はい、これ使って」

新幹線アテンダントの制服を着て、ニッコリと微笑む写真を渡された。この日のために撮ったようなブロマイド並みの写真だった。プロによる修整も施されており、軽く三歳は若く見える。

写真の効果もあってか、早速ニュース番組で取り上げてくれるテレビ局があった。

駅前には早くも人だかりができつつある。一風変わったイベント列車をカメラに収めようと、鉄道ファンまでが集まりだしていた。

「見ましたか、鵜沢さん。駅前にアイスクリームとたこ焼きの屋台が出てるんですよ」

営業課の山下修平《やましたしゆうへい》が驚き顔で飛んでくるなり、哲夫に耳打ちした。数少ない歳下の社員で、新社長に手を握られて挨拶されるなり、ファンクラブを結成しようと言い放ったお調子者だ。

「嬉しいなあ。こんなに人が集まってくれるなんて……。鉄道の仕事に就いて、今日ほどやる気を感じた日はありませんよ」

「それなら、どうして人の少ない赤字ローカル線なんかに就職したんだ」

「鉄道が好きなんですよ。でも、ＪＲの入社試験って、競争、厳しそうじゃないですか」

　おまえみたいな呑気者がいるから、会社は浮かばれないのだ。怒鳴りつけてやりたくなるが、沈み行く泥舟《どろぶね》に乗った若者が可哀想《かわいそう》に思えて、哲夫は言葉を呑んだ。

「経理の小野塚さんや技術の芹沢《せりざわ》さんまで、呼ばれてないのに社に顔を出してるみたいですよ」

　言われて哲夫は、本社の窓を見上げた。

　イベント列車の走る休日でも、出勤する社員は限られていた。それが今日は、窓という窓にホームをのぞき見る顔が並んでいる。

　これは、祭りだ。

　哲夫は熱気を帯びる駅を見回した。たった一人の社長が来たことで、町までがお祭り騒ぎになっている。これが五木田町長の狙いであり、篠宮亜佐美の作戦だったとわかる。マスコミも住民も、そして社員までが、いつのまにか篠宮の振るタクトによって踊らされていた。

「鵜沢さん、来ましたよ」

　ホームで取材記者の整理をしていた村上伸一郎《むらかみしんいちろう》が手を振り上げた。旅行代理店から転職してきた男で、営業課で唯一の実働部員と言えた。ただし、大手で揉《も》まれてきた経験を持つため、社内では哲夫と並び、完全に浮き上がっていた。

前社長の姿勢にもうなずけるところがある、と発言したのが尾を引いているらしい。それでも黙々と仕事はこなす。この男に去られたら、イベント列車は走らなくなる。

「アナウンス、お願いします」

村上に合図を送られて、哲夫は改札で辺りを眺めるだけの大魔神を横目に、駅の事務所へ入ってマイクをつかんだ。

「皆様、大変お待たせいたしました。一番線にまもなく特別イベント列車が入線いたします。白線の内側に下がってお待ちください」

鉄道なら当たり前のアナウンスなのに、どっと観客が沸《わ》いた。吹奏楽部のマーチが高らかに響く中、人々の視線を集めてオレンジ色の車体が近づいてくる。通常運行の列車と同じなのに、一斉にシャッター音が響き渡る。

イベント列車は専用のヘッドマークを掲げて運行する。今日は「祝　新社長会見列車」と手書きしたペナントが渡してあるのみ。それでも鉄道ファンとマスコミは、近づく列車をカメラに収めようと白線から身を乗り出していた。駅前のささやかなロータリーで見物する住民からは拍手までが起こっている。

写真撮影の時間を考え、とろとろと牛歩《ぎゅうほ》のような遅さで二両編成の列車がホームに入ってくる。座席の定員は五十二名。運転士は、最ベテランの馬場山だ。その横では、同じ制服に身を包んだ篠宮が帽子を小脇に抱え、にこやかに手を振っている。女社長の姿を撮ろうと、報道陣が押し合いを始めた。

「白線の後ろにお下がりください。はい、押さないでください」

ホームに立つ村上が懸命に声を張り上げる。マーチが高まり、派手なエンディングとともに列車が停車した。歓声と拍手が大きくなる。

篠宮が中扉を開けて、運転席から座席のほうへ進む。馬場山運転士が乗降ドアの開閉ボタンを押し下げた。

「本日は特別列車においでいただき、ありがとうございます」

帽子を被り直した篠宮が、開いたドアの中から声を発した。

「皆様、押し合わずにお乗りください。本日は、マスコミ関係のかたの貸し切り列車となっております。取材パスのないかたは、ぜひ次のイベント列車をご利用くださいますようお願いいたします。――さあ、どうぞ！」

篠宮の挨拶は様になっていた。日夜ワゴンを押しつつ商品の告知をしてきたのだから、人前で話すことには慣れている。フラッシュを間近で浴びようとも、笑顔は微塵《みじん》も変えない。

取材陣がダッと車内に駆け入るのを見届けると、哲夫も乗り込んだ。

受付時に抽選でシートを割り当てたので、混乱はない。今日はイベント列車に使うクロスシート式の車両ではなく、ごく普通のロングシートタイプで編成してある。篠宮が車内を行き来したいというので、中央の通路が広いタイプを選んだのだ。

哲夫は、車両基地から先に乗り込んでいるはずの五木田を探した。会見の最初にひと言挨拶してもらう予定だった。

運転席の前でフラッシュを浴びながらポーズを決めている篠宮に目で問うと、視線で後ろを示された。見ると、最後尾の乗務員室に、やはり制服を着て微笑む五木田の姿があった。町長までがコスプレをしているとは思わなかった。そのせいで車内に溶け込み、誰も町長かつ代表取締役会長だと気づかずにいる。

哲夫はワイヤレスマイクを手に列車の最後尾へ走った。プレスカードを持たない者が乗車していないことを確認した村上と山下が手を上げた。

「それでは皆様。特別列車の出発です！」

哲夫が合図を送るとともに、吹奏楽部が高らかに「銀河鉄道999」のテーマを奏で始めた。馬場山運転士がホームをチェックし、乗降ドアを閉める。駅には発車の様子を撮影するチームがまだ残っている。

プシューと音を立て、空気圧でドアが閉まった。

馬場山運転士が警笛を鳴らす。それを合図に、あらかじめ配っておいたクラッカーが、住民の手によって鳴り渡った。百円ショップで購入してきたものだ。五つで百五円を計二十パック。しめて二千百円。安い演出だった。

　横型直噴式ディーゼル機関が小さく唸《うな》りを上げて、列車がゆるゆると動きだした。

「本日はお忙しい中、もりはら鉄道の特別列車にご乗車いただき、ありがとうございます。この列車は沿線の素晴らしい風景を満喫していただきながら、新社長就任の記者会見をはさみ、終点の輿石《こしいし》駅までノンストップで運行してまいります。まず最初に、もりはら鉄道代表取締役会長であり、森中町長でもあります五木田陽造から挨拶をさせていただきます。皆様、列車の最後尾をご注目ください」

　哲夫が手を振って注目を集め、乗務員室を指し示した。あちこちで驚きの声が上がり、カメラを手に席を立つ者までいた。

　五木田は、してやったりの顔で中扉を開けて出てくると、にこやかに一礼した。哲夫の差し出すワイヤレスマイクをつかんだ。

「皆様、ようこそいらっしゃいました。このような形で記者会見を設けさせていただきましたのも、メディアの方々ならすでにご承知のように、このもりはら鉄道が毎年赤字を出し、存続の危機にあるからにほかなりません。鉄道は、地域の命を支える、まさしく大動脈です。この鉄道なくば、沿線の森中町と原坂市は立ちゆきません」

　五木田はゆっくりと語りながら、先頭車両へ歩いていく。

「沿線の人々から多くのお力添えをいただいておりますが、まだまだ社員一同、懸命に取り組んでいかねばならんことばかりだと言えます。故郷の大切な財産である鉄道を守っていくために、我々はひとつの決断をいたしました。真に故郷と鉄道を愛する者にこそ、経営に参加してもらわねばならない、と。その意味で、篠宮君ほど最適の者はいない、とわたしは確信しております。では、新社長の篠宮亜佐美をご紹介いたしましょう」

先頭車両のほうからも篠宮が歩み、ちょうど連結器のところで、五木田がマイクを差し出した。普段はトイレ付きの車両を片側に使っているが、今日は車両を行き来するため、デッキ部分のないタイプになっている。

篠宮がマイクを受け取り、両車両に向けてそれぞれ深々と一礼した。

「皆様、運転席をご注目ください」

自己紹介には入らず、篠宮はまず前方の乗務員室へ手を差し向けた。そこには、背筋を伸ばした姿勢のまま、淡々と列車を走らせる馬場山の後ろ姿がある。

「本日の運転士は、うちの最古参であり、運転歴三十年になる大ベテラン、運輸部運転担当課長でもあります馬場山泰成自らが、マスターコントローラーを握らせていただいております。愛称は、ババパパ。実は、多くの運転士仲間から慕われ、パパと呼ばれているんです。ねえ、ババパパ。今日も安全運転をお願いしますね」

見ると、乗務員室をさえぎる窓ガラスの内側に、「本日の運転士　ババパパ」と記されたカードが下げられていた。篠宮の呼びかけに応じて、馬場山が前方を見たまま片手で軽く帽子を持ち上げ、応えてみせた。

哲夫は笑った。が、報道陣は呆気に取られているのか、反応は薄い。

「沿線の皆様に愛される鉄道をモットーに、今日から運転士の愛称をお客様にお知らせしてまいります。ワンマン運転が八割以上を占めるもりはら鉄道では、まず誰より運転士がお客様と直接触れ合うパートナーとなるからです。さらに――」

乗務員室の前に戻った篠宮が、ドア横で小さく揺れる白いテーブルクロスを取り払った。

その下には、五木田が経営するホームセンターから借りてきたショッピング・カートが一台置かれていた。籠《かご》の中には、やはりスーパーマーケットで大安売りしているお茶とコーヒーの缶飲料が、それぞれ五十本ずつ入れてある。

篠宮が片手でカートを押し、列車中央の通路を歩きだした。

「日曜祝日に編成しておりますイベント列車では、昔取った杵柄《きねづか》というわけでもございませんが、わたしがこうしてアテンダントを務めさせていただき、直接お客様と触れ合いながら、多くを学んでいきたいと考えております。経営の素人に何ができる、とご心配になる方々もいらっしゃるでしょう。しかしながら、アテンダントという仕事で、お客様が鉄道に何を求めておられるのか、現場で見てきたことも多くございます。そして、まず社長が第一線に出て働くことで、会社が変わりつつあると示していくつもりでもあります。なお、本日はスーパー五木田からのサービスでございます。どうぞ、お好きな飲み物をお取りください」

運転士の紹介が、そのまま会社の姿勢をアピールする場となり、自らの自己紹介が所信表明にもなっていた。

哲夫は唸った。報道陣は早くも篠宮のペースに巻き込まれ、安物の缶飲料を有り難そうに受け取っている。

「皆様、右手をご覧ください」

篠宮がワゴンを停めて、窓の外へ手を差し伸べた。一同がそろって視線を移す。

「列車は大田《おおた》口《ぐち》駅を通過し、沿線で最も桜並木の美しい、梁瀬《やなせ》河原へと差しかかってまいりました。実は、沿線の原坂高校の生徒が、卒業記念にと桜の植樹をしたのが始まりで、毎年、新たな苗木が今も植えられております。そうです、先ほどホームで見事な演奏を披露してくれた生徒たちの母校。そして、わたしの母校でもあります」

哲夫も初めて知る情報だった。地元出身でなくてはできない観光案内だった。

「列車の横を静かに流れております小室川では、七月になると鮎釣りが解禁されます。もりはら鉄道でも、新鮮な天然鮎を使った料理をご提供する若鮎列車を運行しております。鮎釣りにおいでになりながら、無念にもボウズでお帰りになるしかなかったお客様からも、大変ご好評をいただいております。確か会長のご趣味も、鮎釣りでしたよね」

「そうだとも。ボウズになって仕方なく、若鮎列車に乗ったこともあるよ」

まるでシナリオが決められていたようなやり取りだった。報道陣の中から笑いが起こった。

あとはまた篠宮の一人舞台だった。沿線の名所を紹介し、その間に少しずつ所信表明をはさみ、報道陣すべてに飲み物を振る舞っていった。

急に新たな事業展開をするつもりはない。今までどおり、安全を第一にした運行を続け、沿線住民に愛される企画を進めていきたい。何が飛び出すかはお楽しみにしてほしい。銀行関係者が聞いても、胸を撫《な》で下ろす記者会見だった。

「今のペースで赤字が続けば、経営安定基金は来年にも底をつきますよね。そうなったら、地元自治体が税金を投入していくのでしょうか」

質疑応答に切り替わるとともに、予想された質問が投げかけられた。

五木田に向けられた質問だったが、篠宮が進んで答えた。

「税金での支援は大変魅力的ですが、幸いにもまだ土地や車両といった資産がございます。タコが自らの足を食べて生きるようなものだとのご批判も出るでしょうが、いざとなったら本社ビルを売却してでも資金を捻出し、その間に黒字を出せるように努力を積み上げていくしかありません」

「築三十年を超えたビルが、いくらで売れるものですかね」

「駅前の一等地です。更地《さらち》にして、病院を誘致するというプランも考えられます」

哲夫は少し感心した。関西の私鉄で、駅舎と一体になった病院が評判になっていた。篠宮はただスカウトされたから応じたのではない。鉄道経営の情報を、彼女なりに集めている。

「森中町では、このままだと町内の七つの駅が斬り捨てられるんじゃないか。そういう噂も流れてますよね。だから、森中町をアピールするためにも、森中町出身の社長を据えたんじゃないか。そういう意地の悪い見方もありますが」

「わたしの出身は森中町ですが、先ほどもお伝えしましたように、原坂高校の出身でもあるんです。沿線すべてが一体となって存続のために何ができるかを考えていかなくては、共倒れになるおそれもあると思います。もりはら鉄道は、沿線に住む皆さんの生活を支える大きな心柱《しんばしら》だと確信しております」

その時だった——。

列車が揺れて、体が前にのめった。遅れて甲高《かんだか》いブレーキ音が響き渡る。報道陣の中には、カメラを抱えてバランスを崩す者までいた。

急停止とは言えなかったが、通常運行では滅多にない停車の仕方だった。しかも、終点までノンストップで運行する予定が、この臨時停車である。

　哲夫は先頭車両へ急いだ。篠宮も素早く立ち直って乗務員室へ駆け寄る。

「おい、あれ、何だよ……」

　報道陣の一人が前方の窓を指さした。後ろの車両にいた記者たちも歩いてくる。

　篠宮の肩越しに窓の外が見えた。左が河原で、右手に道路と水田が続く。その中を単線のレールが二本、やや左にカーブを取りながら続いている。

　列車のすぐ先、五メートルもない線路上に、何やら毛布のようなものが横たわり、二本のレールを覆い隠していた。

「皆様、ご安心ください。どこからかタオルらしきものが風に飛ばされてきたようです」

　篠宮が素早くマイクに語った。線路脇には細い農道が走る。軽トラックか何かの荷台から風で飛ばされたのかもしれない。

「おけがはなかったでしょうか。さすがもり鉄のベテラン運転士、ババパパですね。こういうとっさの判断が必要とされる時でも、冷静沈着にマスコンの操作ができるんですから。なお、もりはら鉄道では自動列車停止装置も完備しておりますので、万一の事態にも備えができています」

　哲夫は篠宮の横顔を見つめ直した。突発事態が起きても、我をなくすどころか、この機会を運転士の技術と安全への取り組みを紹介するアナウンスへと巧みにすり替えていた。

アテンダントの仕事をしていれば、酔った客がしつこく声をかけてくることもあったろう。無下にあしらっては気分を損ねる者も出かねない。多くのピンチを気転で乗り切ってきた経験があるのだ。

馬場山が無線で本社の運輸部に許可を得てから、乗員出入口の細いドアを開けて、砂利石の敷き詰められた地面に下りた。駆け足で毛布に近づき、慎重に取り払った。

馬場山がわずかに動きを止めた。

毛布の下から、黒い傘が出てきたのである。

「あら、傘まで飛ばされてきたみたいですね。でも、ご安心を。この列車の重量は二十四・二トン。そこに四百リットルの燃料が入っております。万が一、運転士のブレーキが遅れたとしても、毛布と傘ぐらいで脱線する心配はございません。けれど、列車は沿線住民の大切な資産でもありますから、傷はつけたくありません。ババパパ運転士の素早い対応で、十四時十五分発の森中行き下り列車とのすれ違いも支障なく再出発ができるはずです」

哲夫はひそかに息を呑んだ。

篠宮は、軽快気動車の重量に燃料タンクの容量、そして下り列車の出発時刻を、何の資料を見ることもなく、すらすらと解説してみせた。それらしい数字をデタラメに並べ立てたわけではないだろう。

　馬場山が運転台に戻ってきた。毛布と傘は線路脇に置かれ、また風で飛ぶことがないよう石が載せられていた。

　再び本社と無線で連絡を取った馬場山が、篠宮を見て小さく頭を下げ、乗務員口のドアの鍵を外した。話があるらしい。

　瞬時に悟った篠宮が、ドアを押し開けて身をすべり込ませた。小声で何やら話し合い、すぐに篠宮は戻ってきた。変わらぬ笑顔でマイクを握る。

「大変失礼いたしました。今本社の技術課と連絡を取りましたのは、線路に落ちていた遺失物を直ちに回収すべく、指示を出したためでした。さあ、出発です」

　記者会見を兼ねた特別列車は、予定より三分遅れて、ＪＲと接続する輿石駅へ到着した。

「本日はご乗車いただき、ありがとうございました。短い時間でしたが、皆様と楽しいひと時をすごせましたこと、社員を代表してお礼申し上げます。もりはら鉄道は今後も沿線に住む方々とともに成長し、そして旅のよき仲間となれますよう努めてまいります。また日曜祝日には多くのイベント列車を運行しておりますので、ぜひご家族ご友人とお誘い合わせのうえ、またのご利用をお願いいたします。本日はありがとうございました」

列車がホームへ到着すると、篠宮が名調子で締めくくるとともに一礼した。報道陣の間から大きな拍手が湧いた。

「すごいですね、鵜沢さん……」

若い山下が、大リーガーを前にした野球小僧のように目を輝かせ、ささやいてきた。この男もカリスマの術中にはまり、心を鷲《わし》づかみにされている。

「明日から忙しくなりますね」

哲夫も少しは期待していた。マスコミは一斉にニュースやワイドショーで取り上げるだろう。新聞も多くのスペースを割くはずだ。が、ひと月もすれば、騒ぎは落ち着く。そしてまた、もりはら鉄道は日々赤字を生み出していくのだ。

篠宮は乗降口で一人一人に頭を下げ、また手を握って礼を言っていた。哲夫は最後尾に立つ五木田に歩み寄った。

「お疲れ様でした。おかげさまで、実に素晴らしい記者会見ができました。これなら、銀行の皆さんもひと安心だと思います」

「鵜沢君よ。次は君が知恵を絞るんだぞ」

篠宮を見る目は孫を愛でるように温かい。が、哲夫の前では清濁《せいだく》あわせ呑む政治家のそれに変わる。五木田は、この時期に職員を送り込んできた県の方針を警戒しているのだった。

「彼女は次々とアイディアを出すはずだ。何が我々に足りないかを必ず教えてくれる。けれど、マイナス思考に陥っている社員の目から見れば、突拍子《とっぴょうし》もない意見に思えるだろう。それを実現にまで持っていくのが、君の務めだ」

覚悟はしていた。副社長などは中間管理職に等しい。焼け石に水のあがきをしばらく強いられるだろう。

「もし彼女を孤立させたら、わたしは君の首を切るつもりだ。君の上司と刺し違えたってかまわない。なぜなら、彼女の代わりはいないが、君やわたしの代わりならいくらだっているからだ。そう自覚しておきなさい」

県庁への宣戦布告に聞こえた。廃線を視野に入れるつもりなら、おまえに用などない。たとえ大株主からの出向者とはいえ、副社長にしたのだから、死ぬ気で働け。

片田舎の町長といえども、侮《あなど》ることはできなかった。政治家の端くれとして、敵の思惑を読みつつ、先制攻撃をしかけてきた。

哲夫は殊勝な態度を崩さず、一礼した。立ち去りかけた五木田が、ふいに足を止めて、振り返った。

「ひとつ、言っておこう。彼女の年俸は、君が県からもらっている額の半分もない」

「え……？」

「カリスマと呼ばれようが、世間は彼女を単なる売り子と見てきた。給料なんか、もとよりたかが知れてる。亜佐美君は自ら、それで充分だとわたしに言いおったよ」

去っていく報道陣にまだ手を振っている篠宮を見つめた。いくら売上を誇ろうと、彼女を雇っていたＪＲの関連会社は、三十歳の女性に見合った給料しか払ってこなかったのだ。それが男社会たる組織の、冷酷な現実だった。

「失礼ですが、会長……」

「何だね」

「どこで社長をスカウトしてこられたのでしょうか」

「新幹線に決まっとるだろうが。地元で噂は聞いとったからな。何度も東京まで往復して、彼女の働きぶりをつぶさに見せてもらった。ある日のことだ……。彼女は客と一緒に泣いておった」

仕事中に泣く……？

「時折見かけたお客がいつになく青ざめた顔をしてるように見えたんで、声をかけたらしい。息子さんが急死したと聞いて、東京へ駆けつけるところだったそうだ。その日、彼女はずっと、そのお客と話しながら泣いていたよ。仕事はそっちのけで、な。その姿を見て、わたしは決めた」

その意味がわかるな、と目が問いかけていた。

何となくわかる気はした。鉄道はサービス業だ、と篠宮は言っていた。ただ人や荷物を運ぶだけではない。

「客と一緒に笑い、泣く。鉄道は、沿線住民の人生を乗せてもいるんだ。──あとは頼むぞ」

おまえのような腰掛け野郎に務まる仕事じゃないぞ。悔しかったら、死ぬ気で働いてみろ。

ガツンと一発、頬を張り飛ばされたみたいだった。

第二章　カリスマー号列車

1

午前六時。取り散らかった部屋に、目覚ましのベルが鳴り響く。

布団を払いのけて、篠宮亜佐美は大きく伸びをした。よし、今日も一日が始まる。

いつも決まった時間に起きるのは何と楽なのか。肌の調子もよくなってきた気がする。十年も不規則な生活を送ってきたのだ。

新幹線の車内販売は、朝六時の始発から二十四時着の最終まで、延べ十八時間にもわたって行われている。ローテーションで一番列車に当たると、駅近くの宿舎に前泊して早朝四時に起きだすのだった。

「亜佐美、ゆんべは何ズに寝たっちゃ？」

冷たい水で顔を洗ってダイニングへ向かうと、すでに祖母が朝食の支度をしてくれていた。実家に戻ることを決めると、一番喜んでくれたのがこの祖母だった。

「一時半ぐらいかな？」

亜佐美は席につき、ほんわかと湯気を立てる味噌汁をすすった。うまい。

「おどげでねえなぁ、社長さんてのは……」

「まったくよね。仕事は山ほどあるし、残業代も出ないし。挨拶回りに出れば、田舎のオヤジどもが体を触ってくるし」

「ろくでなすがいっからな、男にゃ。遠慮せず、引っぱだいておやりよ」

「それができたら楽よねえ」

嫌な思い出がいくつか頭をよぎる。酔った客の中には、アテンダントの尻を触って平然とする男連中がいた。ワゴンの商品を取るついでに、胸へ手を伸ばす痴者もいた。面と向かって抗議をすれば騒ぎ出すので、ほぼ泣き寝入りだ。上司の中には、笑って受け流せと命令する者もいた。

祖母に母という、男に苦労してきた二人の女を間近に見て、亜佐美は育った。自ら多少は手痛い経験も積んだ。そのおかげもあって、亜佐美は男あしらいがうまかったほうだろう。ところが、売上トップの座を妬《ねた》む者がいて、男に体を触らせて稼ぐ女と陰口《かげぐち》をたたかれた。最低のヤツは、男女を問わず、どこにでもいる。

「母さん、まだ立ち直れないわけ？」

「泰子《やすこ》も、まず男運ねえからなぁ」

責任の一端は自分にもある、と祖母が身を縮めてうなずいた。

母は、駅前の寂れた商店街の外れで、小さなスナックを二十年にわたって営んでいる。父に逃げられ、仕方なく始めた商売だった。見てくれは悪いほうではないこともあり、そこそこ常連客がついている。

五十をすぎてもまだ女が捨てられないのか、母は何度か客の男と問題を起こしてきた。つい最近もまた男に逃げられたとかで、ずっと深酒が続いていた。

実家に戻る。そう亜佐美が告げると、母はしおれた切り花を見るような目で言ったものだ。

「あたしゃ、許さないよ。こんな田舎に戻って、あんたまで花を散らすつもりかい」

「逆よ。花を咲かせるために戻るのよ」

「仕事なんか、どうだっていい。社長だなんて冗談じゃない。女の花は、男で決まるんだよ」

その話を横で聞いていた祖母は、大袈裟《おおげさ》に肩を落として頭を下げた。

「ごめんよ、亜佐美。あたしがおかしな子に育てちまったせいで、あんたにも苦労かけて……」

それからまた甲斐性《かいしょう》なしの祖父を家からたたき出したという昔話が始まった。

この祖母あって、我が母あり。二人の遺伝子を継いだのだから、自分も男運はあきらめたほうがいいと思ってきた。だから仕事に打ち込めた面はあった。

「あんたぁ、ホントに男、いないっちゃ？」

「あのね。あたしは社長なのよ。今は仕事しか考えてないの」

ありきたりな言い訳でごまかし、食事を終えた。手早く化粧をすませて身支度を調える。

「じゃあ、行ってくるから。母さんは、しばらくそっとしとこう」

「終電前にゃ、帰っておいでな」

もりはら鉄道はディーゼル気動車を使っている。ゆえに電源設備はないので、終電とは言わない。終列車が正解なのだが、祖母に言っても始まらなかった。

自宅から森中駅までは急ぎ足で十五分。もりはら鉄道に社長専用の車などはない。仙台で営業車を出勤に使ってもいいと言われたが、できる限り鉄道を使うと決めた。仙台で乗っていた中古車も思い切って処分してきた。

下りの終点でもある森中駅には、駅員を置いている。始発列車を動かすため、技術課の者が早朝から働く必要があり、手分けして駅員業務もこなしているのだ。始発列車を停めておく車両基地もあり、駅舎の奥には技術課の分室棟も作られていた。

「お早うございまーす。今日も一日お願いしまーす」

出勤の前には、必ず駅事務所に顔を出すことにしていた。

「あ、お早うございます」

社員の返事はぎこちない。始発の乗客は少なく、ほぼ定期券を持つ通勤客だ。駅の業務は少なく、社員は皆くつろいでいる。そこに社長が毎朝現れるのだから、いい迷惑だろう。それでも図太く笑顔を作り、男たちの中へずいずいと乗り込んでいく。

二人の社員が動きを止めたのは無理もなかった。今朝の新聞を開いていたからだ。その一面には、運転士の制服を着て微笑む亜佐美の写真が載っている。

「ねえ、記事が小さすぎると思いません？」

急に若い女が近づいてきたのに驚き、年配の技術課員が身を引いた。

「とびきりの笑顔を作ったのに。もっと大きく扱ってくれればいいのに、ねえ」

亜佐美はわざと頬をふくらませた。

地元紙の一面だった。トップ記事ではないが、写真入りだ。若き社長の戦略に期待。配付した資料をもとに、今後のイベント列車も宣伝してくれていた。広告に換算すれば、数百万円単位のスペースで、文句を言ったのでは罰が当たる。

昨夜のニュース番組でも取り上げられ、友人たちから「テレビ見たよ」とメールが早くも十件近く届いていた。

「上野《うえの》にパンダが来た時は、もっと大きく扱ったわよね」

冗談めかして言ったが、社員の反応は薄い。

運転士と車両担当、営業課員など計八名の休日手当と燃料代で、出費は約三十万円。費用対効果としては悪くないどころか、安いものだ。小海老《こえび》で鯛《たい》を釣っておいて、本物のパンダに対抗しようとは欲が深すぎる。そう思っている目に見えた。だから、あえて言った。

「これじゃあ保《も》って三ヵ月ね、女社長の話題なんて。いや、二ヵ月かもしれない。なので――皆さんにも知恵を出してもらいたくて、これ、持ってきました」

そう前置きすると、深夜までかかって作った告知用のチラシを、紙袋の中から取り出した。机に置いてあったセロハンテープで、壁に貼りつける。

『第一回企画コンテストの開催でーす！　びっくり仰天の新たなイベント列車、誰もが目をむいて手に入れたがる記念グッズ、お土産お菓子の絶妙なネーミング、もりは鉄道を全国にアピールする斬新な手段でも構いません。みんなで知恵を出し合いましょう！　審査員は、我々社員一同。採用者には、社長決裁で三日間の有給休暇をプレゼントしますね。ふるってご応募ください。あ、あたしも応募しようっと！』

最後のワンフレーズは、女の子のイラストを描き添え、吹き出しの中に書いておいた。

二人の中年男が口を半開きにしてチラシを眺めた。ごく当たり前の提案なのに、このザマだ。硬直化しすぎて凍結したような社内の空気に風穴を開けないと、再建などは絵に描いた餅《もち》に終わる。

「じゃあ、今日も一日、安全運転で行きましょうね」

亜佐美は手を振って事務所を出ると、ホームへ駆けた。そろそろ出発の時刻だった。

今日の運転士は、タナカッチ。ただ田中《たなか》という名字に、モンチッチの「ッチ」をつけただけのお手軽さだ。自分のニックネームさえ凝《こ》ってみせようという気概もない。

「お早うございまーす」

すでに列車はホームに入線している。亜佐美は運転台横の乗務員扉を勝手に開けた。車内で窓を拭《ふ》いていた田中運転士が何事かと振り返る。

「昨日の今日でしょ。少し目立つかもしれないから、ここに避難させてくださいね。もちろん、邪魔はいたしません」

「あ、いや、はあ……」

社長命令とは違うのだと優しくお願いしてから、亜佐美はホームを振り返った。始発に乗ろうという客がそろそろ集まりだしていた。

「ご利用ありがとうございます。あと三分で発車いたしまーす！」

「あ、ニュース見たよ。社長さん」

「あんた、ここの出身だってね」

亜佐美に気づいて、気さくに話しかけてくれる客がいた。社長自ら鉄道で通勤する姿を見せることは悪くないはずなのだ。

よし、と腹を決めた。運転台に避難せず、乗客として乗り込むか。

作戦変更をタナカッチに告げると、亜佐美は一両編成の車内に移った。

「あれま、社長さんも出勤かえな？」

「ええ。昔も通学でずっと使ってました」

車内は五分の一も席が埋まっていない。亜佐美に気づかず、ロングシートに座るなり居眠りを始めた男性もいる。ニュースで取り上げられたところで、客が少ないため、心配するまでのことはなかった。それがかえって侘《わ》びしさをつのらせる。

ホームに発車のベルが鳴り、田中運転士がドアを閉めた。のそのそと列車が動き出す。

亜佐美は仙台にアパートを借りて長く一人暮らしをしていた。一年に一度、実家へ顔を出せばいいほうだった。正直言えば、いつもは中古で買った車で帰省していた。列車の本数が少なかったからだ。

せめて通勤客をもう少し呼び戻したい。駅の近くに住む人なら、まだ取り込める余地はある。が、接続するバスの本数は限られ、それぞれの駅までの交通手段がない。

自転車置き場は整備されていたが、雨や雪になれば住民は車を頼る。どうせ車があるなら、わざわざ鉄道に乗る必要もない。

駅に無料の駐車場を造り、鉄道利用を奨励する策はあった。パーク・アンド・ライドという方式だ。定期券を買えば、ガソリン代より安くつく。そう訴えたくとも、駐車場を作るには資金がいる。自治体の力で何とかならないものか。

通勤通学の時間帯に、快速を走らせる手もある。が、取り残される駅の住民が不満の声を上げるだろう。正攻法では、もはや打つ手が限られていた。

亜佐美は田舎に戻り、この沿線の風景が十年以上もまったく変わっていないことに驚かされた。時の流れから取り残され、町がひそやかな眠りにつこうとしているように思えた。

もりはら鉄道に人があふれた時代を、亜佐美は体験していない。昔を知る人は帰らぬ時代を懐かしむだけで、最初から醒《さ》めた目をしている。せっかくの鉄道が走っていながら、沿線の暮らしに役立てようという者は少ない。無性に悔しくなる。

新幹線アテンダントの業務はきつく、三十歳をすぎた先輩が次々と辞めていった。その姿に、亜佐美は明日の自分を見た。インストラクターとして会社に残る道はあった。マーケティングの参考にしたいので体験談を話してくれ、という講演依頼も寄せられた。このまま歳を取っても食べてはいけそうだった。そして無難な相手を見つけて結婚し、子どもを育てていくのだろう。

自分の先が見えた気がした。淋しくなった。廃線を時間の問題とあきらめている故郷の人々の姿と、どこか重なって見えた。

ところが我が家には、五十歳をすぎてもまだ女をあきらめきれず、みっともないまでにあがき続ける者がいた。亜佐美は、今なお本気で男のためにボロボロと涙を流せる母の姿を見て、決意を固めることができたのだった。

町の人々は傷つくのを恐れるあまりに、あきらめている。三十一年生きてきて、初めて母に教えられたと言っていい。

一駅ごとにぽつぽつと乗客が増えてくる。亜佐美は原坂駅で列車を降りた。まだ七時十分。

「お早うございまーす」

出社すると、まずは運輸部のオフィスに顔を出す。すでに運行担当と運転士が待機している。連絡係を兼ねる運行担当は、ベテラン運転士の兼務でもある。

ここでも果敢に男たちの中へ割って入り、企画募集のチラシを見せて微笑んだ。またも反応は薄い。それでも、ドアはたたいて押さない限り、開きはしない。

自らチラシを壁に貼ると、二階の総務へ上がった。亜佐美の独断で、社長室は封印した。総務の片隅に空いた席があったので、そこを自分の居所と決めた。いくら客寄せパンダと見なされようと、社内でも檻に入れられたのではたまらなかった。

こんな朝早くから出社する者はいない。

新聞をじっくりと読んでいった。マスコミときたら、ホント若い女に弱い。ある全国紙では地方版のみでなく、社会面でも取り上げていた。人を紹介する欄や、編集雑記にまで亜佐美のことが書いてあった。が、お手並みはこれから、と批判的な書き方も目につく。まあ、当然だろう。

記者会見をイベント化したのは成功と言っていい。問題は、このあとだ。

資本を投下せずに集客を図るには、今回のようにマスコミを利用するほかに手はなかった。となれば、社長自らがアテンダントを務める新たなイベント列車の企画が必須だ。

イベント列車は通常、横に二席ずつのクロスシートを使う。そのため定員は限られる。三両編成ができても、百二十名ほどを集客できるにすぎない。

日曜ごとのイベント列車が満員になっても、月に六百名前後。一年でたった六千人強。

通常の切符よりは多少の儲《もう》けは期待できるが、乗客一人につき千円も黒字が出るケースはない。天然鮎の塩焼きが入った弁当にお茶をつけて、四千円。宣伝費と弁当代を引けば、儲けはたかが知れている。

数が多くなれば、利幅は増える。が、過去の例を見ても、百名も集まるイベント列車はまれだ。乗客が三十名に満たなければ赤字が出る。

新社長の効果で、イベント列車の予約は埋まるだろう。その熱が残っているうちは、土日と祝日にはすべて走らせるしかない。

ここしばらくは、鉄道ファンの集客も期待できる。それに合わせて、新たな土産物の商品開発が急務だった。が、ひとつの土産物が完成して納品されるまで、どんなに急いでも二ヵ月はかかる。それまで女社長の話題が保つか……。

「あれ……お早うございます」

新聞と睨めっこしていると、早くも目当ての男が出社してきた。熱心なことだ。

「お早う、鵜沢君！」

「ずいぶんと今日は早いですね、社長」

亜佐美が勤めていた車内販売会社でも、人より早く出社することが、上司としてのやる気を見せる場だと考える勘違い男がいた。きっと彼は、県庁でもこうして早く職場に入り、部下を鼓舞《こぶ》するつもりで無言のプレッシャーを与えてきたのだ。

すべてにおいて、そつがない。手堅すぎて、嫌味を全身で放っていながら、自分で気がついていない。典型的なお役人だ。あまり近づきたくない相手だが、この男を手懐けていかないと、思うような仕事ができなかった。

「ねえねえ、見たでしょ。新聞」

「ええ、まあ……」

猫撫で声で誘いをかけたが、鵜沢は言葉をにごして席に着いた。

亜佐美は知っている。この男が毎朝、通勤の列車内でいくつもの新聞にくまなく目を通しているのを。その証拠に、鞄の端から新聞の束がのぞいていた。

晴れて県庁へ戻る時に備えて、県下の情報に目配りを欠かさないよう気をつけているのだ。そうでありながら、社長の話に乗ってくる素振《そぶ》りもない。素人社長の尻ぬぐいをさせられるのはご免だと、一線を画しておく気なのだ。本心が丸見えだった。

「もっと大きく扱ってくれるのを期待してたけど、まあ、こんなものかもね」

「費用対効果としては、かなりの成果だと思います」

実に無難な論評だ。ありきたりすぎる。がめつさが、どこにもない。このもりはら鉄道から最も排除すべきは、あきらめを引きずった無欲さ、淡泊さなのだ。

無難に渡り歩いたほうが得。ガツガツ成果を求めすぎる上司は嫌われる。そのくせ朝早くに出社するという、まさしく役人根性が染みついている。

「鵜沢君も思うでしょ。女社長の話題なんて、保って三ヵ月よね」

「かもしれませんね」

「だから、頼むわよ。君は副社長なんだから、最低でも三件はプレゼンしてよね」

「は？」

意表を突かれたように、鵜沢が振り向いた。そこへ話がつながるのか、油断ならぬ女だ、と顔に書いてあった。

「見たでしょ、手書きのチラシを」

「えー、つまり、本気なんですね」

「当たり前よ。前の社長の時は、自由に意見をぶつけ合える雰囲気じゃなかったと思うのよね。イベント列車の企画だって、無難すぎてまったく面白味がないもの。ディズニーランドのサービスを見習わなきゃ」

鵜沢がそっと目をそらした。この男、口でいう前に態度で気持ちを表し、相手に自省をうながそうとしたがる。うるさく小言を重ねて嫌われたくない。自ら部下を引っ張ろうというバイタリティーとは無縁で、自分は管理職だとの高みに立っている。

「ねえ、君。どうせ社員から斬新なアイディアなど出てきっこない、って思ってるでしょ。世の注目を集められる企画が自社で開発できていれば、ここまで赤字が増えるものかって」

「社長の気持ちはわからなくもありません。社員からも意見をつのったという形を残しておかないと、あとで大変でしょうから」

あくまで冷静に鵜沢は言う。鋭いところを突いてもいる。素人社長が独走したのでは、社員がついてこないおそれはある。そのためにも、知恵を出し合うという場は重要なのだ。

亜佐美も最初から社員に多くを期待してはいなかった。が、社内の空気を変えていくことこそが、本当の狙いなのだ。

「大変なのは当たり前でしょ。だから、できることは何でもやるの。そこで、まずは駅のトイレを直していくから、入札の告知を業者に出してね」

「えーと……。でも、どこのトイレでしょうか？」

そんな予算がどこにあるのだ。本音ではそう言いたかったのだろう。はい、と返事をせずに、遠回しの訊《き》き方をしてくる。

「すべてよ。君には言ったでしょ。この沿線の駅のトイレはすべて汚すぎるって」

鵜沢が笑った。口元がゆるみ、首を傾《かし》げるような仕草を見せた。いけ好かない男だ。

「鵜沢君。君は汚いトイレばかりの駅しかない鉄道に、また乗ってみたいと思うわけ？」

「もちろん、思いません。トイレは綺麗なほうが快適でしょう。でも、すべての駅でトイレを改修するなんて、いくらかかると思うんですか」

「だから、まずいくらかかるか、見積もりを業者から集めるのよ」

「無理ですよ。経営会議が認めるわけありません。廃線の瀬戸際に立たされてる駅を今からすべて改修したところで、いたずらに赤字を増やすだけでしょうから」

今度は亜佐美が笑う番だった。

「正直者ね、鵜沢君は」

「はい？」

「今、廃線って言ったでしょ。ゆくゆくは県もそう判断するしかないって考えてるのよね」

鵜沢のまばたきが急に激しくなった。少しはジャブが効いたらしい。それでも顔色を変えないのは、自制心の強さではなく、亜佐美をまだ甘く見積もっているからだ。

「たとえばの話ですよ。赤字をこれ以上増やしたら、次年度はもう立ちゆかなくなるでしょう。トイレの改修は、費用対効果としてもすぐ数字につながるとは思えません。そういう出費を、銀行が承諾するとは思えません」

自分の意見ではなく、銀行関係者に責任をなすりつけるという、見事な役人答弁だった。少なくとも、頭の切れない男ではない。

亜佐美は腰に手を当て、鵜沢に微笑んだ。

「昔から、駅のトイレって汚いものの代名詞だったでしょ。でも、ＪＲも大手私鉄も、今はトイレの改修に励んでるわ。リピーターの数字に大きく関係してくるからよ。汚いトイレばかりじゃ、せっかく女社長の話題に乗せられて集まってくれる鉄道ファンも、あきれてネットでこき下ろすでしょうね。女性客をつかむためにも、トイレの改修は最優先課題よ！」

もりはら鉄道の運行本数は少ない。遠方から来てくれた旅行者は、駅で次の列車を待つ時間が長くなる。トイレが汚いのでは、嫌な思い出として記憶に焼きつく。二度と訪れてくれないどころか、悪い評判ばかりが広がっていく。

「では、経営会議の席で、そう提案をいたしましょう」

やるだけ無駄でしょうけどね。鵜沢は口ぶりでまた本音を語り、パソコンに向かった。

「知ってるわよね、鵜沢君。前社長がいくら給料をもらっていたか？」

鵜沢の動きが止まった。県からの出向者として、過去の経理には目を通したはずだ。前社長は元銀行マンであり、赤字会社ながらもそれなりの額が保証されていた。

「五木田会長は、そこまでとはいかなくても、結構な数字をわたしにオファーしてくれたの。でも、素人の女が、名ばかり社長のくせに、誰よりも高い給料をもらってたんじゃ、社員みんな頭にくるでしょ」

「かもしれませんね」

またも無難な回答で、事足れりと考えている。この男は県からの出向者なので給与体系が社員と異なる。県から給与が出ているため、いくらもらおうと治外法権だが、前社長に引けを取らない高給取りなのだ。

「会長から、社長の年俸については聞かされています」

「それなら話は早いわね。鵜沢君だけに言っておくわよ。わたしが社長を引き受けるに際して、会長にひとつだけ条件をつけたの。それがトイレの改修」

またもまばたきが激しくなった。彼の常識では考えられない提案だったと見える。

「でね、前社長との差額に当たる五百万円を、トイレの改修にすべて使わせてもらう許可を得ておいたの。つまり、差し引きゼロ。銀行だって文句は言わないでしょ。本当なら、わたしが受け取ってもよかったお金なわけだから、ね」

五百万円もの金を駅のトイレに投げ捨てる変人を見て、鵜沢が笑った。今度は口元だけでなく、肩まで小刻《こきざ》みに揺らしていた。

嫌な笑い方ではない。そうまで入れ込んでいるのか。どこかで面白がっているのだ。株主総会の席でも、この男は同じように笑っていた。

鵜沢が軽く咳払《せきばら》いをして笑みを消した。

「それなら結構です。確かに銀行もとやかく言ってはこないでしょうね。わかりました。直ちに見積もりを集めてみます」

「でも、たった五百万円しか元手はないのよね。いくつの駅を改修できるか、それが問題よ。見積もりを出してもらって、さらに泣き落としで安くしてもらいましょうね。車内吊りの広告をただで出すから、もっとまけろと交渉すること。いい？」

「車内の広告は、まったくのがら空きですからね。遊ばせておく手はないと思ってました」

さっそく仕事を始めかけた鵜沢に、亜佐美は待ったをかけた。

「断っておくけど、見積もりを出してもらう業者は、この沿線に限るからね」

「は？」

「もり鉄は沿線住民とともにあるのよ、当然でしょ。いくら見積もりが安かろうと、仙台の業者に頼むわけにいくものですか。うちが沿線にお金を落とそうとしないで、住民の人たちが鉄道にお金を払ってくれるわけはないでしょ」

意表を突かれでもしたのか、鵜沢が黙り込んだ。

どうせ県庁時代からつき合いのある業者に声をかけるつもりでいたのだろう。亜佐美が過去の発注を調べたところ、ＪＲ系の関連会社に仕事を頼むケースが実に多かった。慣例と腐れ縁に頼って仕事をしてきたのである。

「そこで、さらに相談があるの」

列車を模した小箱を取り出し、顔の横で振ってみせた。もりはら鉄道の派手なカラーリングをそのままパッケージに印刷して、キャンディーやクッキーを入れた土産物だ。

「この裏の表示を見ると、製造元は沿線の会社じゃないでしょ。こんなのありだと君は思う？　単に儲かればいいわけ？　恥ずかしくないのかな……」

土産物は、原価を安く絞れてこそ、利益が出る。何の変哲もないお菓子を列車に似せた紙箱に入れるだけで、付加価値がプラスされる。

前社長は徹底したコストダウンを図り、最も安い数字を出してきた業者に発注する方針を採った。そのため、地元の業者はほとんど切られた。鮎を使った弁当も、実は仙台の食品会社に任せている。地元の鮎など、嘘八百なのだ。

事業規模が大きいほど、大量納品による効率的な経営ができる。品質管理の点でも、安心して任せられる。この沿線に、頼りとなる大企業はない。

「すべてを地元業者に換えていくのは難しいと思う。だから、早く次の商品を開発しなきゃダメなのよ」

「それで企画コンテストですか……」

「これからは、沿線とともに発展していく鉄道だって、もっとアピールしていかないとね。車検とか燃料は専門的な分野だから、ＪＲの関連会社を頼るのは仕方ないと思う。けど、お土産とか制服のクリーニングとかイベント列車のお弁当とか、地元と縁のない取引がどれだけあるか、面倒でも総点検してくれないかしら」

とびきりの笑顔で優しく言ってやったのに、鵜沢は臭いものを鼻先に当てられたような表情に変わった。視線を外してから、ぼそりと言う。

「社長の志は素晴らしいと思います。誰が聞いても賛同したくなるでしょう。しかし、もう少し現実を見てからにしたほうがいいのではないでしょうか」

「あら、どういう意味かしらね」

「うちの沿線に、トイレの改修を安心して任せられる業者が本当に見つかると思いますか？　クッキーや飴玉、それにパッケージを大量発注して、問題なくさばける企業がどれほどありますかね？　町と一緒に発展していきたい。みんな思ってますよ。でも、もりはら鉄道はもちろん、沿線の企業にだって、のし上がってやろうという覇気《はき》がどこにあります？　やる気がないから、商売のノウハウだって育ってこない。だから、仙台や東京の大企業に負けて、下請けに甘んじるほかない。そういう連中の尻をたたけばいいんでしょうが、町ぐるみで歩んでいこうなんて悠長なことを言っている時間が、このもりはら鉄道にありますかね？」

いつも冷ややかなほどの落ち着きを見せる男が、真正面から反論してきた。この男、田舎の出張所あたりで苦労してきた経験があるらしい。苦い過去からくる不満をぶちまけ、さあ、どうする気だ、と迫っていた。

「決まってるでしょ、それでもやるのよ。まずは見積もりを出せって言うところから始めるの。やる気がないんじゃない。田舎にはチャンスがないの」

亜佐美が受けて立つと、ついに鵜沢が椅子から立ち上がった。

「違うな。チャンスは天から降ってくるものじゃない。田舎は、県や国の補助金に頼ってばかりきたから、ただ口を開けてピーピー鳴いていれば、餌《えさ》を持ってきてくれると誤解してるんだ」

「そういうふうに田舎のやる気を排除して、手懐けてきたのは、あなたたちお役人でしょ。田舎の企業に天下り先が用意できるわけなんかない。だから、大企業とばかり組みたがって、そこから補助金の一部を地元に落としてるだけじゃないかしらね」

言いたいことは、こちらにもある。

鵜沢が横を向いて鼻で笑った。

「わかってないな。田舎の議員がどれほど横暴で世間知らずか……。県の職員を使用人か何かと勘違いしてやがる。そのくせ、補助金申請の細則を知りもせず、こっちが手取り足取り教えてやらなきゃならないんだ」

「何言ってるのよ、それが役人の仕事でしょ。地元と県や国の間で潤滑油となって働く。上司や大企業の顔色なんか見ないで、県民を見るのよ。沿線住民のことをまず考えて仕事を進める。それが鉄道経営のイロハの〝イ〟よ」

「沿線を優先して赤字を増やしたんじゃ、住民のためにならないから言ってるんですよ。どんな見積もりが上がってくるか、今から楽しみでしょうがないな」

気がつくと、経理の若い女の子がドア横で立ちつくしていた。出社早々、社長と副社長が角突き合わせて罵《のの》り合いを演じていれば、誰だろうと体がすくみ上がる。

「あら、かおりちゃん、お早う！」

君子豹変《くんしひょうへん》のスマイルをこしらえて言ったが、町村《まちむら》かおりは機械じかけの人形のように堅苦しく一礼し、それから廊下の奥へ逃げ去った。

「見なさいよ。君が急に熱くなるから、誤解されたじゃないの」

文句を言ったが、鵜沢はもうデスクのパソコンに向かい、我関せずと仕事に戻っていた。変わり身の早さは、役人の得意技でもある。朝令暮改は当たり前の世界なのだ。

亜佐美は、町村かおりを追いかけて廊下に出た。意見の衝突はあって当たり前。そう伝えておかないと、首脳陣の不和が社内に広まってしまいそうだった。

2

午前九時になると、イベント列車のネット予約と電話予約がスタートする。

昨日の記者会見がテレビでも話題になっていたので、少しは予約が入るだろうと期待はできた。営業課員——といっても二名だが——にスタンバイを命じると、八時三十五分に最初の電話が鳴った。

「社長が乗るイベント列車はどれだって問い合わせなんですけど」

電話を取った山下が、亜佐美に向かって受話器を振った。その横でまたもコール音が響き、村上が手を伸ばす。さらに、経理の席でも電話が鳴った。

会社の回線は三本しかない。そのすべてにイベント列車の問い合わせが入ってきたのである。予約開始の二十五分も前に。

「おい、村上君よ。イベント列車の問い合わせだ。電話、出てくれよ」

経理の席から呼びかけがある。営業を統轄する立場の鵜沢は、パソコンの前に座ったまま静観する構えを見せている。その後ろ姿から、どう対処するのだ、との声が聞こえるようだった。

亜佐美はオフィスの注目を集めて、にこやかに笑った。

「よしよし、そうこなくっちゃ。狙いどおりね。みんな、今日は覚悟してよね。問い合わせの電話がじゃんじゃん来るはずだから」

「社長、どう答えたらいいんですか」

山下が困り果てて催促の眼差しを寄せた。

「さあ、客寄せパンダの出番よ。六月末まで企画されてるイベント列車のすべてに社長が乗り込む予定だ、と答えてちょうだい」

「本当に大丈夫なんですか」

村上が受話器を手にしたまま壁のカレンダーを指さした。

「ゴールデンウィークには、ほぼ毎日イベント列車を走らせる予定ですよ」

渓谷せせらぎ列車。山菜満喫列車。いちご狩り列車などなど……。名前は違えど、すべて弁当と飲み物がセットになった観光列車である。

今は多くのローカル線で、似た企画を行っている。最初は物珍しさから、予約が埋まったと聞いた。ただし、もりはら鉄道の場合、実は列車の中で弁当を食べるだけの企画がほとんどだった。一応、周辺の観光案内は車内で行う。が、終点の森中駅へ到着したら、あとは鈍行列車に乗って帰るだけの旅になる。本当ならその帰りに観光を楽しみ、お金を落としていってもらいたいが、契約農家でのいちご狩りのほかは、さしたるイベントもないのが実情だった。

近ごろでは採算割れの列車もある。もう四月なのに、ゴールデンウィークのイベント列車も予約が空いている。それもあって、昨日の記者会見に期待していた。

「本当にいいんですね、社長」

村上が再度の確認をしてきた。今が勝負時だと、彼も過去の経験からわかっているのだ。

「いいわよ、ドンときなさいって。最大四両までは編成できるはずよね。定員ギリギリまで予約を取ってちょうだい」

「了解です！」

村上と山下の二人が同時に叫び、受話器に向かった。鵜沢が振り向き、「知りませんからね」と念押しするような目を向けてきたが、亜佐美は彼に手を振り歩きだした。

「ちょっと運輸部に相談してくる。あと何本、臨時列車が動かせそうか聞いてみるわね。これから毎週、土日に走らせるわよ、覚悟しといてね！」


イベント列車の予約が好調という話が広まっただけで、社内が急に明るくなるのだから現金なものだ。堅物で知られた岩本運輸部長も、亜佐美の話を熱心に聞いてくれた。これで素人社長への風当たりも、少しは弱まってくれる。

だが、亜佐美は気合いを入れ直した。たとえイベント列車を増便し、満杯になっても赤字は消えない。今はまだ焼け石ににわか雨といった程度だ。

ホームページの担当者として総務に雇い入れた若い宮崎聡《みやざきさとし》に命じて、早速イベント列車の告知ページを模様替えさせた。

『新社長が車内販売をいたします！』

宮崎が新たに書き加えようとしたコメントは、そのひと言だけだった。

亜佐美は頭を抱えて、宮崎の横に椅子を置いて話しかけた。

「ねえ、宮崎君。君は仙台のいい大学出てるのよね」

「はい、ありがとうございます……」

誉めてるわけではないのに、礼を言うとは空気を読めないにもほどがある。頭はぼさぼさで度のきつい眼鏡をかけ、どう見てもオタクでしかない青年に笑いかける。

「君だって、女の子をデートに誘う時は、嘘でも美辞麗句《びじれいく》を並べるでしょ、違うかしら?」

「ぼくは嘘を言いたくありません……」

この、糞真面目《くそまじめ》が。

「いいのよ。嘘も方便。まずは振り向いてもらわなきゃ、一歩も前に進めないの。ラブレターだと思って、ホームページを作り直しなさい」

「はあ……」

どこまで真意が伝わったか。頼りない返事に先が思いやられたが、次に仕上げてきたコメントは、そこそこだった。

『カリスマ・アテンダントと呼ばれた新社長自ら、車内販売のサービスをいたします! アットホームなひと時をぜひお楽しみください。六月いっぱいまでの限定列車です。お見逃しなく！』

「やればできるじゃないの」

亜佐美はそこに自ら一筆、つけ足した。

『さらに、ゴールデンウィーク特典として、次回のイベント列車の割引券もプレゼント！　今がチャンスですよ』

「なるほど……。割引券という餌で、新たな獲物を釣り上げようって魂胆《こんたん》ですね」

「魂胆なんて言い方、聞こえが悪いでしょ。経営戦略と言ってちょうだい。次の収益につなげていくのが、仕事の基本よ。ＰＲの仕方ひとつで売上は変わってくるの。肝《きも》に銘《めい》じておいて」

「でも、社長。どうして六月いっぱいのイベント列車までなんですか」

予約電話がひと息ついたらしく、村上が席を立って亜佐美に呼びかけてきた。周りの社員までもが注目していた。

ここぞと見て、亜佐美は言った。

「だって、七月になれば学生たちが夏休みに突入するでしょ。次なるビッグシーズンの到来よ。それに合わせて、うちも大規模プロジェクトを立ち上げます」

席を立って手を突き上げると、こちらをうかがっていた鵜沢が警戒心に満ちた目になった。

いや、彼一人ではない。その場の者がすべて手を止め、パンドラの箱でも見るような、おっかなびっくりの顔になっていた。会社には予算がなく、大規模プロジェクトなどは夢のまた夢だとわかっているのだ。

亜佐美は一同の視線を受け止め、オフィスの真ん中へ歩み出た。

「皆さーん。企画コンテストのチラシは見ていただけましたよね。締め切りは今週いっぱい。その手始めとして、まずわたしが最初の提案を、今この場で発表しまーす。はい、注目！」

高々と右手を上げ、クルリとその場で一回転してみせた。新幹線の車内販売でも、まずは人目を集めなくては仕事にならなかった。

「夏休みには、もちろんイベント列車をたくさん走らせますよ。でも、そのほかにも観光客を集める手を打たないと、赤字は消えません。そこで——第一回もりはら鉄道グルメ・グランプリを開催しまーす！」

どよめきがオフィスに広がった。

鉄道とグルメ。そのつながりが、社員には想像できなかったらしい。

「グルメ・グランプリ。略して、グルグラ。もりはら鉄道の全十七駅の近くにある飲食店に協力してもらい、絶品グルメを募集します。で、お店にスタンプを置いて、スタンプラリーを行って鉄道の利用客を増やす作戦です。グランプリを決めるのは、もちろんお客様。しかも、夏の期間限定で、乗り放題の特別記念切符も販売します」

「面白そうですね。それ……」

真っ先に反応してくれたのは、旅行代理店に勤めていた経験を持つ村上だった。

その横で、鵜沢がひそかに吐息をもらしたのを見逃さなかった。彼には朝方ヒントを与えたのに、まるで気乗り薄の様子だ。そこで、取って置きの秘策をぶち上げた。

「ただの切符じゃないわよ。何だと思う、鵜沢君？」

名指しされた鵜沢が、面喰《めんく》らったように背筋を伸ばした。

「えーと、だから、今も発売する一日券の有効期間を、少し延ばした切符ですよね」

「ブー」

わざと明るく亜佐美は言った。経理のほうで、クスクスと笑いが起きる。

「そんなのありきたりでしょ。ヒントは夏休みよ。家族連れも集客したいし、リピート客も大事よね。期間限定とはいえ、ひと月以上も使ってもらう切符なのよ。ただの紙製じゃ、ボロボロになるかもしれないし、なくすことだってありそうだしね」

「わかった。バッジですね。どこかのテーマパークで、乗り放題の搭乗券代わりとして、子どもたちにバッジを配ってたと思いますから」

若い山下がよその会社の企画を引き合いに出して言った。独自に情報を集めていたらしく、少しは見どころがある。

「あ、ぼくも聞いたことあるな、その話……」

宮崎がすぐに応じたが、亜佐美は顔の前で手をクロスして、バッテンを作った。

「ブー。残念だけど、ちょっと違うわね。バッジだとつけ替えるのが面倒でしょ。子どもが指を怪我するかもしれないし。もっと大きくて、身につけられるものよ」

「帽子ですか」

村上が、ふたつに割れたあごの先をつまみながら言った。

「実は、それも考えたのよね。でも、特注品を作るのに、ちょっとお金がかかりそうでしょ。窓から顔を出して、風に飛ばされる事故も起きそうだし。値段も高くなると切符自体が売れなくなって、黒字も出にくくなるおそれがある。そこで——Tシャツを作ります」

「なるほどなあ……」

総務の席から唸るような声が上がった。

自分でも悪くない発想だと思っている。亜佐美はオフィスを見回した。

「ちょっと想像してくださいな。この沿線に、そろいのTシャツを着た親子があふれている光景を。マスコミが面白がって取り上げてくれること間違いなし。必ずまたただでPRしてくれるわよ」

「でも、社長。もし切符が売れなかったら、多くの在庫を抱えることになります」

千客万来の夢に冷や水をかけるように言ったのは、案の定、鵜沢哲夫だった。名前のとおりに、ウザイやつだ。その場の厳しい目が、県からの出向者に集まる。が、その程度で怯《ひる》むような面の皮ではなかった。

「大量発注すれば、Tシャツなら確かに安く作れるでしょう。けど、その数字を読むのが難しくはないですかね」

経理の席で、また町村かおりが野良犬の喧嘩《けんか》に出くわした野兎のような目で身を縮めていた。

ここは鵜沢の挑発に乗ってはならない。亜佐美は彼に微笑み返した。

「そこは考えてあるわよ。Tシャツなんか、どこにでもある安物でいいの。ひと夏だけ保ってくれればいいわけだから。そこに、図柄をプリントしてくれる業者を探せばいいわけよ。注文が入りそうな分だけ、数日前にプリントしておく。そうすれば、見込み発注のしすぎで大量在庫を抱えるリスクは減らせるはずよ。最初の企画としては、Tシャツが最適だと思うのよね」

「賛成。すごく楽しそうな企画だと思います」

宮崎が手を上げ、早くも賛同してくれた。若いからこそ自由に発言ができる。これを待っていたのだ。亜佐美はオフィスの中を闊歩しながら先を続けた。

「新幹線の売り子も、どれだけ商品を仕入れておくかが肝心なのよ。列車に積み込める品物の数は限られてるでしょ。数を読み違えて売り切れたら、商売し損なうわけ。そういう時、わたしたちは停車先の営業所に電話を入れるの。で、二分間の停車時間に補充の商品を積み込む。単価の高いお弁当は、注文を取ってから、アツアツのものを停車駅で仕入れたりもしてたわ」

「おお……」

またも経理の席から声がわいた。経験からくる実例は、説得力を持って胸に響く。危ぶみを捨てきれずにいるような鵜沢の前で、亜佐美は足を止めた。

「まずは営業のほうで企画書を仕上げてもらえるかしら。早速、明日にでも地元の商店会を回りたいから」

「……わかりました」

まだ不服を秘めたような鵜沢の返事を聞き流して、亜佐美は大きく手を振り、一同を見回した。

「皆さんも、グルグラ・スタンプラリーみたいなとびきりの企画を考えてください。もり鉄に猶予の時はないんです。それこそ二十四時間、たとえ寝ながらでもずっと考え、知恵を絞ってくださいよ。必死に考えた分だけ、必ずひらめきは下りてきます。何も思いつかないっていうのは、人より考えてない証拠ですから。お願いしますね」

翌日から早速、沿線のささやかな商店街を回り、企画書を渡していった。新入りの社長と副社長の挨拶も兼ねているのだと鵜沢を言いくるめて、彼も同行させた。この男を早く丸め込まないと、居心地が悪くて仕方なかった。

「わかりました。ぼくも沿線をじっくり見てみたいと思ってましたから」

さして興味などなかったような顔ながら、聞こえのいい役人答弁で、見た目には素直について来た。本音は、客寄せパンダの調教師役として、目を離すわけにはいかないと思っているのだ。

手始めとして、本社のある原坂駅前の商店会長を二十年にわたって務め、合併前までは町会議員の職にもあったベルタウンの会長を訪ねた。

ベルタウンとは、昔ながらのやや古くさい百貨店というか、ショッピングモールなのだが、近年は国道沿いに大規模小売店舗が続々とできて客を取られたために苦戦が続いている。それでも地元の実力者であり、こういう人物の協力を得ないと、商店街の活性化は図れなかった。

ベルタウンの裏に立つ雑居ビルに社長室があり、鵜沢と二人で歩いていった。

「今時ベルタウンってネーミングが寒すぎるよなぁ……」

鵜沢が薄汚れた百貨店を見上げて、ぼそりと言った。

頭の固い役人のわりには、まっとうな意見も言えるらしい。店舗の象徴たる屋上の大きなベルも錆《さ》びつき、今では鳴ることもなくなっていた。

「この店にも変わってもらわなきゃならないのよ。若者が集まるスポットになってくれたら、鉄道の利用客だって増えるでしょ」

「若者や家族連れは、みんな車で移動してますよ」

またも斜めに見る意見を口にする。言い合いした一件をまだ根に持つとは、執念深い。

「だから、我々の知恵と営業努力で、その流れを変えるのよ。鉄道に注目してもらえる企画が勝負だからね」

決意を込めて言ったが、まったく暖簾《のれん》に腕押しだった。鵜沢は眉を一ミリたりとも動かさず、無表情で亜佐美の言葉を聞き流した。いけ好かない男だ。

社長室で待ち受けていた元町議は、田舎のオジサンを絵に描いたような大仏めいた髪型と体型で、作業服としか見えないジャンパーを着ていた。その隣には、ひと回り小さくした男が座り、二代目なのだとわかる。

実務に徹してセンスのかけらもないスタイルを恥じない二人が経営者なのだから、ベルタウンが時代から取り残されていくのも致し方ない。鵜沢がちらりと横目で見てきたのも、「ほらね」と言いたかったからだろう。

「地元へのご挨拶が遅くなりました。このたび、もりはら鉄道の社長として働かせていただくことになりました篠宮亜佐美です。年間二億円もの赤字体質から脱却はできておりませんが、鉄道を守るためにも頑張っていくつもりです。そこで今回は、周辺地域の活性化も兼ねて、このような企画をご提案させていただきたく、まいりました。沿線に人が集まっていかないと、鉄道の再生もありません。どうかご協力をお願いいたします」

企画書を出して、グルメ・グランプリに参加してもらえそうな飲食店を紹介してもらいたい、と告げた。ついでに、スタンプラリーの賞品を提供してもらえないか、と頼み込む。

「この企画を成功させる鍵は、地域の一体感だと考えています。地元の名産を新たに掘り起こし、かつ広く世にアピールしていく。取っかかりは食べ物ですが、特産品を賞品としてご提供いただくことで、広告の場としていきたいと考えております」

要は、今回の企画が必ず地元の宣伝になるので、賞品を無償で提供してくれないか、とねだるわけである。

「B級グルメのグランプリで、町おこしになるって話がありましたよね、父さん」

「なるほど、その二匹目のドジョウってわけか……」

口は悪いが、親子二人で大きくうなずいてくれた。

まだ企画書一枚で先の見えない話なのに、好感触だ。おそらく女社長の話題が地元にも浸透し、いくらか期待感があるのだろう。

「でも、うちはショッピングモールで、地元の名産は置いてないからね」

「父さん。うちの地下で確か地酒を扱ってましたよ。今はやりの、さらりとした飲み口じゃないけど、田舎風のこってりした風味を逆に売り物にすれば、少しは話題になるかも……」

亜佐美は失礼ながら、小型の大仏の冴《さ》えない膨《ふく》れ面《つら》を見直してしまった。

「そうです。まさにそのとおりなんです。地元にしかない産物を、都会風ではない切り口で売り込んでいく。そういうアプローチが大切なんです」

「小さな酒蔵でしてね。炭鉱でここらが賑わってたころにできたんじゃなかったかな。今も続いてるんだから、それなりの酒だとは思いますよ」

「じゃあ、マンペイさんなんか、ちょうどいいのかもな。ここらじゃ、四代続いたそば屋だし。店の見てくれはともかく、味だけは保証できるだろ」

そばと聞いて正直、亜佐美は気が乗らなかった。

うまいそば屋は全国いたるところにある。地元に根ざした名物そばがあるという話は聞いたことがない。普通のそば屋では、グルメ・グランプリの趣旨に合うか……。

「ちょっと本人に聞いてみるかな」

重々しい体格なのに、元町議はすぐに腰を上げて、デスクの受話器を取った。

せっかくの厚意を無下にもできず、亜佐美は成り行きを見守った。横に座る鵜沢が、また目配せをしてくる。

「あー、そうなんだよ。例の新しい社長さん。これがなかなかのべっぴんさんでな。ヨコちゃんのとこで、名物のそばがあるんじゃないかと思ってな。……ああ、あるかい。じゃあ、これから社長さんと一緒に行くから」

あれよという間に話がまとまり、商店街の中ほどにある「万平《まんぺい》そば」に連れて行かれた。

丸顔の店主が自信たっぷりに出してくれたのは、ごく当たり前の山菜天ぷらそばだった。食べてみると、確かに味は悪くなかった。が、グルメ・グランプリの趣旨からは外れている……。

鵜沢は、我関せずとそばをすするのみで、あとは任せた、と態度で表していた。

亜佐美は迷った末に、箸を置いた。

「ご主人。大変美味《おい》しいおそばでした。けれど、これではごく普通の天ぷらが載ったそばです」

逃げずに真正面から言うと、人のよさそうな店主の顔が、一気に表情をなくした。

「何言ってんだい、あんたは。ごく普通って……うちは四代続くそば屋なんだ。うまいそばを作って、何が悪い」

「どうかお聞きください。わたしどもが探しているのは、この沿線を広く東京にまでアピールできる安くて美味しい食べ物なのです。ごく普通の山菜天ぷらそばでは、いくら美味しくても人は呼べません。仙台や東京でも、美味しいそばは食べられるからです。そばを名産とする地方都市もあります。このもりはら鉄道の沿線に来ない限り食べられない、スペシャルなそばを作っていただきたいのです」

「そんなこと言ったって、なあ……」

店主は元町議と顔を見合わせ、はげ上がった頭を撫で回した。鵜沢も箸を止めて、亜佐美の出方を注目していた。ここは正攻法でいくしかない。

「実は、新幹線のアテンダントをしていた時代、味は保証できるのに、なかなか数の出なかったお弁当がありました。仙台では名のある食品会社で、やはり何代にもわたって味を守り通してきた老舗《しにせ》でした」

主人の目つきが鋭くなった。これ以上ケチをつける気か、と身構えていた。

亜佐美は店主の目を見上げて続けた。

「頑固一徹なまでの味へのこだわりが仇《あだ》となり、パッケージやネーミング、それにおかずの彩りが二の次にされていたんです。わたしどもは僭越《せんえつ》と思いましたが、お客様からちょうだいした声を、そのまま老舗食品会社の社長さんにお伝えしました。どんなに味がよかろうと、目立たなければお客さんは手に取ってくれません。今は人の目を惹きつけ、売る努力もしていかなければならない時代なんです」

不服そうに唇を突き出していた主人が、頬の皺《しわ》をこすり上げた。店の中を見回しても、いたって地味で飾るところがない。それでもやってこられた店なのだ。が、沿線の住民は減る一方で、店の売上も好調だとは思えなかった。

「たとえば、です。わたしはそばに関して素人ですが、お客様にアピールする方法ならば、ご提案できると思います。山菜の天ぷらを丸いボールの形にして、辛味をたっぷり効かせたうえで、山菜爆弾と名づけてお出しする。そういうのもひとつの方法だと思います。どうせ爆弾にするのなら、細かくしたそばを衣にして、爆弾そばコロッケを作ってしまう。または、そば味のソフトクリームを作ってみるとか……。邪道に思われるかもしれませんが、この店の美味しいそばをアピールする販促商品だと考えていただければ幸いです」

そば味のソフトクリームなんか、確かに邪道だ。美味しいとも思えない。が、その店に、そば粉を練り込んだアイスクリームがあり、「名物山菜爆弾そば」という品書きが貼り出されていれば、食べてみたいと思う者はいる。見てくれは奇抜でも、味がしっかりしていれば、評判は取れるはずなのだ。

「そうですね、もったいないですよ。こんなにそば自体の味が濃くて、懐《なつ》かしさを感じるそばって、滅多にない気がする……」

鵜沢が、ぼそりと呟いた。タイミングを見計らったように絶妙な合いの手だった。演技だとすれば、完璧だ。懐かしさを感じさせるそば。誉め方も単なるおべっかとは聞こえず、この店の雰囲気に即してもいた。

この男、単なるエリートぶった頭の固い役人ではないのかもしれない。

「どうだい、ヨコちゃん。社長さんの言うこと、おれは何となくわかるけどな」

元町議も納得顔で言ってくれた。主人だってわかっているのだ。だが、何十年も守り通してきた店の品格が台無しになりはしないか、とおそれている。女社長の口車に乗せられて商売に走ったから味が落ちた。そう批判を浴びることも考えられた。

人は、簡単に生き方を変えられるものではない。ましてや三十そこそこの女に言われて、守り通してきたものを捨て去ることは難しい。

「ご主人。もりはら鉄道の企画を成功させるためにお願いしているのではありません。この沿線を過疎から守り、少しでも発展させていきたい。そのためにお願いさせていただいております」

地域のために手を貸してくれ。ともに歩んでこそ、成功がある。口車に乗せようというのではない。信念からの言葉は重みを持つ。

「わかったよ、社長さん。やってみようじゃないか」

「ありがとうございます」

亜佐美は席を立ち、深々と主人に頭を下げた。

まずは最初の一歩だった。


「さっきは、ありがと」

店を出ると、亜佐美は鵜沢の横に立って耳打ちした。

何のことですか。そう言いたげな目を返してくる。素直ではない。

「でもね、トイレの改修は、誰が何と言おうと、地元を優先させるつもりよ」

「どうぞ、社長の案件ですから……」

「そうよ。あたしが最後まで責任持って、現場にも立ち会うわよ。もり鉄の新社長は、地元を頼りにしている、そう少しでも感じてもらいたいの」

「わかります。でも、一気に地元への発注を増やすのは無理ですからね。少しずつにしてください。そうでないと、こっちの身が持たない……」

発注先の総点検を行い、これ以上忙しくなったのではたまらない。自分のことを言うようでありながら、鵜沢は経営立て直しを優先させてくれ、と言っていた。

「そうね。一歩ずつやっていくわよ。だから、力を貸してね」

「まあ、潤滑油が仕事ですから」

亜佐美が昨日投げつけた啖呵《たんか》をそのまま口にして、鵜沢は一人で歩きだした。

3

「鵜沢君。おっ早う！」

木曜日の朝。哲夫が出社すると、またも篠宮が早々とオフィスで待ち受けていた。このところ意地になったように、やたらと話しかけてくる。

彼女の思惑はすけて見えた。県からの出向者を警戒しつつ、味方に引き入れたがっている。

敵も味方もなかった。県民のために何ができるか、最善の道を探す。廃線がその道だと見えたなら、躊躇《ちゅうちょ》せずに報告を上げる。下手な情けは県民のためにならない。

「社長は今日から観光課への挨拶回りじゃなかったですかね」

昨日までは、商店会の幹部を訪ねて行脚《あんぎゃ》する日々で、哲夫もつき合わされた。そこで協力を得られた成果を持って役場を回り、もりはら鉄道を中核としたアピール計画を練り上げていこうという作戦だった。

本当なら、県から来た哲夫を連れていけば、多少の睨みが利きそうに思える。が、篠宮は県幹部のOBである小野塚財務部長を同行者に指名した。哲夫では若いために脅《おど》しの効果もない、という読みに思えた。そういう狡《ずる》さは兼ね備えている。

「挨拶回りには行くわよ。でも、その前に——はい。これ、よく見ておいてね」

ヒールの音も高らかに近づいた篠宮が、哲夫のデスクにバンと音を立てて書類を置いた。何のことはない、昨日までに集まってきた「沿線旨いもののリスト」のコピーだった。

予想外に情報を持ち寄る社員がいて、哲夫は驚かされた。店のホームページをプリントしてくる者、自らデジカメで評判のケーキを写してレポートに仕上げた経理の女性。いつのまにか社内にも、篠宮の熱気にあおられる者が出始めていた。

その筆頭格が、山下修平だった。彼は一人で沿線の各駅を自転車で走り回っているという。

そうやって集まってきたお薦め情報をもとに、連絡先をまとめてリストに仕上げてあった。そこに赤や黄色の蛍光ペンで色分けがされていた。

「赤は駅からちょっと遠すぎる店。黄色は旅館とかペンションとか宿泊施設の評判料理。どっちもグルグラには参加してもらえそうもないでしょ。でも、美味しいって評判があるなら、もったいないないじゃない」

「ええ、まあ……」

「だから、イベント列車のお弁当を作ってもらったり、新しい土産物のお菓子を開発してもらったりとかできないかな、と思ったわけよ」

「ええ。そういう参加もあるでしょうね」

無難な答え方をして、哲夫は逃げた。嫌な予感がする。

「だから、あとはお願いね。君と営業課で企画を考えて」

篠宮はひらひらと手を振り、哲夫の前を通りすぎていった。

おい、待て。こっちはトイレを改修する工事の見積もりも集めている。臨時イベント列車の編成で運輸部との折衝《せっしょう》もあった。この二日を商店会回りで潰され、仕事は山積みだった。

哲夫が呼び止めるより先に、篠宮が立ち止まって振り向いた。

「あ、そうそう。あとでスーパー五木田から荷物がドンと届くからね」

「はあ……？」

まったく聞いていなかった。荷物とは何のことだ。

「わからないの？　鈍いなあ、鵜沢君。わたしがイベント列車の中で売りさばく商品に決まってるでしょ。だって、いつもは缶ビールとお茶しか用意してないんでしょ？　商売っ気がないったら、ありゃしない」

「ほかに何を売る気なんです」

イベント列車は新幹線と違い、運行時間も短ければ、客も少ない。いくら元カリスマ・アテンダントでも、扱える品は限られてくる。

「まあ、最初だから、数は絞らざるをえなかったのよね。赤白の地元ワインに、お酒のミニボトルを三種類。おつまみ五品目に沿線土産になりそうな漬け物とお菓子が三種類ずつ。あとは水に缶コーヒー、アイスクリーム……プラコップも用意したわ。それぐらいなものよ」

どこが数を絞ったのだ。哲夫は泡を食って篠宮に迫った。

「ちょっと待ってくださいよ。それみんな、社長の判断で勝手に発注したんですか」

「クーラーボックスもとりあえず三箱、送ってもらうことにしたわ。本当なら淹《い》れ立てのコーヒーを出したいんだけど、どこまで数がさばけるか不安があるから、今週はやめとくことにしたの」

「勝手に注文出さないでくださいよ。そんなに扱う品が多いんじゃ、誰かが在庫管理を担当しなきゃならないでしょうが。保管場所も足りなくなる」

「勝手じゃないわよ。あたしが車内販売するのは、ホームページでも発表ずみよ。売るとなったら、最低このくらいは必要なの」

「じゃあ社長が在庫管理をしてくださいよね。いいですか、うちにはろくな冷蔵庫もないんだ。リネン類の予備と一緒に、ビールとお茶を保管してるだけでね。過去に社員がビールをくすねて問題になったこと、聞いてないわけじゃないでしょうが！」

「わかったわよ。鍵の管理をすればいいのよね。やるわよ。それくらい」

「ほかにもありますよ。伝票の管理も、だ」

「はいはい。そっちは経理のかおりちゃんに頼むわよ。あの子、どうも鵜沢君のファンみたいだから、あなたから頼んでもらったほうがいいかもね」

「冗談は休み休み言ってくれ！」

あまりにも気安い口ぶりに、哲夫は声を絞り上げた。すると、オフィスの戸口で、「ひっ」と悲鳴を呑むような声が聞こえた。まさか……。

ドアを振り向くと、またも町村かおりが、今にも卒倒しそうな顔で立っていた。

「あ――お早う、かおりちゃん」

篠宮が作り物めいた笑みとともに呼びかけたが、遅かった。かおりは一目散に廊下へと駆け出していった。

「あ、待ってよ、かおりちゃん！」

篠宮までが走りだした。

二度あることは三度ある。今後は面と向かっての言い争いを、少しは控えたほうがよさそうだった。


「へい、お待ち」

スーパー五木田のロゴとトレードマークのリスが描かれた軽トラックが到着し、山のような段ボール箱が次々と搬入口の前に下ろされていった。

缶ビールだけで三銘柄、計二十一箱。ポテトチップが三箱に、ワインが赤白一ケースずつ。あとは諸々四十箱を超える山だ。

取締役会長が経営するスーパーなので、すべて卸値《おろしね》という良心価格である。が、総額は七十万円也。請求書を手渡されて、哲夫は飛行機雲の浮かぶ青い空を仰いだ。

商品の山を前に圧倒されている山下が、半笑いで尋ねてくる。

「鵜沢さん、どうすんです、これ？」

「知るか！」

昨年のイベント列車一本で飲み物や土産物が売れた額の平均は三万円に満たなかった。最大二両編成でしか運行した実績がない。団体客の予約で満員になっても八十名ほど。一人が五百円を使ってくれても四万円にしかならない。今時の観光客は小銭を出し惜しみ、しっかり缶ビールを持ち込む者ばかりなのだ。

「うわっ。何ですか、こりゃ！」

車両基地での検査を終えて戻ってきた技術課の社員が、山積みされた段ボールを見て叫びを上げた。わめきたいのは、こっちのほうだ。山下と二人で搬入するのでは、軽く一時間が潰れてしまう。

「手を貸していただけないでしょうか。ちょっと荷物を運び入れたいんです」

哲夫は運輸部のソファで休んでいた運転士にも声をかけた。奇跡的にも、三人の運転士が腰を上げて応じてくれた。

が、山積みされた商品を見るなり、哲夫を睨みつけてきた。

「文句なら社長に言ってください。これを全部、一人でゴールデンウィークが終わるまでに車内で売る気らしいんですから」

「嘘だろ。軽く三年分はあるぞ」

「賞味期限は大丈夫なんだろうな」

ぶつぶつと文句を言いながらも手伝ってくれたのだから、不思議だった。どこかで皆、篠宮の手腕に期待しているところがあるのだ。

すべてを運び終えると、商品倉庫として使っていた部屋は、段ボールの山で占領された。早速、鍵をかける。あとはもう知ったこっちゃない。

運転士に礼を告げて見送ると、携帯電話が鳴った。小野塚部長と観光課を回っている篠宮からだった。

「あ、鵜沢君。原坂市の観光課もグルグラを支援してくれることになったわよ。でね、来週にも周辺市町村の代表者を集めて、企画会議をすることになったから、調整、お願いね」

「急にそんなこと――」

文句を言いかけると、すでに電話は切れていた。なんたる丸投げか。

電話の中身に想像がついたらしく、山下がそっと倉庫室前の廊下から逃げようとしていた。その襟《えり》を後ろからつかんで引き寄せた。

「逃げるなよ。喜べ、仕事だ」

たちまち薄笑いが、半べそ顔へと変わっていった。

4

日曜日の午前八時。

新社長が自らイベント列車に初めて乗るその朝、哲夫は少し早めに出社した。二人の営業課員と最後の準備が待っていた。

「遅いわよ、早く手を貸してちょうだい、さあさあ……」

タイムカードの置かれた通用口を抜けると、朝からハイテンションな声で呼びかけられた。倉庫室前の廊下を振り返ると、早くも運転士の制服を着て段ボール箱を仕分けにかかる篠宮の姿があった。

「今日はとにかく初めてだから、売れ筋が読みにくいのよね。とりあえず、これをみんな車に積んでもらえるかしら」

篠宮のリクエストで、補充の商品を積んで営業用の軽自動車でイベント列車を追いかけることになっていた。

「で、こっちは輿石《こしいし》駅まで運んで乗務員室にスタンバイしておく分。残りはわたしがワゴンに積み込む分」

「いつから仕分けしてたんですか」

哲夫が問いかけると、篠宮は腰に手を当て伸びをした。

「一時間前からよ。おちおち寝てられるもんですか。売って売って、売りまくるわよーっ！」

まるで遠足前の小学生みたいに顔が輝いている。

哲夫は胸に湧いた感情の波を、我ながらうまく説明できずにいた。県庁での仕事を誇らしく思ってきたが、ここまでのめり込むように楽しんだことは一度もない。

そう。この感情は、ある種の嫉妬《しっと》だ。

列車内の売り子など、ワゴンを押しておつりの計算さえできれば、誰にでもできる。篠宮は曲がりなりにも社長という要職にある身だ。たかが売り子として働くことに、なぜここまで昂揚《こうよう》できるのか。就任以来、今ほど生き生きとした表情はなかった。少なくとも篠宮は、アテンダントの仕事が本当に好きなのだとわかる。

カリスマと呼ばれた手腕を見たくて、哲夫はイベント列車への同乗を買って出た。

社の営業車に商品を積んで併走する補給係は、山下に命じた。村上には、輿石駅の改札前で、客の受付担当がある。

　イベント列車「山菜満喫号」は前日までに予約が埋まり、百六十二名という過去最高の人数を弾き出していた。もりはら鉄道始まって以来の四両編成となる。

　始発の輿石駅を十一時四十五分に発車し、森中駅の到着は十三時十分。その間に、弁当とお茶が配られる。往復運賃とのセットで四千五百円。計七十二万円を超える売上だった。

　燃料代と弁当の実費、それに社員の休日手当で、六割方が相殺される。黒字はせいぜい三十万円ほどだ。儲けは少なくとも、土産物や菓子を買ってもらえる。地元にもいくらかは貢献ができる。

「社長。本当にテレビ局のクルーをすべて車内に入れて大丈夫なんですよね」

　最後に出社してきた村上が、朝の挨拶もなく、篠宮に歩み寄って確認を入れた。社長が初めてアテンダントする列車なので、取材の問い合わせが山と来ていた。

「断れるはずないでしょ、せっかく宣伝してくれるんだから。商品補充のためにも途中の駅で停車するでしょ。そこでマスコミの入れ替えができるはずよ。あとはうまく割り振ってね」

「やってみましょう。けど、いつどこで取材陣が乗り込んできても、社長が車内販売をしてないことには、話になりませんからね」

実に真っ当な注文だったが、哲夫は少し驚いた。社長に向かって一社員が本音で意見をぶつけているのだ。

「ひっきりなしに働くから、心配しないで」

「了解」

村上は補充用の商品を車に積み、輿石駅へ出発した。昨日までにビールや缶飲料にアイスクリームといった品々は先に運び、駅事務所の冷蔵庫に搬入してある。さらに併走する補給車まで出そうというのだ。本当にそれほど商品がさばけるのか。

篠宮は、ホームセンター五木田で金属製のワゴンを購入し、そこに百円ショップで仕入れたプラスチック製の籠《かご》で、独自の陳列棚を取りつけていた。釣り銭も自ら銀行へ行って大量の硬貨を用意し、小袋に入れてワゴンにつるした。

「よし。これで準備OK。行きましょうか」

イベント用の列車は、原坂駅の車両基地に停めてあった。通常のロングシートタイプの車両は、終点の森中駅の先にある第二車両基地の受け持ちだ。

台車に商品を積み上げて、本社の西に広がる車両基地内へ向かった。

「皆さん、お早うございまぁーす。今日一日、よろしくお願いしますね」

留置線の並ぶ基地に出るなり、篠宮が元気いっぱいに声を放った。

乗務員用の細いホームの横に、早くもイベント用の列車が、技術課員によって連結されていた。テレビ局の取材が来ることは伝わっており、晴れの舞台を控えて入念な点検が始まっている。

「朝早くからありがとうございます。四両もつながると、やっぱり壮観ですねえ」

「こっちも働き甲斐があります。ずっとこの調子でお願いしますよ」

「うちの甥っ子も、イベント列車に乗りたいだなんて、初めて言いやがってねえ」

「あら、ぜひ予約してもらわなきゃ」

篠宮が列車の周りを歩き、一人一人に声をかけていく。

哲夫はまた驚かされた。予約が埋まったという朗報も手伝い、あちこちで話の輪が広がった。列車を前にした社長の笑顔が、うるさ型のそろう技術者の口までを滑《なめ》らかにしている。

「さあ、わたしたちも始めましょ」

篠宮が台車の前に戻り、腕まくりの真似をして言った。

哲夫は山下と荷物の運び上げにかかった。トイレ付きの車両以外は、両運転台車である。つまり、前と後ろのどちらにも運転台が設置されている。一両のみで、前へも後へも楽に運転できる仕組みである。

そのため、運転台のある正面中央に貫通扉が作られ、そこを開けてつなぎ、通路とする。運転台は締め切って窓にカーテンを下ろし、中に商品を積んでおく。

おつまみの入った段ボール箱を肩に担ぎ、仮設ホームの階段を上がった。乗務員室のドアは狭いため、乗降ドアを開けてもらう。

「あれ、おかしいな……」

先に乗務員室に入った技術課員が、開閉ボタンに取りついて首を傾げた。

「どうしたの？　早く開けてちょうだいよ」

篠宮も段ボール箱に手をかけ、階段下から呼びかけた。

「課長。やっぱダメですよ。何度やってもドア開きません！」

若い技術課員は篠宮に答えず、ドアから身を乗り出した。先頭車両の乗務員室から、課長が顔を出す。

「ケーブルは点検したか？」

「当然ですよ。でも、ダメなんです」

最近の列車は、密着連結器を搭載するタイプがほとんどだった。連結器の密着性が高く、コンセントのような構造になっており、その周辺部に電気連結器とブレーキ系統の空気連結器のふたつが取りつけてある。

連結器の接続により、電機系とブレーキ系も同時につながり、乗務員室から一括操作ができるのだ。

電機系の総点検が始まった。時刻はまだ九時前で、出発まで三時間近くのゆとりがある。それでも篠宮はいらいらと体を揺らし、何がわかるわけでもないだろうが、課員と一緒に台車の下をのぞき始めた。

「おお、見つけたぞ、ここだ。ここでケーブルがいかれてらぁ」

先頭車両と二号車の間でかがみ、充電器を見ていた課長が声を上げた。篠宮と課員が急いで走る。哲夫も二人の後ろからのぞいてみた。

「ほら、ここ。この裏だ」

二号車を支える台車の裏側だ。直径三センチはある太いコードが、連結器の左右で一本ずつ接続されている。そのつけ根に近づいた課長が、何やらパソコン大の計器を抱え、二本の金属バーをあてがった。通電の状況を調べるテスターだった。

黒く太い電源コードは、台車の下に設置された蓄電池や遮断器へと伸びている。

「見ろ。ビスが飛んでコードが切れてる。何かに引っかけたらしいな」

「こんな台車の裏を、何に引っかけたんでしょうか？」

篠宮がさらに頭を低くして訊いた。

もっともな疑問だった。哲夫も線路ぎわにかがんで台車の下を見回した。何かに引っかけたにしても、コードが切れるほどの負荷がかかったはずなのだ。

「この車両はいつ走らせましたか？」

台車の下にもぐり込んだ技術課員に、哲夫は後ろから質問した。はいずり出てきた課員が、線路際に置いたチェックノートを取り上げた。

「つい二週間前のイベントに使ってますね」

その間、この車両基地で眠っていたことになる。

通常の定期検査は、三ヵ月ごとに行う決まりだ。ほかにも、運行に支障が出ないよう、分解せずに主要部分のみをチェックする車両検査が六日ごとに行われる。小型のハンマーでボルトや接合部分をたたき、音で亀裂《きれつ》やネジの弛《ゆる》みがないかを判断していく。技術課員は皆、専用のマイハンマーを持っている。

「原因究明は必ず行ってください。ですが、今は台車を交換するほうが先でしょうね」

篠宮が穏当な言い方で、早く準備を進めてくれとうながした。社長が初めて乗るイベント列車が遅れたら、問題になる。テレビ局の取材が入っているのだ。

「これくらいなら、直すのはわけないけど、点検に時間をかけたほうがいいでしょうね。列車自体を換えたほうが確かに早いかな」

直ちに本社内で待機する運行担当に連絡を取り、連結器が外された。運転士が駆けつけて、次々と車両を留置線に戻していく。

その作業に立ち会っていると、篠宮の姿が見えないことに気がついた。

周囲を探すと、車両倉庫の先に続く線路のほうへと歩く後ろ姿があった。

あんなところで何をしているのか……。

いくらヒールの低い靴を履いているにせよ、線路の下には砕石《さいせき》が敷き詰めてあり、足場は悪い。

「社長……。どこへ行く気ですか」

哲夫は線路の間を小走りに追いかけた。声は聞こえているはずなのに、篠宮は検車倉庫や本社裏を眺めるばかりで振り向きもしない。

「鵜沢君。君ならそこの壁、乗り越えられるわよね」

哲夫が近づくと、目を向けもせずに篠宮が言った。検車倉庫の奥には、二メートル近い壁が連なっている。

「乗り越えて、どうしようっていうんです。道をはさんだ先は、畑ですけど」

「夜なら交通量も少ないし、乗り越えるのはさして大変でもない。防犯カメラが設置されてるわけでもないしね」

篠宮の横顔をまじまじと見た。一人で何をしていたのか、ようやく読めてきた。

「誰かが忍び込んだ、と……」

「可能性の問題よ。記者会見の時も、線路におかしな物が落ちてたでしょ」

毛布と傘――。脱線につながりそうなほどのものではなかったが、馬場山が列車を停めて線路を覆う異物を取り除いていた。

「またわたしが初めて乗るイベント列車なのよ。嫌がらせなら上等よね」

抑えた口調に秘めた怒りが感じられた。

嫌がらせ……。そんなことが本当にあるのか。

「確かに壁も低く、防犯カメラもない。誰でもこの車両基地に忍び込めたでしょうね。でも、台車の下に設置されたコードを切るなんて、ただの素人の仕業《しわざ》とは思いにくい」

「そうよ。だから、気になってるの」

篠宮は多くを語らなかった。踵《きびす》を返し、編成作業の続く引き込み線へ歩きだした。

異物が残されていたのは、川と水田にはさまれた区間で、線路を守るフェンスは設置されていなかった。民家も遠く、列車が通る時間に合わせて、毛布と傘を置くのは楽にできる。

今回も、塀はあったが、そう高い障害物ではない。忍び込むのは簡単だ。が、台車の下に走る電源コードを引きちぎるという手段は、専門知識がなくては難しいだろう。

だからこそ気になる、と篠宮は言っていた。ある程度の知識を持つ者が、嫌がらせをしてきたのではないか。

専門知識を持つ者とは、まず当然ながら、鉄道関係者が挙げられる。廃線の瀬戸際にあるとはいえ、素人の女を社長に据える奇策に反発を覚えた社員はいただろう。鉄道への冒瀆《ぼうとく》と思いつめ、その意思を妨害行為で表明した……。そういう事態を篠宮は恐れているのだ。

しかし……。会社の大切な設備である車両を傷つけてまで、新社長の初乗車を妨害しようと目論《もくろ》む者がいるだろうか。車両を交換すれば、イベント列車は滞りなく運行ができる。

もしイベント列車が中止になれば、ニュースとして広まり、もりはら鉄道の信用に傷がつく。赤字に苦しむ会社は、さらに追いつめられる。会社の存続自体が怪しくなったのでは、素人社長にいくら抗議をするためでも、逆効果になる。

そこで、あくまで会社にダメージを与えない程度の嫌がらせをしかけてきた。その可能性はあるかもしれない。

もし本当に新社長への嫌がらせであれば、あまりにも情けない行為だ。迷惑を被《こうむ》る社員が出るうえ、何ひとつ状況を変えもしない。

先の展望を見出せない者に限って、卑屈でみみっちい反抗を企てたがる。視野が狭く、自分たちの権利を守ることしか考えていない。気にくわない現実に出くわすと、そっぽを向いて無関心を気取る。まったく子どもの発想だった。

そこまで馬鹿な社員がいるものか。

哲夫は思う。篠宮の考えすぎだ。滅多にない若い女性の社長として気負うあまり、いくらか被害妄想的に考えている。

こういう事態を見越していたから、五木田は哲夫に言ったのだろう。おまえが彼女を支えろ、と——。

新たな列車の編成は二十分ほどで終わった。連結器やコードに異状は見つからず、乗降ドアも無事に開いた。

用意した商品に続いて、プラスチック製の盥《たらい》を運転台とは逆のスペースに運び入れた。ここに水を張って氷を浮かべ、ビールやジュースの缶を冷やすためだ。

飲み物は冷えていないと美味しくない。イベント列車のスタートまで始発駅の冷蔵庫で冷やしておくが、夏場はすぐぬるくなって、客から苦情が寄せられる。車内に冷蔵庫を置く予算がないため、苦肉の策として、氷を浮かべた盥を使っていた。

今回は、ひとつでは足りないと見込み、篠宮がもうひとつの盥をホームセンターで買ってきた。肝心の水と氷は、輿石駅で用意している。

搬入を終えると、篠宮はワゴンに商品を並べていった。真ん中の段に、つまみやスナック類。客の目につく上の段には、値の張るお土産品。下の段には、あとで飲み物類が入る。手前に釣り銭用の小銭を入れた袋がかけられる。

哲夫は山下と二人、座席に広告を置いていった。今後のイベント列車ともりはら鉄道にちなんだ記念グッズの宣伝チラシだ。

「さあ、出発よ」

十時十五分。篠宮の発声のもと、イベント列車が出発した。

5

始発の輿石駅に到着すると、まだ出発時刻まで三十分もあるのにホームが人で埋まっていた。

「失敗したわね、鵜沢君」

人であふれ返るホームを見て喜ぶならまだしも、聞き捨てならない言葉だった。

「何が失敗なんです」

「こんな早くから人が来てるとは、ね。ホームに臨時売店を作っておくんだった」

目のつけどころに感心した。人が集まっているのを、ただ喜ぶのでは素人なのだ。

ＪＲの売店に委託して、もりはら鉄道のグッズも置かせてもらっていたが、猫の額《ひたい》ほどのスペースしかなかった。駅中に売り子を配置しておく人手も予算もない。せっかくの客があふれているのに、お金を落としていってもらえそうな設備は、飲み物の自動販売機のみ。

「早速、次から改善しなきゃね」

言うなり篠宮が、腰のポケットから小さな手帳を取り出した。細いボールペンで文字を書きつけていく。

臨時株主総会のあとでも、運転士に挨拶へ行った時にも、同じ手帳を開いていた記憶がある。興味を覚えて、哲夫は横目でのぞいた。

「あれ――？」

声が出ていた。そこには文字だけでなく、絵も描かれていたのだ。

「ダメよ、見ないで。恥ずかしいでしょ」

篠宮が手帳を胸元に押し当て、着替えをのぞかれた中学生みたいな声を出した。心なしか頬までが赤く染まりかけている。

「ほら、鵜沢君みたいに学がないでしょ。気づいたことは手当たり次第に書き留めてるのよ」

右のページには、細かな文字がびっしりと書き連ねてあった。左には、丸い輪郭に無精髭《ぶしょうひげ》を生やした男の顔が、マンガのようなタッチで描かれている。車両基地で顔を合わせた若い技術課員の特徴を実によくとらえてあった。

「何よ。あきれてるの？」

篠宮が恥ずかしそうな顔ながらも、睨むような目を寄せてきた。その仕草を見せられて、篠宮がまだ三十そこその女性だったことを、あらためて知らされた。

「もしかしたら社員全員の顔を――」

哲夫が言いかけると、篠宮は急にせかせかと手帳をポケットに仕舞った。

「アテンダントの時の癖よ。顔を覚えとくと、何かと都合がいいでしょ。ほら、支度、支度」

照れたように言って、先に列車から出ていった。

元銀行マンの前社長は、さらなるリストラが己《おのれ》の使命だと考え、自ら社員に近づこうとはしなかった。篠宮は役員の顔まで似顔絵に描いていた。社員すべての顔と名前を早く覚えるために。

たかだか五十八人しかおらず、そう難しいことではない。社内の和を優先させたいのなら、当然でもあったろう。が、哲夫は二週間も前に赴任していながら、いまだ社員の顔と名前が一致していなかった。

――おれは見事なまでに、あの女に負けている。

仕事に勝ち負けは関係ないかもしれない。でも、そう思えた。

県庁のI種試験合格組には、恐ろしく優秀な者が集まっていた。彼らは決まって人の名前を覚えるのが早い。部下はもちろん、関係する部署の者と意思疎通が図れてこそ、仕事は進む。名前だけでなく、その性格を見抜き、対処の仕方までを変える、と豪語する者もいた。

彼らに勝てる見込みはなくとも、負けずについていこう。そう哲夫も心がけてきたが、新たな部署に配属されると、どうしても仕事の中身ややり方を覚えるのが先になった。似顔絵を描いてまで人の顔を早く覚えようと努めたことは、ない。その時点で、もう仕事に負けていたのではなかったか。

「鵜沢君。早く早く！」

どこにでもいる女性社員が同僚に話しかけるような気安さで、ホームの先から篠宮が手招きしていた。

彼女が新幹線のアテンダントとして勤めてきた十年。哲夫が県庁に入って九年。動かしてきた仕事の規模も予算総額も、比べものにならない。なのに、自分は密度の薄い仕事しかしてこなかったのではないか、と思えた。

「鵜沢さん。記者会見の時に負けず劣らず、報道陣が来てます。これ、取材区間の割り振りです。社長にも渡してください」

駅事務所に入ると、村上が取材クルーを迎え入れる表を手渡してきた。

「ほかの日の予約がここでできるかって、問い合わせもあります。次から手を打ったほうがいいでしょうね」

「わかった。人手を確保してみよう。臨時売店を作れという社長命令も出たからな」

「すげえや……。おれ、何でもやりますから」

仕事を頼めば、旅行代理店時代の経験もあるため、無難にこなす男だった。自ら仕事を探していくタイプではないと思っていたが、少し違ったのかもしれない。

今日の運転士は「ダルマオヤジ」こと、米沢力《よねざわつとむ》だった。小太りで坊主頭に顎鬚《あごひげ》。仲間内で呼ばれているあだ名をそのままニックネームとして採用していた。

哲夫は米沢とともに、事務所に置かれた大型冷蔵庫から、水と氷をバケツに入れて列車の中へ運んだ。本来なら幹部職がするような仕事ではない、とどこかで納得できずにいる自分を感じた。ベテランの部類に入る米沢も、おそらく似た不満を覚えつつ、こうしてイベント列車のたびに力仕事をこなしてきたのだ。

篠宮はアイスクリームの入ったクーラーボックスと缶ビールを台車に積み、ホームにあふれる人をかき分けつつ搬入していく。

「あ、社長さんだ」

「はい、こんにちは。ようこそいらっしゃいました」

「大変ですね、重そうな荷物で」

「車内アテンダントって、力仕事なんですよ」

客から声をかけられると、篠宮はにこやかに応対していく。

　三人で二度往復して、狭い乗務員室内にすべての荷物を運び終えた。篠宮は直ちにビールやジュースをワゴンに積んでいく。その顔は真剣そのもので、話しかけるのもためらわれた。

「よし。あとは実際にお客を見てから、積み替えなきゃね」

　哲夫は整然と商品が納められたワゴンに目を戻した。どう見ても、綺麗に陳列されている。

「あのね。これは先発メンバー。こちらの予想よりお年寄りが多ければ、軟らかそうなおつまみを投入し、子どもが多かったらスナック類を目立つところに置き換えるわけよ。たぶん今日は、熟年夫婦と鉄道ファンの家族連れが半々と踏んだんだけど、ホームを眺めたところ、もうちょい年齢層を下げた構成にしてみたのよ」

　年齢層による配置の差がどこに表れるのか、まったくの素人である哲夫には見当もつかなかった。篠宮がまたカーテンの隙間からホームを眺めて言った。

「よしよし。ビールをたらふく飲んでくれそうな年代が多いわね。鵜沢君。軽く車内に暖房、入れとこうか」

「え……暖房を？」

「そうよ。車内が暑くなったら、それだけ飲み物とアイスが売れるでしょ」

「新幹線って、そんなあくどい商売してたんですか」

「常識でしょ。甘いなあ、鵜沢君は――なんて冗談よ、冗談。お堅いなあ、やっぱ鵜沢君は」

役人気質をからかわれたようで、哲夫はムッとなりかけて気づいた。

目の前で篠宮が、ほらほら真面目すぎるよ、と言いたげに笑っていた。どこまで本気で、どこからが冗談なのか。こういう気さくさを客相手にも発揮したから、カリスマと呼ばれるほどの売上を誇ったのだろう。

「さあ、そろそろお客さんを案内しましょう」


「本日はもりはら鉄道自慢のイベント列車、山菜満喫号をご利用いただき、まことにありがとうございます。ご存じのかたもいらっしゃるかと思いますが、今皆様にお乗りいただいておりますこの列車が、記念すべきリニューアル企画の第一号列車でございます。その特別サービスとして、本日は山菜ワイン列車と銘打ちまして、地元の美味しいワインを豊富にご用意し、皆様のご利用をお待ちしております」

列車が出発するとともに、名調子で語り始めた篠宮のアナウンスを聞いて、哲夫はまたも驚かされた。

山菜ワイン列車など宣伝してはいなかった。が、客は興味津々の顔で話に聞き入っている。早くも「いくらで飲めるのかしら」という声までが聞こえた。

篠宮は、沿線の観光案内を手短にすませると、早足で乗務員室に戻ってきた。

「作戦変更ですか？　急に山菜ワイン列車だなんて」

哲夫が小声で問うと、篠宮が大きくうなずき返した。

「見たところ、年配客が多いのよ。ホームにいたのは、ただの鉄道ファンだったみたい。山下君にワインの補充を頼んでくれる。たぶん原坂駅までは保たないと思う」

「了解」

客を見て、臨機応変に一押しの商品を変えていく。ワゴンの一番下に置いたワインのビンを中段へと入れ替え、段ボール箱の中から新たなビンを補充した。

「皆様、お待たせいたしました。これより車内販売のワゴンがお近くへまいります。ビール、ジュース、お水にお茶。日本酒、ウイスキー。各種おつまみにスナック類と取りそろえております。また、もりはら鉄道でしか手に入らない記念グッズとお土産品も販売しております。旅の記念にぜひお買い求めください」

篠宮はアナウンスを終えると、ワゴンの取っ手をつかんだ。気合いを入れるように深くうなずき、乗務員室のドアを開けた。

哲夫も通路に出て、新社長の働きぶりを見せてもらった。

篠宮は車両の最前列で深々と頭を下げると、ワインのビンを手にして微笑んだ。

「どちらも県下で評判の高いワイナリー自慢の一品です。といっても、ご安心ください。お手ごろ価格も自慢のひとつなんです。よろしければぜひ一度ご堪能ください」

「社長さん、白を二杯くれるかね」

たちまち注文が殺到した。

哲夫は目を見張った。彼女はすべての動作が速く、無駄がなかった。ワゴンを押していくと、足でストッパーをかけた時には、もうプラコップをつかみ、並べるそばからワインをそそぐ。しかも、お金を受け取るのと、釣り銭を手渡すのが同時だった。客が財布を取り出すのを見ながら、釣り銭の入った袋に手を入れ、あらかじめ準備しているのだ。五百円という切りのいい金額で売っているから、できる技だ。

客を待たせず、次々と篠宮は通路を動いていく。ワゴンの商品を見せながら、客との談笑も忘れない。身ぶり大きく、時に声を上げて笑い、窓の外に手を差し向けながら。

航空機のキャビン・アテンダントと似たようでありながら、確実に違っていた。篠宮の動きには気取りが一切ないのだ。数ヵ国語を操るキャビン・アテンダントには、ある種の気品があった。が、篠宮が発しているのは、飾り気のなさと親しみやすさだった。空の上という敷居の高さはなく、誰もが気軽に乗れる鉄道にふさわしい、まさしく地に足のついた接客ぶりだ。

作り物めいた笑顔では、ジュース一本買ってくれない。運行ダイヤを守り、それで沿線住民のためになるのだと高をくくっていては、切符一枚買ってもらえない。

五木田会長が、彼女を通して何を見たのか、わかるようだった。

努力して笑顔を作るのでは、ダメなのだ。お客から切符を受け取り、自然と心からの笑顔が出て初めて、沿線住民の支持を得られる。

五木田の狙いはわかった。だが、篠宮一人で何ができるか。彼女の姿勢が社内に浸透していくには時間がかかる。

八月までだ。篠宮自身が言ったように、八月までに何かしらの結果を残すしか、今はない。

小休止を兼ねた停車駅で、メインの山菜弁当と補充の商品を搬入した。

「何でワインがこんなに出るんですか?」

空ビンの入った段ボール箱を渡された山下が、ありえないものを見る目になって呟いた。

「土産物として、森中駅にもワインを用意しておくんだ。スーパー五木田と打ち合わせて、宅配伝票の準備もしておけ。社長命令だ」

「はい!」

悲鳴のようでありながら、確実に歓喜の声もまじっていた。

終点の森中駅に到着すると、篠宮の狙いどおりにワインが売れた。自宅へ宅配便で送りたいという客が列をなしたのだった。

「鵜沢さん。おれ、手が震えてますよ」

いつしか村上が横に立っていた。彼は自分の手を見た目にも強く握りしめていた。

「前の職場は、とにかく客を集めれば勝ちで、ツアーの中身は問われませんでした。安いバスツアーをまとめるために、提携する土産物屋ばかりに停まったりしてね。それなりにお客さんは喜んでましたが、あの会社のツアーが頭打ちになったのは、不況のせいだけじゃないと、おれは思ったもんです」

「だから、転職してきたのか」

村上はその問いかけに答えなかった。ほかにも会社に不満があったのかもしれない。

臨時の売店に群れをなす客を見ながら、村上は言った。

「おれはイベント列車を成功させたい。そう思ってチラシ作りに凝ったり、観光ガイドの文章にギャグを入れ込んだり、頑張ってきたつもりです。けど、社長一人にあっさり負けました……」

「負けたのに、嬉しそうな顔をしてるじゃないか」

「はい」

力強く言って、村上が哲夫を見つめてきた。

「次のリストラなら、おれを頼みますって、実は鵜沢さんに言おうと思ってました」

「そうだったか……」

「おれ、前の社長を弁護なんかしてません。自分たちにも考え直さなきゃならないところがたくさんある。そう言っただけで――」

社長の肩を持つ気か。途中入社だから、わかる会社の弱点があるはずなのに、それを認めようとしない古手の社員はどこにでもいた。謂《い》われない中傷が、村上のやる気を奪っていたのだ。篠宮の熱気は、確実に社員の胸に届いている。

車内販売の売上をまとめると、十八万円を超えていた。一人千円強を支出した計算になる。驚くべき数字なのに、篠宮は唇を噛んで悔しがった。

「くそっ。二十はいかなかったか」

あくなき商魂。恐るべき負けず嫌い。常に高い目標を課し、仕事に向かう。

「何だか勝負に勝って、試合には負けたって感じね、悔しいけど」

よくわからないたとえ方をして、篠宮は腕を組んで笑った。

今日一日でわかったのは、彼女にとって車内販売は、客との真剣勝負らしいということだった。

第三章　企画でGO!

1

県庁勤めの延長で、鵜沢哲夫は毎朝六時に起きると決めていた。

明日できる仕事は明日やればいい。役人仕事は気楽なもの。そう昔からよく言われるが、まったくの誤解だ。

特に近ごろは県民の目が厳しい。知事も幹部職の仕事ぶりに目を光らせている。職員の士気を高めて効率的な仕事をせよ。そう叱咤《しった》されて、多くの管理職が競って朝早くに登庁していた。たまった書類をさっさと片づけ、始業と同時に全力で仕事にかかる。民間に出向する機会も増え、役人への眼差しは鋭さを増す一方だ。

第三セクターも例外ではない。もりはら鉄道の新社長ときたら、このところ出社時刻が早い。自ら率先して働くことで社員の奮起をうながそうという、近ごろの役所トップと同じ発想だった。副社長の哲夫が呑気に出社したのでは、立場がなくなる。

あの女——甘く見るわけにはいかない。

トーストをかじりながら髭を剃《そ》っていると、早朝から携帯電話が鳴った。こんな時間にかけてくる者は限られている。着信表示に目を走らせれば、案の定だ。

「お早う、もう起きてたよね」

声と態度はいつも控えめ。でも、朝六時に平気で堂々と電話をかけられる女。哲夫は呑み込んだパンが鉛《なまり》のようにずしりと腹に応える気がした。

「ああ……今起きたところだよ」

「ごめんね、朝早くから。でも、ちょっと心配だったから。昨日、電話くれなかったし」

藤井優理子《ふじいゆりこ》の抑揚に乏しい声が重くのしかかってくる。

「ずっと休みが取れなくてね。疲れがどんより溜まってるよ」

「声にも出てる。すり切れて間延びしたテープの声みたい」

そりゃ、すり切れる寸前にもなる。

「でも、副社長として踏ん張りどころだものね。昨日の売上、どうだったの？」

「まあまあ、予想の範疇《はんちゅう》かな」

「このまま順調に赤字が減らせるといいね。頑張って……」

「ああ、忙しくて悪いけど」

「いいの。今度、幸子《さちこ》たちともり鉄に乗ろうって計画してるの」

そうか……。ついにたまりかねて、友人と押しかけることにしたか。

哲夫はインスタントのコーヒーを飲み干してから言った。

「もしかしたら……陣野部長が様子を見てこいって言ったのかな？」

「——そんなこと、ない。あの部長さんがあたしのことなんか、気にかけてるわけないもの」

「参考までに、だいたいの数字を伝えておくよ。イベント参加者は百六十二名。概算で、黒字は三十万弱。社長による車内販売は十八万超え。こっちの黒は八ぐらいだと思う。それと、お土産関連で、通常より二十五万もの売上が出てる。大至急集めた商品が多かったので、黒はわずか五ぐらいかな。こっちは今後、仕入れを強化していけば、もっと増やせると思う」

「すごいじゃない。昨日一日で四十三万円もの黒字が出たのね」

まるで数字をメモっていたかのように計算が速い。

もちろん、頭の切れる娘だとわかったから、今までつき合ってきたのだ。それにしても、その速さと正確さが気にかかる。

「おれも少し驚いたよ。客寄せパンダの評判が予想以上だったこともあるけど……。

この先も週に二本ずつイベント列車を走らせていくとなれば、夏休みの終わりまで計四十本にはなる」

哲夫はあえて優理子の話に乗って展望を語った。もし一本のイベント列車で毎回五十万円の利益が出せたなら、四十本では二千万円にもなる。

年間の赤字額は二億円を超える。五ヵ月でその十分の一を補塡できたところで、収支改善にはまだ遠い。夏休みのグルメ・グランプリやTシャツ切符の売上にかかっていた。

「まだまだゴールは遠そうだよ」

「でも、鉄道の経営って、すごい。県の仕事と違って、毎日数字に出てくるじゃない。それだけに、やり甲斐ありそう。応援してる」

「ああ……。じゃあ、そろそろ出かけるから」

どうしても近ごろはぶっきらぼうな声で応じてしまう。

哲夫は携帯電話を置くと、重い気分を引きずって身支度を始めた。

赤字ローカル線への出向と聞いて、いい機会になるかも、と思えたことがひとつだけあった。それが藤井優理子との気づまりな関係だった。

彼女は明らかに結婚という具体的な形を望んでいた。哲夫は彼女と距離を置けることをひそかに喜ぶ自分を知った。

嫌いになったのではない。優理子はいつでも哲夫を立てた。控えめで、自分の意見を押しつけはしない。結婚行きの電車に乗り遅れたくないから、今握っている哲夫という優待切符を手放してたまるかと懸命に息をつめているのだった。

彼女は売上の細かい数字を知りたがった。哲夫から報告を上げているので、もちろん上からの命令ではない。ただ彼女は、もりはら鉄道の明日を一心に案じていた。

「頑張ってね」と励まされるたび、鉄道経営を早く軌道に乗せて仙台に戻ってきてくれ——そう急き立てられているようで気が重くなる。

もし鉄道経営に結果を残せず、出世街道から外されたら、優理子はそれでも哲夫を立て、熱心に話を聞いてくれるだろうか。その疑問がずっとつきまとっていた。

輿石駅発の列車に乗ると、いつものように車内で新聞を開いた。またも篠宮の笑顔が紙面を飾っていた。メディアの連中はあきれるほど若い女に弱い。これでまた篠宮の乗るイベント列車は予約で埋まる。まさに彼女の術中だった。

午前中をかけて昨日の売上をまとめ直すと、県庁の陣野あてに速報値のメールを送った。

驚くほどの早さで、携帯のほうに電話が入った。固定電話をさけたからには、内密な話があるのだとわかる。

哲夫は何食わぬ顔で廊下に出てから、携帯の通話ボタンを押した。

「いやー、動物園でお猿の電車を走らせる理由がわかるな。見事な数字じゃないか。客寄せパンダ一頭で、こうも結果が出るんだから。世の鉄道オタクってのも馬鹿にならんな」

　売上数値を喜んでいる声には聞こえなかった。女社長のアテンダントに鼻の下を伸ばして財布の紐《ひも》をゆるませる鉄道ファンを小馬鹿にする冷ややかさだ。

「急いで増便も計画中ですし、夏休みまではパンダの話題で盛り上げていきます。問題は、次に何をしかけるかでしょうね」

「赤字が多少減ったところで、世間の風向きは変わらんだろうな」

　またも他人事のように言って陣野は笑った。

　出向からまだひと月だが、日々レポートを送ろうと、県からの具体的な指示はない。ただ積み上がっていく赤字の額を確認するだけ。

　これほど反応が薄いと、県の幹部は会社整理を前提にしているのか、と疑いたくなる。そのくせ口では激励を形ばかりにくり返すのだ。

「けどまあ……赤字を垂れ流すことに意味が出てくるケースもあるしな。微妙なところだよな」

　聞き捨てならない言い方に、携帯電話をつかみ直した。

「待ってください。いくらか赤字の額が減っていけば、県からの支援も今後はありうるわけでしょうか──」

「どうかなぁ。選挙で選ばれた人たちが判断することかもな」

政治家に責任を押しつけて意味ありげに笑い、陣野は電話を切った。

赤字を垂れ流すことに意味が出てくる──。

公共事業の中には、収益を度外視した案件がある。県民の命や生活を守るための事業がそれに当たる。洪水対策の護岸工事や、港の整備は長期的な展望の下に予算が組まれる。が、もりはら鉄道は一地域を支える交通機関でしかない。県が税金を投入して支援するには、多くの根回しがいる。

赤字を補塡するための新たな仕組みを作り、その組織を幹部の天下り先にする話が出始めているのか……。かなりのウルトラC技だが、知恵の回る役人はいる。

「鵜沢君よ」

声をかけられて振り返ると、煙草《たばこ》を手にした小野塚財務部長が立っていた。

「こそこそ廊下に出て、電話なんかするなよ。みんな、君の動きを見てるんだぞ」

口調は穏やかだったが、目つきは冷めていた。

元県庁職員らしい指摘に、哲夫はドキリとさせられた。

「あ、いえ、友だちからの電話だったもので」

「下手な嘘はつくな。上司に尻尾を振るより、社内の視線を堂々と受け止めてみろよ」

見抜かれていたのだ。新社長の黒子に徹していれば、県からの出向者という立ち位置を意識しなくてすむ。社内の批判を浴びず、オブザーバーのような気楽な立場でいられる。その本心が態度に表れていたようだ。

「おれも昔は同じ立場だったよ。けど、庁内での争い事に嫌気が差して……。今じゃ呑気な田舎暮らしだ」

言われて哲夫は背筋が伸びた。子どものために転職したというのは、表向きの理由だったらしい。そうでなければ、喘息持ちの子を持ちながら、今なおヘビースモーカーでいる意味がわからなかった。

小野塚が出向先にそのまま居着いた裏には、県庁内での醜い足の引っ張り合いが関係していたと見える。おまえも気をつけろよ。苦言と忠告のために、わざわざ声をかけてきたのだ。

哲夫が口を開きかけると、いつも表情に乏しい小野塚の細い目が、さらに細くなった。

「田舎暮らしは気楽でいいぞ。ほら、さっさと部屋へ戻れ。みんなが気にしてる」

大きくあごを振って言うと、小野塚は煙草をくわえて火をつけた。

哲夫は一礼してからデスクへ戻った。やはり多くの社員に見られていた。

仕事に戻りながらも、陣野と小野塚、役所の先輩二人の言葉が胸に残り続けた。県庁の周辺では、またぞろ役人と政治家が、予算を食い物にしようと動きだしているのだろう。出向を命じられた者は、嫌でもその流れの中に身を置かざるをえない。今後は、県庁での動きに気をつけておいたほうがよさそうだった。

2

目覚めとともに携帯電話をチェックすると、夜のうちにメールが五通も届いていた。昨日も夕方のニュースでイベント列車の映像が流されたからだ。昔の職場仲間や友人の名前が並ぶ中、そこにまず目が行ってしまい、亜佐美は驚くとともに、自分を呪《のろ》った。

「どした、おがっつねぇ顔して？」

「ううん、何でもない。ごめん、今日はちょっと朝ご飯食べてる時間ないの。昨日、言っとけばよかった。じゃあ行ってきます、ごめんね」

早口にそれだけ言うと、亜佐美は手短に化粧を終えて家を出た。勘の鋭い祖母の前で、平気な顔して朝食をともにできるほど、傷はまだ癒《い》えていなかった。

よくも平然とメールを送ってこられるものだ……。

亜佐美はアスファルトを踏みつけて駅へ急いだ。転職を決めると、真っ先に携帯電話を買い換えた。あの男には電話番号もメールアドレスも教えてはいない。どこから手に入れたのか。厚かましいにもほどがある。

社長就任のニュースを知って驚き、つてを頼って調べだしたに違いない。営業用スマイルを駆使して、相手を信じ込ませるのが得意な男だった。

亜佐美は本文を開かないようにして、MITURU-M@……というアドレスのメールを消した。

誰が読むものですか。ひとたびメールを開けば、またたく間に亜佐美の身をむしばむウイルスが襲ってくるような恐怖があった。

「――新幹線の車内で実際に見せていただきました。実に素晴らしい。あなたは対面販売のカリスマですよ。その手腕を新幹線にだけ閉じ込めておくのは、あまりにもったいない。世のビジネスマンや多くの販売員が、あなたの知恵と技術を知りたがっているんです」

人の虚栄心をくすぐり、皆川充《みながわみつる》は近づいてきた。あるニュース番組が新幹線アテンダントの特集を組み、トップの成績を誇る亜佐美をカリスマとして紹介した。テレビで見て、ひと目で惚れ込んだ、と言ってきた。

皆川は、東京の大手広告代理店、星都《せいと》エージェンシーのチーフ・プロデューサーだった。正式にJRの広報を通して亜佐美にコンタクトしてきた。

「――デパートはもちろん、多くの小売業者が対面販売のスキルを欲しがっています。あなたの経験談が、そのまま教科書になっていくはずです。ありのままを素直に話していただければいいんです」

会社も車内販売の実績をアピールできると踏み、亜佐美に講師という副業を勧めてきた。新幹線アテンダントの地位を向上させるためにも、ひと肌脱いでもらえると有り難い。社長からも声をかけられ、亜佐美は決断した。

月に二、三日、講師という新たな仕事がスケジュールに入った。北海道から九州まで文字どおりに全国を回り、人前で自分の経験を語った。

その旅の多くに、皆川充も同行した。

「さすがは対面販売のスペシャリストだ。人前でもまったく物怖《ものお》じせず、笑いまで取ってみせる話術を持つとは……。みんな君の笑顔に釘付けだったよ。ぼくも正直、見《み》惚《と》れてしまった」

金の卵を産むアヒルを大事にするのは商売人として当然だというのに、亜佐美は素直に皆川の言葉を信じた。左手の薬指に指輪がなかったことと同じく。

三十にもなる田舎育ちの女を騙《だま》すのは、口のうまいビジネスマンでなくとも簡単だったろう。たった三ヵ月で、亜佐美は落ちた。夫婦二人で全国を旅しながら、ビジネス・アドバイザーという新たな仕事に就くという甘い夢を思い描いた。

「亜佐美ちゃん、気をつけなさいよ。あの皆川さんって妻子持ちだからね」

新幹線の車内で、仕事仲間の一人にささやかれた。

車内販売のさなかに爆弾を落としてくるとは、よほど亜佐美の売上を妬《ねた》んでいたと見える。その女の目論見《もくろみ》どおり、仕事が手につかなくなった。

一気に転落。惨《みじ》めな成績が続いた。

乗務の一時間前には駅近くの営業所でミーティングが行われる。そこに集まる仲間がすべて亜佐美を笑っている気がした。カリスマなんて持ち上げられていい気になっているからよ、と。釣り銭を間違えるという初歩的なミスを連発した。常連客に心配されて、上司からは警告を受ける始末だった。

「ぼくの気持ちを疑われるとは思ってもいなかったよ。もちろん妻とは離婚するつもりだ」

皆川の嘘を信じたいと思うがため、気がつけば両足をどっぷりと泥沼に沈めていた。抜け出そうともがいても、深みにはまって身動きができなかった。そこに五木田からの電話が入った。

過去の失恋など、一度や二度ではなかった。そのたびに新幹線が亜佐美を優しく迎え、多くの客が笑顔をくれた。

父親は妻と娘を置いて出ていき、恵まれた青春時代とは言えなかった。でも、ふて腐れて投げやりになりかけた亜佐美に、働く楽しさを教えてくれたのが新幹線——鉄道だった。

仙台に出ても、ＪＲともりはら鉄道を乗り継げば、いつでも故郷に帰れる。そこに母と祖母がいるから、一人ではないと思えた。鉄道が亜佐美をいつでも包んでくれた。

廃線の危機にある鉄道を建て直すのではない。今までの優しさにお返しをするのだ。新たな仕事に打ち込むことで、また亜佐美は背中を押してもらえた。

「おはようございまーす！」

「あれ、社長。今日はやけに早いっスね」

森中駅の事務所に顔を出すと、亜佐美の同志が笑顔を向けてくれた。今日はベテランの下園三郎《しもぞのさぶろう》——サブちゃん——が、森中駅の担当だった。昨日の最終列車に乗務して、そのまま宿直業務に入っている。

「当たり前でしょ。見ました、サブちゃん？　昨日もニュースでイベント列車が紹介されたの」

「見た見た。社長ばっか映ってたっけ」

「そりゃ、パンダだもの。コスプレだってしてるんだから。これでろくに映ってなかったら、笑顔の振りまき損よ」

「次の土日も四両編成で、すべて予約は埋まったんですよね。凄《すご》いなあ……」

普段は無口な下園が、こんなにも話しかけてくれる。イベント列車の大成功が伝わり、冷えきっていた社内の空気を一変させていた。

「まだまだ増発するわよ。もっと忙しくなりますからね」

「体にだけは気をつけてくださいよ、社長」

「あら、嬉しい。気遣ってくれるなんて」

「だって、もう三十超えてるんでしょ。疲れが抜けなくなるころだからね」

「余計な心配しないでください！」


「それでは皆さん、第一回企画コンテストの発表審査会を開催いたします」

亜佐美は会議室に集まる一同を見回し、高らかに開会を宣言した。

とはいえ、運輸部からの出席は四名しかいない。ダイヤどおりに列車を運行しているため、手空《てす》きの者が少ないのだ。部長の岩本はいかにも渋々といった風情で最後に現れ、あとは馬場山運転士と二名の技術課員が代表として席についた。

本来なら総務は全員出席となるべきなのに、財務の担当課長が銀行から呼び出しを受けた。イベント列車の増発による出費の説明を求められたのである。企画コンテストの審査会を狙ったわけでもないだろうが、さらなる出費は認めがたいという銀行側の先制攻撃にも思えるタイミングのよさだった。

「急な提案でしたが、皆さん、知恵を絞っていただき、本当にありがとうございました。わたしという客寄せパンダの話題が続いているうちに、何としても斬新な企画を打ち出し、このもり鉄に多くの目を集めたいと考えています。では、最初の提案を、村上君、お願いします」

営業課の村上伸一郎を最初に指名した。旅行代理店に勤めていた彼なら、景気づけのトップバッターとして申し分ない。隣に座る鵜沢も興味津々といった顔だ。

村上はプレゼン用の資料を配っていった。パソコンでプリントしたものが計八枚。亜佐美はすでに目を通していたが、初めて見る者たちはそのボリュームに圧倒されている。口で企画を述べるだけでは、人を説得する力に欠ける。本気で提案するなら、ここまでやって当然だった。

村上の資料には四つの企画が並ぶ。沿線の風景写真が盛り込まれ、赤や青の大きな見出しが配されている。紙面から彼のやる気がほとばしる企画書だった。

「今回は四つの企画を提案させてもらいます。中には資金が必要になってくるため、直ちに実現するのは難しいものも入っています。まず最もお金のかからない企画から説明させていただきます。――沿線写真と絵画のコンテストです」

亜佐美は資料をめくった。風景写真の間に詳しい説明が書き込まれている。どこかのローカル線でも似た企画があったはずだ。

「四季折々、沿線の風景写真と絵を大々的に募集します。〝撮り鉄〟と呼ばれる鉄道ファンがいることは、皆さんもご存じでしょう。写真の腕に自信を持つ鉄道ファンを集めるためのコンテストです。絵の募集は、子どもに限定します。応募作品を車内に貼るギャラリー列車を運行して、家族連れの集客を狙うためです。ただ募集して賞を出すのではなく、最大のポイントは、乗客の皆さんにも投票してもらい、一位を決めることにあります。優秀作品を十作から二十作ほど選んで車内に掲示します。写真を撮りに来てもらい、投票のためにも足を運んでもらう。そのぶん確実に利用客を見込めます」

村上が一同を眺め回したタイミングを見て、亜佐美は手を上げた。

「はい、質問」

「もらえる賞品がよほど魅力的じゃないと、応募作は集まらないでしょうね」

最初は初歩的な質問にした。地元の名産品がもらえるぐらいで、鉄道と写真のファンが競い合って応募してくるとは思えなかった。

「そこは、地元の新聞社やテレビ局とのタイアップを図りたいと考えています。自治体とも連携して、企画をＰＲしていく必要もあるでしょう。そうやってコンテストの規模を大きくできれば、スポンサーを見つけられると思います」

「今はまだ希望的観測ね」

亜佐美はあえて厳しい言い方をした。彼はもりはら鉄道の生え抜きではない。外の世界を知る者だからこそ、もっと斬り込んでもらいたい。

「いいかしら。スポンサーを探すには、身銭《みぜに》を切ってでも企画を成功させる気でいる。そう思わせなくちゃ、誰も話には乗ってこないわよ。もり鉄としても、豪華な賞品を提供する準備がある。しかも、話題になること間違いなしだから、PR効果は抜群。そう訴えていかないとね。企業が慈善事業でスポンサーについてくれるような時代じゃや、今はないでしょ」

資金のないもりはら鉄道に、魅力的な賞品が提供できるものか。不安だらけと言っていい。

「あの……」

村上の横に座る山下が、おずおずと手を上げた。亜佐美は素早く掌を差し向けた。

「……写真がいっぱい集まってくるわけですよね。それを使ってカレンダーを作るってのは、どうでしょうか」

「素人写真を集めて商売になるかな……」

鵜沢が手にしたボールペンで資料をたたきながら、ぼそりと言った。この男らしく、話し方に可愛《かわい》げがない。県庁でも、きっと多くの敵を知らずと作ってきた口だ。

　山下が下唇を少し突き出し、鵜沢を見た。

「確かに、商売として売るのは難しいところがあるかもしれません。けれど、株主でもある地元のこだま銀行やもりはら信用金庫が販促用としてカレンダーをお客に配ってるじゃないですか。そこに採用してもらうんですよ。沿線全域の家庭へと配布されるとなれば、当選者も喜ぶと思うんですけど」

「株主なら、五木田物産に飛高建設もありますよ」

　村上がすかさず横から賛同の意見をはさむ。

　亜佐美もうなずき、二人を見た。

「まとめてカレンダーを作れば、制作費の節約にもなるわね。では——言い出しっぺとして、山下君。君が株主の意見を集約してくれる？　もしカレンダーへの掲載権も賞品にできそうならば、村上君が具体案を練り上げて新聞社やテレビ局を回り、多くの意見を聞いたうえで次の会議にかける。それでいいわね」

「はい……」

　亜佐美の即断に圧倒されて、山下が目を白黒させながらもうなずいた。

「じゃあ、次。村上君、お願い」

　次なる提案は、もり鉄青空市場だった。イベント列車の発着に合わせて、駅構内で多くの露店を出すのである。

鉄道を廃止された地域の主要道路では、当時の建設省が「道の駅」の登録制を打ち出した。地域住民と道路利用者の交流を図る場で、その数は全国で千近くにも及ぶ。地元の名産品を売り、町興しの場としても活用され、遠方からの利用客を呼び、地域活性化の象徴となっていた。

駅が果たしてきた役割を見つめ直し、地域住民と利用客が交流する場を、鉄道が提供していく狙いだった。

「出店は登録制にして、場所代は取りません。話題を呼んで、地域が盛り上がり、鉄道利用者が増えてくれることを期待しての企画です」

「安全面から、構内はちょっと難しいでしょうね。うちの駅はどこも小さいですし」

運輸部長の岩本が難しい顔になった。元ＪＲの組合長という経歴もあって、岩本は社内でも強面《こわもて》でならしている。

「でも、駅の外に市場を開いたら、車での来場者が増えて、もっと混乱しますよ。たとえば、森中駅なら第二車両基地もあります。その敷地を開放して市場にするという手も考えられます」

「そりゃあ、もっと無理じゃないのかな。車両基地の一部をふさいだら、どうやって列車の編成をおこなうつもりなんだね」

「その日は原坂の車両基地を使っていただくとか……」

「そんなことしたら、ダイヤの編成からやり直さなきゃならないぞ。無理だよ、無理」

岩本は、けんもほろろに突っぱねた。

「でも、昼間は一時間に一本しか運行していないんですよ。一部の列車を事前に移動させておくとか、それくらいの融通はつけられると思いますが……」

村上は一歩も引かない。運輸部の仕事が増えるのは確かだが、頭から無理と決めてかかる体質のほうが問題なのだ、と不服を秘めた口ぶりが告げていた。

まず社員から変わっていく必要がある。外から来た村上には、硬直化した社内の考え方が気になっているのだ。

「では、運輸部に持ち帰ってもらい、可能かどうかシミュレーションをしていただきましょう。お願いします、岩本部長」

亜佐美は間を取り持って頭を下げた。社長裁定とあっては、岩本もそれ以上は拒めなかった。

次の提案は、イルミネーション列車の運行である。

「ディズニーランドのエレクトリカルパレードじゃありませんが、色鮮やかなイルミネーションを施した列車を夜間に走らせます。通常のイベント列車は、土日や祭日の昼間だけですが、週末の夜にもイルミネーション列車を走らせることで、夜間の集客を図るのが狙いです」

どこかのローカル線で、クリスマスシーズンに夜のイベント列車を走らせていた記憶がある。沿線の駅舎もイルミネーションで飾っていたはずだ。

「村上君よ。これだね、資金が必要になる企画は……」

小野塚財務部長がペンで資料に書き込みを入れながら言った。

「次のページに資金回収に向けての概算を簡単ながら弾き出してみました」

言われて一同がページをめくる。

イルミネーションの購入代金が二百万円。もし一列車につき二十万円の売上が期待できるなら、十回走らせることで投入資金の回収が見込める。毎年運行していけば、初年度のみの初期投資で次々と黒字が計上できる。

「こんなにうまく集客できるかな。ただピカピカ光る列車に乗って何が楽しいのか……。だいいち列車に乗ってたら、その光だってろくに見ることができないだろ」

まだ小野塚は納得いかない顔だ。元県の役人らしく、重箱の隅をつつきたがる癖がある。だからこそ、財務を見るのに打ってつけでもあるのだが。

「もちろん、列車の中にもイルミネーションを飾りつけます。たとえば天井に天の川を描き出すとか、窓に蛍《ほたる》のような光を走らせるとか……」

「本当に二百万円でできるのか？　読みが甘いとしか思えないがな」

「業者に依頼したのでは、とても無理です。安価なＬＥＤライトもあるので、自分たちで計画を細部まで練り、どう光らせていくか考えないといけないでしょうが」

「そうなると、すぐには難しいわね。冬の目玉企画として、夏休み明けに研究班を立ち上げましょう。それまでイルミネーションの資料をできるだけ集めてちょうだい。じゃあ、次」

最後の提案は、駅と車両の命名権を売り出すという企画だった。

「これは、野球やサッカーのスタジアムでも行われているのでご存じだと思いますが、いわゆるネーミング・ライツというものです。ヤフードームとか、味の素スタジアムとか、企業に駅の名前を買い取ってもらうのです。といっても、今まで慣れ親しんだ駅名を変えるのではなく、そこに企業名をつけ足す権利を与えるわけです。たとえば、スーパー五木田森中駅、飛高建設原坂駅のように、です」

「いくらで買ってくれるかな。広告価値がさほどあるとも思えないし、駅の標示板を書き換える費用もかかる……」

鵜沢がまた否定的な意見を放つ。本当に人を腐《くさ》すのが好きな男だ。

村上は気にしたふうもなく先を続けた。

「もり鉄を支援していただくサポーターのような役割を担ってもらうためにも、一駅一年で五十万円ほどはどうかな、と考えています。無人駅はもう少し安くなると思いますが」

もし全十七駅の命名権が平均四十万円で売れれば、六百八十万円。が、無人駅に企業名を付けて何の得になるのか、確かに疑問はあった。PR効果より、支援の意味合いが強いネーミング・ライツになる。

「車両に名前をつけてもらう方法もあると思います。ヘッドマーク代わりにネームプレートをつけて走らせ、車内アナウンスでも名前を必ず告げる。たとえば——こだま銀行号にご乗車いただきありがとうございます、といったふうにです。で、定期点検に立ち会う権利も与える。そうとわかれば、鉄道ファンが喜んで命名権を買ってくれると思います。こちらは一車両、三十万円は無理でしょうか」

「村上君よ。車両はまんべんなく使い回してるわけじゃないんだよ。点検が終わったものを重点的に使ってるんで、中にはろくに走らない列車も出てくる。そんなんで命名権が売れるかい？」

「ま、当たり外れがあっても仕方ないでしょうね。ほら、競走馬も、走るのと走らないのとでは、かなりの差が出てくるからね」

岩本に続いて、小野塚がおかしな喩《たと》えを口にして笑った。財務を預かる取締役が、競馬ファンだったとは知らなかった。注意しておこう。

「問題は金額ね。募集しても、まったく集まらなかったら、笑い物になるだけでしょうし……。ネットでオークションにかけるという手も考えられるわね」

亜佐美も悩みながら一同を見回した。

命名権という目に見えないものを売って金を稼ぐことに、抵抗感がぬぐいきれない。ここはビジネスに徹するべきとわかっていたが、ペーパー商法か何かのように思えてしまうのだ。古い感覚なのか。

「今がチャンスだと思うんです。せっかく社長の話題が世間を賑わせて、もりはら鉄道の名前が広がっています。命名権を販売すると発表すれば、マスコミも取り上げてくれて、より大きなPRになるはずです」

「わかりました。次の経営会議で株主の皆さんの意見を聞いてみることにします。では、次の提案は――」

亜佐美は言って、鵜沢に視線をすえた。

副社長として最低でも三つは出せ、と言っておいたが、今日まで彼から企画書一枚見せられてはいなかった。県からの出向者だと高みに立って何ひとつ考えていないのであれば、問題である。

鵜沢が仕方なさそうに手を上げた。

「ちょっと突拍子もない提案と思われるかもしれませんが、沿線にある十四の無人駅で、その敷地と駅舎をすべて無料で提供したいと思います」

「おいおい、駅をただで貸すわけなのかね」

財布を握る責任者らしく、小野塚がすぐに反応した。

鵜沢は淡々と話を続けた。

「はい、すべて無料です。駅員もいないんですから、待合室さえあれば、あとは駅舎がどうなろうと一切支障は出ません。どんな改築をしようと、制限は設けない。駅舎の一部を改装してコンビニを開こうが、二階を建て増しして歯科医院を開業しようが、自由に使ってもらいます」

「ただはないだろ。貸すなら料金を取るべきだよ」

県庁の先輩でもある小野塚に反論されても、鵜沢は表情を変えなかった。何か対抗意識でも抱いているかのように、小野塚のほうを見もせずに言った。

「ケチなことを言ってたら、いつまでも寂れた薄汚い無人駅のままで終わるでしょう。無料で開放するとなれば、きっと応募者はあるはずです。改築費は自分持ち。条件は、駅のトイレを掃除してもらうことだけ。あとは何に使おうと自由。もちろん、公序良俗に反しないものに限ります。この企画のポイントは、無償で駅の改修が図れるところにあります。こうでもしないと、駅という施設が宝の持ち腐れで、地域に何の貢献もできないまま終わってしまいます」

駅に図書館や役所の出張所を置き、利用客を呼び込む手法を取るローカル線があった。が、自治体からの支援なしに公共施設は建てられない。

それならいっそ、ただで駅舎を使ってもらい、地元の民間活力に頼ろうという企画だった。

どうですか、と鵜沢が挑戦的な目で亜佐美を見た。こっちの度量を試されていた。

「大変面白い提案だけど、廃線が噂される鉄道の駅をわざわざ改築して使おうとしてくれる人がいるとは思えないわね」

「たとえ廃線になっても、駅舎を道の駅として使えるかもしれません。その足がかりとしてどこかの店に出店してもらう手はあるでしょう。まずはスーパー五木田にコンビニでも出してもらうのが一番だと思います」

会長の五木田が店を出せば、鉄道を存続させてみせるとの決意表明にもなる。が、一経営者としては、賭にも等しい出店をしてくれるだろうか。鵜沢は同時に、五木田の決意のほどを確かめようというのかもしれない。抜け目ない男だ。

「施設は会社の持ち物ですので、それも次の経営会議で提案してみましょう。まだ提案はありますよね」

亜佐美は企画を受け取り、さらに鵜沢をうながした。

「――はい。第三セクターとして営業を開始した設立記念日に毎年、もりはら鉄道祭りというイベントを開催していくのはどうでしょうか。その日は、運賃を一切取らずに乗り放題とします」

ぶっきらぼうに言い放った鵜沢を見つめ直した。その場の誰もが驚きに表情を失っていた。

「……待ちたまえ。一日の収益がいくらになると思ってるんだ、君は」

財務を預かる小野塚でなくても文句を言いたくなる。

鵜沢がメモも見ずに平然と言い返す。

「昨年の実績から割り出すと、一日百三十万円ほどになります。しかし、定期券による収益がほぼ七割ありますので――つまり、そのおおよそ三割、四十万円ほどの損失にしかなりません」

「何を言ってるんだ。四十万円だって大金じゃないか。イベント列車を一本、ただで走らせるようなものだぞ」

「まあ、お待ちください。祭りと謳うからには、ただ一日乗り放題にするだけではありません。原坂と森中にあるふたつの車両基地を鉄道ファンに開放し、車両整備の見学会や、子ども運転士のイベントを開催します。沿線住民や鉄道ファンに、もりはら鉄道のすべてを体験してもらう一日にします」

「面白いわね」

亜佐美は言った。一同の視線が集まる。

「車両基地に鉄道ファンを招くイベントは、大手の私鉄でも開催してるところがあるけど、一日乗り放題にするなんて聞いたことがないわね」

「そこが最大の売りですよ」

一日の売上が何千万や億にいたる大手の私鉄では、まず不可能なイベントだった。ローカル線だから可能になる企画なのである。

乗り放題というインパクトがあれば、マスコミも注目し、取り上げてくれるとの目算も立つ。人が集められれば、土産物で利益を上げるという方法もなくはない。

「でも、二つの車両基地に客を入れるとしたら、警備も大変なことになるな」

岩本が運輸部としての意見を述べる。

鵜沢があらたまるように一同を見回した。

「まだ祭りの企画はあるんです。車両基地の周りに、ずらりと飲食店の屋台を出します。これは地元の商店会に協力を依頼すれば問題はありません。グルメ・グランプリで話題になった店に頼むのも手でしょう。もちろん場所代は取りません。地元の人に喜んでもらう一大イベントにするためです。その屋台の中には、我々もりはら鉄道の土産物屋も出店します。ですから、もり鉄祭り限定グッズとかの土産物を、早急に充実させていく必要があります」

亜佐美は机をたたき、席を立った。

「決定。もり鉄祭りを開催します！」

「社長……」

二人の古参取締役が驚き顔で見つめてきた。が、亜佐美は動じず、拳《こぶし》を固めて振った。

「ダメよ。反対なんか認めません。もちろん、経営会議にも諮《はか》りましょう。けど、誰が何を言おうと、絶対に開催します。夏休みのイベントとともに、大々的な記者会見を開いて発表しますからね。——鵜沢君」

いつものように人差し指を鵜沢に突きつけた。

「やるじゃないの。てっきり素人社長の監視役として派遣されて来たんだと思ってたけど、まさかこんな大胆な意見がお役人から出てくるとは思ってもいなかったわ、ごめんなさいね」

正直に言って姿勢を正し、深々と頭を下げた。

一同が固唾《かたず》を呑む表情になる。

「君のことを誤解してた。ぶっきらぼうで、何考えてるのかわからないところがあったし、県のお目付役として警戒してた。でも、素晴らしいアイディアよ。沿線住民とともに地域を盛り上げていく。鉄道が担うべき大切な役目を、大きくアピールしていける企画だと思う」

　人前で頭を下げられ、しかも予想を超える賞賛まで浴びたせいか、鵜沢が背中をくすぐられたような顔になっていた。案外、かわいいところもある。

　これくらい破れかぶれな方法を実現していかないことには、赤字ローカル線が生き残っていく道はないと思えた。たとえ廃線になろうと県庁に戻ればいいだけの気楽な立場の者だから、発案できた企画だったかもしれない。

　度重なるリストラに萎縮《いしゅく》し、守りの姿勢しか見えない社員が、一日の稼ぎを棒に振って沿線住民のために汗を流すイベントなどに賛成するはずはない。そう鵜沢は見越して、あえて大胆すぎる提案をしてきたとも考えられる。

　問題があるとすれば、銀行だった。経営会議の席で何を言われるかは想像できた。

「確かに我々は、沿線の住民を頼ろうとばかりしてきた気がしますね。お客様への感謝の気持ちを表すためにも、乗り放題にしてお祭り化するのはいいと思います。ねえ部長」

　驚いたことに、黙って成り行きを見ていた馬場山が賛同の声を上げた。

「やりましょうよ。運転台に子どもを入れるのは、ちょっと問題ありそうですが、車掌の手伝いをしてもらい、子どもが車内アナウンスをする。絶対に喜ばれますよ」

　村上が目を輝かせながら提案した。

そこにまたも馬場山が手を上げる。

「実は、運輸部からも、似た提案がありまして……。日曜祝日など休みの日に、有料で一日駅長を子どもたちに務めてもらうのはどうでしょうか」

「いいですね。ホームのアナウンスに、改札業務。ついでに駅員と一緒にお弁当を食べて、車掌も務めてもらう。応募が殺到しますよ」

経理の社員からも賛成の声が上がった。亜佐美は心強く思いながらうなずいた。

「どんどん意見を出してもらわないとね。我々社員総出による手作りのお祭りにしましょう。鵜沢君。君をもり鉄祭りの実行委員長に任命します」

賛同を得られるとは思ってもいなかったのか、鵜沢が戸惑い気味に社員を見回している。

「あ、そうだ、岩本部長。森中炭鉱で昔トロッコとか使ってなかったですかね」

山下が頼りなさそうに言い、運輸部長に目をやった。

「そりゃ使ってたろうよ。今も車両基地の奥には、昔の線路が残ってるからな。確かセメント工場のほうにも、錆《さ》びた線路がそのまま残されてたはずだ」

「それを使えませんかね。たとえば、ミステリー列車とか称して、森中駅のさらに奥の奥まで進むんですよ。昔使っていたセメント工場や炭鉱跡のほうまで乗り込み、滅多に見られない光景を楽しんでもらう……」

「でも、古い設備だからな……」

「地元の昔の産業を知ってもらういい機会にもなりますよ。トロッコに乗り換えて炭鉱の中へ入っていくなんて、考えるだけで楽しそうじゃないですか。ねえ、社長」

「そうね、山下君。君をお祭り実行副委員長に任命します。鵜沢君と二人で、その辺りのことも調べておいてちょうだい」

続けざまの指名を受けた鵜沢が、笑顔ではしゃぐ山下を睨んだ。仕事を増やすなと、威嚇《いかく》の眼差しをすえる。が、おかまいなしに山下が微笑みかける。

「鵜沢さん。沿線の方々に楽しんでもらえる、とびきり盛大なお祭りにしましょう」

言っている本人のほうが楽しみたがっている笑顔だった。

3

その後の会議は和《なご》やかに進み、自由闊達《かったつ》な意見が飛び交った。県から出向してきた副社長に、社長の亜佐美が正直に「誤解していた」と告げたことも関係していそうだった。すなわち、亜佐美の放った言葉は、社内の鵜沢哲夫という男への見方を代弁しており、そのわだかまりが少しは晴れたように感じられたのだ。

三人目の提案者として山下が手を上げ、合コン列車の企画を熱く語った。沿線の農家に嫁の来手がないという話があるため、地元の青年会と組み、お見合いイベントを列車内で開催するというものだった。

視線を振られた鵜沢が、実に真っ当な意見を述べた。

「うーん。鉄道会社の仕事じゃない気がするな……。青年会が主催して、列車を貸してくれと言ってきたのなら、地元の一企業として協力することは考えてもいいと思う。けど、鉄道会社がコンパの旗振り役をするのはどうなのかな」

「そうですね。酔ったあげくに何か問題が起きても困るし……」

小野塚が慎重な言い方をしたが、揉《も》め事の責任を取るのは嫌だというのが本音だったろう。

「おい、山下。自分が参加するつもりで企画したんじゃないのか」

岩本が冷やかし半分に言い、笑いが広がった。反対意見が多いため、山下としても提案を引き下げるほかはなかった。

馬場山たち運転士からは、新たなイベント列車の企画が発表された。車内でお弁当を食べるだけの列車を増やしたところで新規の顧客は開拓できない。そこで、パン焼き列車、ケーキ造り列車といった趣向はどうかというのだ。

本格的な料理となると難しいが、生地《きじ》をこねてオーブンで焼くだけなら、列車内でも行える。地元のパン屋やケーキ屋を講師として招けば、人件費も節約できる。焼きたてのパンやケーキをお土産に持って帰ってもらうとともに、店のＰＲにもなる。

ただし、ロングシートタイプの列車にテーブルを設置しなくてはならず、その改造費にいくらかかるか、試算はできていなかった。正直、赤字が続く状況では難しいかもしれない。

「では、運輸部のほうで詰めの作業を進めてください。試算ができたところで、経営会議の席に出したいと思います」

経理課からは、新たな土産物の提案があった。イベント用のヘッドマークを模したクッキーで、列車のパッケージに入れて販売する。定番商品のバリエーションを増やすためだ。

次が、終着の森中駅での、たこ焼き販売だった。トロッコを模した箱に入れ、黒いソースをかけて売る。かつて炭鉱町として栄えた地域の駅のシンボルとする狙いだという。

最後の提案が、グルメ・グランプリに輝いた店にお弁当を開発してもらい、昔の駅弁と同じ手売りのスタイルで販売するアイディアだった。もりはら鉄道に乗らないと絶対に食べられない自慢の弁当を作り、大々的に売り込む作戦である。さらには、鉄道ファンを招いて、新作弁当の品評会をイベント化していく。

「クッキーに関しては、ネーミングを考えてください。まずは面白くてお客様の関心を呼ぶネーミングありき、だと思うんです。もり鉄クッキーなんて平凡な名前じゃ、絶対に売れないと肝《きも》に銘《めい》じてください。たこ焼きのアイディアは面白いけど、誰が焼いて店番をするのか。残念ながら、たこ焼きのために社員を配置するゆとりは、今の会社にありません。かといって、乗客の少ない駅に業者が参入してくれるとも思えないし……。細部をつめてから、次の企画会議に出してください。お弁当の手売りも、グルメ・グランプリの成果を見極めてからの話になるわね。品評会は今まで社内で行っていたものに、ファンの意見を取り入れる発想が素晴らしいと思う。ぜひとも実現していきましょう」

亜佐美はその場で次々と判断を下していった。社長が迷ったり悩んだりする姿を見せるのは、マイナスになる。

「目を引くお土産物がまだ足りないわね。せっかく注目を浴びてる時期だから、早く新商品を投入したいのよね。たとえば、同じクッキーを売り出すなら、線路と枕木《まくらぎ》を模したものにして、線路をかじろう、と謳うとか。連結器の形をしたストラップを作って、絶対離れませんと大きくアピールして、若い男女に買ってもらうとか……」

「スゲー。どっちもいけるんじゃないですか、社長」

山下が迂闊《うかつ》にも、亜佐美のアイディアを誉め上げた。これ幸いと、山下の鼻先に人差し指を突きつけた。

「じゃあ山下君。そのふたつを具体化してくれるかしら」

「うへぇ……」

声にならないうめきをもらし、山下がのけぞり返る。会議室を笑いが埋めた。

「頼むぞ、山下。イベント列車の予約は順調だから、しばらくは営業の外回りに出なくてもすむんだ。時間は作れるだろ」

鵜沢がだめ押しすると、山下は泣き笑いのような顔になってうなずいた。

「よーし。こうなったらもう何でもやりますよ。土産物のアイディアは随時受けつけますから、皆さんどんどん持って来てください。ただし、抜群のネーミングを添えてくださいよ。ぼくが業者と折衝して、必ず実現させますから！」

激励の拍手と歓声が湧いて、その日の会議は終了した。


午後は鵜沢に運転を頼み、営業用の車で森中町の外れにある随閑寺《ずいかんじ》を訪ねた。

本堂と講堂を結ぶ南の回廊沿いに、二十メートルを超える藤棚が作られ、毎年五月の中旬になると紫の花の屋根がかかる。沿線ではよく知られた寺だが、県下にその名は広まっていない。

「鵜沢君も知らなかったでしょ。仙台に住んでいながら」

「ええ、噂にも聞いたことはありませんね。その藤棚をゴールデンウィーク明けの目玉にする気ですね」

読みは悪くなかった。さも自慢げな顔さえ作らなければ、社員ともうまくやっていける男なのに、能ある鷹《たか》の爪《つめ》を振りかざしすぎる嫌いがある。自惚《うぬぼ》れ男によく見られる尊大さだ。

つい皆川充の容貌を思い出しかけ、亜佐美は横でハンドルを握る男に慌てて話しかけた。

「往復の運賃と拝観料が一体となった割引記念切符の販売を考えてるのよね」

せっかくのアイディアを打ち明けたが、鵜沢は食いついてこなかった。季節限定の藤棚だけでは、とても集客効果はないと思っているのだろう。

亜佐美にはまだ腹案があった。が、それを今伝えたのでは、鵜沢の本心が見えてこない。

多くの社員が彼を、県から送られてきた首切り役人と見ている。先ほどの会議で建設的な企画を出したため、彼への見方も少しは変わるだろう。が、亜佐美自身、まだこの男に全幅の信頼を置くことができずにいた。

——油断するなよ、亜佐美君。役人なんてのは、掌《てのひら》返《がえ》しを裏切りだなんて思っちゃいない。赤字が続けば、平然と支援を打ち切るはずだ。鵜沢って男は、いつだって県と銀行の側に立つぞ。心しておきなさい。

五木田会長は真顔で亜佐美に忠告をくり返した。補助金の申請では、いつも県幹部の煮え切らない態度に悩まされているのだという。

獅子身中《しししんちゅう》の虫になるのか。県の支援をつなぎ止める頼みの綱となってくれるか。まだ判断はできなかった。ただ――鵜沢の第三者的立場からの冷静な意見は、熱くなりやすい亜佐美にとって、貴重に思えるのも確かなのである。

「よくお出でくださいました。ほう、噂どおりのお美しい方ですな」

お供を引き連れて本堂横の広間に現れた住職は、白い顎髭をたくわえた達磨《だるま》のような老人だった。もう七十は超えた歳と思われるが、足取りは軽い。後ろに腰を下ろした若い僧侶より、肌も脂《あぶら》ぎって見えた。

亜佐美は名刺を手渡し、窓の外に広がる日本庭園を眺めつつ、切り出した。

「わたしは森中町の出身で、幸いにもこちらの藤棚の素晴らしさを子どものころから知っておりました。けれど、県内にはさほど知られておらず、悔しい思いでいます。このたび縁あって地元もりはら鉄道のお仕事をさせていただくことになり、ぜひともこの機会に随閑寺さんの名をもっと広く知ってもらいたい――つきましては、観光の目玉とさせていただく道はないか、と考えるようになりました」

「拝観者が増えてくれることは、大変喜ばしいのですが、うちにはちょっと大きな藤棚ぐらいしか誇れるものは……」

「僭越《せんえつ》ながら、こちらのご縁起を、本堂で販売されているパンフレットを読んで少し勉強させていただきました。そこで初めて知ったのですが……大黒様《だいこく》は、もともと天《てん》台《だい》宗の開祖である最澄《さいちょう》法師が日本に伝えられたのですね」

亜佐美がパンフレットを取り出すと、何を熱心に語りだす気か、と鵜沢が問いかけの目を寄越した。気づかなかった振りをして、亜佐美は続けた。

「そのご縁からか、こちらでも大黒様のお像が庭に据えられておりますよね」

「ええ、まあ……」

「大黒様といえば、神話の世界では、大国主 命《おおくにぬしのみこと》の別名とも言われ、縁結びの神様としても慕われております。まさか、お寺に縁結びの神様でもある大国主命の像が祀《まつ》られているとは、まったく知りませんでした」

達磨のような住職がにこやかに髭を撫でた。

「天台の流れを汲《く》んでおりますもので、その昔に、地元のお大名様から寄贈されたと聞いております」

「そうでしたか。でも、お寺が縁結びの神様を祀っているなんて珍しいし、とても素晴らしいことだと思いました。そこで、縁結びに因《ちな》んだお土産物をこちらで作っていただけないものでしょうか」

住職と若い僧侶が目を白黒させた。縁結びの神を祀るのは、本来なら神社の務めだ。この随閑寺は、天台宗の寺院である。仏の教えを広めるとともに、檀家《だんか》を守ってきたはずであり、縁結びの神を崇《あが》めてきたわけではない。

　亜佐美は百も承知で言っていた。

「いかがでしょうか、ご住職。素晴らしい藤棚だけでなく、この寺の縁起を広く知っていただくことができます。そして、多くの人々に、最澄法師が日本に大黒天という密教の神様を伝え、やがて日本の神話と一体化して親しまれていったという経緯も知っていただけるでしょう。多くの観光客が足を伸ばしてくれると思うのです」

　住職は見るからに困惑していた。

　拝観料が入るのは大きな魅力だ。が、たまたま大黒様の像が寄贈されていたにすぎない。それを前面に押し出すのでは、単なる儲け主義の寺と思われかねない。

「鉄道の利用客をただ増やしたいというのではありません。沿線一帯が活性化し、発展していくためには、今ある鉄道を守り、地域の力を蓄えていくに限ります。こちらのお寺に観光客が来てくれるようになれば、元矢橋《もとやばし》駅前にも多くの人が訪れ、門前町としてより発展していくはずなのです。森中町のためにも、ぜひご協力を願いたいのです」

「そう言われましてもなあ……」

　さらなる説得の言葉を続けようとすると、横で黙っていた鵜沢が思いがけず膝《ひざ》を乗り出してきた。

「――実は今、県や地元市町村の観光課と組んで、地域の名産品をアピールする計画を練っています。ホームページでのＰＲだけでなく、新たに観光パンフレットを制作し、広く配布していく予定です。当然ながら、こちらの藤棚も観光の目玉として大きく取り上げさせていただきます。そこに、新たな縁起物が加わるならば、まさしく鬼に金棒。藤棚のシーズンのみでなく、年間を通してわたしどもも記念切符を販売できると考えます」

縁起物のグッズを作ることで、通年の観光客が見込めるという主張だった。

住職が小さく唸り、庭へ目をそらした。

ここが攻めどころだ。亜佐美は言葉に熱を込めた。

「お寺さんで縁起物のグッズを発注するなど、初めての経験で戸惑われるかもしれません。ですが、我々もりはら鉄道では、様々な土産物や記念品を作っておりますので、業者さんとの仲立ちはもちろん、具体化までのお手伝いもできると思います。アドバイザリー料金を取ろうなんていう浅ましいことは一切考えておりません。地域が一体となって発展していく。それこそが、もりはら鉄道の再生につながっていくと信じるからです」

「わたしどもに力を貸してくださると……」

「はい。社長の考え方は、就任以来、一貫しております。沿線の町があってこその鉄道です」

そこで鵜沢が、また亜佐美を立てるような言い方をした。

「わたしも県からの出向者という強みを生かし、自治体への協力を呼びかけています。ただ、やはり地元のやる気が一番重要なんです。今回の取り組みは、森中町と原坂市の商店会にもご協力いただいております。観光の目玉となれる随閑寺さんにご参加いただけたら、一同大きな自信となるに違いありません」

金銭的な利益だけを謳《うた》うのではない。地域の中核として随閑寺という心の支えが必要なのだ。地域のために、ぜひひと肌脱いでほしい。うまい口説き方だった。

住職はまだ迷いを残すような目で、白い髭をさすっている。

「正直な話……町長は何をとち狂ったんじゃろうか、と言う人がいました。けど、ようやくわかりましたな、五木田さんの真意が——。わしら年寄りは、もう先がない。若い人が力を合わせて町を盛り上げていく。その気運をまず生み出していくのが肝要というわけですな。町長も思い切った手を打ったものだ……」

「はい。若者が町に定着していくためにも、鉄道は貴重な財産になります。わたしたちは沿線を発展させていくことこそが使命だと考えています。どうか、そのために力をお貸しください」

鵜沢がよどみなく言って、住職を見つめた。いくら頭の回転が速くとも、そうそう口からでまかせが飛び出してくるとは思いにくい。本心も入っているはず。そう信じたかった。

住職が亜佐美と鵜沢を交互に見すえ、わずかに眼を細めた。

「わかりもうした……。わしももうひと働きさせていただきますぞ」

4

「うっひゃー。めちゃくちゃ強引ですね」

随閑寺とのタイアップ企画を告げると、山下修平は幾度もまばたきをくり返した。

「社長はお寺のパンフレットを手に入れ、どこかに客を集めるアイテムがないものか、目を皿のようにして探したんだろうな。そして、たまたま大黒様の像があると知った。大黒様なら大国主命であり、縁結びの神としても知られている。若者を集めるなら縁結びに限る。実に恐るべき強引な三段論法だよ」

今思い出しても、哲夫は笑いだしたくなる。住職の顔ったらなかった。寺院と神社をごっちゃにして無理を押し通すような提案なのだ。

「すげーなぁ。でも、どうやったら、そういうアイディア、出せるんですかね」

「社長が言ってたろ。二十四時間、仕事のことを考えろって」

「おれだって考えてますよ」

そう言いながらも山下は、車内で笑い合う女子高生のグループをずっと気にしていた。哲夫の眼差しの意味を悟り、山下が慌てたように姿勢を正した。

「言っときますけど、乗客の話に聞き耳立てるのも、顧客の動向をつかむためですから」

まあ、そういうことにしておいてやろう。

ポケットで携帯電話が一度だけ震えた。メールが入ったらしい。

『ＧＷのイベント列車を予約したら迷惑だよね。幸子が独走して、ちょっと大変』

またも優理子からの期待を込めたメールだった。とたんに笑顔が凍りつく。

ゴールデンウィークが終わるまでは休みを取れそうにない。事実なので、そう正直に伝えた。その結果が、これだ。

今何してるの？　ご飯はしっかり食べてる？　次の休みはいつ？　果てしなく質問攻撃がくり返される。

こっちだって焦っているのだ。哲夫にとっては、今が勝負の時だ。ここで結果を出してこそ、幹部候補生として生き残っていける。

「誰からです？」

メールをのぞこうとした山下を無視して、哲夫は携帯電話をしまった。

優理子を焦らすつもりはなかった。無邪気を装《よそお》った質問のナイフで、絶えず背中をつついてくるのでは、誰でも気が重くなる。確認を取りたがるのは、哲夫という男を信じきれていない証拠でもあった。

女にいい顔をしつつ、仕事にも励む。そういう器用な連中はいた。だが、自分にはできない。同期の優秀なやつらについていくだけで精一杯だ。民間企業の経営に参加できるチャンスは滅多にない。そう考え直すことで懸命に自分を支えているのが、なぜわからないのか。

不満の泡を嚙みつぶすうち、終点の森中駅に到着した。

列車を降りて、駅事務所に顔を出す。

「お疲れ様です。今日は先にお客様が来てるみたいですよ」

折り返しの列車を運転する清水《しみず》が、ホームの先に延びる引き込み線を指さした。

森中駅の裏手には、第二車両基地がある。さらに奥へ足を伸ばせば、かつての炭鉱跡とセメント工場に続く線路が今も残る。

トロッコ列車を運行できないものか。山下が会議で思いついたアイディアだった。線路は錆びていようが、整備して運行できれば、行き先を隠したミステリー列車を走らせられる。その手始めに、設備の状況を見ておきたかった。

「お客って、誰なんです？」

山下が窓を見ながら訊くと、清水が裏手に広がる車両基地を望んだ。

「飛高さんが、銀行の人と来てるみたいですね」

閉山から四十年近くが経っていた。車両基地の土地はJRから譲り受けたものだ。その西に広がる石灰採掘場は、今なお大手セメント会社の持ち物である。北の山間部に広がる一帯を、仙台の銀行が管理している。

十年ほど前、町が鉱山の跡地を安く買い上げ、炭鉱博物館を建てて町興しを図ろうとする計画が出された。そこに五木田が猛然と反対を表明し、町長選に立候補した。

炭鉱跡など珍しくなく、博物館を建てたところで観光客は来るものか。破綻寸前に追い込まれた夕張《ゆうばり》市の例を見るまでもなく、町の借金を増やすだけだ。その主張が町民に認められて、五木田が当選したという経緯があった。

「鵜沢さん。飛高建設から何か聞いてましたか？」

山下に問われて、首を横に振った。

「今度は銀行主導で、何か計画が出てるんですかね」

どこか希望を託すような声に聞こえた。

民間の力で何らかの集客施設が建つのであれば、町の予算に影響は出ない。鉄道にも波及効果は期待できる。だが、不況が長引く中、こんな片田舎の山間部に投資しようとする企業があるか……。

哲夫は山下と駅舎の裏口から、広々とした車両基地に出た。

予備のロングシートタイプの列車が二両、保線用のモーターカーが検査倉庫の中に並んでいる。今はもう使われなくなった旧タイプの車両は、そのまま留置線の上に放置されてあった。処分の費用を節約するためだ。

山間部へ続く線路は、検査倉庫の横から延びている。給油施設の脇を抜けて、線路横を歩いていった。

十二年も使われていないため、線路は赤く錆びついている。が、枕木に腐ったものは見当たらない。素人目には、軽い車両であれば充分に走れそうに思えた。

三百メートルほど奥へ進むと、左にセメント工場の三角屋根が見える。右には廃屋となった鉱山施設が並ぶ。その先に五人の男が集まり、辺りを見回していた。

「よう……鵜沢君じゃないか」

一人が手を上げ、近づいてきた。飛高建設の社長、飛高仁三郎だった。ミニラのような体を揺すり、小走りにやって来る。

その後ろで四人の男がそれとなく身を寄せ合った。一人が飛高とそろいの作業着を羽織《はお》り、あとの三人はスーツにコートを着込んでいる。

「岩本部長に電話して、許可はもらってるんだ。仙台中央銀行さんが、どうしても鉱山の跡地をあらためて見て回りたいと言ってね」

「この辺りの土地を開発しようという計画でもあるんでしょうか」

期待をにじませずに哲夫は訊いた。

「いや、まだ正式な話じゃないらしいんだよね。けど、合宿施設の候補地を探してるとか……」

「こんな山の中にですか？」

山下が首を傾けて、銀行員のほうを盗み見た。

「新人研修の施設らしい。恐怖の合宿とかいって、スパルタ教育で徹底的に愛社精神をたたき込む研修があるじゃないか。山の中で、辺りにコンビニもないからいいんじゃないか。そういう意見が出たっていうんだ」

ありえそうな話だった。宮城県でも、合宿での職員研修を行っている。哲夫も県の宿泊施設を使った研修会に参加し、ずいぶんと絞られた経験がある。

「そうか……合宿所ですか。集客を見込めるような施設じゃありませんね」

山下が視線と肩を同時に落とした。

「そう美味しい話があるものかい。けど、土地を遊ばせておくよりは、いいじゃないか。少しは鉄道を利用してくれるかもしれないしな」

飛高は無理したように笑い、あらためて哲夫たちを見回した。

「で、君たちこそ、何でこんなところに来たんだい」

新たなイベント列車の企画を語ると、飛高の顔に深い皺が刻まれた。

「そりゃまずいな……。確かにトロッコ列車も面白そうだが、そんなものがここを走るとなったら、合宿施設の話は消えそうだな」

飛高としては、合宿施設の建設を請け負いたいのだ。トロッコ列車を走らせたところで、彼の会社に直接の利益は出ない。

「まずいよ、そりゃ。その企画、見送ってもらうことはできないのかな」

拝むようなポーズを作られて、山下が無言で哲夫を見つめてきた。

合宿施設とトロッコ列車。どちらが鉄道のためになるか、その判断は難しい。

「こちらもまだ企画の段階なんです。そちらも何か動きがあったら、お知らせいただけますか」

「そっちも話が具体化するようなら、必ず事前に知らせてくれよな」

ここは様子を見るしかなかった。鉱山の跡地は銀行のものなので、トロッコ列車を走らせるには彼らの許可が必要だった。選択権は向こうにある。

哲夫がうなずくと、飛高は銀行の男たちのもとへ戻っていった。そのうちの一人が、まだ哲夫たちを気にして見ていた。跡地を遊ばせておいても金にはならない。有効活用を迫られる事情が銀行側にもあるのだろう。

「参りましたね、鵜沢さん……」

早くも企画に暗雲が垂れ込めて、山下が浮かない顔で腕を組んだ。

報告を受けた篠宮は、デスクでたっぷり三十秒は固まっていた。

「うーん……。鉱山があった土地は、今は銀行の管理下にあるわけよね」

「ええ。もともと鉱山会社は土地を担保にして資金調達をしていたようです」

哲夫がネットで調べた情報を伝えると、篠宮はデスクに広げた地図を見つめた。横から山下がデジカメで撮影した現場付近の写真を見せていく。

「ほら、見てくださいよ。枕木は少し古くなってますが、まだ充分に使えると思うんです。これなら炭鉱のすぐ近くまで列車で入れますよ」

「残念ながら、無理ね、これは――」

篠宮は一度目をつぶってから、山下に向けて言った。

「土地もトロッコも今は銀行のものなのよ。彼らの許可がなければ実現できないとなれば、ミステリー列車はあきらめるしかないわね」

「まだわかりませんよ……。合宿施設の建設が決まったわけじゃないし。町の認可が必要になってくるケースだってあるはずです」

山下が食い下がった。町長は五木田であり、鉄道の企画を優先してくれるのではないか、と最後の望みを託したがっていた。

もし合宿施設の建設が決まれば、建設費や人件費、食材の納入やリネン類のクリーニングなど、町に仕事がもたらされる。町長が無下に断ったのでは問題となる。

「山下君、ここは思い切って企画を修正しましょう。たとえば、昔のトロッコを譲り受けて改造したうえで、うちの気動車で牽引《けんいん》する方法もあるわよ。別のイベント列車ができるかもしれないじゃない」

正直それは難しいだろう。使い古されたトロッコを改造するのでは、費用がかさむ。額にもよるが、今の会社にどこまで資金を投入できるか。

「いいアイディアだと思ったのにな……」

山下が肩を落とし、プリントした写真を引き上げにかかった。すると、その手を篠宮が急に押さえた。

「――待って。これが銀行の人たちなのね」

篠宮が一枚の写真をつかみ上げる。飛高たちが線路脇に立つ姿を写したものだ。

「そうですけど……。どうかしましたか」

山下でなくとも問いかけたくなる。それほどに篠宮は、男たちの写真を凝視《ぎょうし》していた。幾度もまばたきをしつつ、時に視線を外しては、また写真に目をそそいでいる。

「見覚えがあるのよ、この人に……」

篠宮が写真をデスクに置いて、男の一人を指さした。

黒いコートを着込み、澄まし顔で襟を立てている男だった。日焼けサロンで焼いたかのように肌が黒く、髪が長い。男たちの中で最も若く、哲夫とそう変わらない歳に見える。

「知ってる人なんですか？」

「新幹線の中で何度か見かけた人に似てる気がするのよ」

「ああ……。仙台の銀行とか言ってましたからね。東京への出張もあるでしょうし」

哲夫は納得してうなずいた。日々アテンダントとして新幹線に乗っていた篠宮であれば、客の顔を覚えていたとしても不思議はない。

だが、篠宮の表情は冴えない。

「この人、いつも降りてたのは仙台じゃなかったと思うのよね。一《いち》ノ関《せき》だったような気がする」

「じゃあ一関《いちのせき》支店の人なんでしょうね。東北本線でふた駅上れば、うちの鉄道にも接続できますから」

山下が気乗り薄で言い、写真をまとめにかかった。篠宮がなおも手を伸ばして言う。

「実は――この人を覚えてたのは、ちょっと訳ありなのよね」

「ははーん。そこそこいい男に見えますからね」

山下が笑って言うと、篠宮が睨みを利かせて髪を振った。

「おかしな誤解しないでよ。この人、いつもサングラスをしたり帽子を深く被ったりして、顔を隠してたのよね。だから、覚えてたわけ」

何を言いたいのか先が読めず、哲夫は首をひねった。篠宮自身もわずかに首をかしげるポーズになっている。

「コーヒーが好きなようで、いつも注文してくれてた……。車内でサングラスをしてる人って珍しいから、有名人なのかなって思ったんだけど、そうも見えなかったし。で、サングラスがお好きなんですねって話しかけたのよ。そしたら、何も答えず、ぷいと横を向かれて……」

「サングラスをかけてたのに、よく顔を覚えてましたね」

哲夫が訊くと、篠宮が人差し指を振り回した。

「ほら、新幹線のコーヒーって淹《い》れ立てで熱々《あつあつ》でしょ。湯気で眼鏡が曇るのよね。だから、コーヒーを飲む時だけサングラスを外して窓の外を見てたから。それで覚えてるの」

「何だ、やっぱいい男だからじゃないスか」

「そん時には、ちゃんと彼氏いたわよ」

篠宮がムキになって言い返した。山下のほうは、堂々と社長をからかい、笑っているのだから、実にたくましくなったものだ。

「じゃあ、今は彼氏いないんだ――」

「うるさいわね。さっさと仕事に戻りなさいって！」

篠宮に指を突きつけられると、山下は大袈裟に肩をすくめて退散した。

男が銀行マンでなかったとすれば、合宿施設の建設を計画する企業の担当者か。土地の選定のため、何度も森中町まで足を伸ばしていたとも考えられる。

哲夫はその日の午後、飛高建設に探りの電話を入れた。社長の飛高から、写真の男の素姓《すじよう》を聞き出せないかと考えたのだ。

今度の企画はペンディングにすると伝え、合宿所の発注元について尋ねた。

「いやいや、それはまだ言えないんだ。噂が先行すると、ほかでおかしな動きをしたがる者が出てくるだろ。君なら、公共事業によくあるケースを知ってるだろ？」

大規模公共事業の噂が立つと、事前情報を集めて入札に役立てようと、建設業者やコンサルタントが一斉に動き出す。水面下でジョイントベンチャーの話を進める者が出没し、怪情報が乱れ飛ぶケースもあった。

飛高建設としては、話の出どころを隠すことで、よそからの参入を防ぎたいのだ。

「若い人が一人いましたよね。もしかすると、土地を探してる企業の人ですかね」

「まあ、その辺りのことはいいじゃないの。いずれ町のためになるかもしれないんだからね」

飛高のガードは堅く、情報は一切引き出せなかった。

5

予算が少ないために、トイレの改修は六つの駅にとどまった。それでも篠宮は満足そうな顔で、自ら工事の場に立ち会った。

随閑寺の縁結びストラップは、二週間という超特急で千個の納入が可能となり、ゴールデンウィーク前から割引記念切符を販売できた。そのチラシと切符が間に合ったのは、沿線の印刷会社が徹夜で仕事をしてくれたおかげだった。

企画会議で出た線路と枕木を模したクッキーは、「線路丸かじり」というネーミングで発売が決定した。ここでも地元の力に助けられた。

篠宮はゴールデンウィークの期間中、一日も休まず、増発までしたイベント列車のアテンダントを宣言どおりにすべて務めた。哲夫と二人の営業課員も連日の出勤だった。

今ここで社長に倒れられては一大事なので、経理の町村かおりにもイベント列車に無理やり乗せて、アテンダントの見習い業務を割り当てた。奥石駅には臨時の売店も設置し、経理から人を出してもらった。当分はアルバイトを募集する予算もないため、社内の人間をやりくりして急場をしのぐ方針だった。

「鵜沢君。あとはゆるキャラね」

イベント列車の車中で、篠宮がまた新たなアイディアを語りだした。

町興しに可愛らしいキャラクターを使う手が、多くの自治体で進められていた。その数は千を超えるとの話もある。

「名前は、もり鉄ちゃん。イラストを公募しましょう。うちのマスコットキャラとして育てていき、ゆくゆくは着ぐるみも作って、駅長や運転士も務めてもらう。決定よ！」

はい、了解です。どうせ誰が反対しても、実現させる気でいるのだ。

早速、ホームページ担当の宮崎にイラストの公募を告知させた。

採用者への賞品は、一年間乗り放題のフリーパスと記念品。たったそれだけで、採用したキャラクターをずっと使用する気なのだから、がめつい話だ。どこまで応募が集まるか……。

ゴールデンウィークの最終日に当たる日曜日は、五木田会長までが一日駅長を務めると言いだし、朝から臨時の売店に販売員として立った。その姿をまたテレビ局が取材に来て、駅周辺は一日、祭りのような騒ぎとなった。

最後のイベント列車を終えると、篠宮はアシスタントの町村かおりと制服姿のまま、森中駅の運転士用仮眠室へ直行した。二人ともに自宅へ帰る気力も残っていなかったらしい。

幸いにも、藤井優理子は哲夫の前に現れなかった。予約がすべて埋まり、イベント列車のチケットが手に入らなかったからだ。哲夫が会社に泊まる日も多く、輿石駅前に借りたマンションを彼女が訪ねてくることもなかった。

メールの数も減った。このまま切れていくような予感があった。それを喜んでいいのか、哲夫にはわからなかった。

おそらく彼女は待っている。哲夫から声がかかることを。

ここで哲夫がアクションを起こさなければ、二人の仲は終わる。そう確信がありながら、今は結婚を決意できるような時ではない、と思えた。切れるなら、それはそれで仕方ない。腹をくくって仕事に向かった。もうどうにでもなれ。自分からは電話もメールもしなかった。

連休明けの社内は、まったく別の会社になっていた。

篠宮は、大幅な売上アップを知らせるチラシを作ってコピーし、それを社内と言わず、駅の事務所内にも張り出させた。

実績は自信につながる。社員は皆胸を張り、誰彼かまわず大きな声で挨拶を交わし合った。運転士は乗客に自然と笑顔を向け、大魔神と呼ばれた井上駅長までが切符を受け取るたびに「ありがとうございます」と言うようになったのである。

五月の経営会議は和やかなものだった。出席者は地元の者をのぞけば、すべて鉄道を利用して本社に来た。篠宮が以前に放った脅し文句が効いていたのだ。

「まだ経費の細かい精算が終わっていない部分もあり、正確な数字とは言えませんが、ゴールデンウィークの十一日間で、おおよそ二千七百万円を超える黒字が出ています」

哲夫が資料を配付すると、出席者の間からどよめきが湧いた。

若い女性の新社長というホットな話題も手伝っていたが、昨年は二百五十万円ほどの利益しか生まなかったのが、一挙に十倍強になったのだから無理はない。

篠宮は数字を誇らず、淡々と言った。

「これで赤字を一掃できる見通しが立ったわけではありません。新社長という客寄せパンダの効果も長続きはしないでしょう。そこで、夏のグルメ・グランプリを是が非でも成功させて、沿線の町興しにつなげていく必要があります」

「わたしは全面的に亜佐美君の提案する企画を推進すべしと思うが、皆さんも異存はありませんでしょうな」

五木田が早々と援護射撃を放ち、特に銀行関係者に視線を据えた。

就任から一ヵ月半で、ここまで収支を改善させた実績を見せつけられれば、銀行としても反対意見を唱えられるわけはなかった。

篠宮が深々と頭を下げ、力強く言った。

「ありがとうございます。では、夏限定のTシャツ切符にゴーサインを出させていただきます」


「あの社長、本気でゆるキャラの着ぐるみに入るつもりだな」

帰り際に上司の陣野が哲夫を呼び、また表情の読めない笑顔で話しかけてきた。

「うちの娘が応募するって言ってたよ。よろしく頼むぞ――って、冗談だよ、本気にするな」

一人で言って、哲夫の肩をたたいてくる。本当に疲れる上司だった。

が、陣野はにわかに声を低めた。

「けど、気をつけろよな。好事魔《こうじま》多しと言うだろ? 今は新社長の人気で保ってる綱渡りだ。浮かれて社員がミスをしようものなら、マスコミは喜び勇んでたたきにくるぞ」

怖ろしいことを、さらりと言ってくれる。だが、現実を見越した大人の意見だった。しかも、気になる問題がないわけでもない。

社長の就任会見を列車内で行った際、線路に異物が置かれるというアクシデントがあった。篠宮がイベント列車に初めて乗る際も、電源コードが切れるという不可解な出来事が起きていた。

特に後者の問題は、車両基地に侵入する者があった可能性も考えられ、その対策としてゴールデンウィーク前から、本社裏に防犯カメラを二台、設置していた。

実は、予算をかける余裕がないため、どちらもダミーの偽カメラだった。

五木田の提案によるものである。彼の経営するスーパーとホームセンターにはキャッシュ・ディスペンサーが置かれていたし、万引き対策もあって、店舗に防犯カメラは欠かせなかった。五木田物産の厚意で、鉄道本社にも格安で防犯カメラが設置できることになった、と対外的には発表してある。

ダミーだと知る者は、会長と社長、それに哲夫の三人のみ。警備会社との契約料が支払われていない事実を経理の者が見つけそうだが、五木田物産が前払いをしてくれたのだと言ってごまかす計画だった。

「鵜沢君や、もし次にまた別の場所で何か起これば、本物の防犯カメラを導入せねばならんだろうな。そうならないことを、今は祈るばかりだよ」

その口ぶりから五木田は、また何かあるのでは、と不安視しているのが読み取れた。

しかし、会社に損害を与えようと企てる者がいたとなれば――それは鉄道を廃線に追い詰めたがっていることを意味する。

少なくとも沿線住民は鉄道の存続を願っていた。廃止になって喜ぶ者がいるとすれば、代替輸送の本命とされるバス会社の関係者ぐらいだろうか。

だが、バスに切り替わったとしても、黒字が約束されているわけではなかった。鉄道が廃止されたあとのバス輸送は、多くの地方で苦戦を強いられている。鉄道の客がすべてバスに流れるわけではない現実があるからだ。

幸いにも、ゴールデンウィークという稼ぎ時に事故は起きなかった。防犯カメラの効果が出たのか。それとも過去の二件は単に偶発的なものだったか……。

その日、疲れ果ててマンションに戻ると、携帯電話が震えた。

優理子を思い浮かべたが、見慣れない番号からの電話だった。

「ねえ、あんたって人は、いったい何考えてるのよ！」

通話ボタンを押すと、挨拶もなく、非難の言葉が連発された。

「そりゃ、ゴールデンウィークは忙しかったんでしょうよ。テレビのニュースでもあんたの姿が映ってたからね。けど、ひと息ついたわけでしょ。なのに、どうして電話ひとつかけてこないのよ。信じらんない！」

ついに柴野《しばの》幸子から怒りの電話がかかってきた。

煮え切らない態度の哲夫に業を煮やし、優理子に成り代わって真意を問いつめてやろうという気合いに満ちた声だった。

「今まで黙ってたけど、今日は言わせてもらうわよ。覚悟しなさい」

「そろそろ電話がかかってくると思ってたよ」

「よくもまあ、そう冷静に言えるわよね。その調子で優理子にも冷たくしてるんでしょ。この冷血漢が」

「嘘偽りなく仕事に追われてたんだ。今日だって疲れ果てて、今にも倒れそうなほどだよ。慢性的な睡眠不足だ」

「怪しいものよね。まさか、例の女社長に参ってるなんてこと、ないでしょうね」

あまりに思いがけない勘ぐりをされて、哲夫は笑った。

篠宮亜佐美のパワーには圧倒される。次々とくり出されるアイディアにも感心はする。だが、恋愛感情が入り込むような関係ではなかった。あくまで仕事上のパートナーだ。

「だって、テレビで見たあなたは、かなり仕事に入れ込んでるように見えたもの。まるで誰かのために汗水流してるみたいに思えた」

「そうだよな……。ある意味、誰かのために働いてるんだと思う」

「認めるわけ？」

「誤解しないでくれ。おれは県からの出向者だろ。県民のため、もりはら鉄道の沿線住民のために汗水流すのが仕事だ」

「カッコいいこと言うわねぇ」

「本気だよ。最初は県のお荷物を一人で背負わされたようで、ふて腐れてたよ。けど、今は仕事が楽しくてならない。嘘じゃない」

「優理子のことはどう思ってるわけよ」

直球を投げ込まれて、哲夫は言葉に詰まった。ごまかしの言葉を連ねるのは楽だ。正直に告げるほうが難しく、心苦しくもある。

「今すぐの結婚は考えられない。あの社長が熱く社員に語るんだよ。二十四時間仕事のことを考えろって。そうでもしない限り、もり鉄に明日はないって。それほど厳しい状況にあるからだ」

本音を語って口をつぐんだ。その意味で、鉄道に恨みを抱く者が一人、存在していた。

廃線が決まれば、鵜沢哲夫は鉄道の仕事から解放される。県庁に戻ってくる——。

当然ながら、優理子が車両基地に潜入して電源コードを切るなど、できるわけがなかった。が、社員が仕事に打ち込みすぎて、優理子のように寂しい立場に置かれた者がいたかもしれない。

　廃線によって利益が出る者。鉄道を恨みに思う者……。

「自分でも不思議だよ。縁もゆかりもない土地だけど、この鉄道をなくしたら、沿線の町そのものが消えていくような怖ろしさを感じるんだ」

「あ、そう。優理子が消えても、かまわないいんだね」

　彼女はわざと冷たく言っていた。違う、と哲夫に言わせたいがために。

「ねえ、もり鉄が危なくなったのは、なぜなのよ。いつまでもそこにある、と甘く見てたからじゃないのかしらね」

　油断が破綻を招くのだと、彼女は哲夫に忠告していた。このまま手をこまねいているつもりなのか。その決断に悔いはないんでしょうね。いつまでも女は待っていないぞ。あんたら二人が積み上げてきた経営安定基金は、もう底をつきかけているのだ、と。

　充分に理解しているつもりだった。哲夫は言った。

「今度、一緒に乗りに来てくれないか。驚くほどの田舎だけど、なかなか捨てがたい風景が広がってる。ゴールデンウィークの最終日は駅周辺に一体感が生まれて、祭りのような高揚感を覚えられた。仕事を超えた喜びがあるんだよ」

　うまく説明できたとは思わない。自分でもまだよくわからないところがあった。

そもそも鉄道の経営に興味はなかった。命じられたから、出向してきたにすぎない。篠宮の熱意にあおられているにしても、今感じている手応えは何なのか。

「わかったわよ。優理子に伝えておく。じゃあね……」

柴野幸子は言うだけ言って電話を切った。

どこまで優理子に伝えてくれるだろう。人と冷静に話すことで、哲夫は自分の本心をのぞいた気がした。

——客と一緒に笑い、泣く。鉄道は、沿線住民の人生を乗せてもいるんだ。

記者会見の時に聞いた五木田の言葉が甦《よみがえ》る。鉄道の魅力を凝縮したような言葉に思えた。

自分は今、多くの社員と同じ列車に乗っている。そして、どこに連れて行かれるのか。まだ見えない行き先を楽しみたいと思う自分がいるのを、哲夫は知った。

第四章　駅舎炎上

1

「社長、社長。大変ですってば――」

営業課の山下が前屈《まえかが》みになって近づいてきた。

本当に大変なら、もっと慌てていいのに、彼の頬には事態を面白がる笑みがあった。最近は驚くほどフットワークが軽くなり、進んで外回りにも出かけていく。安心して仕事を任せられるようになったが、尻の軽さは相変わらずだ。

「何なの。うちの社にお金がないより、大変なことがあるなら教えてほしいわね」

冷たくあしらうと、急に亜佐美の腕をつかんで引いた。

「だから、一大事なんですよ。こっちへ来てくださいって」

無理やり廊下に引き出された。すると、駅のホームを見渡せる窓の前に、小野塚部長と経理の町村かおりが歳の離れた親子のような風情で並び立っていた。

「ほら、見てくださいよ、あれ、あれ。ちょっとしたスクープでしょ」

山下にせつかれて、亜佐美も窓から外を見下ろした。

子どもたちが夏休みに入って、ほぼ一週間。もりはら鉄道では、社運を賭けたグルメ・グランプリの大イベントを華々しく立ち上げた。社員が受け持ちを分担して沿線十七の駅に合計三十八の参加店を集め、どうにか開幕に間に合わせたというのが実情だった。

参加を持ちかけても相手にしてくれなかった店もあり、最終的には数合わせのような急ごしらえのB級グルメもあった。が、味は社員で確認ずみだ。どこかで見たような品もあるが、試行錯誤のすえに最低限の味だけは保証できた。

初の試みなので反省点は次に生かすしかない。今は成功と呼べる結果を目指し、周辺自治体も巻き込んでのPR活動を続けていた。

テレビ局を拝み倒して記者会見を開いたせいもあって、夏休み限定Tシャツ切符の売れ行きは、幸いにも出足好調だ。今もホームには、列車のカラーリングと合わせたオレンジ色のTシャツを着た親子連れや、学生たちの姿が見える。この勢いをどこまで持続できるか。

「社長、そっちじゃなくて——ほら、改札に近いほうですよ」

いつもは無口な小野塚までが亜佐美のひじをつついた。それほど面白がる光景がどこに……。改札へ目を向けて、亜佐美はその姿に気づいた。

鵜沢哲夫が、そこにいた。

今日は彼がホームに立つ日ではなかった。時刻は午前十一時。病院通いの老人が大挙して到着する時間帯はすぎていた。

現に鵜沢が相手をしているのは、老婆たちではない。オレンジ色のTシャツ切符を手にした二人の女性だ。年のころは二十代の中盤から後半……。

「おかしいと思ったんですよね。携帯に電話がかかってくるなり、急にそわそわとオフィスから出て行ったんですよ。怪しいと思ってホームを見たら――あれだもの」

山下に勘づかれるぐらいだから、よほど鼻の下を伸ばしていたのだろう。

今も鵜沢は気取った笑顔で、何事か熱心に演説をぶっていた。誰が見ても自慢話とわかってしまう昂揚しきった顔だった。

「社長はどっちに賭けます？　ぼくは二千円賭けたっていいと思ってるんです。さっきから鵜沢さんに話しかけてるのは、髪が短く目のぱっちりした人のほうですけど、ぼくは違うと思うんですよね。ずっと控えめにしてる眼鏡の人のほうが、絶対に鵜沢さんの好みだと思うんです。ねえ、かおりちゃん……」

山下が迂闊《うかつ》にも、町村かおりに意見を求めた。本当にこの男は根が軽すぎる。

かおりは頬を硬くして横を向いた。

「わたしは賭け事、嫌いですから」

そのまま窓から離れると、足早に席へと戻っていった。

「あれ、どうしたんだろ？」

首をひねる山下の横で、小野塚が困ったような目になっている。かおりの上司として、彼も気づいていたようである。

「あんまりはしゃぐな。ほら、さっさと仕事に戻って」

小野塚は、山下の尻を軽くたたくと、かおりのあとを追って廊下を離れた。

「自分だって気にしてたくせに……」

もしや小野塚は、かおりの様子が気になって様子を見に来たのかもしれない。

亜佐美は知っている。無関心を装いながら、出向者の後輩である鵜沢に、小野塚が何かと忠告らしきアドバイスを送っている事実を。自ら先頭に立とうとするタイプではないが、小野塚は社内の各所に目配りを欠かさなかった。前社長と運輸部の間に冷戦が勃発《ぼっぱつ》した時も、間に立って伝言役を務めたと聞く。

小野塚がひじをつついてきたのは、気づいているか、との意思表示だったのだと読めてくる。亜佐美は一人、ひそかに唇を噛んだ。

ゴールデンウィークから今日まで最も働いてくれた社員が、町村かおりだった。亜佐美に何かあっては困るからと、彼女も見習いアテンダントとしてイベント列車に乗っていた。その合間に本来の業務をこなし、Tシャツ切符や新たな土産物の担当も引き受け、各業者の間を走り回った。まさしく八面六臂《はちめんろっぴ》の活躍だった。

正直なところ、ここまで仕事をこなせるとは考えてもいなかった。嬉しい誤算のひとつだが、彼女がこれほど仕事に熱を入れているのは、ある人に認められたいという思いが強いからではないかと感じていた。

近くでその働きぶりを見ていた小野塚も、危惧するところがあったと見える。が、町村かおりは二十四歳。長閑《のどか》な田舎町に住んでいようと、女としていろいろあってい い歳だった。父親のような世代から見れば多少は案じられても、周囲がとやかく心配するまでのことはない気もする。

十分ほどして、鵜沢が何もなかったような顔で戻ってきた。友人や親戚がグルメ・グランプリに来てくれれば、仕事を抜けて話をしにいったところで、誰もとがめはしない。彼もここ一ヵ月はまともに休みもなく、沿線を飛び回る日々だった。

「社長。輿石駅の田中君から連絡がありました。スタンプラリーの投票用紙とチラシが早くも残り千枚を切ったそうです。我々が考えていた以上に、沿線以外からの参加者が多いですね」

鵜沢が携帯電話を手に近づいてきた。早くも仕事の顔に戻っている。

「いいじゃないの。大歓迎よ、外からの参加者が増えてくれないと、沿線にお金が落ちていかないもの。で――Tシャツ切符のほうはまだ在庫あるわけよね」

「売れ行きはまずまずです。でも、休日にしか来られない人は多いと思うんです。そういう人はまず一日乗り放題の切符を買って、様子を見てるんでしょう。本当にうまいB級グルメがあるのかどうか」

「味は保証ずみなんだけどなぁ……。ねえ、鵜沢君。どこかで一日だけでもいいから、ドーンとみんなで仙台へ乗り込まない？」

亜佐美がアイディアを語ると、鵜沢が警戒心を見せて表情を引きしめた。また仕事が増えるのを怖れる目を向けた。

「まだまだ宣伝が不足してるのよ。沿線挙げてグルグラに取り組んでる。だから、皆さん来てください。絶対に損はさせません。そう大きな声で叫ばないと、ね」

「でも、単にビラを配るだけじゃ、相手にもされませんよ」

「三十八店舗、すべては無理かもしれないけど、仙台に食材を持っていって、実際に試食してもらうのよ。バラエティーに富んで、美味しいものがあるとわかれば、行ってみるかと思ってくれるでしょ。どうかしらね？」

「やるとなったら、屋台や電源が必要になってきますね」

「仙台駅の構内が借りられると一番いいんだけど、無理かしらね。東北本線の利用客アップにもなるわけでしょ。ギブ・アンド・テイクなんだから、交渉の余地はあると思うのよね」

鵜沢は遠くを睨んでから、亜佐美に目を戻した。

「よし。やってみましょう。でも、開催期間中なんで、各店舗から人は出せないでしょうね。うちの社員にも限界はあります。イベント列車のない平日に宣伝日を設定するにしても、十名かそこらを集めるのがやっとだと思います」

「いざとなったら、ボランティアをつのりましょう。自治体にも協力を求める。それから、また母校の吹奏楽部に声をかけてみるわよ」

ＰＲ活動には、金も人手も必要だった。が、手広く宣伝していかないと、遠方からの客は呼び込めない。

「わかりました。――かおりちゃん、投票用紙とチラシ、各駅での残り枚数を調べてくれるか。この一週間の数字と比べて、何部発注すればいいか、予測をつけてほしいんだ」

鵜沢が経理の席に向かって言った。かおりが使える社員とわかったため、つい便利に声をかけてしまう。そして彼女も、鵜沢の期待に応えようと懸命になる。

かおりの横に座る小野塚が、それとなく視線を送ってきた。亜佐美は目で応じてから言った。

「あ、かおりちゃん。いいわ。わたしも数字が気になるから、自分でちょっと調べてみる。今の仕事の手が離れたら、あとで手伝って」

亜佐美が声をかけると、仕事の手を止めたかおりが、意図を悟ったかのような目を向けた。

余計な気遣いを続けたのでは、彼女を傷つけかねない。横で鵜沢が亜佐美を見ていた。

「社長には、今すぐ自治体回りに行ってほしかったんですけど……。まあ、善は急げと言いますから、とにかく仙台まで行ってみます。じゃあ、あとは頼みます」

鵜沢が鞄を手にオフィスから出ていった。どこか逃げるような早さだった。小野塚の視線の意味に気づいたのだろうか。

亜佐美が経理の席に目を戻すと、かおりはもうパソコンに向き直っていた。その姿が妙に堅苦しく見えたのは気のせいではなかったろう。

鵜沢は粘り強い交渉の末、ついに三日後、仙台駅構内の使用許可を取りつけた。お互いのためになるからと、使用料と電気代を値切ることにも成功したのだ。

朗報を聞き、亜佐美はすぐ五木田に電話を入れた。

「お忙しいとは思いますが、何とか来ていただけないでしょうか。町長が宣伝活動の陣頭指揮を執るとなれば、またテレビ局を呼ぶ売り文句にもなります」

「何を言ってるんだね。見損なってもらったのでは困るよ。わたしが亜佐美君の願いを断ったこと、あるかな？」

五木田はスケジュールを確認もせず、二つ返事で引き受けてくれた。

「ありがとうございます」

「ただし――わたしだけでなく、ほかの自治体にも、同じように声をかけてほしい。会長職にある者一人では、地域ぐるみのＰＲにならない。沿線一丸、その中心にもり鉄がある。そういう雰囲気を盛り上げていこうじゃないか」

実に真っ当な指摘で、亜佐美は我が身を恥じた。五木田なら引き受けてくれると考え、気軽に電話をかけていた。自分を認めてくれている会長への甘えがあった。

気を引きしめ直して、原坂市の秘書課へ電話を入れた。趣旨を伝えたが、市長の堀井に取り次いではもらえなかった。おって連絡する、と言われた。

町と市では管轄する地区の広さも違えば、仕事量にも差があると想像はつく。市長のスケジュールも事前に決められ、融通の利かないケースもあるだろう。が、電話すら取り次いでもらえないところに、地元の鉄道への熱意の差が感じられてならない。

原坂市民にとっても、もりはら鉄道は大切な移動の足なのだ。地域をつなぐ太い血管でもある。市が所有する株式の数も多い。無関心でいられるわけはない。合併の話を五木田に蹴られたことを、多少は根に持っているにしても、この反応の薄さは気になる。

よし、ここでトップセールスに動くか。

夕方、亜佐美は一人で市役所を訪問した。まずはグルメ・グランプリに協力してもらっている観光課に顔を出す。

「すみませーん。突然ですが、お邪魔しまーす。近くまで来たものですから」

こういう時こそ、女の力を最大限に使わせてもらう。オジサン職員の手を握り、とびきりの笑顔を振りまき、こちらのペースに巻き込んでいく。

「ええ、そうなんですよ。JRさんのご協力で仙台駅構内の広場を貸していただけるんです。ぜひ堀井市長に陣頭指揮を執っていただきたいと考えましたのは、グルメ・グランプリのPRだけでなく、沿線を広く知っていただく場にしたいからなんです。正直言いまして、五木田会長が顔を出しても、もうマスコミ各社はどこも喜んではくれません。沿線最大の原坂市が全面的に協力している。そのイメージこそが重要だと思うんです」

ついでに秘書課の責任者を紹介してもらい、その男の手も握って頭を下げた。

「おかげさまでTシャツ切符の売上も好調ですし、それぞれの駅前商店街には人が確実に増えています。もうひと押しして、毎年恒例の大イベントに育て上げていきましょう。ぜひご協力くださーい」

一人一人の手を握って頭を下げる。選挙の候補者と同じ手法だが、確実に相手の反応が変わってくる。

役人たちの変化を見ながら、亜佐美は思いついた。イベント列車に男性アテンダントを乗せる手はどうか、と。

新幹線はビジネス関連の男性客が多い。が、もりはら鉄道のイベント列車は違った。女性のグループと家族連れの比率が高い。財布の紐を握るのは妻であり母親だ。男性アテンダントによる車内販売も効果的かもしれない。

問題は、その人選だった。うちの社に見栄えのする男がいたものか……。

亜佐美は社に戻ると、経理の町村かおりに、そっと声をかけた。

「ねえ、ちょっと仕事の相談があるの」

「え？　わたしに、ですか……」

彼女は人目を気にするように、辺りを見回した。横に座る小野塚は書類を手に無表情のままだ。出しゃばることは絶対にしない。亜佐美は笑って声を低めた。

「そうよ。若い子じゃないとできない相談。仕事を終えたら、二人で飲みに行かない？」

「あ、はい……」

やけに思い詰めた顔で、彼女は小さくうなずいた。

午後七時すぎの原坂駅前。ささやかな商店街には、まだオレンジ色のTシャツが目につい た。子ども連れの若い夫婦。学生の三人組。年配の夫婦がスタンプカードを手に歩いてくる。道端には、唐辛子《とうがらし》入りのそばソフトクリームをなめる若い男女がいた。

「こんな光景、初めて見ます……。嬉しいですね、駅前に人がたくさんいるって」

近くの居酒屋へ歩きながら、かおりが商店街を見回した。亜佐美が通学していたころから、すでに駅前はさびれ、閉じたシャッターと老人の姿が目立つ通りだった。

「人がよすぎるなあ、かおりちゃんは。ダメよ、これくらいで喜んでちゃ、絶対にダメ。理想は高く持たなきゃ。もっともっとわたしたちの力で町に人を増やしていくのよ」

「すごいなあ……。本当にカリスマですね。社長が来てから、まったく別の会社になったみたいだもの」

「そうよ。今までの暗いムードをぶち壊して新たに生まれ変わるため、わたしという素人の起爆剤を投下したんだから。五木田会長、さすが流通企業の経営者よね。まだまだ暴れるつもりよ、わたしは」

グルメ・グランプリには参加していない居酒屋でも、Tシャツを着た若者たちがビールジョッキを傾けていた。亜佐美を見て気づいた店長が声を上げかけたが、唇の前に人差し指を持っていき、内緒にしてね、とお願いをした。

亜佐美はカウンターの隅にかおりと並んで座り、ジョッキの生ビールで乾杯した。

「お疲れ様。本当はかおりちゃんに金一封でも出したいところだけど、うちの会社は金欠だから、これで勘弁してね」

「いいえ……」

堅苦しく頭を下げてきたのは、話の先行きを警戒してのことだろう。田舎育ちの娘は、本当に根が正直だ。

「まだ内緒にしててほしいんだけど、とっておきのアイディアがあるの。実はね――男性のアテンダントを考えてるのよ」

亜佐美は本題に入り、市役所を訪問して思いついた計画を打ち明けた。

「かおりちゃんのほかは、わたしより若くても亭主持ちの須藤《すどう》さんに、四十すぎの水原《みずはら》さんしかいないでしょ、女性陣は。だから、頼みの綱はかおりちゃんなのよ。どう思う？　うちにアテンダントが務まりそうな男、いるかなぁ……」

かおりは生ビールのジョッキに視線を落とした。泡が弾けるのをしばらく見てから、視線を上げた。

「狙いはOLですか。それとも中高年でしょうか」

実に当を得た指摘をしてくる。この子は飲み込みが早く、先が読める。

「そこも思案のしどころよね。秋の行楽シーズンを狙うわけだから、若い子たちよりは中高年がメインターゲットになるかしらね」

「それなら――技術課の星山《ほしやま》さんだと思います」

こちらが驚くほど、かおりは迷いもなく言った。

亜佐美は手帳のページをめくった。運輸部技術課軌道係の副主任。星山光太《こうた》、三十歳、独身。坊主頭に鷲鼻《わしばな》の似顔絵が描いてある。が、はっきりと顔は思い出せなかった。技術課員は外で働くことが多く、いまだまともに話していない者もいた。

「服装や見てくれを気にしないし、仕事中心の人だから今は坊主頭にしてますけど、髪を伸ばして運転士の制服を着せたら、けっこう見栄えはすると思うんです。何より声がステキですよ。おばさん好みの低音で」

低い声の持ち主と言われて、やっと顔と名前が結びついた。口数少なく、横を向いて話したがる照れ屋の男だった。

「でも、技術課が手放してくれないかもしれません。ローテーションがきつくなっても文句ひとつ言わず、黙々と仕事をする人なので、星山さんって」

「あなた、よく社内のこと見てるわね」

パキパキと迷いもなく論評を下すかおりの横顔を、まじまじと見てしまった。

「経理にいると、仕事ぶりが見えてくる時もあるんです。領収書の書き方とか、有給の取り方とか……。前の社長さんは、そういうところのルーズな人から肩たたきをしていきましたから」

「へえー」

亜佐美は素直に驚いた。社内に冷たい風を巻き起こして去った前社長も、彼なりに人を見て、リストラを進めていたのだ。その狙いを彼女は正確に見抜いていた。

「技術課の中で、星山さんって若手の星だと思います」

「そうよねぇ……。技術課を背負っていく人材じゃ、口説くのは難しいかも」

「いえ。方法はあります」

またも迷うことなく、かおりは言った。堂々たる口ぶりに、目を見張る。

見た目にも地味で、社内では目立たない女の子だった。鵜沢が彼女をアテンダントの見習いにすると言ってきた時、亜佐美は多くを期待しなかった。女性陣では唯一の独身で、残業を頼めそうな者はほかにおらず、否応なしの選択でもあった。

仕事を任せてみて初めて、見えてくる実力というものはあるらしい。

「どんな方法かしらね」

「簡単です。社長がじかに口説けばいいんです」

「え……？」

「星山さん、山下君と一緒にファンクラブの一員ですから、社長の」

またも驚かされて、唐揚げへ伸ばしかけていた箸が止まった。

山下が浮かれ半分にファンクラブを結成した、と噂には聞いていた。が、ほとんど会う機会のない技術課にまで、亜佐美を支持してくれる者がいたとは思ってもいなかった。

亜佐美は慌ててビールを飲んだ。酔いがいつもより少し早い気がする。

「会社のためです。わたしもちょっと無理してアテンダントの仕事をしてます」

だから、星山光太を口説き落とすべき。社長が熱意を込めて誘えば、彼は必ず承諾する。そう確信している言い方だった。

急に口の中が苦く感じられた。

「何か問題でもありますか……」

亜佐美の躊躇《ちゅうちょ》を見て、かおりが様子をうかがう目になった。

「ううん、そうじゃないの。ファンクラブは冗談のようなものだと思うけど、誤解を招くような口説き方はしたくないな、って……」

男の手を握ってお願いをする。けれど、ファンクラブの一員を自任する社員に、媚《こ》びるような態度で仕事を頼むのは潔くない気がした。

「彼氏がいるからですか」

かおりは姿勢を正して訊いた。その気遣いに、彼女の正直な生き方が表れていた。

「いないわよ、今は。男に騙されて、けっこう痛い目にあったばかりなのよね。だから当分、男は懲《こ》り懲《ご》り」

「そうなんですか……」

「ま、女もこの歳になれば、いろいろあるわけよ。わかるでしょ？」

「わかりません……。わたしは社長みたいに、もてたことないですから」

何となく、そこで会話が途切れた。ビールが進み、二人ともお代わりを注文した。

「わたし……」

「ん？」

「正直、アテンダントの仕事をやれと言われて、最初は戸惑ってました。力仕事みたいだし、無理して愛想笑いもしないといけないし。でも……やっていくうち、どんどん面白くなってきて」

「でしょーぅ。頑張れば頑張るほど、結果がすぐについてくる。そういう仕事って、あんまりないと思うのよね」

昔を思い出して、亜佐美は声を弾《はず》ませた。

かおりがビールを一口飲み、間を取るようにしてから言った。

「営業とか売り子さんの仕事とかと同じなのかなって、やる前には想像してたんです。けど、ちょっと違う気がしてきました。短い時間の真剣勝負。売るのは安いものばかりだから、お客さんも気負わず買ってくれるし、答えもすぐに出る。何て言うか、ビビッドに伝わってくるものがあって刺激を感じられる。予想もしてませんでした」

「ちょっと待って。――うちを辞めて、本職のアテンダントに転職するなんて言いださないでちょうだいね」

「そんなこと、しません。ただ……」

最初は力強く首を振ったくせに、かおりの語尾が弱々しく途切れた。彼女を急かすことなく、亜佐美は言葉を待った。

「ただ、これを機会に自分が変われるかもしれない。そう思えてきたんです」

あの時の自分と同じだ。亜佐美は思った。

高校の商業科に進み、卒業後は仙台の工作機器メーカーで事務の仕事に就いた。若い女の子は社員の嫁候補と見なす会社で、サークル活動への入会を強制された。そのうえ、妻子持ちの男までが、やたらと声をかけてくる職場だった。仕事でも失敗を重ねた。それなら早く婿《むこ》を探せという、あからさまな肩たたきを受けた。

一年で逃げ出した。次がファッションビルでの売り子だった。ここでも身を飾るしか能のない軽い男が近づいてきた。あげくは手ひどい痛手を受けて、たった半年で辞めた。森中町へ帰るかどうか迷っていた時、目に留まったのが新幹線のアテンダント募集だった。

最初の研修で、徹底的に鍛えられた。姿勢と言葉遣いに人の生き様が表れる、と言われた。一から敬語の使い方をたたき込まれ、社会常識のなさを思い知った。

自分を変えよう。その一念でアテンダントの仕事に励んだ。あの時がなければ、今の自分は絶対にない。

「社長の働きぶりを見ていると、本当に鉄道が好きなんだな、って実感できます」

「好きっていうのと、ちょっと違うかもね」

頰を上気させるかおりを見て、亜佐美は小さく笑った。

「わたしにとって、鉄道は子どものころの毛布みたいなものなのよね」

「え？　毛布ですか……」

「そ。いつだって優しく包んでくれる。その中にいると、幼いころの無垢《むく》な気持ちを思い出させてくれる。ほら――あれよ。大きくなっても、昔使ってたタオルとかを手放せない人っているじゃない？　まだ成長が足りないのかもね、わたしは」

かおりは首をかしげていた。少しおかしな喩《たと》えがすぎたろうか。でも……。

学生時代は毎日もりはら鉄道に乗って学校へ通った。友だちと笑い、泣き、飽きずにおしゃべりした多くの思い出が、沿線の懐かしい風景とともに列車にはつめ込まれている。今は仕事の場となり、苦楽のすべてを知る存在。いつしか鉄道は、匂いの染みついた毛布のように、居心地のいい場所になっていた。

「いいなあ。仕事場を毛布のように気持ちがいいなんて言えるって、すごい……」

「何言ってるの。最近のかおりちゃんこそ、ぴかぴか輝いて見えるよ。おづいしょじゃなくてね」

方言を交えて言うと、かおりがまた頰を赤く染めた。

「いいえ、社長の足元にも及びません」

「そりゃそうよ。けっこう高い授業料払って、ここまで来たんだからね。そう簡単に追い抜かれたんじゃ、女がすたるってもんよ」

亜佐美は豪快に笑ってみせ、ビールをのどに流し込んだ。久しぶりに美味しい酒が飲める夜になりそうだった。

2

枕元で携帯電話が鳴っている。最初は目覚ましだと思い、亜佐美は小さな置き時計の頭を何度もたたいた。それでもアラーム音は止まず、寝ぼけた頭がようやく電話だと気づいた。

窓の外はまだ暗い。時刻は四時二十三分。間違い電話なら、嫌がらせに折り返し発信で、しつこく電話をかけてやる。ぶつぶつ恨み言を呟きながら着信表示を見ると、鵜沢だった。

瞬時に身が引きしまる。副社長から明け方に電話が入る。よくない知らせに決まっていた。

「何があったのよ！」

「森中駅で小火《ぼや》が発生しました。運転士の岸田《きしだ》と技術課の板垣《いたがき》が、女の子を駅舎に連れ込んで酒盛りをしてたというんです」

眠気が一瞬にして吹き飛んだ。

岸田文博《ふみひろ》も板垣友昭《ともあき》も独身だった。昨日の最終列車の点検を終えてそのまま宿直に入り、親しい女性を駅に呼んだらしい。何たる緊張感のなさか……。

「被害はないんでしょうね」

もし小火によって駅舎の一部が焼けでもしたら、新聞沙汰《ざた》になる。もりはら鉄道始まって以来の不祥事だ。

「そっちのほうは問題ありません。みんなで消し止めたので、消防にも連絡はしていないと言ってました。ですが、ちょっと色々ありまして――」

たちまち鵜沢が口ごもる。火事のほかにも何かあったらしい。亜佐美は着替えを引き寄せながら、言葉を待った。

「一緒に当直してた星山が、二人をかなり激しく怒ったらしくて喧嘩騒ぎに……。それを見てた女が怖くなって、警察に電話を入れてしまったらしいんです」

亜佐美はベッドマットを平手でたたいた。仕事場である駅に女を連れ込んだうえ、警察騒ぎを起こすとは、あきれてものが言えない。

「今から車を飛ばして駆けつけますが、三十分近くはかかります。社長なら走れば十分で駅に着けますよね」

「五分で行くわよ。運輸部にも連絡、頼むわね」

亜佐美は電話を切るなり、パジャマを脱ぎにかかった。


何事かと起き出してきた祖母に事情を告げて、亜佐美は錆びついた自転車を引っ張り出した。母は昨日も酔って帰宅し、様子見に出てくる気配もなかった。

「あんた、社長なんだから、まず落ち着くんだよ」

亜佐美の目が吊り上がっているのを見た祖母が、優しく送り出してくれた。

そう、今は冷静になれ。新幹線でも、酔って馬鹿をする客を何人もあしらってきた。が、赤字を背負う会社の一員でありながら、馬鹿のできる男の心がわからず、怒りの炎が胸で燻《くすぶ》る。

宣言どおり五分で駆けつけると、駅の前には一台のパトカーが停まっていた。赤ランプは点灯していなかったが、薄暗い中、早くも五、六人の野次馬が駅の中をのぞき込んでいた。

「あら、亜佐美ちゃん、何あったんかな？」

運の悪いことに、幼いころから亜佐美を知るパン屋のおかみさんがパジャマ姿で駆けつけていた。ナイトキャップを被ったままだ。こっちも化粧はしていない。

「ごめんなさい、火事を起こしかけたみたいだけど、もう心配はありません。皆さん、大変お騒がせいたしました」

ひとまず社長として頭を下げてから、駅の事務室へ急いだ。

改札を入った先にあるドアの前で、警官が待ち受けていた。

「本当なら救急車も呼んだほうがいいんだけど、かすり傷だと言い張ってましてね。消防に連絡入れたら、ただの喧嘩騒ぎじゃすまなくなるから、気持ちはわかるけど……」

開け放たれたドアの奥からは、今もプラスチックを焼いたような臭いが漂ってくる。見るからに人のよさそうな警官は、穏便に事をすませようとしてくれていた。

「ご理解いただきまして、ありがとうございます」

亜佐美はまた神妙に頭を下げて、事務所の中へ入った。

窓口から遠い一角に、粗末なソファセットが置いてある。そこに化粧の濃い若い女が二人、うなだれたマネキンのように動きを止めたまま座っていた。二人ともにタンクトップに短パンという、肌を露出させた夏満喫の出で立ちだ。

その向かいの事務椅子に、それぞれ腰を下ろした三人の社員がいた。そっぽを向き合い、もう一人の若い警官が持てあましたように見回している。

喧嘩になったのは、星山と板垣の技術課員同士だとわかった。星山の白いTシャツの胸元が大きく裂けていた。板垣のほうは頬と目元を腫《は》らし、見るからに痛々しい。今も口元からは血が出ているのか、ティッシュをあてがっている。

「幸いにも気づいたのが早く、焼けたのはそこのクッションだけでした」

年配の警官が、水浸しの床に落ちたクッションの残骸《ざんがい》を指さした。黒焦げのカバーが大きく口を開け、中の詰め物も溶けたようになっていた。

「煙草の火の不始末が原因ですね。火を充分に消さないでビールの空き缶の上に置いたままだったんでしょう。で、何かの拍子に転がった煙草が、たまたま床に落ちてたクッションの上に……」

亜佐美は嘆きの吐息をついた。

駅事務所で酒を飲んだあと、ろくに始末をせず、どこかへしけ込んでいたらしい。

この奥には、仮眠室と技術課の分室がある。ＪＲが車両基地の事務所として使っていた建物で、空き部屋もいくつかあった。

「新しい社長さんが来て、会社も生まれ変わったばかりだっていうのに……。社員がこれじゃ、先が思いやられるねえ」

年配の警官が三人の前に進み、首筋を掻《か》いて言った。

「一人は怪我をしてるし、署に呼んで話を聞いてもいいところだ。けど、不祥事が広まったら、鉄道のためにならない。君たちだって、そう思うだろ」

板垣と岸田の首がうなだれた。星山は一人身動きせず、じっと遠くを見る目のままだった。

「わかってるなら、騒ぎなんか起こすんじゃない。いいね。心を入れ替えて働きなさいよ」

「本当にお騒がせいたしました」

亜佐美はお詫《わ》びと感謝を述べて、二人の警官を送り出した。野次馬の人たちにも再び頭を下げ、引き取ってもらった。地元の鉄道を思いやってくれる警官で本当に助かった。

駅事務所に引き返すと、警官の前では借りてきた猫のように大人しくしていた二人の女が、亜佐美を見てソファから立った。

「あたしたち、帰っていいですよね」

自分たちには関係ない。呼ばれたから来たまでで、一切の罪はない。だから、帰らせてもらう。その何が悪い。

開き直るような態度と目つきが癪《しゃく》に障った。血を流す男が横にいながら、いたわってやる素振りもない。その程度の女たちなのだ。

「情けないわね……。遊ぶんなら、もっとしっかり遊びなさいよ。こんな中途半端な女を引き込んで、何が楽しいの！」

亜佐美は本音をぶつけた。驚きに三人の視線が辺りをさまよう。睨みつけてきたのは、二人の若い女だ。

「何よ、迷惑したのは、こっちなのよ。あたしたちが警察呼ばなかったら、もっと騒ぎになってたんだからね。感謝してほしいわよね」

うるさい、黙れ。そう叫ぼうとした時、星山光太が椅子を倒す勢いで立ち上がった。

「ふざけんなよ。おまえらが押しかけて来たんだろうが。早く出てけって、言ったはずだぞ。さっさと帰れ。おまえらも、こんな馬鹿女を相手にすんなよ！」

最後の科白《せりふ》は、二人の同僚に向けて放ったものだ。

少しずつ状況が読めてくる。仲間が女性を連れ込んだのを知り、星山は注意をうながしてから、一人で仮眠室へ入った。ところが、小火騒ぎが起きたとわかり、その原因をめぐって仲間と揉み合いになったと見える。

あったまくる。サイテー。二人の女が捨て科白を残して駅事務所から出ていった。裏に車を停めてあったらしい。窓前にごてごてと人形や飾り物を置いた趣味の悪い紫色の軽自動車が、安っぽいエンジン音を立てて走り去った。

それと入れ替わるようにして、駅前に一台のタクシーが停まった。鵜沢哲夫が降り立ち、駅事務所へ駆け込んできた。中の様子を見るなり、亜佐美に近づいた。

「警察はもう帰ったんですね」

目顔で答えると、鵜沢の頬と肩から張り詰めたものが消えていった。が、目つきを鋭くすえ直して、三人の前に歩み寄った。

「君たちは、今がどれほど会社にとって大切な時かわかっていないのか。駅が燃えてみろ。たとえ保険金が下りたって、原状復帰が原則だから、端金《はしたがね》にしかなりゃしない。うちに駅舎を建て直す金があると思うのか？　駅が使えなくなれば、その時点で破綻はもう決まりだよ。社長を先頭に、どれほど仲間が汗を流してきたと思ってる。まさか、今までも女を連れ込んでたんじゃないだろうな」

人を怒鳴りつけた経験などなかったのだろう。鵜沢の声は興奮にかすれ上がっている。

「どうなんだよ。初めてなのか。それとも今までも、やってたのか」

答え返そうとする者は一人もいない。初めてならば、そう言い返すだろう。星山はよそを向き、残る二人は顔を伏せたままだ。

「あきれたな……。社内で何人が知ってた？　ほかに同じことをしてたやつもいるんだな」

矢継ぎ早の問いつめにも、三人は口をつぐんだままだった。その態度に、ますます鵜沢が苛立っていく。

「ふざけるな！　陰でこんなだらしない真似をしながら、君たちは会社を立て直そうとした前社長を、みんなでいびり出したわけなのか。イベント列車で売るビールが消えたことだってあったと聞いたぞ」

「それは昔の話ですよ」

星山が、鵜沢の目を見ず、窓の外へ顔を向けたまま言った。

「年末には、踏切の故障が続いたこともあったはずだ。君たち技術課が点検作業に手を抜いてたからという指摘も出たと記録にはある。除雪用のモーターカーもよく故障するそうじゃないか。そのうえに、この始末か」

「昔の話を出さないでくださいよ。おれたち、精一杯やってますって。設備が古いんで故障はつきものなんだ。それでも十分以上の遅れを出してないんだから、誉めてほしいぐらいですよ」

「開き直るつもりか……。第三セクターなんで、必ず自治体が支援してくれる。そういう空気が蔓延《まんえん》してたから、今の窮状《きゅうじょう》があるんだろうが。最近はどこの自治体も借金を抱えてるんだぞ。おまえらみたいに能天気なやつらが、町や国を食いつぶして、日本を破綻《はたん》の道に追い込んでるのがわからないのか！」

「鵜沢君。興奮しすぎ。国の借金と会社の赤字は関係ないでしょ」

横からいさめたが、鵜沢の剣幕《けんまく》は納まらなかった。

「関係ある！　自覚の足りない田舎の連中が、すべての癌《がん》なんだよ。補助金もらって、自分たちさえ仕事があればいい。そういう甘えきった体質が問題なんだ」

「よく言うよな。役人こそ、税金にたかって天下りばっか、しててんじゃねえか」

星山が受けて立つように言い、腕組みをした。今度ははっきり鵜沢を見つめての言葉だった。

「ああ、そのとおりだよ。間抜けな田舎の連中が、役人頼りで何もできない政治屋ばかりを選んできたから、好き放題をしたがる官僚が増えるんだ。田舎の意識の低さが政治の堕落を生んだわけだ」

「よしなさいよ、鵜沢君。鬱憤《うっぷん》晴らしに社員を詰《なじ》るのはやめて」

亜佐美の言葉に、鵜沢が我に返ったような顔になった。

彼は彼で、県の職員として苦労を重ねてきたのだ。展望など見えない赤字ローカル線へ飛ばされ、当初は社員からも白眼視《はくがんし》された。よそから来た者として、社員に言っておきたいことがたまっていたと見える。

亜佐美はあらためて三人の社員を見回して訊いた。

「正直に答えて。今までにも、こういうことをしてたわけなのね」

星山は事務椅子に腰を下ろし、また窓へと顔をそらした。

板垣友昭が水びたしの床に目を落としたまま、こくりと頭を下げた。

「たまに、やってました……。でも、ビールを盗んだことはありません」

「本社や輿石《こしいし》駅でもやってるわけね」

「いえ……。原坂や輿石だと、人目があるから。その点ここは、絶対に三人だけしか当直しませんし……」

何をしてるんだと言わんばかりに、鵜沢が濡れた床を蹴りつけた。それから携帯電話を取り出し、番号ボタンを押しながら言った。

「岩本部長は何してるんですかね。遅すぎますよ。馬場山さんにも伝えて、始発の運転士を早く決めなきゃならないのに……」

運転士の岸田はずっと黙りこくったままだった。睡眠不足もあるだろうし、このまま彼に運転させるわけにはいかない。

亜佐美は社員を見て、パンと両手をたたいた。

「さあ、立って。みんなで床の掃除よ。ほらほら、バケツとモップを持ってきなさい」

掃除に取りかかったところで、馬場山課長が車で駆けつけた。彼は部下をどやしつけたあと、亜佐美と鵜沢の前で深々と頭を下げた。

「すみませんでした。昔から噂はあったんで、注意はしてたんです。だから、独身者だけでは組ませないようにしてました。ですけど、順番に夏休みを取る時期になったもんで、思うようなローテーションが組めず、こうなってしまいました。我々運輸部の責任です」

「対策はあと回しにしましょう。あと三十分で始発の時間よ。急ぎましょう」

亜佐美もモップを手に水びたしの床をふいた。馬場山と作業着に着替えた星山たちが始発列車のエンジンを始動させ、運転前のチェックに取りかかる。

その間に、やっと岩本部長もタクシーで到着した。さらには誰が報告を上げたのか、五木田までが町内の自宅からマイカーを運転して現れた。

始発列車を無事に送り出したあとは、駅事務所で臨時の対策会議に移った。

「いい教訓になったと思おうじゃないか。イベント列車やグルグラが好調なんで、社内にゆるみが出てしまったんだろう。鵜沢君や、君の憤《いきどお》りはわかるが、今回は板垣君たちを許してやったらどうかな。もちろん、何かしらのペナルティーは与えなきゃならん。でも、減給とかの直接的な処罰はなしだ」

　五木田は若者のはめ外しを包み込むような目で、一同を見回した。

　鵜沢の怒りはまだ収まっていなかった。

「お言葉ですが、会長、我々役人なら大問題になって、もう二度と出世は望めなくなります」

「そうだろうね。でも、会社と役所は違う。特にもりはら鉄道の場合、社員は皆、板垣君だって星山君だって、給料以上の働きをしてきた。時には息抜きだって必要なんだ。それを我々上層部が配慮してやれなかったことも、どこかで影響してる気がするんだよ」

　会社に余裕がないため、福利厚生は蔑《ないがし》ろにされてきた。社員の異動も途絶え、歓迎会や懇親会も開かれてはいない。

　亜佐美は素直に反省した。赤字から脱却するため、仕事のことを二十四時間考えてくれ、と社員に言ってきた。一同の頑張りで、売上はアップした。赤字解消にはまだ遠いと、自ら先頭に立って働き、社内の士気も高まってきた。その裏で、目に見えない金属疲労のようなものが出始めていたのだった。

鵜沢はまだ納得しがたい顔をしていた。が、会長の意見に面と向かって逆らう発言はしなかった。彼としては出向先で実績を残し、県庁へ早く戻りたいという願望がある。その努力を踏みつけにする軽はずみな行為は断じて許せないのだ。

「よし。彼らには駅のトイレ掃除をしてもらおう。それで深く反省をうながす。今まで似たようなことをやってきた者を探すのは、なしだ。誰も口を割ろうとしないだろうしね。あとは、夏休み明けに慰労会を開こう。それくらいの金は、わたしが確定申告の際に経費で落とすから、心配しないでくれよな、鵜沢君」

会社に慰労会を開く金なんかない。そう指摘されると見た五木田が、先手を打つように言って笑った。

まさしく大人の対応だった。その手際に、鵜沢も感じるところがあったのか、今度は納得顔でうなずき返した。亜佐美一人では、ここまで目配りを利かせた対応は取れなかったろう。まさに見習い社長もいいところだ。

このまま役場に出るという五木田を送り出したあと、亜佐美は鵜沢に耳打ちした。

「もしかしたら鵜沢君もそうだったかもしれないけど、わたし、田舎でふんぞり返ってる厚かましいオヤジじゃないかって、五木田さんのこと、少し思ってた」

「え……？」

驚き顔が向けられた。

「でも、小売りや流通業界って、田舎だからこその厳しさもあるのかもしれない。だから、新幹線のアテンダントという小売りの仕事でトップが取れる者なら、身を縮めきった鉄道経営に活を入れられる。そう考えてくれたんだと思う」

「油断ならないオヤジだよ。あの人は、まだおれのことを信用しちゃいない。目でわかるよ」

おかしな慰めは口にせず、亜佐美はうなずいた。五木田は、町と鉄道の将来が一蓮《いちれん》托生《たくしょう》だと考え、県の動向を警戒している。赤字が手に負えなくなった時、手を引くのではないか、と。

だが、亜佐美にはひとつの手応えがあった。

星山たちを怒鳴りつけた時の鵜沢は、我を失うほど本気で怒っていた。手柄を上げたいという功名心がその根にあったとすれば、この災難をもっと呪い、嘆くように思えてならない。真正面から星山と怒鳴り合う姿には、仕事への熱意と鉄道への思いがうかがえた。

「ねえ、前にも話した男性のアテンダントだけど、まだ時期尚早かもしれないわね」

「いや、打てる手は打つべきだよ。悪くない企画だと思う」

いつもなら慎重策を採り、亜佐美をいさめる役回りの鵜沢が、珍しく積極策を推してきた。

「かおりちゃんと相談して、星山君を考えてたんだけど、今日のことがあったんじゃ、彼を口説くわけにもいかないわよね。ミスしたのに抜擢《ばってき》するようなものに思われかねないしね」

「逆だと思うな。彼には懲罰《ちょうばつ》の意味にもなるさ。もっと身形に気を遣って、お客に笑顔を作る。いい勉強になるはずだよ、彼には。——よし、決めよう。おれが星山君に伝える」

瓢箪《ひょうたん》から駒。まさか鵜沢がここまで賛同してくれるとは……。

亜佐美は気づいた。社長というこちらの立場を尊重して、鵜沢はずっと亜佐美に丁寧な言葉遣いを続けてきた。が、今は気取りがなくなり、気安い口調になっていた。どうやら、やっとこの男を真の身内に引き入れることができたのかもしれない。

「じゃあ頼むわよ、鵜沢君。手こずるかもしれないけど、必ず説得してよ。社長命令だからね」

最後にわざと口調を厳しくして、いつものように人差し指を突きつけた。

鵜沢が、もう慣れたものだと笑い返してくる。

「社長こそ、堀井市長を絶対に口説き落としてくださいよ。仙台のテレビ局にはもう話をつけてあるんですからね」

3

社長による連日の市役所訪問がついに功を奏して、堀井信丈市長も一時間だけ仙台駅でのＰＲに参加してくれることが決定した。

その電話を受けた篠宮はガッツポーズをしたのち、意味ありげな目で哲夫に微笑みかけてきた。

星山光太の説得が難航していたからだった。

どうして自分だけ女みたいな真似をさせられるんだ、と彼は首を横に振り続けた。会社の現状と企画の狙いを話したが、おれには列車を守る仕事がある、の一点張りだった。

「おかしいなぁ……。星山さんも、ファンクラブの一員だと豪語してたんですよ。社長と一緒に列車で働けるとなれば、絶対喜ぶはずなのに」

山下の呟きを聞いて、哲夫は事情が読めた。要するに、照れなのだ。

星山は身形に無頓着《むとんちゃく》で、男たる者は何より仕事を優先すべき、という少々古臭い考え方を持つ。社長のファンになったのは、その姿勢に感じ入ったからで、女性として見たからではない。ましてや髪を伸ばして中高年の女性客に笑顔を振りまくのでは、男がすたるというもの。まったく素直ではない。

路線の点検から戻ってきた星山を、本社の前で待ち受けて説得を試みようとしたが、真正面から言われた。

「軌道の副主任として、おれには部下を育てる仕事もあるんです。始発の前から線路を見て回り、終列車を見届けたら、運輸部の一員として整備の手伝いもしなきゃならない。鵜沢さんは、おれらの仕事を軽く見てませんかね」

「軽く見てるのは、どっちかな」

反論にかかろうとすると、横から声が聞こえた。見ると、駐車場の先から、ポスターやTシャツ切符の在庫を抱えた営業課の村上が歩いてくるところだった。その後ろには、やはり荷物の入った紙袋を両手に提げた町村かおりもいた。

「おれが何を軽く見てるって言うんですか？」

「イベント列車に集まってくるお客さんだよ。話題に乗せられて、ちょっと見物に来るだけで、ほとぼりが冷めたら、どうせうちを見限るに決まってる。そんな連中に愛想を振りまいたところで意味もない。そう思ってるんだろ」

村上が冷ややかに断言した。

おい、説得したい相手を怒らせてどうする。哲夫はやきもきしたが、もう遅かった。星山はふて腐れたように横を向き、ただ汗をふいている。

「おれたち営業は、多くの人に振り向いてもらいたくて、毎日あちこち駆け回ってるんだ。おれたちが必死に集めてきた客だって知ってるから、かおりちゃんだって慣れないアテンダントを懸命に務めてくれてる」

「星山さんって、もっと男気のある人だと思ってました」

かおりも厳しい言い方をした。星山の鼻息が荒くなっていく。

「行こう、かおりちゃん。何を言っても、無駄だよ」

「会社のピンチにひと肌脱ごうともしないなんて、星山さんらしくないと思います」

かおりは軽く一礼してから、星山の前を通りすぎていった。仲間にこれだけ言われて、心を動かされない者はいない。

二人を見送る星山の横に並び、哲夫は言った。

「業務命令として言わせてもらう。岩本部長も納得してくれてる。週に一日だけ、アテンダントの業務に就いてくれればいい。残念ながら、特別手当は出せない。社長もかおりちゃんも、給料のほかは手当もなく頑張ってくれてるんだ。君の男気を見せてくれよ」

その日の夜、哲夫の携帯電話が鳴った。着信表示を見ずとも、予感があった。

「やりますよ、おれ……」

星山光太の気負うような声が聞こえた。

「よし。手始めとして、仙台駅でのＰＲ活動にも出てくれるよな」

「……何とか都合をつけます」

その言葉どおり、星山は軌道係のローテーションを組み直して時間を作り、仙台駅にやって来た。ただし、まだ照れがあるのか、一人だけ少し遅れての参加だった。朝の点検があるとの理由をつけたのである。

「おお、いけるじゃないの、星山さん。制服が似合う男ってのは、いいねえ」

星山に運転士の制服を着せると、体格のよさから誰よりも様になって見えた。山下が真っ先に誉め上げ、わざとらしく星山の周りを歩き回った。

「いいよ、星山君。あなたは女性客の担当だからね。中年のオジサンたちはわたしとかおりちゃんで落とすから」

篠宮も大量のチラシを押しつけて笑った。星山は憮然《ぶぜん》とした顔つきで横を向いていたが、その頰がうっすら赤くなったのを哲夫は見逃さなかった。やはりファンクラブの一員である。

彼に苦言を放った村上と町村かおりも、笑顔で迎えていた。その様子を見て、哲夫は二人にささやいた。

「まさか、あれ、演技だったのか？」

「まあ、そんなこと、どうだっていいじゃないですか」

村上がとぼけたように言い、かおりも微笑んでいた。星山に本音をぶつけるとともに、挑発の意味合いもあったのは間違いない。

見る間に社員一人一人がたくましくなっていく。確実に社の何かが変わりつつある。これが相乗効果というものか。

各役場の観光課も人を出してくれたため、会場の飾りつけは支障なく終わった。屋台を持ち込むのでは大変なので、長机をＪＲから借りて並べ、万国旗とポスターを賑やかしに張り巡らせた。各店舗のＢ級グルメは小さく切って爪楊枝とともに手渡し、実際に味わってもらう。

「Ｂ級グルメを味わいつくし、スタンプカードで賞品をゲットしよう！」

試食コーナーがものを言い、予想外に客の反応はよかった。堀井市長の到着に合わせてテレビ局の取材も入り、宣伝活動は大成功のうちに終わった。

狙いが当たり、またもニュース番組と新聞で取り上げられた。Ｔシャツ切符の販売も右肩上がりに推移し、二千枚という当初の目標は半月あまりでクリアできた。この分だと、倍は固い。目標を一挙に六千枚へと引き上げた。

大人二千円、子ども千二百円で、八月いっぱいまで乗り放題のうえ、Ｔシャツまでつく。定期券より安い破格の値段だ。よって、定期から乗り換える通勤客も出て、儲けはそれほど出ない。が、一日乗車券も順調に売れ、沿線の駅には着実に人が増えていった。

　随閑寺でも、ペアの縁結びストラップが一時期、品切れとなった。藤棚の季節はすぎたが、若い観光客が足を運んでくれたのである。若者雑誌が取り上げてくれた効果も大きかった。まさに篠宮の計算どおりだった。

　グルメ・グランプリを毎年恒例の企画に育て上げていけたら、町興しにつなげられる。近くで似た企画を横取りされないよう、商標登録ができないものか、と原坂市の担当者から意見が出された。だが、グルメ・グランプリという名称は一般的なもので、認められるとは思えない。グルグラ・スタンプラリーでの申請が検討された。さらに、Tシャツ切符も商標登録の道を探るべきとの声が出た。

　地元の政治家も巻き込み、周辺の市町村が大きく動きだしていた。沿線住民の、鉄道への意識もさらに強くなったはずである。

　すべてが順調だった。この夏を機に、もりはら鉄道は大きく変わる。

　その手応えを感じたさなかに、またも事件は起きた。


　明け方の電話で、その一報は届けられた。輿石駅で宿直に当たっていた田中運転士からの連絡だった。

「大変です、鵜沢さん。今度は松尾《まつお》駅で小火が発生したそうなんです。たった今、消防からの連絡が入りました……」

寝起きの頭を殴られるような事態に、哲夫は冷や汗をぬぐった。

またも火災とは――。

前回の森中駅と違って、松尾駅は無人だった。二十四時間いつであろうと駅員はいない。火の不始末は起こりえない。

「詳しいことはわかってませんが、近所の人が火を消し止めてくれたと聞きました。社長にも電話を入れたところです……」

顔を洗うのももどかしく、哲夫はマンションを飛び出した。時刻は四時半をすぎたところで、列車はまだ動いていない。またも自腹でタクシーをつかまえて松尾駅に急行した。

輿石駅からは六駅目で、原坂駅のふたつ手前に当たる。辺りは長閑な田園地帯で、駅前商店街もささやかなものだ。

四月には、少し東の川沿いで毛布と傘が線路上に残されていた……。ふいに嫌な記憶が甦る。

松尾駅に到着すると、消防車とパトカーの回転灯がきらめき、踏切のランプよりも赤く辺りを染め上げていた。派手な明かりのせいで、早朝だというのに野次馬が多い。三十人近くも集まっている。地元の消防団の姿も見える。

タクシーを降りると、哲夫は松尾駅の小さな駅舎へ走った。

動き回る消防士の奥に、左半分を黒焦げにした無残な駅の姿が見えた。その少し手前に、ジーパンとTシャツ姿の篠宮が立っていた。

「社長、原因は何です！」

哲夫が呼びかけても、篠宮は声もなく、ただ髪を振った。原因究明はまだなのだ。

駅舎は、築四十年を遥かに超える木造一階屋だった。小室渓谷へ通じるハイキングコースが近くにあるため、過去に何度か改修工事が行われている。三ヵ月前にも、水洗トイレへの工事をしたばかりだった。

哲夫は警官と消防士を呼び止めて話を聞いた。

午前三時五十分ごろ、駅に近い米屋の主人が窓を染める赤い光に気づいた。起き出して外をのぞき、火が出ているのを発見して通報したという。店に置いてあった消火器を使い、近所の人たちと果敢にも炎に立ち向かってくれた。そのおかげで、被害は少なくすんだのだった。

米屋の主人をはじめとする町の人にお礼を言って回った。みんなの駅だから当然だという声を聞き、篠宮は涙を浮かべて頭を下げていた。

哲夫は岩本部長と電話で相談して、焼けた部分を立ち入り禁止にする方法を考えた。現場検証は辺りが明るくなってからだという。その前に、通勤通学客が駅に集まってくる。

消防車が帰るのを待ってから、駅前にロープを張り巡らした。改札横にも、工事用の黄色いテープを何重にも重ねて貼った。交代で社員を置く対策も練り上げた。

その手はずを調えていると、一報を聞きつけたテレビ局が取材クルーを送り込んできて、駅前はさらにごった返した。

「怪我人が一人も出ずに、幸いでした。町の皆さんが消火活動をしてくださったおかげで、駅も全焼をまぬがれました。沿線に住む方々に守られている。そのことを再確認する思いです」

篠宮はＴシャツにジャケットを羽織るという軽装で、気丈にインタビューをこなした。

「出火原因はまだわかっていませんが、古い駅舎も多くございますので、漏電《ろうでん》の危険がないか、全駅の緊急点検を直ちに行い、沿線の方々に安心して利用いただける環境作りを進めてまいりたいと考えています」

午前十時からの現場検証には、哲夫も篠宮とともに立ち会った。

火元は、改修したばかりのトイレだと判明した。その壁と天井部分がもっとも激しく焼け落ちていたのである。

肝心の出火原因は、特定にいたらなかった。壁の内部に走る電源コードに焼けた箇所も見つかったが、トイレの壁には木製の部分もあり、煙草の吸い殻《がら》ひとつで燃える可能性もあった。漏電と不審火。はっきり断定できる証拠は出てこなかった。

「失敗したわね、鵜沢君」

現場検証のあとで、篠宮は自分のミスだと言わんばかりに落ち込んだ。

「修繕費をけちったもんだから、トイレの壁にまで手が回らなかった。というより、燃える危険性のことを、まったく考えていなかったもの……」

「仕方ないよ。無人駅のトイレで火事が起こるなんて、誰も思いやしない」

「違う。トイレが綺麗になったら、長居する人も出てくるでしょ。一服したくなる人だって、絶対にいる。そこまで考えられなかったわたしのミスよ」

「それをミスだというなら、工事に関わった者すべてに責任がある。つまり、ぼくにもだよ」

本心から言ったが、篠宮は唇を引き結び、焼けた壁を見つめ続けた。

駅舎には火災保険がかけられている。が、築四十年を超える古い駅だ。資産価値はなく、原状回復の費用がどこまで認められるか、不安は大きい。杜撰《ずさん》な改修工事の計画が一因だと見なされた場合、さらなる減額もありえた。

グルメ・グランプリが順調に進んでいながら、駅の改修という新たな出費がかさんだのでは、赤字脱却の道はさらに遠のく。

「煙草の吸い殻が原因だと決まったわけじゃない。気になるから、業者に確認してみよう」

「え、工事のことを……？」

「暗いトイレにはしたくないって君が言って、自動点灯式の照明に変えただろ。図面は消防にも提出したけど、念のために工事を担当した者にも話を聞いておいたほうがいいと思う。工事のプロとして、何か気づいたことがなかったかどうか」

「ＯＫ。わたしも行くわ」

「だめだ。社長が工事を請け負った会社に乗り込んでいったら、責任逃れかと思われかねない。泥を被るのは、県庁の潤滑油に任せてくれ」

かつて指摘された自分の役割を交えて言うと、篠宮は目に力を込めてうなずき返した。

「わかった。あとは頼むわね。お願い……」

哲夫は駅前にタクシーを呼ぶと、株式会社泉《いずみ》整備工事へ向かった。

篠宮の発案で、沿線の業者から見積もりを取り寄せ、最も安い額を提示してきたのが、泉整備工事だった。それもそのはず、親族を中心とした零細企業で、飛高建設の下請けとして電気と水道工事を手がけている会社だった。

飛高建設の本社にほど近い、小さなプレハブ建てのような社屋を訪ねた。

社長の泉静六《せいろく》は六十すぎの小男で、社名の縫《ぬ》い取りが入った上着のボタンを留めながら、哲夫の前に現れた。

「ええっ？　漏電の可能性もあるっていうんですか……」

「図面は消防にも提出しました。もしかすると、こちらにも問い合わせが入るかもしれません。その前に、ぜひ工事を担当した方から詳しい話を聞きたいと思ってまいりました」

小火の原因をこっちに押しつける気か。そう警戒したのか、泉社長の頬が土気色《つちけいろ》に変わり、汗が額に噴き出してきた。

「わたしどもも、過去にいつ電源設備の工事を行ったか、点検の頻度と内容についてもさかのぼって調べています。三ヵ月前に工事を担当した方なら、配線やコードの古さなど気づいたことがあったのでは、と考えたわけです」

「いや、目についたことがあれば、そう正直に伝えますよ。異常はなかったと思うけど……」

「社長さん自らが工事を担当してくださったのですか」

「あ、いや、そうでもないけど……。もちろん、わたしも確認は、してます」

急に返事が怪しくなった。また大粒の汗が頬を伝い落ちる。

哲夫は疑問に思って訊いた。

「工事をなさった方は、どなたでしょう」

「いや、それが……」

横を向くなり、言葉が途切れた。泉社長の動きが固まった。

意味がわからず、その横顔を見つめると、社長が汗をぬぐって肩を落とした。

「実は……担当した男が、急に辞めてしまいまして」

哲夫は息を呑んだ。プレハブ社屋のせいもあるのか、肌がひりひりと熱く感じられる。今日も夏の陽射しが強く、蒸し暑い。

「いつ辞められたのでしょうか」

「それが……三日前のことで。急に出社しなくなり、電話をかけても通じなくて」

「では、辞めたのではなく、急に来なくなったのだと――？」

小火を起こした駅の工事を担当した職人が、急に姿を消した……。

これは単なる偶然なのか。

「自宅を教えていただいても、かまいませんよね」

「いえ、ね……。こういう業界ですから、人の出入りは多いんですよ。中には、借金取りから逃げてるような者も雇ってくれと言ってきたりしてね。いい腕を持ってた男なんで、わたしも期待はしてたんだけど、急に連絡を断つとは、ねえ……」

社長がスチール棚に歩き、一枚の履歴書を持ってきた。

職人の名前は、国分喜久夫《こくぶきくお》。三十三歳。昨年十月にアルバイトを募集した際、採用された中の一人だという。働くようになってから、まだ一年も経っていない。

哲夫は履歴書に貼られた小さな顔写真を見つめた。坊主頭に細く整えた眉。頬骨が飛び出しぎみで、切れ長の細い目をしている。

「こちらでは飛高さんの下請けもなさっていましたよね」

哲夫は承知ずみの事実を確認した。飛高建設はもりはら鉄道の株主であり、鉄道関係の工事を格安で引き受けてくれている。

哲夫も、目の前の社長に負けず、首筋に汗が噴き出してきた。小火を起こした松尾駅の先で、異物が線路を覆うという事態が発生していた。車両基地に停めてあったイベント列車の電源コードが切れるという事故も起きている。

「この国分さんという方は、うちの原坂車両基地に来たことがあったでしょうか？」

「ええ、それは……何度か行ってたかもしれませんね……」

車両基地での工事も担当し、突然行方をくらました作業員……。

ますます怪しく思えてくる。

「国分さんがなぜ辞めたのか、話を聞いていた人はいますか」

「無口な男でしたからね。ただ、腕は確かでした。それは請け合います」

「松尾駅では、照明のつけ替え工事も行ったわけですから、当然、この国分さんという人は、電気工事士の免許も持っていたわけですよね」

電気工事を請け負うには、国家試験を経た資格が必要になる。その免許証を確認していれば、身分証明にもなると考えたのだ。

泉社長が慌ただしく袖口で汗をぬぐいだした。

「あ、いや……持ってたはずですよ。腕はよかったですから」

「まさか、免許の有無を確認してなかったんじゃ……」

不審を抱いて口調をとがらせると、ついに泉社長がテーブルに額をぶつけるような勢いで頭を下げた。

「申し訳ありません！」


建設業界には、時として訳ありの流れ者がやって来る。揉め事から逃れようと、偽名で飯場《はんば》に身を隠す者は昔からいた。犯罪に関わっているケースも考えられ、雇い入れる際には身元を確認すべき、と業界内のルールもあった。が、人手の確保を優先する業者の中には、身元を問わずに安い賃金で使いたがる者がいた。

泉社長も例外ではなかったらしい。国分喜久夫と名乗る男が、人に言えない理由から流れてきたようだと気づいていながら身元を問わず、アルバイト待遇で安く使っていたのである。

飛高建設の下請けなら、もりはら鉄道の現場へもぐり込める。そう考えて泉整備工事に入り、嫌がらせをしかけてきたのではなかったか。

そうは思うが、では、赤字鉄道の立て直しを邪魔して、誰が得をするのか……。やはり、そこがわからなかった。とはいえ、急に仕事を辞めた国分という男の存在は気になる。

「履歴書に書いてある住所を控えさせてください。急に出勤しなくなったというのに、まさか家を訪ねてもいないわけじゃないでしょうね」

冷ややかな目つきを返すと、泉社長が慌てて首を横に振った。従業員の一人がアパートを訪ねてメモを残してきたが、連絡は一切なかったという。

「社長。一緒に来てもらいますからね」

哲夫は、渋る泉社長をひと睨みでうながして席を立った。

履歴書にあった住所は、原坂市扇沢《おうぎさわ》三丁目……。扇沢駅は、小火の発生した松尾駅の東隣に当たる。泉社長は、今後の仕事もあるので協力しないわけにはいかないと思ったようで、社のライトバンを自ら運転してくれた。

該当する住所は、県道にほど近い畑の脇に建つ古色蒼然《こしょくそうぜん》たるアパートの一階だった。戸袋の板はそり返り、手すりは錆《さび》を分厚くまとっていた。

もう逃げ出したあとなのか、表札には名前がなかった。電気メーターは動いておらず、ノックをしても返事はない。

幸いにも、大家が裏の一軒家に住んでいた。事情を伝えると、七十歳近い老婦人の大家は、家賃を踏み倒されたと悟って、すぐさま警察に通報した。

「おめえ、頭悪ぃな。よく聞けって。逃《ぬ》げるなんて、おかしいっちゃ。んだべ？」

いくら警察に訴えようと、どこまで対応してくれるか、不安は大きい。家賃の踏み倒しは窃盗の範疇《はんちゅう》に入りそうだが、よくある小さな事件にすぎなかった。

不安は当たった。やがて警官をののしる声が廊下の奥から聞こえてきた。これでは警察を待っていても埒《らち》が明かない。

哲夫は泉社長とアパートの裏に回った。

ベランダ側から国分の部屋をのぞいてみる。深緑色のカーテンが閉まり、中はまったく見えない。もし逃げたのだとすれば、素姓につながりそうなものは処分されたあとだろう。

あきらめきれずに、アパート横のゴミ置き場をのぞいた。青いポリバケツとともに、黒や半透明のゴミ袋が五、六個転がっていた。

「何するんですか、副社長さん！」

驚き声を背中で聞き、哲夫はゴミ袋のひとつに手をかけた。駄目元でも、今はここを探るほかにできることはなかった。どこかに手掛かりが残されていないものか。

見かけから、ざっと中のゴミを想像しつつ、ひとつの袋に目をつけた。カップラーメンらしき容器の形が見える。履歴書を偽ったにしても、国分は一人暮らしだったと思われる。男一人でそう料理は作らないだろう。

コンビニの名前が入った袋だった。結び目を解いて中を開けた。ツンと饐《す》えた臭いが鼻をつく。哲夫は中身をゴミ捨て場にぶちまけた。

「知りませんよ……。警察に任せたほうがいいんじゃないですかね」

できるものなら、警察に動いてもらいたい。だが、大家の電話からもわかるように、仕事を辞めた者がいたくらいで、警察が重い尻を上げてくれるとは思えなかった。

パンの空き袋に、牛乳の紙パック。ビールの缶までが一緒に入れられていた。スポーツ新聞に丸めたティッシュ。大手レンタルショップの名前が入ったレシートも出てきた。

その中に、白い紙袋が混ざっていた。広げてみると、薬局の名前と何やら説明書きがプリントされていた。医者に処方してもらった薬の袋だとわかる。

一番上に、患者の名前もプリントされていた。――秋山良太郎《あきやまりょうたろう》。

哲夫は袋を投げ捨てた。別の住人が出したゴミを探っていたのだから世話はない。

次の袋に取りかかると、ふいに後ろから手が伸びてきた。哲夫が放り出した紙袋を、泉社長がつかみ上げたのである。

「ちょっと、これ――秋山って、まさか……」

袋の皺を伸ばしながら、一人でぶつぶつ言いだした。

「この袋が、どうかしたんですか？」

「やっぱり、あいつだったんだ。なんてことしやがる……」

また独り言のように呟いてから、泉社長が哲夫に目を戻した。

「この秋山良太郎って、うちの社員なんですよ」

「え？　じゃあ、同じアパートに住んでいたと……」

「いやいや、そうじゃなくて、この秋山ってのが、健康保険証をなくしたって騒ぎがつい最近あったんですよ。歯医者に行くとかで保険証を持ってきたのに、ロッカーから消えたって騒ぎ出して……。秋山のアパートは森中町のほうだったと思います」

別の社員の名前がプリントされた薬袋が、国分喜久夫の住むアパートのゴミ置き場に捨てられていた――。

つまり、国分が秋山の健康保険証を盗み取っていた。そう考えていい気がする。

国分喜久夫は、偽名で泉整備工事にもぐり込んでいたのだ。が、医者に行くべき理由ができ、切羽《せっぱ》つまって同僚の保険証を盗んだ。そして、秋山になりすまして治療を受け、薬を処方してもらった……。

そこまで考えて、疑問が湧いた。

もりはら鉄道への嫌がらせを企む者が、国分喜久夫と称して飛高建設の下請けにもぐり込んだとする。だが、同僚の保険証を盗んでまでして医者の治療を受けるだろうか。

身分を偽っていようと、自分の名義の保険証を使えばいいだけである。しかし国分喜久夫はそうしなかった。

ふと思いついて、哲夫はレンタルショップのレシートを拾い上げた。

「何ですか、それ……」

泉社長が不思議そうに尋ねてくる。

「まさか本名でレンタルショップの会員になってるなんて、ないですよね」

我ながら自信はまったくなかった。けれど、このレシートから会員名をたぐる方法はあるはずだった。

4

大家の切なる訴えかけにも、警察は言葉をにごして腰を上げなかった。よんどころない理由で連絡を絶っているとも考えられ、家賃を踏み倒した証拠はまだない、と言ったらしい。予想どおりの対応だった。

哲夫は次の一手として、泉社長と輿石市内のビル建設現場へ向かった。そこで秋山良太郎が水道の敷設工事を担当していたからである。

地下の現場から上がってきた秋山良太郎は、社長の横にいる鵜沢を見るなり、目を大きく見開いた。元請けと深い関係にある鉄道会社の新副社長を、珍しくも知っていたと見える。

「ちょっと話を聞きたいんだよ、仕事中に悪いな」

「何なんですか、社長。今日中に仕上げないとまずいと言ったのは、社長のほうじゃないスか」

ちらちらと哲夫を気にしながら、秋山はぼそぼそと不平を洩らした。歳は三十前ぐらいか。ヘルメットの下から、パーマを当てた長い髪がはみ出していた。

「ほら、例の健康保険証、犯人の見当がついたんだよ」

泉社長が言うと、何を勘違いしたのか、秋山が哲夫を睨みつけてきた。

「え？　こいつっスか？」

「馬鹿言うな。この人は、もり鉄の副社長さんだよ」

泉社長が大慌てで訂正した。秋山はまだ敵意を秘めたような目を変えずにいる。急に呼び出された意味がわからず、警戒心を解けずにいるのか。スーツを着た男への嫌悪のようなものも同居していそうな目に見えた。

「君に協力してもらいたいんだ。警察に被害届を出してほしい」

哲夫が切り出すと、秋山は足でも踏んづけられたような顔になって社長を見た。

「わけ、わからねえや。ヤですよ、警察へ行くなんて。どういうことなんスか？」

アパート横に捨ててあったゴミから見て、国分喜久夫が秋山の保険証を盗んでいたのは疑いない。窃盗という立派な刑事事件に該当する。そこで正式な被害届を出し、警察の尻をたたこうという作戦だった。

「おれが被害届？　いつもマッポから目の敵《かたき》にされてるおれがぁ？　ダメダメ。まともに取り合っちゃくれませんって。この髪型見ただけで、マッポは文句言ってくるんスから」

ようやく秋山の表情がゆるんだ。警察に目をつけられていた過去があり、社長の横にいる男を刑事か何かと勘違いしたらしい。泉整備工事には、ずいぶんと訳ありの者が集まっている。

「そこを頼むよ、秋山君。うちともり鉄がどういう関係にあるか、君だって知らないわけじゃないだろ」

社長の泣き落としに、秋山はお手上げのポーズを見せた。仕方なさそうに警察署への同行を承諾した。

「社長から現場監督に説明しといてくださいよね。おれがサボったと思われるのは嫌ですから。頼ンますよ」

秋山は笑いながらぼやくと、自ら運転席に座った。制限速度を遥かに超えるスピードで警察署まで哲夫たちを送り届けてくれた。

ところが、窓口にいた警官は誰一人としてまともに話を聞いてくれなかった。人のゴミを漁《あさ》ることがすでに犯罪に当たる。そんなものは証拠にならない。けんもほろろの扱いで、哲夫たちを追い払おうとした。

日本の警察は、ここまで現状把握能力が鈍っているのか。検挙率も落ちるはずだ。

「嘘じゃありません。国分と称した男は、偽名を使って盗みをしたんだ。立派な犯罪者を警察が見逃そうってわけなんですか」

警官も、哲夫と同じく地方公務員という立場にある。事なかれ主義を貫こうという態度に怒りがわいた。こういう連中が公務員の評判を落としているのだ。

「君ねえ。人のゴミを漁る前に、まず相談すべきだろ。急にこれが証拠だと、おかしなものを持ってきたって、誰が信じると思うかな」

「だから、大家さんが通報して、相談したって言ったでしょうが。なのに、警察が動こうとしないから、仕方なくゴミを探ってみたんですよ」

少し事情は違ったが、この際細かいことにかまっていられない。国分が盗みを犯したのは、もはや疑いない事実なのだ。

「ほらね、マッポがおれの話なんか聞いてくれるわけないって言ったでしょ」

秋山が聞こえよがしに言った。警官の顔が険しくなり、泉社長が慌てて部下を下がらせる。

哲夫はしつこく食い下がった。

「きっと何かの罪を犯して、逃げ回ってるんですよ。だから、人の保険証を盗むしかなかった。よくあるじゃないですか、指名手配中の犯人が田舎の工事現場に身を隠すことって」

「君たちは刑事ドラマの見すぎだよ。たまたま同僚のゴミが、その国分って人の荷物にまざったんじゃないのかな」

「おれ、歯医者をのぞけば、ここ何年も医者にかかってませんよ。当てずっぽうじゃなく、しっかり調べてから言ってほしいよな」

またも秋山がしゃしゃり出ようとした。泉社長が、反則技を見とがめたレフリーさながら素早く間に割って入った。

市民の切なる訴えかけにも、警察が動こうとしない事例は多い。民事不介入を理由に、動かしがたい刑事事件が起きてからでないと、捜査を始めない警察への非難はくり返されている。

哲夫は警官の前で、篠宮に電話を入れた。

「あ、社長。うちの会長に今すぐ伝えてください。……そうです、警察が話をまったく聞いてくれず、困ってるんです。五木田町長から正式な協力依頼というか、出動要請を出してもらえれば、一発だと思うんです」

頭の固い警官を横目に、大声で訴える。彼らも五木田の名前ぐらいは知っている。

「――わかったわ、電話してみる。でも、早まった真似はしないでよね。公務執行妨害で逮捕されたって、わたしは身元引受人にならないわよ。自重してね」

哲夫の声から憤りの度合いに見当をつけて、篠宮がやんわりとたしなめてきた。こちらにも意地があった。警察が動いてくれないのなら、できることをやるだけだった。

もう勘弁してくれと言う泉社長を説得して、駅前のレンタルショップへ急行した。秋山が暴走まがいの見事な運転で、歩道に片輪を乗り上げ、店の前に停車させた。

哲夫はレシートを見せて事情を伝えた。やがて店長が出てきて、顧客の個人情報は教えられない、と言った。もし本当に犯罪がらみであれば、警察と一緒に来てくれ、と。

至極まっとうな対応だった。もはや打つ手がないと思いかけた時、携帯電話が鳴った。森中町役場からの電話だった。

「亜佐美君から事情は聞いたよ。まだ原坂署かな。知り合いの警官が話を聞いてくれるそうだ」

五木田から救いの手が差し伸べられた。飛高建設の下請けに怪しげな男が勤めていた事実を見逃せるはずはないのだ。

またも原坂署へ逆戻りだった。泉社長にそう伝えると、レジ横に立っていた店長が、いわくありげな小声で呼びかけてきた。

「ちょっと気になったので、貸し出し状況をパソコンで調べてみました。漆山《うるしやま》支店のほうで昨日、ＤＶＤを借りてますね」

電話の内容から、本気で警察を呼ぶつもりだとわかり、レシート番号から会員情報を調べてくれたのである。

「どこですか、その漆山っていうのは？」

勢い込んでレジに迫った。店長がキーボードを軽やかにたたいた。

「山形《やまがた》市の北のほうにある町ですね――」

原坂署地域課のベテラン警部補が事情を聞いてくれた。そのアドバイスにしたがって、国分が住んでいたアパートの大家に協力を求め、家賃踏み倒しの正式な被害届を出した。健康保険証を盗まれた秋山も盗難届を出し、受理された。

町長からのひと声が効き、刑事課の巡査がレンタルショップへ出向いた。残されていたレシートの会員名を調べてもらうと、保険証を盗まれた秋山の名義ではなく、興石市に住む堀勇司《ほりゆうじ》という男性だとわかった。

直ちに確認が取られた。登録された住所に住む堀勇司は、レンタルショップの会員になった覚えはないと証言した。昨年の夏、財布ごと運転免許証を落としていたのである。

国分喜久夫と称していた男が、財布を盗むか拾うかして、その中に入っていた免許証の写真を巧みに入れ替えたうえで悪用した可能性があった。

男はそろそろ泉整備工事から離れたほうがいいと考え、アパートから逃げ出した。同僚の保険証を盗んだ事実が発覚するのを怖れたのだろう。隣の山形県へ行き、ひとまず漆山という町に身を落ち着けた。そこでレンタルショップを見つけて、会員証が使えることを知ったのだと思われる。

原坂署から山形県警へ連絡が入れられた。

もう哲夫たちにできることはなかった。

やっと解放された泉社長は、肩の荷を下ろしたような安堵《あんど》とともに、少しだけ残念そうな顔を見せた。秋山のほうは、まだ興味津々の様子だったが、社長に腕を引かれて工事現場へ戻っていった。

二人を見送ったあと、哲夫は警察署から歩いて本社に戻った。

何の成果もなく引き上げたというのに、二階へ上がると予想外の拍手で出迎えられた。

「凄いですよ、鵜沢さん。鬼刑事も驚く執念の追跡捜査じゃないですか」

お調子者の山下に冷やかされた。彼は、哲夫がここまで入れ込む理由を理解していない。線路に残されていた異物も電源コードの切断も、はた目には不可抗力だったと映る。

ただし、篠宮だけは訝《いぶか》しみをぬぐいきれない目で近づいてきた。

「あれから調べてみたの。ここ三年間、車両基地関係の工事はすべて飛高建設にしか発注してないわね」

車両基地の内部事情を知るには、飛高建設かその下請けに紛れ込むのが一番なのだ。電源コードが切れたのは、もう事故ではない、と見るべきだった。

哲夫はその日、午後八時半に仕事を終えた。九時すぎの輿石行きまで少し時間があったので、夏休み前半の売上集計をグラフ化してみた。対前年比は千パーセントを超える爆発的な増収で、グラフを描くことさえ難しい右肩上がりになった。

夏休み明けの減収を抑えようと、写真と絵画のコンテストも控えている。哲夫が発案した鉄道祭りの開催も決まった。篠宮社長の続投を疑う者は、今や社内に一人もいない。

哲夫は二階の部屋の明かりを消すと、一階の運輸部に顔を出した。

「よ、お疲れ、鬼刑事さん。今日は大活躍だったたってな」

今夜の運行担当係は、馬場山だった。早くも噂が広まっている。

「おかげで今日も残業ですよ。これ、夏休み前半戦の売上です。驚くほどの数字が出てますから。ここに貼らせてもらいます」

「どれどれ……」

馬場山が席を立つと、控えの運転士も掲示板へ歩み寄ってきた。哲夫は画鋲《がびょう》をつかみ、グラフを壁に留めた。その手が――動かなくなった。

掲示板の左端に、Ａ４判ほどのチラシが貼ってあった。三人の男の顔写真が掲載されていた。

鉄道会社には、警察から協力依頼の印刷物が送られてくる。指名手配を受けた犯罪者を告知するチラシだった。

その真ん中の男に、どこかしら見覚えがあった。長い髪を真ん中で分け、澄まし顔を気取る三十すぎの男……。

「どうした？　鬼刑事の目が光ってるぞ」

「あの、これは、いつから——」

「ああ、いつものやつだよ。四日ほど前に持ち込まれたものじゃなかったかな」

四日前……。国分喜久夫と称していた男が姿を消したころに重なる。鉄道会社に持ち込まれた指名手配のチラシは、各駅の掲示板に貼り出される。

履歴書に貼ってあった顔写真が目の前に迫ってきた。

「こいつだ！」

哲夫はデスクの電話に飛びつき、一一〇を押した。


日付が変わった深夜の零時二十五分だったという。十二人態勢で刑事と制服警官が見張る中、堀勇司の会員証を持った男がレンタルショップに現れ、逮捕された。

その一報を、哲夫は五木田からの電話で知らされた。

「まだ寝てなかったろうね。パジャマに着替えるのは、もうしばらく待ってくれよ。今から君のところに新聞記者が行く。わたしがリークしたんだ」

機嫌よさそうに語る五木田の真意がわからず、哲夫は狭い部屋の真ん中で立ちつくした。

「君の執念が実った結果だと、経緯を詳しく話してやるんだ。駅の小火をきっかけにして、怪しい男が出入り業者の中にいるとわかった。ところが、警察に相談しても取り合ってもらえなかったので、自力で男のことを調べ出した、となし」

「いいんですか、そんなことを話して……」

「ついでに、地元の大切な鉄道を守るためだった、と主張するんだ。どうもわたしも、亜佐美君のやり方が身についてきたみたいだ」

そう言って五木田は、あっけらかんと笑いだした。

翌朝、地元の新聞の社会面に、哲夫の顔写真が掲載された。

――もりはら鉄道副社長の大手柄　指名手配犯を逮捕――

国分喜久夫と称していたのは、三重《みえ》県で強盗傷害事件を起こし、二年もの間、逃亡生活を続けていた男だった。髪を切って眉を細く整え、東北各地の工事現場を渡り歩いていたという。

「会社の宣伝にはなったけど、小火の原因はわからずじまいね」

新聞を手に、篠宮は悩ましそうな顔で笑った。

男は事件を起こして逃げていたにすぎなかった。地元の駅に貼り出された指名手配のチラシを見て、このままでは危ないと山形へ向かった。線路を覆っていた異物や電源コードの切断、トイレの火災とは無関係だと判明していた。

口をすぼめて思案げな顔の篠宮を見れば、彼女が自分と会社への嫌がらせを懸念していているのは疑いなかった。が、証拠はどこにもないのである。

昼前になって、藤井優理子からメールが入った。

——幸子から新聞を見せられて、心臓が止まるかと思った。危ないことはしないで。お願い。

本当は電話をしたかったのだろう。でも、いつも自分から電話をしてばかりで、これ以上は煙たがられるとメールを送ってきた。そのうえで、哲夫からの電話を待ってもいた。

哲夫はメールを選んだ。警察に相談しただけで、心配するほどのことではない。そう書いて送信した。

ここで電話をかけるのは簡単だった。でも、何を話そうと、そろそろ結論を出せと暗に迫られる気がした。その思いに気づかない振りをして、優しい言葉でつなぎ止めておこうとするのでは、卑怯に思えた。

哲夫がメールを送っても、返信は戻ってこなかった。仕事が忙しいのではない。メールで答えを返してきた理由を彼女なりに確信し、こちらの出方を見ているのだ。

「あれ、鵜沢さん。彼女にメールですか」

何も知らない山下が、携帯電話をのぞき込んできた。

ふと視線を感じて顔を上げると、窓際の席から篠宮がこちらを見ていた。彼女はすぐに目をそらした。書類を持って経理のほうへ歩いていく。

その後ろ姿を目で追っていた。いつもの自信に満ちた歩き方に変わりはない。その少々たくましい足へと視線が落ちかけて、哲夫は慌てて横を向いた。

第五章　緊急停車

1

八月最後の日曜日、きっかり正午にグルメ・グランプリの投票が締め切られた。

テレビの取材クルーに囲まれながら、亜佐美は原坂駅の投票箱を持って、社の軽自動車で出発した。集計会場は、原坂市民体育館である。

万国旗で飾られた市役所通りには、参加してくれた店の関係者が早くも集まっていた。例によってハンバーガーセットで買収した吹奏楽部の後輩が体育館の前に並んで汗を流しつつ、鉄道にちなんだ楽曲を景気づけに演奏してくれている。

「原坂駅の投票箱です。よろしくお願いいたします！」

亜佐美は高らかに告げて、ずしりと重い投票箱を、待ち受けていた鵜沢哲夫に手渡した。

「皆さん、最初の投票箱が到着しました。確認をお願いします」

開票作業員は、社の総務課員とボランティアで集まってくれた有志たちだ。多くの人が見守る中、投票箱の鍵が開けられる。

「ただ今、最初の投票箱が到着しました。直ちに開票作業が始まります」

地元テレビ局の美人アナウンサーが、カメラの前で実況レポートを開始する。

鵜沢がテレビ局に企画を上げると、ニュース番組の中で取り上げてくれることが決まった。遅れて他局からは、実況中継の申し込みが寄せられた。それほど沿線での注目度は高まっていた。

今日は社員総出の日曜出勤である。全十七駅に置いた投票箱を、特別列車に乗せて原坂駅へ集め、この集計会場まで運ぶ。各役場の観光課も人を出してくれ、今や発案者の思惑を超えて地元の一大イベントへと育ちつつある。

十二時二十六分、上りの特別列車が到着したとのアナウンスが会場に流れた。その十七分後には下り列車も原坂駅に着き、すべての投票箱が体育館に運ばれた。会場の外では、手作りの旗を振っての応援合戦が始まっている。

「たった今、もりはら鉄道の会長を務める五木田町長が会場にやって来ました」

森中駅の投票箱を持つ五木田を見つけて、アナウンサーとカメラが駆け寄っていく。車から降り立った五木田が、亜佐美に向けて親指を突き立て、笑顔を見せる。

よくもこれだけの人が集まってくれたものだ。亜佐美は涙が出るほど感激した。鵜沢がまとめた売上速報値も、期待を遥かに超える数字の連続だった。

ただ、年間二億円の赤字をカバーするまでにはいたっていない。予断を許さない状況は今も同じだ。が、確実に売上は上昇カーブを描いている。

鉄道というランドマークがあるから、グルメ・グランプリのような町興しのお祭りができる。そう沿線住民が実感してくれているのは疑いなく、地元への切実な思いが収益にも必ずこの先々、反映されてくる。

原坂市長の堀井も到着し、テレビカメラの前で五木田と握手を交わした。取材カメラのフラッシュが光を放つ。押し寄せる報道陣を、営業の村上と山下が手慣れた様子でさばいていく。二人ともにこの夏でずいぶんと腕を上げた。

体育館の中では、経理の町村かおりが、小野塚部長と集計作業のまとめ役を務めていた。そして今も日曜日の通常ダイヤどおりに列車を走らせるため、運転士や技術課員が働いている。

「杉岡《すぎおか》駅の集計、終わりました」

鵜沢が報告のために走ってきた。無人駅とあって投票数は少ない。亜佐美はテレビクルーに合図を送り、体育館の中へ戻った。

どこの店が票を集めようと、結果は問題ではない。これほどにも多くの人がひとつのイベントに力を結集できた。市役所や町役場の職員もボランティアで会場に来てくれている。その熱意が何より大切なのだ。

午後二時十八分。すべての集計が終了した。

体育館が開放され、外に集まっていた人たちが次々と中に入ってくる。最初に企画を持っていった「万平そば」の店主の顔も見えた。商店会長も笑顔で市役所の担当者と話している。地元の子供たちが興奮し、辺りをやたらと走り回る。

五木田町長や堀井市長をうながして、亜佐美はステージに上がった。鵜沢がマイクと開票速報を持ってくる。放送室へ入ったかおりが、窓越しにＯＫサインを送ってきた。

亜佐美は一歩前に進み、集まる人々を見回した。

「皆様方のおかげで、第一回グルメ・グランプリは延べ十万人を超えるお客様に投票していただけました。これもひとえに、ご参加いただいた地元商店会のかたたちと、ご支援くださった関係者様、そして沿線住民すべての皆様のおかげだと篤く感謝いたします」

拍手と歓声が身を取り巻いた。体育館の中に入りきれず、外にも人が群がっていた。熱気が波となって伝わってくる。

「こうして今日、ひとつの結果が出ました。けれど、地元の駅や商店街の大きさが違

よろしくお願いいたします。では——発表いたします」
ともも来年に生かしていきたいと考えておりますので、どうか皆様、今後もお力添えを
うため、集客力に差が出た面もあったと思います。そういった改善すべき点は、ぜひ

亜佐美はゆっくりとメモを開いた。

会場のざわめきが静まり、吹奏楽部のドラムロールが大きく響く。

「第一回もりはら鉄道グルメ・グランプリの優勝者は——森中商店会、惣菜屋いしもりのボタ山爆弾たこ焼きです！」

歓声と悲鳴がまじり合って渦を巻いた。万歳の声が響き渡る。アナウンサーが叫び、テレビカメラが移動する。

涙を流して抱き合う人たちがいた。互いの健闘をたたえ合い、あちこちで握手が交わされている。その姿を見て、亜佐美もこらえきれなくなった。

「お疲れさん、亜佐美君。来年もひとつ頼むからな」

ポンと五木田が笑いながらお尻をひとつたたいてきた。


九月の第二月曜日に開かれた定例経営会議の席で、亜佐美の続投が正式に決定された。

グルメ・グランプリの大成功もあって、Tシャツ切符は一万五千枚を超える大ヒッ

トを記録した。それだけで三千万円に迫る売上だった。

八百円の一日乗車券も、五万三千枚という予想もしなかった数字をたたき出した。こちらは、印刷代の経費しかかかっておらず、四千万円ほどの純益となった。

グルメ・グランプリの開催中に、ざっと七万人近くの観光客を集められた計算となる。Tシャツ切符を購入した客は、何度も足を運んでくれたはずで、延べ十万人に近い数を動員できたと思われる。

切符のほかに、観光客一人が二千円を地元に落としていってくれたと仮定すれば、おおよそ二億円の経済効果だった。そのうえにイベント列車と車内販売、さらには土産物の売上も順調に推移していた。

鵜沢が徹夜で仕上げた資料を配付すると、銀行と県の幹部も驚きの声を上げた。亜佐美が社長に就任して五ヵ月で、一億円近い赤字を減らした計算になるのだから無理もなかった。

「おいおい、鵜沢君。この数字は間違いないのか……」

副知事の矢島は、ミスを責め立てるかのような口調で問いかけた。陣野という経済商工観光部長も、鵜沢から逐一報告を受けていたはずなのに、何度も数字とグラフを見直していた。

「予想を超える額ですが、これは原坂市役所と森中町役場の皆さん、それに地元商店街の協力があったからこその数字です」

　亜佐美は本心からつけ足して言った。

　すると五木田が、あえて笑みを消すような顔になった。

「謙遜しなくていい。亜佐美君が鉄道のみならず、役場の職員や地元商店街の人々の心を揺り動かしたからだ」

「しかし、会長。年間の赤字は二億円に上ります。まだまだ楽観できない状況にあるのは変わりません。そこで、秋の行楽シーズンに向けて、次なる企画を打ち出していきます。皆様、これからお配りします資料をご覧ください」

　数字を見て喜んでばかりはいられない。亜佐美は鵜沢に目《め》配《くば》せを送った。営業の村上と山下が、こちらも徹夜で仕上げたプレゼン資料を配っていく。

　たちまち銀行幹部の表情も引き締まる。

　亜佐美は資料を掲げて進み出た。

「夏のイベントで盛り上がった地元の熱気を、ここで冷ますわけにはいきません。すでに募集中の写真と絵画をセレクトして貼り出したギャラリー列車を毎日五便、運行していきます。そして、設立記念日である十月一日に一番近い日曜日を、もりはら鉄道感謝デーと題して、一日乗り放題、さらには車両基地を開放してのお祭りを開催します。その後はマスコットキャラクターのイラストを公募し、年末にかけてはイルミネーション列車を走らせます。クリスマスまで継続的に盛り上げていく予定ですので、今後もご協力をお願いします」

もり鉄に乗りに来れば、何か楽しいイベントが待っている。そう世間に認知してもらうことが重要だった。

鉄道は、沿線住民の大切な足であるとともに憩《いこ》いの場でもある、とアピールしていく。そのために、社員が今なお知恵を出し合っていた。

駅の待合室を開放して、碁会所やカルチャー・センターの教室代わりに利用してもらう。本社に空いている部屋があるので、託児所を誘致できないか。露地物野菜の販売所や古本屋を駅ナカで開く……。まだまだ多くの意見が出されている。

もし当面の存続が決定したなら、スーパー五木田が小型のコンビニエンスストアを駅に出店する用意もある、と言っていた。ほかにも手はあるはずだった。

元手はかけられず、あとはアイディア勝負になる。地元と一体になって何ができるか。駅に人を集めることから始めなくてはならなかった。

亜佐美が企画を説明し、鵜沢が細かい数字の見通しを語り、経営陣からの質問に答えていった。イルミネーション列車の費用のみが心配だったが、銀行幹部も了承してくれた。

よし。これで年内一杯まで、イベント盛りだくさんで乗り切れる。

経営会議は和やかな雰囲気のうちに終わった。

亜佐美が資料をまとめていると、少し気になる光景が目についた。

五木田が副知事の矢島に歩み寄り、眉を曇らせながら話しかけていたのである。が、矢島は相手にしようとせず、部下を率いて早々に会議室から出ていった。

市町村長と県の幹部職員、その力関係を見せつけられるような光景だった。小さな町のトップとして、五木田には県幹部に訴えたい案件があったと思われる。田舎の小さな町には、赤字鉄道のほかにも問題は山積している。

「何かあったんですかね？」

鵜沢も気づいたらしく、亜佐美に耳打ちしてきた。

「役所のことは、鵜沢君のほうが詳しいでしょ」

そう水を向けると、鵜沢が苦い表情になった。

「県が動いてくれないと、補助金も下りませんからね。森中町のような小さな所帯じゃ、県や国に頼るほかはないものなあ……」

県知事が東京の官庁まで陳情へ出向く光景を、よくニュースでも見かける。県でさえ、国の顔色をうかがわないと、政策を実行できない現実がある。鉄道会社の取締役会長を務めていようと、五木田は小さな自治体の町長でしかない。

「地方じゃ、政治家より役人のほうが偉いのね。なんか納得できない」

「それが現実なんだ。選挙という民意で選ばれた町長より、単に試験を受けて県庁に入った役人のほうが発言力も現金も握ってる」

「君も役人でしょ。何とかしてあげてよ」

無茶を承知でも言わずにはいられなかった。

鵜沢は肩をすくめて苦笑を返した。

「ぼくに力があったら、そもそも赤字ローカル線に飛ばされてくるわけないでしょうが」

そりゃそうだ。鵜沢も必死に働いて実績を上げ、県庁に戻ろうと考えているのだ。彼には彼の立場がある。

そう理解はできたが、一抹の寂しさも感じたのはなぜだろう。

鵜沢が徹夜で資料を仕上げてくれたのも、元をたどっていけば、県庁に戻るためなのである。同じ鉄道の仕事に携わってはいるが、同じ夢を見ているわけではない。

当たり前じゃないか。そもそも雇われた経緯が違っているのだ。

今さらその事実に気づいて寂しさを覚えるなど、あまりに人がよすぎる。鵜沢にとって、もりはら鉄道の沿線は、単なる仕事の場だった。生まれ育った故郷という愛着はない。それでも鉄道のために力を尽くしてくれているのだから感謝しないでどうする……。

「社長、会議で何かあったんですか？」

言われて顔を上げると、町村かおりが目の前に立ち、経理の書類を亜佐美に差し出していた。上《うわ》の空で会議室から戻ってきていたようだった。

「正式決定したんですよね」

「――そうよ、もちろん。今後もよろしくね」

「皆さん。社長の続投が正式に決まりました！　当然ですけどね」

かおりが急に大きな声で告知すると、オフィスの中から拍手がわいた。

山下が営業の席から近づいてきた。

「戻ってくるなり、目がうつろだったから、ちょっと肝を冷やしましたよ」

「え？　そうだったかしら……」

「鵜沢さんも戻ってこないし。社員を緊張させないでくださいよね」

言われて亜佐美はオフィスを見回した。確かに鵜沢の姿が見えなかった。県の幹部を送り出しに行ったのだろう。

そこで急に、横からの強い視線を感じた。振り向くと、かおりが慌てて目をそらした。

「社長、ここに置いておきますね」

そう言うなり、かおりは書類を亜佐美のデスクに置いた。目を合わそうとはせず、足早に自分の席へ戻っていった。

「あれ？　何か冷たいな、かおりちゃん。社長と一緒にこれからも働けるってのに」

山下が呑気に首をひねっている。

亜佐美は何食わぬ顔で席に座り直した。女の直感は恐ろしい。かおりは一瞬にして気づいたのだ。亜佐美が社内を見回しながら、胸の中で鵜沢の行く末を案じたことに――。

今、鵜沢に離れられたら、会社は動かなくなる。その思いを誤解された……。

でも、本当に誤解と言えるのか。

胸に問いかけてみると、少し迷う心があるのに、亜佐美は自分で自分に驚いていた。

2

「聞きましたか、鵜沢さん？」

商品の在庫を確かめて倉庫部屋を出ると、軌道と設備の点検から技術課員が戻ってくるところだった。その最後尾にいた星山光太が、タオルで汗をぬぐいながら近づいてきた。

目で問い返すと、星山は伸び始めた髪をかき上げて小声になった。

「飛高さんのことですよ。どうも県の入札から閉め出されたとか……」

「……何をしでかしたんだ？」

自治体が工事を発注する際、会社の規模や過去の実績を鑑《かんが》み、あらかじめ業者を選定するケースがある。指名競争入札という制度だ。

大手ゼネコンと規模は比較にならないが、飛高建設は地元で着実に仕事をこなしてきた。指名業者から外されるとは、何か規約違反でも見つかったのか……。

「詳しくはわかりません。けど、過去の発注に問題があったとか聞きました。飛高の社員はみんな、一方的すぎるって、怒ってるみたいです」

先日の経営会議に、社長の飛高仁三郎は出席せず、代わりに息子が来ていた。県の幹部と顔を合わせる席を嫌がった結果だったのか。

「鵜沢さんなら何か聞いてるかなと思ったんですけど……」

そう問われて記憶が甦《よみがえ》った。あの会議が終わった直後、五木田が矢島副知事に歩み寄っていた。が、矢島は話を嫌がるかのような素振りを見せた。あれは、飛高建設が入札から外された経緯について尋ねたからではなかったろうか。

県は社の筆頭株主であり、飛高建設も経営会議の一員となっている。もりはら鉄道の経営にも影響が及びかねない事態なのに、県からの報告は来ていなかった。

「ねえ、鵜沢さん。県のお偉いさんたちは何を考えてるんですかね。夏のイベントが大成功して、さあこれからだって時に、仲間とも言える飛高建設に難癖をつけて入札から外すなんて……。ちょっと理解できませんよ」

運輸部のオフィスへ戻る星山を見送ると、哲夫は廊下の突き当たりで携帯電話をつかんだ。上司の陣野部長までが、今回の件について何も聞かされていない、ということがあるだろうか。

「よ、お疲れさん」

陣野は電話に出ると、腹立たしいほど呑気に呼びかけてきた。人を食ったような受け答えは、いつものことだ。

「部長は何かご存じでしょうか」

前置きもなく本題に入ると、陣野はわずかに声を落とした。

「ああ、例の話か……。噂は聞いたよ、おれも。つい昨日のことだけどな」

「入札から外された理由は何だったんでしょうか？」

「そう食ってかかるな。土木にいる同期のやつに取材してみたよ。そしたら――ちょっと県の発注工事で、悪質な下請けへの締めつけがあったらしくて、苦情が何件も寄せられてたっていう。で、やむなく半年間のペナルティーになったみたいだ」

「事前に相談もなく、ですか？」

「仕方ないだろ。もり鉄の経営では身内のような間柄でも、土木の入札は、また別の話だ。身贔屓《みびいき》と思われたら困るんで、こっちにも黙って決めたようだ」

ひとまず筋は通っていた。が、事前の根回しこそが、のちに起こりうる騒動を防ぐ最善の手段だと、役人の間では意思統一が図られている。

少なくとも、経営会議に出席する矢島には相談があったはずだ。陣野も本当は、聞かされていたのかもしれない。ただし、現場で汗を流す哲夫に知らせる必要はない、と上層部は判断を下した。その可能性はあった。

「最低限の期間限定ペナルティーだ。そう角突き合わせて迫るような問題でもないだろ。おまえにまで何か文句が来たのか？」

「いえ……。噂を聞いて、驚きました」

「もり鉄の収益が上向いてきたところに、水を差すような話だからな。でも、株主とはいえ、飛高は人を出して経営に直接参加してるわけじゃない。まあ、そっちはそっちで、うまくやってくれよ。頼んだぞ」

一方的に言われて電話を切られた。いつものことだったが、今はつい深読みをしたくなる。

哲夫はどっぷりと鉄道経営に身をひたしていた。これまで県庁職員として手がけてきたどの仕事より、やり甲斐を感じている。たった半年弱で、ここまで収支を好転できたことを驚くとともに、ささやかな誇りも感じていた。

イベント列車の手配や宣伝活動、新たな土産物の考案と発注。鉄道祭りの企画も通した。成果の大半は新社長の力だが、少しは貢献できているとの実感がある。

ところが、上司の陣野も矢島副知事も、もりはら鉄道に波及しかねない県の裁定が下ったにもかかわらず、哲夫には経緯を伝えなかった。そこに自分への評価が見える気がする。

どこかでまだ自分は、将来の幹部職を望める位置にいる、と信じたかった。赤字鉄道の経営を軌道に乗せた暁《あかつき》には、必ず出世の道が待っている。同期のエリートたちに、今度こそ追いつける。

だが、上は哲夫を現場の駒としか見ていないのだ。劇的なまでに経営を改善させたのは、新社長の手腕であって、鵜沢哲夫の功績ではない……。

「ちょっとぉ、聞いてるの、鵜沢君？」

名前を呼ばれて顔を上げると、目を三角にする篠宮の顔が間近にあった。くびれた腰に手を当て、哲夫を見下ろしてくる。

「もり鉄祭りは、あなたの企画でしょ。イベント列車が順調だからって、山下君一人に任せてたら、いつまでたっても具体的な全体像が見えてこないわよ。屋台の数とその割り振りに、ステージとテントの設置。車両基地を飾る手順と人員の確保。イベント屋に依頼する予算はないんだから、もっと目配りを利かせてよね」

篠宮は本当に疲れを知らない。例によってまくし立て、催促の矢を突きつけてくる。

彼女には息抜きなど必要ではないらしい。自分で言ったように、二十四時間丸々仕事のことを考えているとしか思えない。そのパワーはどこから生まれるのか……。

「何よ？　あたしの顔に何かついてる？」

なぜか、わずかに怯むような表情がうかがえた。男に間近で見つめられて、照れたわけでもないだろう。

「あのね、例の爆弾たこ焼きも、森中駅で本当に販売できるわけ？　その交渉だって進んでないでしょ。ついでにたこ焼き味のお菓子も投入したいのよね。その試作品作りに入りたいから、製造先にも目処《めど》つけておいてくれるかしら」

話題を集めたグルメ・グランプリを土産物にも生かしていく。目のつけどころに、いつも感心させられる。けれど、また哲夫への丸投げだった。

あとは頼むぞ。彼女を支えろ。手足となって働け。そう五木田に言われ続けてきた。手足は感情など持ってはならない。頭からの指令を受けて、直ちに動いて汗を流せばいい。それが仕事なのだ。

「あ、それから、紅葉《もみじ》狩り列車用のパンフレットはまだなのかしらね？　そろそろ仙台駅にポスターを貼りに行ってもらわないと困るのよ」

「待ってくれないか。こっちの体はひとつなんだ」

「誰だってひとつに決まってるでしょ。ふたつの体があったら、あたしがやるわよ」

こうやって懸命に働いた先に何があるのか……。

夏の間は毎日が祭りのような高揚感の中にあった。だからなのか、今は目に見えない疲れが身を取り巻いていた。

「社長……。少し休みをいただけますか」

哲夫が口にすると、立ち去りかけた篠宮が動きを止めた。急に向き直りながらも、辺りを見回すような仕草を見せた。

「そうね……。あ、そうよねえ。ずっと働きどおしだったものね。有給だって取ってないしね」

哲夫ではなく、周囲に聞かせるためのような言い方だった。

「鵜沢君がちょっと休みを取ったところで、誰も何も言いっこないわよ。大丈夫、何とかするから、心配しないで」

見ているこっちが心配したくなるほど、篠宮は意味もなく手にした資料を持ち直してから、勢いをつけるようにうなずいた。

「うん、たっぷりリフレッシュしてきてよね。大丈夫。わたしが許可する」

どこか無理したように手を伸ばし、哲夫の肩口をひとつたたいてから、篠宮は席へ戻っていった。すぐに受話器を取り上げ、どこかへ電話をかけだしている。

「鵜沢さんまで、どうしたんですか……」

パソコンに向き直ると、隣の席から村上が小声で問いかけてきた。

「どうもしないよ。ずっと休みを取ってなかったろ。夏が終わったら休みをもらおうと思ってたんだ」

「それなら、いいんですけど……」

こちらの答えを信じていないような目を返された。村上もイベント列車明けの月曜日を休むのみで、夏場はずっと働いていた。

忙しいのは自分一人ではない。そう胸に苦みが走りかけたところで、村上の呼びかけ方が気になった。「鵜沢さんまで」という微妙な訊き方をしていた。

哲夫が椅子を近づけると、村上がさらに声を落とした。

「町村君も、急に休みがほしいって言いだしたんですよ。社長は笑顔で許可してましたけど、あとでちょっと複雑そうな顔してました」

町村かおりも夏場は休みもなしに働いてきた。アテンダントの仕事を割り振った手前、本来は哲夫が気遣ってやるべきだった。文句を言うような娘ではないから、仕事を与えすぎた嫌いはあった。

おそらく篠宮も、今の哲夫と似た悔いのようなものを感じていたのだ。それで急に慌てたような態度を見せたのだと理解できた。

だが、社員の中で最も休みを取っていないのは、篠宮だった。朝一番で出社し、土日もイベント列車に乗車する。関係者との話し合いが夜にまで及ぶ日も多い。女社長とあって、酒の席にも呼ばれる機会は増えている。

彼女に気の休まる時はあるのだろうか……。

給料は安く、責任は重い。それでも彼女を仕事に向かわせているのは、故郷への思いだけとは考えにくい。

カリスマ・アテンダントと呼ばれながらも、彼女は長く一販売員の立場にあった。自分を認めようとしなかった男社会への反骨心が仕事に駆り立てているとすれば、納得はできる。だが、怒りのパワーを持続させていくのでは、心身ともに疲れはたまる一方だろう。

彼女を支えろ――。また五木田の言葉が胸に響いた。

午後五時をすぎても仕事は片づかず、そこに紅葉狩り列車のポスターとチラシの色校が出てきて問題が見つかったため、担当の宮崎と印刷会社へ出向いた。ついでに原坂商店街の洋菓子屋に寄り、土産用フィナンシェの試作品をもらって帰り、運輸部に残っている社員と試食したうえで感想をまとめた。お菓子は女性の声が重要なので、後日アンケートを採りに市役所まで行く必要もあった。

篠宮は、地元企業が共同で制作するカレンダーの打ち合わせで銀行へ行ったまま、帰ってこない。信用金庫や酒問屋の主人に誘われ、また飲みにつき合わされているのだろう。地元との飲み会も仕事のうちと笑っていたが、気の休まる時間は削られていくばかりだ。

七時をすぎて、夕飯をどうすべきか、村上や宮崎と相談を始めた時、携帯電話が鳴った。着信表示を見ると、見覚えのない番号からだった。

夏のイベントが成功してからというもの、また雑誌の取材が増えていた。特集記事を作ってくれるとなれば、無下にするわけにはいかない。

「はい、もりはら鉄道、鵜沢です」

「頑張るなあ。まだ仕事かね、お疲れさん」

飄々《ひょうひょう》とした物言いで呼びかけてきたのは、五木田陽造だった。

「はい。本社にまだおります」

「忙しいのは何よりだよ。で、仕事は何時ごろに片づきそうだね」

「何か、ありましたでしょうか……」

「鉄道のほうとは関係ない話なんだ。手があいたら、ちょっと酒でもつき合ってくれんかね。そう言えば、君のことだから、だいたい想像はつくんじゃないかな？」

五木田が指定してきたのは、輿石《こしいし》駅に近いビルの地下にある店だった。哲夫が輿石のマンションで一人暮らしをしていると知っての選択だとわかる。

哲夫は緊張してバーのドアを押した。代表取締役会長かつ町長であり、地元経済界の有力者でもある五木田が、わざわざ出向いてくるとは只事ではない。

カウンターに小さなボックス席が三つという小さなバーだった。奥の席で、ポロシャツ姿の五木田が一人、先にグラスを傾けていた。ほかに客は見当たらない。

「よ、お疲れさん。待ちきれなくて、ちょっと飲んでた」

「遅くなりまして、すみません」

五木田は自ら水割りを作り、哲夫に差し出した。しばらくは、篠宮と哲夫のおかげで会社が変わって嬉しい、と微笑みながら静かに語った。そう言いながらも、あまり哲夫と視線を合わせようとせず、どこか居心地の悪そうな雰囲気が伝わってきた。

哲夫も落ち着いて酒を口にできず、五木田を見つめ直した。

「飛高さんが、県の入札から外された件でしょうか……」

ほかに思い当たるふしはなかった。単刀直入に訊くと、五木田は薄くなった頭を掌でさすり回した。

「それも、ある。――というか、もしかすると根っこは同じなのかもと思って、君に話を聞いてもらいたかった」

「はい……」

「実は、八月以降、急に県への補助金申請が通らなくなった……」

哲夫は驚き、グラスを握りしめた。

「すでに許可を得ていた案件にまで、次々と問い合わせが続いている。来年度に向けて県や国の意向を確認しながら進めてきた土地改良や園芸振興策に多くの注文がついて、ストップしたままだ。今までにはなかった意見ばかりで、急に県の態度が変わったように思えてならない。そう現場から悲鳴が上がりだしてる」

「先日の経営会議のあとで、副知事に話をされていたのは……」

五木田が苦い顔でグラスを置いた。

「矢島さんは、個別の案件までは関知できない、担当者に任せてる、と言うだけだった。そこに今度は、飛高さんの話だ……」

五木田は、森中町のトップであるとともに、もりはら鉄道の株式を有する五木田物産の社長でもある。飛高建設も、もりはら鉄道の株を所有している。そこに何か関係があるのでは、と懸念しているわけだ。

「単なる偶然だと信じたい。しかし、どうも腑に落ちない対応でね。それまで親身になってくれていた担当者が急に異動になり、嫌がらせのような書類の突き返しが始まった……」

八月に県の担当者が異動する。幹部に退職する者が出れば、その玉突き人事で下にも影響が出ることはあった。たまたま引き継いだ新担当が、規約に厳しすぎる者だったという見方もできなくはない。

「原坂市のほうでは、何も問題は起きてないのでしょうか？」

「話は聞かないね。ただ……堀井さんからは、今もしつこく合併の話を出されている。鉄道に回復の兆《きざ》しが出てきた今だからこそ、もりはら市を作って地元をまとめ上げて行くべきではないか、とね」

哲夫は無言でグラスに口をつけた。

篠宮が社長になって以来、地元は言うに及ばず、東京圏にも話題は波及していた。もりはら鉄道の名は日本中に浸透しつつある。が、では何県のどこにあるかと問われた時、答えられる者はまだ少ないだろう。

もし鉄道と同じ「もりはら」という自治体があるとわかれば、地元の名前は広く日本の隅々にまで知れ渡る。鉄道と一体化した振興策が実現できる。

原坂市長の堀井としては、もりはら市を作ることで、自分の政治基盤を固めることも叶う。彼は七十歳になる五木田と違って、まだ若い。野心もあって当然だ。

「県で何か話が出ていないだろうか。もりはら市を作って、鉄道とともに名を上げていくべきだとか……」

問いかけの目を送られて、哲夫はうつむくしかなかった。

「まったく聞いていません。飛高さんのことも知りませんでした」

「君にまでは下りてきてはいないわけか……」

「あの――会長はなぜ合併に、そこまで反対されているのでしょうか」

いい機会なので、以前から気になっていたことを訊かせてもらった。

「君ももりはら市の設立に賛成なんだね」

哲夫はうなずかずに、五木田の言葉を待った。

グラスを口に運びかけた五木田の動きが止まった。

「炭鉱もセメント工場もなくなり、森中町の人口は半減した。そのうえ鉄道までなくなれば、もう何も残らなくなる。中には、交通の便を考えて、原坂市に住み替える住民だっている。もりはら市に吸収されれば、もっと過疎は進む」

同じ市内に住むのなら、少しでも便利な場所に移りたいと考える者は増えそうだった。かつて炭鉱で栄えた町は消えゆく運命にある。町として自立を図ることで、その流れに歯止めをかけたいという思いは理解できる。

「悪あがきだと言う人は多いよ。森中町はもう使命を終えた。そんな声も聞こえてくる。でも、生まれ育った町が死んでいくのを見るのはつらい。昔の思い出だけじゃなく、自分の体の一部までが死に絶えていくように感じられるほどだよ」

時代は移り変わっていく。石炭は商品価値が薄れ、その生産に頼っていた町は、日本全国で衰退しつつある。中でも北海道の夕張市は、財政難の末に破綻の道をたどっている。

「でもな、鵜沢君。森中町は、雄大な山があり、広々とした大地もある。綺麗な水にも恵まれている。あきらめるのはまだ早すぎると思わないか」

本当ならば、もっと早くに動きだしておくべきだったのだ。人口減少がさけられなくなる前から。町がわずかでも潤っていた時から。だが、地元の政治家と役人は一時の繁栄に酔うのみで、明日への展望を忘れていた。

日本によく見られる先送りの失政が、ここにもあった。

「畜産や酒造りで生きていこう。そう覚悟を固めている町民は多いんだよ。けれど、町の財政だけでは、彼らを支援していけない。県と国に頼らないと、彼らの背を押してやることもできない、悔しいがな……」

国が自治体の合併を推し進めるのは、集約的でより効率的な自治を広め、財政を好転させるためだった。もりはら市に吸収されれば、畜産と酒造りに打ち込む町民に手を差し伸べることが難しくなる。少数意見は多数意見に呑まれていく。そうなったのでは、何のための合併なのか。

しかし、県の態度は豹変し、頼みの綱の補助金を渋ろうとしてきた。まるで、もりはら市に吸収されるのと、どこが違うのだ、と言わんばかりに。

この動きは確かに気になる。飛高建設が入札から外されるという事態まで起きているのだ。

「わかりました。県庁で何が起きているのか、仲間に様子を探ってもらいます」

「そうかね、助かるよ。すまない……」

五木田がテーブルに手をつくと、三十すぎの若造に向かって頭を下げた。

哲夫は慌てた。町を守るためなら、カリスマ・アテンダントをスカウトするし、孫のような県庁職員にでも頭を下げられる。五木田の信念を見る思いがする。

自分にどこまで探れるか……。

口にはしてみたものの、残念ながら、めぼしい当てがあるわけではなかった。


大型の台風が日本列島に近づきつつあるその週末、哲夫は久しぶりに休みを取って仙台に帰った。

ほぼ一ヵ月ぶりに電話を入れると、藤井優理子は控えめながらも声を弾ませた。予約を入れておいたイタリアン・レストランへ足を運ぶと、彼女のほうが先に待っていた。

抑えようとしてもほころびがちになる彼女の笑顔を前に、哲夫は胸の疼《うず》きを隠しながら、努めて明るく振る舞った。あえて鉄道の話はさけて、学生時代の馬鹿話をいくつも披露して笑いを取った。

優理子も友人の噂話を明るく語った。が、その中に結婚や子どもにまつわる話は登場しなかった。彼女の年ごろであれば、その噂が最も語られても当然なのに。

二人ともに、仕事と結婚に結びつきそうな話題をさけつつ、それに気づいていながら見ない振りをして、笑い合った。

最初は弾んでいた話も、食後のコーヒーが運ばれてくるころには途絶《とだ》えがちとなり、優理子は化粧を直してくると言って席を立った。

つき合い始めたころは、二人でいると時間を忘れられた。話はつきなかったし、同じ話題をくり返しても心の底から笑い合えた。食事が終わったあとの時間をおそれる気持ちがわくはずもなかった。

化粧を直してきた優理子は、やけに思いつめた表情に変わっていた。口紅を引き直しながら、鏡に映る自分に本心を問いかけてきたような顔に見えた。

「ねえ。仕事の話をわざとさけてたでしょ」

優理子は微笑みながら言った。無理して冗談めかすような響きが感じられた。

「優秀なセラピストみたいだな……」

「そうよ、お見通しなの。——わたしの機嫌を損ねるのが嫌だったからよね」

「というより、切り出すタイミングがつかめなかった」

「話して……。聞きたいな。仕事の話をしない鵜沢君なんて、別の人みたいだもの」

彼女は無理して言っていた。

だから哲夫も腹をすえて切り出した。

「社員の誰もが驚くほど、仕事は順調なんだ。社長一人の力で、これほど一企業が……というより、沿線の町そのものが変わるとは、県の職員としても瞠目《どうもく》せざるをえないよ」

「みんな、言ってる。社長さんの無茶としか思えないアイディアを実現まで持っていった、鵜沢君の頑張りも凄いって。同期の小池《こいけ》君なんか、見直したって、あちこちの部署に触れ回ってる」

地元東北大学の出身で、早くも財政課の課長を務める男だった。哲夫を明らかに見くびる発言をくり返してきた者の一人である。

あの男がそんな発言をしていたとは知らなかった。けれど、それで腑に落ちるところがあった。

「実は、その小池に電話をしたんだ」

「え……？」

上司の陣野は、事前に何も聞いていなかったと哲夫に言った。そこで仕方なく、財政課の小池に探りを入れた。

噂は聞いているよ。戻ってくる時には教えてくれ。みんなを集めて歓迎会を開こう。心にもないことを言うな、と哲夫は思った。あまりに他人行儀な口調は、それまでの過小評価を詫びる気持ちがあったからだったのかもしれない。

「森中町の補助金申請に、県が急に態度を変えて、難色を示すようになっている。民間株主でもある飛高建設が、入札から外されもした。陣野部長は何も知らないと言うんで、小池を頼るしかなかった」

そこまで口にすると、優理子は早くも話の先を読んだようで、赤い唇が固く引き結ばれた。化粧を整えて防御した無表情に、本音を隠そうとしていた。

「小池に言わせると、担当者が替わったのは、上からの指示だったという。補助金を渋るような素振りを見せておき、原坂市からは合併話が執拗にくり返される。もし五木田町長が懸念しているように、県と原坂市による連係プレーであったとすれば、誰が糸を操ってるのか。どうやっても読めてこない」

「そう……」

声にも表情にも、冷たい響きが込められていた。

「総務で何か噂になってないか？」

「わたしは何も聞いてないわね」

「単なる偶然なのかもしれない。それならそれで、仕方ないとあきらめがつく」

心の痛みを押し隠して、哲夫は言った。

すると、優理子はひざにかけていたナプキンを手に取り、テーブルの上に置いた。

「……こんなことだと思った」

彼女は横を向いて物憂《ものう》げに髪を振った。

「一晩一緒にいてやれば、何でも言うことを聞く。そう思ったわけよね」

違う、と言うべきだった。

彼女は正解を言い当てていたし、状況から見ても否定のしようはなかった。それでも、違うと言うべきなのだ。彼女をこれ以上傷つけないためには。

「なるほどね。だから仕事の話を切り出せなくて、困ってたんだ。優しい人ね、鵜沢君って」

冷たい人ね。彼女はそう言っていた。

哲夫は慌てて言葉を探した。違うと言えばいいのに、別の言葉を探そうとするほどに狼狽《うろた》えていた。何も言えずにいる男を見て、彼女が視線をそらした。

「さよなら……」

優理子が横を向いたまま席を立った。

引き止めるなら今しかない。彼女もそれを待っている。馬鹿正直にも、ひとつの言葉が口をついて出た。

「ごめん……」

便利に使おうとした哲夫が百パーセント悪い。それをごまかして頭を下げたところで、彼女をもっと貶《おとし》めるだけになる。

足音が遠ざかって聞こえなくなるまで、哲夫はデミタスカップの中に映る自分の小さな影から視線を上げることができなかった。

3

降りしきる雨をついて出社すると、すでに運輸部のオフィスに男たちが集まっていた。

久しぶりに日本列島を縦断しそうなルートで大型の台風が接近中だった。宮城県には今日の夕方に最も近づくという。念のために、昨夜から技術課員の半数ほどが社で待機を続けていた。

「皆さん、お早うございます」

亜佐美は大きく声をかけて、差し入れに買ってきた栄養ドリンクをドンとテーブルに置いた。

「交代して仮眠は取ってくださいね。雨と風のピークはまだこれからです。朝食はしっかり食べたでしょうね。はい、ここにおにぎりも用意してきましたから。何ならリクエストも受けつけますよ」

「えー、だったらコンビニ弁当、買ってくるんじゃなかったな」

工務長の芹沢誠二《せいじ》がパソコンの前で笑いながら頭を掻いた。部下の緊張をほぐす意図もあって、わざとおどけてみせたのだとわかる。

電気設備に異常があれば、回線を通じて信号が送られてくる。始発の前には、沿線四十二キロを保守作業用のモーターカーで往復し、確認作業を終えていた。列車の時速も二割減に抑えるとの指示も出た。待機の人員も増やしている。

それでも、路線の保守点検にうとい亜佐美は不安だった。天気図で見る限り、かなり大型の台風なのだ。特に雨が多く、土砂崩れに警戒が必要だという。

地盤がゆるくなろうものなら、事故につながりかねない。赤字を抱えるローカル線が自然災害の被害を受けて不通となり、復旧の見込みが立たずに廃線へと追い込まれた前例がある。

経営安定基金はもはや底をついている。事故が発生すれば、破綻のピンチに陥《おちい》る。

技術課の者も会社の窮状は理解しているため、万全の態勢を取ってくれていた。

「さあ、今日も一日、安全第一で乗り切りましょうね」

亜佐美は努めて明るく振る舞った。たとえ不安を抱いていようと、社長が顔に出してはならない。上に立つ者の動揺は、必ず組織の隅々へ広がる。今は社員を信じて、でんと構えている時だった。

八時をすぎて、経理や営業の者も次々と出社してきた。

「村上君、山下君。今日は二人とも外回りには出られないでしょ。夕方に最接近するらしいんで、念のために無人駅にも人を置きたいんだけど」

亜佐美が言うと、二人のほかにも経理の社員がデスクに歩み寄ってきた。その中には、休み明けで三日ぶりに出社してきた町村かおりの姿もあった。

「付近一帯の中学や高校に、下校時刻の確認を取りましょう。たぶん午前中で授業を打ち切りにするところがあると思うんですよ」

村上が理に適った読みをして、電話に手を伸ばした。山下が倉庫へ走って雨合羽《あまかっぱ》と懐中電灯の用意に向かった。

こういう日に限って、鵜沢は有給休暇を取っている。もっとも頼りとすべき男がいない。万一の事態に備えて、あとは何をしたらいいか……。

無人駅は十四にも及ぶ。そのすべてに臨時の駅員を配置するには、交代要員をふくめると倍の二十八人は必要になる。が、手空《てす》きの者は十人もいない。

「鵜沢さん！」

町村かおりの声が響き、亜佐美は壁の路線図から振り返った。

スーツの裾《すそ》を濡らした鵜沢哲夫が、当然のような顔で手を上げ、オフィスの中へ歩んできた。

「そろそろ風が強くなってきたな」

「いいんですか、有給でしたよね」

かおりが尋ねながら歩み寄った。その右手がポケットに入れられたのは、ハンカチを取り出そうとしたからだろう。

「実家にいたって、母親がうるさいだけだからな。雨と風も気になって、昼寝もできやしないよ」

鵜沢は部屋の全員に告げるようにオフィスを見回しながら、素早く自分のハンカチで雨の滴を払いだした。

かおりがそっと鵜沢から視線を外した。ポケットの中でハンカチを握りしめている姿がいじらしい。亜佐美はかおりの横に進み出て言った。

「鵜沢君。台風対策として臨時の駅員を置きたいけど、手空きの者が少なすぎるでしょ。どうしたらいいと思う？」

「それなら、列車に乗務員を乗せるんだ。年配者の乗り降りが一番危なっかしい。運転士と一緒に手を貸すのが手っ取り早い」

すぐに的確なアイディアを出してくれる。心強い思いで亜佐美はうなずき返した。

「小野塚さんと二人で、人員配置のローテーションをすぐに決めてくれる？」

「了解。それと学校の下校時間が早まるかもしれない」

「そっちは確認ずみです」

電話を終えた村上がメモを片手に近づいた。

「よし。それと、またいつかみたいに異物が飛ばされてくると困る。社長、あらかじめ十キロごとに点検要員を車で待機させておくのはどうでしょうか」

「人手が足りる？」

「待機の運転士に、臨時の乗務員を務めてもらいましょう。点検のほうは、ぼくと村上と山下と宮崎で務めます。それぞれ社の運行担当係と随時連絡を取り合っていく。いいね」

鵜沢は集まった男たちの顔を見回し、すぐに決断した。迷いがない。通勤途中に何度も頭の中でシミュレーションをしてきたのだろう。

「よし。岩本部長と話をつけてくる。鵜沢君は待機の手配を頼む」

普段は腰の重い小野塚だったが、後輩に負けてはいられないとばかりに、一階の運輸部へと走っていった。

本当ならば、社長である自分が即断すべきことだったが、女という身に甘えた部分があると思い知らされた。あとで過去の事例を調べて、緊急時のマニュアル作りも進めておこう。取り組むべき仕事は多い。

午前九時三十分。台風に備えた臨時配置の態勢が整った。

本社のある原坂駅には、風雨の強まる中、病院通いの老人たちが到着していた。普段は改札から出ようとしない井上駅長も階段へ出て、老婆たちに手を貸している。

亜佐美もホームに立つと言ったが、鵜沢に反対された。

「社長は軽々しく動かないでください。あとは任せて」

そう言い残すなり、村上たちと沿線に待機するため、それぞれ社の車で出かけていった。

亜佐美はじっとしていられず、運輸部のオフィスへ移った。工務長の芹沢や、今日の運行担当を務める馬場山とともに、列車と設備に異常が起きていないかを見守るためだ。

「小室川沿いで風速二十メートルを計測しました」

「各列車に三十キロ時速制限を伝えろ」

岩本部長が指示を出してから、亜佐美を振り返った。

「社長、今日の猛烈な風だと、場所によっては運行に支障が出かねません。ダイヤより安全を優先させましょう。十分以上の遅れが出るかもしれませんが、かまいませんよね」

「はい、安全を優先させてください」

「小室川の水位、異常なし」

「上り十号、松尾駅通過」

運輸部の窓にたたきつける雨が激しくなった。台風はもう頭上に近づいている。最大のピンチは十六時三十分に訪れた。警察からの連絡が運輸部に入ったのだ。

「杉岡駅から上り一キロの地点で、ビニールハウスが飛ばされました。線路のほうに向かったとのことです！」

電話に出た社員が叫ぶ。亜佐美は無線のマイクを取り上げた。沿線に停めた車内で待機する四人に告げた。

「警察からの通報よ。杉岡上り約一キロでビニールハウスが飛ばされたわ。山下君と鵜沢君で確認に走って。あとの二人は引き続き待機」

「了解。直ちに向かいます」

ビニールハウスならば、たとえ線路を覆ったとしても事故にはならないだろう。が、油断は禁物だった。もし支柱が鉄製で一緒に飛ばされていれば、万が一という事態も起こりうる。

無線が信号音を発して、スピーカーが震えた。

「こちら山下！　杉岡二番の踏切にビニールハウスが引っかかってます」

「線路を覆っているの？」

「はい。線路もそうですが、遮断機に絡みついてるんで、列車が近づいても動かないおそれがあります」

スピーカーから流れ出る声も、風の音に消されてよく聞こえなかった。

芹沢が横からマイクを奪った。

「今こっちから応援を出す。十七時すぎに下り列車が通るぞ」

「ナイフでビニールを切断してみます」

「待て。手を出すな。手元が狂ったら、怪我をする。そのまま待機だ。列車が近づいたら、道に出て車を停めろ」

「了解です」

五分後に鵜沢も現場に到着した。二台の車を踏切の両側に停めて、道路を封鎖した。その最中にパトカーが到着したとの無線が入った。これで交通整理の心配はしなくてすむ。

「応急処置として、踏切の支柱にビニールを巻きつけてみます。そうすれば、列車の通過に支障は出ないはずです」

鵜沢が無線で提案してきた。亜佐美は芹沢を見つめた。視線を浴びた芹沢は、岩本部長を振り返る。すぐに岩本が進み出て、マイクを握った。

「聞こえるか、鵜沢君。いずれにせよ、踏切の前で列車は徐行させる。その際も、絶対に線路には近づくなよ。風で君らが飛ばされたんじゃ困るからな」

「了解です。至急、応急処置にかかります」


十七時三分。下り列車が杉岡二番踏切を、無事に通過した。

遅れて七分後に、保守の作業車が現場に到着し、ビニールハウスの残骸が撤去された。遮断機の動きも確認され、その報告が入った。

台風は速度を上げて東北を横断し、熱帯低気圧となって太平洋へ抜けていった。最大九分の遅れは出たが、もりはら鉄道はほぼダイヤどおりの運行ができた。

ＪＲ東日本では、風で飛ばされた異物が架線に引っかかるという事故が起き、特急電車と在来線がストップする事態となった。その点、ディーゼル式気動車は設備が少なく、線路に異常さえなければ運行ができる。

十九時には雨も止み、風も弱まってきたが、最終列車は二十三時まであった。運輸部では今日いっぱい、臨時態勢を敷くことが決定された。

沿線に待機していた鵜沢たちには、十九時三十分をもって本社への帰還が伝えられた。

四人は文字どおりの全身ずぶ濡れとなって戻ってきた。彼らは当直室の横にあるシャワールームへ直行した。着替えとして、売れ残ったTシャツと、運転士のズボンが手渡された。さらに、かおりたち女性社員が腕を振るった特製カレーと缶ビールも支給された。

四人を出迎えて慰労の言葉はかけたが、当直室での夕食会に、亜佐美は参加しなかった。岩本や芹沢たちと運輸部のオフィスに残った。まだ運転士と技術課員は待機が続く。

今日の最終列車を見届けるまでは、ここから離れるわけにはいかない。誰に宣言したわけではなかったが、岩本たちもそれを当然として受け入れてくれた。先に帰っていいですよ、と亜佐美に呼びかける者は一人としていなかった。

社長として当然の仕事だった。客寄せパンダとしてではなく、会社を束ねる者として、ようやく運輸部の者にも認めてもらえたのだと亜佐美は思った。彼らの苦労を間近で見るとともに、自分の仕事をあらためて確認できた思いだった。

二十一時前には、シャワーを浴びた鵜沢も、オレンジ色のTシャツ姿で運輸部のオフィスに姿を見せた。

「お疲れ様。鵜沢君は列車があるうち、先に帰ってよね」

「わかってます。うちにタクシー代を出せるような余裕はないですからね」

「そうよ。わたしは自転車でも帰れるけどね」

「じゃあ、あとは頼みます。今日は本当にへとへとですよ」

意外にも鵜沢は素直に頭を下げた。よほど疲れているのだろう。彼は岩本や芹沢にも挨拶をしてから運輸部のオフィスを出ていった。

「お先に失礼します」

村上や山下たちも運輸部に顔を出してから家路に就いた。別に驚くことではなかった。列車が動いている限り、働いている仲間がいる。そして、明日の始発前には、またも仲間が働きだす。

二十三時五分。最終の下り列車が森中駅に到着した。

その瞬間、運輸部に居残る男たちから拍手がわいた。台風に翻弄《ほんろう》された一日が終わりを告げた。

「社長、本当にお疲れ様でした」

岩本が席を立ち、握手を求めてきた。

「いえ、こちらこそ、今日は教えられることばかりでした」

「社長、一杯やっていきますか」

オフィスに戻ってきた運転士が笑顔を向けてきた。

「ちょっと。まさかいつも社内で飲んでるわけじゃないでしょうね」

わざと睨みを利かせて言うと、部屋に笑いが弾けた。

務めを果たしたという心地よい疲れに、誰もがすでに酔っているような顔だった。


枕元で携帯電話が鳴っていた。

亜佐美は反射的に飛び起き、手を伸ばした。またも深夜の電話だ。社員による小火《ぼや》騒ぎに松尾駅での火災が瞬時に思い出され、全身の汗が冷えていく。

時刻は四時四十分。まだ東の空も明るくなってはいない。今度は何があったというのか。着信表示を見ると、星山光太の携帯電話からだ。

「社長、大変ですよ……」

星山の第一声は、亜佐美を身構えさせるに充分な重みがあった。彼は週に一度、イベント列車でアテンダントを務めながら、普段は技術課で軌道係を担当している。この時間に電話がかかってきたとなれば、予想はついた。

「線路に何があったの？　昨日の台風のせいなのね」

「はい――。元矢橋西一・五キロの付近で崖崩れが起きてます。線路が五メートルにわたって塞《ふさ》がれてます」

一気に暗雲が目の前に垂れ込めた。崖が崩れたのでは運行はどうなるのか……。

取り落としそうになった電話を慌てて両手で支え直した。

「土砂をどかすだけで、安全は確保できそうなの？」

「とても無理です。線路とバラストの点検に時間が必要です」

願いはむなしくも即答でかき消された。

あと一時間ほどで始発列車が動き出す。

「重機を使わないと、とても排除できない土砂の量です。崖の上では何本も木が傾いてます。始発までには間に合いません……」

星山の声が悔しげに途切れた。

ＪＲから経営を引き継いで以来二十五年、ずっとダイヤグラムを守り通してきたが、ついに列車を走らせることができない状況へと追い込まれたのだった。

亜佐美は深く息を吸い、まずは気を落ち着けた。何をすべきか。どうしたら沿線住民に与える影響を最小限に抑えられるか……。

「星山君。岩本部長と相談して、今すぐ復旧作業に取りかかってちょうだい。それと、折り返し運転ができないかどうかも考えるように伝えて」

「課長が今連絡をつけてます。副社長には板垣さんが――」

モーターカーでの巡回は、少なくとも三名で行うと決まっていた。それぞれの社員が早くも次の行動に取りかかっている。よし。難事に際して、茫然としている社員はいない。

亜佐美はベッドから立ち、地図を探した。元矢橋は、JRと接続する輿石駅から数えて十一番目の駅だ。その西一・五キロの地点で線路が土砂に覆われている。

車両基地は原坂駅と森中駅の二ヵ所。輿石から九番目に当たる原坂駅の車両基地には、イベント用の列車しか置いていない。

つまり、通常のロングシートタイプの列車で、JRと接続する東側に今あるのは、最終の上りとして輿石駅に停まっている一両だけなのだった。

この際、イベント列車用の車両を出すしかないだろう。幸いにも、原坂の車両基地で給油はできる。上りと下りのすれ違いさえ、うまくやりすごせば、何とか折り返し運転はできる。

崖崩れで寸断された元矢橋駅と沼崎《ぬまさき》駅の間は、バスでの代替輸送は無理だろうか。問題は、チャーター代金が一日いくらになるかだ。その決断も必要になる。

「わたしは全社員を呼び出してから、そっちに向かう」

「地元の役所にも連絡をお願いします」

「何かあり次第、いつでも電話で連絡を取り合うこと。芹沢課長にも伝えておいて」

「了解です」

通話を終えてボタンを押すと、ほぼ同時に着信音が鳴った。

今度は鵜沢からの電話だった。

「混乱をさけるために、社員を各駅に配置しておく必要があると思います。始発からの運休を伝えるビラも貼り出しましょう。大至急パソコンで作ります」

挨拶もなく、鵜沢はひと息に言った。ドタドタと歩き回る音までが聞こえた。

「駅に人を送るのが先ね。制服はあとで誰かに持っていかせる。それしかないわね」

「住所録を見て、近い者をセレクトします。社長は今すぐ本社に向かってください」

「待って、わたしは――」

言いかけたところで、すぐにさえぎられた。

「社長は動かないでください。新聞やテレビからの問い合わせに誰かが答えなくてはなりません。現場へはぼくが行きます」

鵜沢に気持ちを読まれていた。が、社長は動くなという指摘にはうなずけた。たとえ自分が現場に入ったとしても、見ていることしかできないのだ。

「じゃあ、お願い。近隣の役所にはわたしのほうから連絡を入れる」

「それと、地元の放送局にも大至急リリースを出してください。お願いします」

それだけで通話は切れた。ビラを作成しながら、人員配置のための電話を直ちにかけねばならない。男たちは復旧作業と駅での応対に追われるだろう。本社は少ない女性陣で守らなくてはならなかった。

化粧はあと回しだ。役所への電話が優先。近隣の学校へは役所から連絡を入れてもらう。それからタクシーを呼んでいる間に身支度を調え、町村かおりたち女性陣に電話をかける。一分一秒も無駄にはできなかった。

市役所の短縮番号を押しながら、顔を洗うために廊下へと飛び出した。

4

十四人の自宅に電話をかけ、事情を説明するだけで三十分近くを費やした。非番の運転士も動員し、全駅に人を送る手配を終えてマンションを飛び出した時には、すっかり太陽は東の空に顔を出していた。台風一過の好天が恨めしい。

午前六時前の輿石駅には早くも通勤客の姿があった。哲夫は駅事務所に駆け込んだ。当直に就いていた運転士の岸田が受話器を持ったまま席を立った。

「たった今、元矢橋までの折り返し運転が決定しました！」

「そうか、できるか」

「ただし、バス輸送の手はずはつかないため、元矢橋から先の交通手段はないと、乗客に説明しろと言われました」

バスを借りるのは難しくない。だが、代替輸送とはいえ、営業の一環として客を運ぶのである。その運転中にもし事故が起きれば、補償問題に発展する。正規の業者に依頼するほかはないものなのだ。

哲夫は用意してきたビラを改札の前に貼り出した。

輿石駅に停まっている列車は、まもなく元矢橋駅へ出発する。ほかの各駅には、運転士からビラを手渡してもらい、到着した社員が貼り出していくしかない。元矢橋から先は、車で運ぶ手はずを取る。

あとを託すと、哲夫はタクシーで現場へ向かった。その車中でも、次々と携帯に電話が入った。

「鵜沢君、六時ちょうどに警察から発表がされたわ」

「マスコミへのリリースは?」

「今ファクシミリで送ってるところ」

「そっちは何人いる?　問い合わせが殺到するぞ。利用客からの苦情もくるかもしれない」

「五人しかいないけど、代表電話につながる回線は三つしかないでしょ。何とかなると思う」

「ダメだ。ひとつにメッセージを吹き込むんだ。折り返し運転をしている、詳しいことはホームページを見てくれ、と。宮崎君は、もう到着したよな」

「今ホームページに手を入れてるところ」

「体裁はどうでもいいからすぐに更新させろ。携帯用のサイトも同時に、だ」

「了解。飛高建設に話をつけて、重機を借り出したわ」

「わかった。現場から料金の交渉をする」

「お願い」


崖崩れの現場まで車を乗り入れることはできなかった。細い農道と交差する踏切でタクシーを下りると、左手に杉の植わった山の斜面が続き、右手に畑が開けるという地形だった。

踏切からは五百メートルほど先だろうか。コンクリート・ブロックで固めた法面《のりめん》の一部が崩れ、土砂がなだれ落ちている様子が見えた。哲夫は線路脇のバラストを踏んで小走りに崖崩れの現場へ向かった。

すでに小型のパワーショベルが、モーターカーによって牽引され、台車から降ろされているところだった。作業員の総勢はまだ十名ほどしかいない。技術課員より、飛高建設のヘルメットを被った者のほうが多い。

コンクリート・ブロックの崩れた部分は、左右七メートル、上下にして四メートルはある。昨日の雨をたっぷりとふくんだ黒い土が五メートル近くにわたって線路を覆い、一部は畑のほうにまで流れ出していた。

駆け寄る哲夫を見つけて、スコップを手にした星山光太が近づいた。重機が到着するまでの時間を惜しみ、人力で土砂をかき分けていたらしい。その思いに頭が下がる。

「どうだ、何時間で処理できそうだ？」

「やっと重機が到着しましたから、あと二時間もあれば、線路は綺麗にできると思います。けど、見てください。崩落《ほうらく》部分にまだ水が滴ってます」

哲夫は崖に近づこうとしたが、星山に手を引かれて制止された。

「いつ次の土砂が落ちてくるかわかりません。土嚢《どのう》を積み上げて、これ以上の崩落を食い止めようという意見が出ています。上で傾いてる木のほうは、ロープを渡して両側から支えてやる必要があるでしょうね。その作業に何時間かかるか……」

線路上の土砂が片づいても、基礎にひずみが出ていないかのチェックも必要だった。今日いっぱいは折り返し運転でやりすごすほかはなさそうだった。

現場の状況を報告するため、篠宮の携帯に電話をかけた。すると、聞こえてきたのは町村かおりの声だった。

「社長は今、テレビ局からの問い合わせに答えています。そちらの現場にも取材のカメラが向かうと思います」

哲夫は足元の砂利を踏みにじった。

この現場にいて復旧作業の役に立たない者は、哲夫だけと言っていい。一人でマスコミの矢面に立ち、現場の取材を規制しなくてはならなかった。それまでに飛高建設と復旧工事の代金について話を進める必要もある。

現場監督を探して挨拶を交わした。重機一台に作業員がひとまず八人。原坂車両基地では、土嚢の準備を進めるために、もっと人を集める予定だという。

哲夫は素早く頭の中で見積もった。今日一日は全面復旧を断念する。そう決断することで、経費をどれほど節約できるか。

現場の意見を聞きながら、飛高建設の担当者と電話で交渉を試みる。

一日の乗車券の売上は、平日なのでおおよそ四十万円もないだろう。明日復旧すれば、売上への実害はさほどではない。

だが、工事の代金は、そのまま赤字に直結する。鉄橋や踏切などの設備に保険はかけていたが、線路は適用外だった。

せっかく夏のグルメ・グランプリで稼いだ利益が失われていく……。

「鵜沢さん。工事代金を節約するより、現場の復旧を急ぐべきですよ。全面開通が遅くなれば、沿線住民の鉄道離れを呼びかねません」

担当者の指摘はもっともだった。が、ない袖《そで》は振れない。復旧を急ぎすぎて経費が増えてしまえば、鉄道そのものが風前の灯火《ともしび》となる。

　副社長の哲夫では、これ以上の人員確保と工事の負担は決断できなかった。肝心の篠宮はまだマスコミからの対応に追われているらしく、連絡はない。

　町村かおりに催促の電話をかけると、十分後にようやく篠宮からの電話があった。

「人と機材を節約して、本当に明日までの復旧ができるのね？」

「土砂を取りのぞくのは問題ない。あとは線路と路盤の状況次第……。列車の運行に支障が出ないと判断されれば、仮復旧はすぐにもできる。この現場に人を置いて、次の土砂崩れが起きないかどうかを見極めつつ、土嚢を積み上げていく。それでどうにかなると思うんだ」

「まさに綱渡りね」

「ああ、うちの経営が、新社長という細いロープにすがって、何とか成り立っているのと同じように、ね」

「土砂が取りのぞけたら、また電話をちょうだい。それまでは、現状の人員で頑張ってくれと、皆さんに伝えて」

　苦渋に満ちた声が耳を打った。この決断が吉と出てくれ、と哲夫は祈った。

　まもなく報道陣が崖崩れの現場に押しかける。復旧作業を進める人員の少なさに、彼らが疑問を持つかもしれない。安全がおろそかにされているという印象を与えてしまえば、経費削減を優先した経営陣への批判が起こる。

遅れて到着した岩本運輸部長と、善後策を協議した。当面、現場の作業員には、報道陣を近づけさせない。幸いにも崩れ落ちた土砂の量が少なく、明日の復旧が見込まれている。そう二人で説明に努める、と話がまとまった。

「鵜沢君。もし、わたしがしどろもどろの答え方をするようなら、隣に立って、遠慮なく足を踏んづけてくれよ」

冗談のつもりで言ったのだろうが、岩本の頰は緊張のためか震えて見えた。

「右に同じです。お互い、そっとつねり合いましょう」

「そら、来たぞ——」

岩本が声を裏返して言い、東の線路へと目を向けた。

テレビカメラを担いだ男たちが、バラストに足を取られながらも走ってくるのが見えた。テレビカメラは三台。報道陣は総勢十人を超えていた。


昨日の台風に続いて、またも嵐に見舞われたような一日だった。

幸運にも、線路と路盤に異常は見つからず、明日からの復旧に目処が立った。だが、また雨が降ろうものなら、ただでさえ水をたっぷりとふくんだ崖の強度に問題が出る。深夜の作業は人件費がかさむため、土嚢の積み上げは明日からとする。そう社長と会長の協議によって決定された。

　現場では、技術課の若手が二人一組で交互に寝ずの番を務めることになった。万が一を考えて崖には近づかず、畑の中に椅子を置いて監視の備えを取った。

　哲夫はモーターカーに乗って本社へ戻り、ニュース番組を端から見ていった。

　会社の対応に批判的な声はなく、どちらかというと同情的なニュアンスの報道が多かった。ほっと胸を撫で下ろした。

　これも篠宮が本社で記者会見を何度も開いたからだ。一回めが午前七時。それからほぼ二時間ごとに、現場の状況を伝えた。人員や機材の節約という裏事情は伝えず、ほかは作業が進むごとにマスコミの前で報告したのである。

　バスでの代替輸送ができなかった理由も正直に打ち明けて、謝罪した。今後は、近くのバス会社と緊急時に備えた態勢作りに取りかかると確約し、沿線住民の理解を願いたいと頭を下げた。

　篠宮は、無人駅に配された社員へも、一人一人細かく連絡を入れた。台風による崖崩れに怒り出す客はなく、駅での際立った混乱は見られなかった。

　哲夫は十九時をすぎて、無人駅に置いた社員に撤収を告げた。その後、今日初めての食事を、コンビニ弁当でとることができた。

「社長、お疲れ様です」

記者会見を終えたあとも、個別の質問に答えていた篠宮が、二階のオフィスに戻ってきた。その横には、町村かおりが秘書のようについている。

デスクで弁当を食べている哲夫を見つけると、篠宮が一直線に歩み寄ってきた。隣の村上の席から椅子を引くと、すぐ横に座った。

「ねえ、鵜沢君。正直なところを聞かせてくれる？　現場を見てどう思ったかを」

単に感想を問われているのではなかった。哲夫もずっと、その可能性を胸の中で転がし続けていたからだった。

「風に飛ばされた毛布と傘。電源コードの切断、小火騒ぎ。そのうえに今度は崖崩れよ……」

哲夫は箸を置き、お茶を口にふくんだ。

最初の毛布と傘は、社長就任の記者会見を列車内で開いた時のことだった。電源コードの切断は、篠宮が初めてイベント列車に乗る日であり、松尾駅での小火は、夏休みのイベントに突入したばかりのころ。そして、社長の続投が正式に決定されたとたんの崖崩れ――。

すべて会社の新体制の出ばなをくじくようなタイミングで起きていると言えはしないか。そう篠宮は疑っているのだった。

辺りを気にして、哲夫も小声になった。

「星山君が現場の写真を細かく撮っておいてくれた。現場の図面と一緒に、十木工学の専門家に話を聞いてみようと思う」

考えすぎであるなら、問題はない。

もしコンクリート・ブロックの一部を力任せに抜き取ることで、崖崩れを起こせたとするならば……。

会社は、年間二億円に上る赤字を抱える。経営安定基金は残り少なく、このままでは廃線という声も出かねない状況にある。

ところが、五木田の英断により、篠宮という新社長がスカウトされて事態は一変した。彼女は斬新なアイディアをくり出し、たった五ヵ月で年間赤字の五割近くをカバーするほどの売上を稼いでみせた。この調子でいけば、黒字化も夢ではない。

そこに、今回の天災である。

利用客の大半が定期券の購入者であり、直接的な売上にそう大きな打撃は出ない。だが、復旧のための工事代金は生半可な額では収まらないだろう。

地元の協力もあってせっかく稼ぎ出した利益が失われてしまう。さらには今回の崖崩れで、会社の脆弱な運行態勢と経営基盤が広く知れ渡り、通勤には車を使ったほうが安全で無難との見方が沿線に広がりかねない。

経費という直接的なダメージとともに、鉄道のマイナス要因が大きくクローズアップされかねない事態だった。

しかも現場は、近くに民家がない。夜中にそっと現場へ近づき、コンクリート・ブロックを破壊することができれば……。劇的な回復を見せつつある社の業績に、大きくブレーキをかけることができる。

篠宮としては、そのあまりに絶妙なタイミングを疑っているのだ。何者かが妨害をしかけてきたのではないか、と――。

「明日にも専門家を呼んで、現場検証をするわけよね」

哲夫はうなずいた。東北運輸局の担当者も立ち会うと連絡が来ている。その席で妨害の可能性を訴えるのはまずいだろうが、少なくとも専門家の意見は聞ける。

「何かわかったら、すぐに教えて。でも、わたし以外には絶対にしゃべらないでよ。お願いね」

篠宮はそう告げると、哲夫の返事も聞かずに席を立った。


夜を徹して現場の監視に当たると、崩れた崖下からいまだに水が流れ出ているとの報告が入った。

本社の当直室に泊まり込んでいた哲夫は、岩本部長たち運輸部の者とモーターカーで現場に向かった。飛高建設からも工事の責任者が来て、水の流れ具合を確認した。

見ると、新たに崖の一部が崩れ、線路際に小さな山を作っていた。

「鵜沢さん。残念だが、もう一日様子を見ましょう。今日のうちに土嚢を積む作業を進めてからのほうが万全ですよ」

飛高の現場監督は重苦しげに声を押し出した。

一刻も早く全面運転を再開したい。だが、安全をおろそかにするわけにはいかない。鉄道は人の命を乗せている。

岩本部長が苦渋に満ちた声で言った。

「運輸部としても、今日は折り返し運転をすべきだと思う」

残念だが、致し方なかった。開通が一日遅れることで、赤字がまた増えていく。

電話で報告を上げると、篠宮は吹っ切るように言った。

「そうね。何より安全が第一よね。――マスコミと警察には、わたしから伝えておく。鵜沢君は運輸局への連絡をお願い」

「わかりました……」

哲夫はいったん本社へ戻り、深夜までかかって仕上げた災害対策報告書を、運輸局の担当者に送り、被害の状況と復旧作業の詳細を伝えた。

午後二時には、運輸局の指示を受けて調査を依頼した土木工学の専門家が、輿石駅に到着した。哲夫は出先機関の担当者と出迎えて、再び現場に入った。

地元大学の若い准教授は、現場の状況と図面、さらには昨日撮っておいた写真を詳細に検討したうえで、慎重な言い方をした。

「法面を固めたコンクリートの基礎に問題があったようには見えませんね。台風による雨で地盤にゆるみが出ても、耐えられる設計になっていたはずです。強風で崖の上の樹木が倒れかかり、法面への圧力が部分的に高まった可能性はあるでしょうが……。それと、工事の際にコンクリートの流し込みが充分でなく、隙間ができていたとすれば、部分的な崩壊も起こりえたとは思います」

つまり、想定外のアクシデントが重なってコンクリート・ブロックが崩落した、と見られるのだった。

工事に不具合があったかどうかは、基礎の一部を壊してみなくては判断ができないという。法面の補強が急務である現状では、その作業を進めるわけにはいかなかった。後日、最終的な調査を行うとして、土嚢の積み上げ作業が再開された。

調査を見届けると、哲夫は線路の脇で准教授を呼び止めた。

「あの、おかしなことを訊くようですが……。人為的な原因による崖崩れは考えられないのでしょうか」

哲夫とさして歳が変わらないと思われる准教授は、自ら持参したデジタルカメラを鞄に仕舞い込もうとした手を止めた。

「どういう意味でしょうか？」

「たとえば、コンクリート・ブロックの一部を何者かが壊したとか――」

「見せていただいた現場写真には、不審な点はないようでしたが。何かそう考えたくなる理由でも……？」

「考えすぎかもしれません。ですが、このところ、鉄道経営を邪魔するための嫌がらせと思いたくなる出来事が続いていました」

線路への妨害、電源コードの切断、駅舎での不審火……。哲夫が手短に伝えると、准教授はもう一度、土嚢の積み上げが始まった作業現場を振り返った。

「人力では難しいでしょうね。あの基礎を壊すには、重機を使うしかないと思われます」

苦笑とともに一蹴された。

現場にパワーショベルが到着するまで、この一帯にキャタピラの痕跡《こんせき》は、もちろん残されていなかった。その方法は現実的ではない。

「では、ダイナマイトのような爆発物を使ったケースは考えられるでしょうか」

真意を問うような眼差しが返された。

あまりに突飛《とっぴ》な意見だったか……。

哲夫は線路の脇に連なる山並みを仰ぎ見た。四十年ほど前まで、山では石炭が採掘されていた。坑道を掘り進める際には、ダイナマイトに類する爆発物を使っていたと思われる。

　廃山になるとともに、ダイナマイトも処分されたに違いない。だが、もしその一部がどこかに残されていたとすれば——。

　准教授が額の脇を指先で掻《か》き、哲夫を見つめた。

「爆薬の種類にもよりますが、もちろん崖崩れは起こせたでしょうね。ただしその場合、もっと激しくコンクリートの基礎部分が粉々になっていたと思われます」

　哲夫はあきらめきれず、可能性を口にした。

「いえ、直接コンクリート・ブロックを破壊するのではなく、土の中にダイナマイトを埋めればどうでしょうか……」

　爆発は土中で起こり、その衝撃でコンクリート・ブロックが崩壊する。そういう方法は考えられないものか。

　この現場の近くに民家はない。一キロほど離れた農道の先に、二軒の農家があるだけなのだ。爆発があったとして、その音がどこまで聞こえたろうか。コンクリートの基礎に罅割《ひびわ》れがあれば、そこから穴を掘り進めて爆薬をしかけられる。

「正確な計算をしないと、はっきりとは言えませんが……。ダイナマイトを使用した場合、もっと大きく崖がえぐれると思うのです。見せていただいた写真からは、雨でゆるんだ地盤がそのまま崩れ落ちるという、よく起こりうる崖崩れだったように思われますね」

准教授はあらたまった口調で首を左右に振った。

やはり考えすぎなのか……。

「もし本当に爆発物による破壊を疑っているなら、警察に相談すべきでしょう。崩れた土砂を調査していけば、爆発物の残骸を検出できるかもしれません」

当然すぎるアドバイスを受けて、哲夫は晴れ渡る空を睨み上げた。

警察がどこまで本気にしてくれるものかは疑わしい。土木工学の専門家が、その可能性が高いと言っているわけでもないのだ。崩れ落ちた土砂の量も多く、そのすべてを調べることができるとも思えなかった。

その日の午後七時――。哲夫は篠宮と森中町の役場を訪ねた。

応接室で哲夫の報告を聞き終えると、五木田は腕を組んで天井を見上げた。

「うーん。土木工学の専門家が否定的な見方をしてるわけだよな……」

「そうですが、四十年も前の古いダイナマイトを使ったのかもしれません。だから、穴が大きくならず、ちょうどうまく崖崩れを起こせた、とも考えられますよね」

篠宮は慎重な口振りの中にも、悔しさをにじませて言った。

「亜佐美君、気持ちはわかる。しかし、ダイナマイトを使ったとなれば、相手は素人じゃない。と同時に爆薬のプロなら、古いダイナマイトを使うなんて神頼みのような妨害をしかけてくるだろうか」

五木田はあくまで冷静だった。古いダイナマイトの威力が落ちていたために爆破の痕跡が薄れたという見方は、こちらの希望的な観測にすぎなかった。

「いえ、素人だったから、古いダイナマイトを使うという無謀なことができたのかもしれません」

哲夫はあきらめきれずに反論を試みた。

「鵜沢君や。君が二年も逃走を続けていた犯人を見つけだしたのは、結果的にそうなっただけだ。あの松尾駅での小火も、不審火とは思われても、残念ながら何者かの仕業だと断定できる証拠は出てきていない。イベント列車の電源コードが切れていたのも、線路が毛布で覆われていたのも同じだ。何者かの関与を示す証拠は何ひとつ見つかっていない」

「もちろん、そうです。しかし、そのタイミングが問題なんです。社長の記者会見に初のアテンダント、そして夏休みのイベント開始に、今度は社長続投が決定した直後……。四度も重なってくると、偶然だとは思えません」

「だから、気持ちはわかると言ったんだよ。――では、こう考えてみたまえ。赤字を山ほど抱えた鉄道の経営を邪魔して、誰が得をする？　妨害工作をしかけてきた者の目的は何だ？」

哲夫もずっと抱き続けてきた疑問だった。

もりはら鉄道は廃線の瀬戸際にある。そこに篠宮という社長が就任し、経営状況は一変した。妨害してくるからには、鉄道の存続を望まない者の仕業だと思われる。だが、鉄道がなくなって喜ぶ者が、どれだけいるか。

廃線後はバス輸送に切り替えられるだろうが、バス会社はまず儲からない。大成功に終わったグルメ・グランプリも開催できなくなり、地元は失うもののほうが多い。

篠宮がひざに手を置き、うつむいた。

「こんなことは考えたくありません。ですが、わたし個人への恨み、というケースも考えられます……」

篠宮亜佐美の成功を妬む者の仕業。すべては彼女の行動とつながっている。社長就任、イベント列車、社長続投……。その出ばなをくじく意図が秘められていたのではなかったか。

「心当たりがあるのかね」

五木田が穏やかに問いかけると、篠宮は唇を噛み、自信なさそうに首を傾けた。

「わたしは新幹線のしがないアテンダントでした。そう高くもない月給で働いていた者が、急に社長という要職に抜擢されたと聞けば、面白く思わない人はいたと思います。テレビでもたくさん紹介されましたし……」

「でも、ダイナマイトまで使った嫌がらせをするだろうか……。個人的な恨みにしては、少々大がかりすぎる。もっと何か根深い動機があると考えたほうが自然じゃないかな」

哲夫が横から疑問を放つと、五木田も大きくうなずいた。

「確かにそうだろうね。亜佐美君への恨みや妬みが動機であったら、もっと君を傷つける行動に出るはずだ。君への恨みが理由じゃないよ。もりはら鉄道そのものへの嫌がらせだろうね」

しかし、瀕死のもりはら鉄道を廃線に追いやったところで、利益を手にできる者が本当にいるのだろうか……。

五木田がふいに席を立った。そのまま壁に貼られた森中町の地図の前まで歩いた。

篠宮が視線で問いかけると、五木田は身を翻《ひるがえ》して今度は奥のドアへ向かった。

「会長……」

「地図を持ってくる」

言い残すなりドアを開けて、隣の町長室へと消えた。

急に席を立った意図がわからず、篠宮と顔を見合わせていると、折りたたまれた地図を手に、早くも五木田が戻ってきた。

「鵜沢君。崖崩れは何時ごろに起きたと見られてるんだ？」

応接セットのテーブルに地図が広げられた。国土地理院が作っている原坂市の地図だった。町名ごとに色分けがされ、行政施設が赤ペンで囲まれている。

「最終列車が通過した二十二時三十分前後から、点検のためにモーターカーが現場に到着した四時四十分までの間です」

「すると、六時間以上も幅があるのか……」

五木田は地図を睨んで思案したあと、崖崩れのあった箇所を指で示した。

「現場へ近づくには、少なくともこの農道の踏切から五百メートルほど歩く必要がある。西の踏切から線路伝いに歩くとなると、もっと時間がかかってしまう。こちらの崖の上に道はない。足元の暗さもあったろうし、上から現場に近づくのはまず不可能と見ていいな」

言われてみると、現場に入るには、農道側の踏切から線路伝いに歩いていくしか方法はないようだった。

「見てくれ。この農道は、線路脇に広がる田畑へ入るために、旧原坂町が二十年以上も前に作ったものだ。利用する者は限られている。ましてや真夜中になれば、ほとんど通る者はいなかったろうな」

「どういうことでしょうか……」

篠宮が怪訝そうに地図から視線を上げた。

朧気《おぼろげ》ながらも、五木田の指摘の意味が読めてくる。哲夫は地図に目を走らせ、現場横の農道に通じる道を探した。南北にまっすぐ四キロほど続いている。

北は一・五キロほど先で市道に接続する。南は畑の真ん中を貫くように走り、二キロ半ほどで森中町の大羽田《おおわだ》地区へとつながっていた。

「もし本当に犯人が存在していて、あの現場へ入ったのだとすれば、必ずこの農道を通ったはずだ、そう言われるのですね」

哲夫の問いかけに、五木田が控えめすぎるうなずきを見せた。

「どういうことなの？」

まだ可能性に気づいていない篠宮が、視線を交互に投げかけた。

「つまりだよ、この農道の近くにコンビニでもあって、幸運にも防犯カメラが設置されていれば、崖崩れの起きた一昨日の深夜に、この農道を通った車を突きとめることができるかもしれない。そう会長は言ってるんだ」

「でも、農道にコンビニがあるわけないと思うけど……」

もっともな指摘を受けて、五木田があごを撫で回した。

「そのとおりだよ。だから、可能性にしかすぎないんだ。しかし、犯人が森中町経由で現場に向かったのなら、農道の南西の方向から——。逆に、原坂の市街地経由で向かったのであれば、こちらの北東側から――車で行くのが普通だと思うんだ」

現場は森中町だが、すぐ東が原坂市内になっていた。

もちろん、防犯カメラの視界を横切る可能性を考慮して、迂回《うかい》ルートを取っていれば、無意味な思いつきとなる。だが、崖崩れの発生した深夜に、現場近くを通ったかもしれない車を探し出す方法があるのだった。

「あの日は台風が接近するとわかっていて、近隣の住民は外出を控えていただろう。しかも真夜中なので、なおのこと交通量は少ない。六時間という幅はあるにしても、すべての車をチェックすることはできるんじゃないだろうか？」

田舎町のコンビニエンスストアに防犯カメラが設置されているものか……。

最近のコンビニは銀行と提携してキャッシュディスペンサーを置く店が多い。町村部になると銀行の支店数は限られるため、コンビニのキャッシュディスペンサーは増える傾向にある。となれば、防犯カメラもありそうだった。

「よし。思い立ったら即行動だ」

五木田が言うなり、地図を手に立ち上がった。

哲夫たちが乗ってきた社の軽自動車で、直ちに出発した。

森中町側のバイパスには、中華料理屋と一緒になった小さなコンビニエンスストアがあった。が、残念ながらキャッシュディスペンサーはなく、防犯カメラも設置されていなかった。

それもそのはずで、バイパスをさらにさかのぼった先には、スーパー五木田の支店があり、そこにキャッシュディスペンサーも置いてあるからだった。

「よし。部下に録画映像をダビングさせよう。原坂市のほうへ回ってくれ」

車中から五木田が電話で会社に指示を与えた。Uターンして農道の踏切を通過し、市道を左に折れた。三百メートルも進まずに、大手のコンビニエンスストアが見つかった。

駐車場に軽自動車を停めると、篠宮が窓から腕を突き出した。

「見て。防犯カメラよ」

駐車場は広く、十台近くは停められそうだった。そこで事故が起きた時に備えるためもあるのだろう、店舗の壁に黒く丸いカプセルのようなものが設置されていた。あの中に小型のカメラがあるのだった。

隣町の町長と、地元鉄道会社の社長がいきなり訪ねてきたと知り、年配の店長は驚きながらも、奥のオフィスへ案内してくれた。

「すみませんね、お騒がせしまして。まだ憶測というか、噂の域を出ていないというか……ちょっと気になる話が聞こえてきまして」

五木田は、自分でも半信半疑なのだという態度を装い、店主に話を切り出した。

「実は、元矢橋で崖崩れのあったあの夜、現場近くの踏切に不審な車が停まっていたという匿名の電話が社にかかってきたんです。悪戯《いたずら》だとは思うんだけど、万が一ということもあるって、ここにいる副社長が一人で騒ぐんです」

五木田が哲夫を指さして迷惑そうな顔を作った。責任を外からきた役人に押しつけようという作戦だった。まあ、仕方ない。

「あやふやな噂で警察の手を煩わせたんじゃ悪いしね。で、本当に怪しい車がこの辺りを通ったのかどうか、調べる方法はないかと思いまして」

町長直々の相談を無下に断れる者は、都会ならともかく、田舎町にはいなかった。店主は一昨日の映像を録画したＤＶＤを保管用のボックスから取り出した。

「見ていただくのはいいんですけど、十一時に店を閉めたあと、防犯カメラのスピードが遅くなるよう設定されてます。一秒一コマの撮影だったかな？　だから、どこまで綺麗に映ってるかは保証できませんよ。よろしいでしょうか」

コンピュータに詳しいとは見えない初老の店主は、映像を記録したＤＶＤをパソコンに入れると、実に手慣れた様子で別のＤＶＤにダビングしてくれたのだった。

翌日は、始発からダイヤどおりの運行が再開できた。土嚢の積み上げが終わり、水の染み出しも止まったのである。

哲夫は二日続けて本社の当直室に泊まり、運輸部のオフィスで始発列車の時間を待った。無事に崖崩れの現場を通過したと車両無線が入ると、このところの疲れがどっと出た。

始発に合わせて出社した篠宮は、技術課から作業服の上着を借りて、初めて現場へ入った。復旧作業に当たってくれている者らをねぎらうためだ。もちろん、地元のテレビ局に連絡してカメラを出してもらい、ニュースで流してもらう狙いもあった。

現場に立つ篠宮の姿を、哲夫は運輸部の社員とテレビで確認した。

「優秀な作業班の奮闘により、たった二日での復旧が叶いました。しばらくはこの現場に社員を配置し、さらなる崖崩れが起きないか監視する態勢を取りますので、沿線の方々は安心して鉄道をご利用いただけます」

女性社長自らが崖崩れの現場に出向いてのインタビューは、必ず何度もくり返して各テレビ局で流される。事実上の安全宣言だったが、崩れた崖の補修は終わっていない。

この先、いくら工事代金がかさんでいくのか。はたして乗客は戻ってきてくれるか。社内の空気は、篠宮が社長に就く前より、重くよどみを増したように感じられた。

第六章　減速信号

1

錆びついた金属製の扉が大きくきしんで横に開いた。薄陽《うすび》が倉庫内に射し、舞い上がるほこりがキラキラと光って見える。

「うわ、散らかってるな。これじゃあ、夜逃げのあとみたいだ」

扉を開けてくれた飛高建設の社員が、口と鼻を手で覆って見回した。

亜佐美はかび臭い倉庫の中へ歩んだ。左の壁際にセメント袋がまだ二十近くも積まれ、奥の棚には錆びついたツルハシにスコップ、ヘルメットの類が残されていた。丸められた作業着や当時の雑誌が床に散乱し、まるでゴミ置き場だ。

四十年も前に、森中炭鉱は廃山となった。労働争議も起こって鉱山会社は廃業し、多くの施設が捨て置かれた。負債を背負わされた銀行が鉱山の跡地を引き受け、今にいたるも持てあましている。

「本当にこんな古い設備が何かの役に立つんですか？　あ——お化け屋敷ぐらいにはなるかもしれないか……」

疑問を抱かれるのは当然だった。亜佐美もイベントに使えるとは思っていない。だが、予定している鉄道祭りで鉱山の施設を利用できないかと意見が出たので、見学させてほしい——と飛高建設を通じて仙台中央銀行に申し入れたのである。

鵜沢と山下が仕入れてきた情報では、この跡地に合宿施設の建設計画が持ち上がっているという。本決まりとなって工事が始まれば、立ち入りもできなくなる。

「あら、素晴らしい。当時の雰囲気がそのまま残ってるじゃありませんか。この散らかりようもリアルで、面白いわ」

「そんなもんですかねぇ」

地元の支店から鍵を預かってきた社員は首をかしげながら、床に落ちた雑誌を靴の先でどけていった。またほこりが盛大に舞い上がる。

「ちょっとお聞きしますが……。ここらの倉庫の中に、昔使ってたダイナマイトがそのまま残ってたりはしないですよね」

何食わぬ顔で話を出してみたが、あっさりと首を振られた。

「そりゃ、ないですよ。火薬類取締法で保管方法も厳しく決められてますからね、爆薬は」

「でも、労働争議が起きて、廃業に追い込まれたわけですよね。残った爆発物の処理は誰がしたのかしらね」

「売って金に換えられそうなものが残ってれば、銀行がすべて処分したでしょうね。だから、ここにある物はすべて、商品価値のないガラクタばかりですよ」

言われてみればそのとおりだった。負債を押しつけられた銀行が指をくわえているわけはなかった。

「そもそもダイナマイトは専用の火薬庫で保管しなきゃいけないものなんです。うちもビルの解体現場ではダイナマイトを使うこともありますが、専門家をいつも呼んでます。管理が大変なんでね」

亜佐美はそっと唇を噛んだ。飛高建設では爆発物を所有してはいないらしい。彼らの倉庫に忍び込んでも、ダイナマイトは入手できない。昔の爆薬を使うなどという発想は、素人の浅はかな思いつきにすぎなかった……。

デジタルカメラで倉庫の中を形ばかりに撮影しておいた。仲介の労を取ってくれた社員に礼を述べてから別れ、とぼとぼと森中駅へ歩いて戻った。

山は季節がひと足早く訪れる。古い線路が残る谷間を吹く風には秋の気配が漂っていた。その冷たさに、つい背中が丸くなる。

あの崖崩れは、やはり台風のせいでしかなかったのか……。

それにしても、と亜佐美は思う。新社長の出ばなをくじこうとするかのように、必ず災難が勃発してきた。最初は線路を覆う異物にすぎなかったが、次第に小火や崖崩れと規模も被害も大きくなっている。

偶然であるはずは――ない。

何者かが鉄道経営を邪魔立てすべく、妨害をしかけてきている。だが……。

二億もの赤字を抱える鉄道を、今さら廃線に追いやって、誰が得をするのか。財政負担がなくなると決まり、自治体の関係者は胸を撫で下ろす。が、だからといって崖崩れを起こさせるわけもない。

もりはら鉄道が地図上から消えることで、誰が利益を得るのか……。

その答えが見つからなかった。動機を持つ者がまったく浮かんでこない。

森中駅の裏手に広がる車両基地で、亜佐美は足を止めた。

秋風を受け止めながら周囲を見渡してみる。

第三セクターとして独立した際、ＪＲから無償で譲り受けた土地だった。広さは約一・五ヘクタール。その半分も使っておらず、錆びかかった留置線が並ぶばかりだ。

もしこのまま破綻に追い込まれれば……。

第三セクターが所有する土地と施設はどうなるか。県と周辺町村が、独立時に合わせて三十億円もの基金を拠出していた。廃線が決まれば、その資産は地方自治体で分け合うことになる。

亜佐美は炭鉱跡へ続く古い線路を振り返った。この先に合宿施設を建てる話が持ち上がっている。鉄道が破綻すれば、広い土地が一挙に取得できる。

原坂駅の車両基地は市の中心部に近いため、いい値がつくだろう。

いや……。亜佐美は一人で呟き、かぶりを振った。

鉄道がなくなれば、原坂市の繁華街に近くとも、土地の価格は下落する。交通の便が悪くなるからだ。大規模商業施設を作ろうにも、周辺人口は減っている。有益な投資になるとは思いにくい。鉄道が近くにあるからこそ、土地の価値は増すのである。

土地目当ての犯行という動機は考えにくい……。

「社長さん、災難だったね、崖崩れは」

「んだっちゃ、うちらは応援しとるからね」

「来年も、グルメ・グランプリで大いに町を盛り上げておくれよ」

本社に戻る車中で、亜佐美に気づいた地元の乗客が次々と声をかけてくれた。

この人たちの声援に応えるためにも、鉄道をなくすわけにはいかない。だが、崖崩れのせいで、会社の収支はまたどん底へ突き落とされた。社員のみならず、沿線住民が一致団結して手に入れた夏場の成果が日々奪われていく。

心の底から悔しかった。どこの誰がもりはら鉄道を目の敵《かたき》にしているのか。

何くそっ。負けてたまるか。

萎《な》えそうになる心を奮わせて、亜佐美は本社に戻った。

総務のオフィスに上がると、鵜沢が赤い目で問いかけてきた。彼は昨日コンビニでダビングしてもらったＤＶＤを一人で明け方までチェックしていたという。深夜の交通量は少なく、店舗の前を通過した車は一時間に十数台だったという。

ところが、コンビニの店長が言っていたように、やはり解像度には難があった。ナンバープレートは写っていても、数字を確認できないものが多かったのである。

そこで鵜沢は、原坂方面から来た車種のすべてをメモに取り、数時間後にまたコンビニ前を戻っていった車がないかを確認中だという。

外見の似た車は何台もあり、その行き来をすべてチェックしたところで、ナンバーを確認できない以上、現場を往復したとの断定はできなかった。同じ車種でも別の車がコンビニ前を通過したかもしれないからだ。

それでも鵜沢は、絶対に自然災害ではなく、何者かによる犯行だと信じていた。証拠を見つけるために最後まで粘ってみる、と亜佐美に告げた。

昼前には、五木田からも電話が入った。スーパーの防犯カメラの映像もダビングできたとの報告だった。鵜沢はこちらも同じように確認するつもりでいる。

「Dは残ってないわね。倉庫の中はガラクタしかなかった」

社員が仕事をする中、ダイナマイトの有無を語るわけにもいかず、アルファベットの頭文字で鵜沢に伝えた。

少しは気落ちするかと思ったが、鵜沢は意味ありげにパソコンのモニターへ目をやった。キーボードがたたかれ、細かな売上数値が並ぶ表計算ソフトから、ニュースサイトの画面へ切り替わった。

「こっちのほうが可能性あり——かもしれない」

亜佐美は画面を見つめた。二年前の六月のニュースを報じるページだった。

記事と写真に目を走らせる。携帯コンロのガスボンベがマイカーの荷台で爆発したという記事である。後部座席とドアが、紙のようにひしゃげた写真が目を引いた。土木工学の専門家も、ダイナマイトでは破壊力が大きすぎると言っていた。ワンボックスカーのドアを破る力があるなら、コンクリート・ブロックの一部を破壊するにはちょうどいいパワーかもしれない。

鵜沢は、仕事の合間にこんな記事を探していたのだ。このぶんだと、取り除いた土砂をすべてひっくり返して、ガスボンベの残骸を探そうと言いだしかねない。

「社長。原坂市の産業振興課から電話です」

町村かおりに呼ばれて、亜佐美はデスクに戻った。

「実は……商店会の皆さんから、問い合わせがありましてね。崖崩れがあったのに、一日乗り放題のもり鉄祭りが本当に開催できるのかって……」

不安を引きずる担当者の声が、ずしりと重みをともなって胸に届いた。

沿線の人たちが心配してくれている。台風の後始末に忙しい亜佐美たちに問い合わせをできるはずもなく、それで役所の振興課に問い合わせを入れたのだ。

「もちろん我々は予定どおりに決行するよう、準備を進めています」

「でも、一日乗り放題にして本当に大丈夫なんでしょうか」

復旧工事に費用がかさむ中であり、県の内外から批判が出るかもしれない。ただでさえ赤字路線なのに、採算を度外視したお祭り騒ぎをしている場合か、と。

「沿線の皆さんに感謝するとともに、喜んでいただくのが主眼の企画です。必ず開催しますから、ご安心ください」

すでに経営会議の席で正式に了承された企画だった。が、崖崩れによる出費が重なる事態となり、銀行や県が態度を変えることも考えられた。早急に総出費の見積もりを立て、確約を取っておいたほうがいい。

亜佐美は電話を終えると、再び鵜沢の席へ立ち寄った。彼にばかり仕事を押しつけて悪いが、ほかに人がいなかった。

「そこまでは気が回らなかったな……。よし。すぐに見積もりを作って送ろう。粉飾にならない程度に数字を抑えておけば、何とかなるだろ」

「銀行のおじさんたちはこっちが落とすから、県のほうはお願い」

「やってみよう」


見積もりを持って銀行へ出向いたのは正解だった。担当の副頭取は、亜佐美を出迎えるなり、「今後の企画について相談がある」と言いだした。

ささやかな粉飾分もふくめて六百二十万円になる見積もりを前に、副頭取の目が厳しくなった。数字を指先でたどり、視線を上げた。

「本当にこれだけですみますかね。今後の乗客数にも必ず響いてきますよ」

「ご安心ください。もり鉄祭りに向けて、土産物の新商品を次々と投入していきます。復旧費用は確かに打撃ですが、夏の売上が好調でしたので、まだまだ挽回のチャンスはあります。テレビ局とのタイアップも進行中ですし。地元のＮＨＫからは、奮闘するローカル線のドキュメンタリー番組を作りたいという嬉しい知らせも届いています。もり鉄祭りを通じて、さらに全国へ大きくアピールする計画です」

まだ形にもなっていないテレビ番組の企画という次なる粉飾もほどこして懸命に訴えかけた。

一日乗り放題にしたところで四十万円ほどの損失にしかならない。宣伝効果は数千万円単位になる。当初からの数字をくり返して説得に努めた。ここで鉄道祭りを中止すれば、せっかく高まってきた地元の熱気に水を差す。

「社長さん。焼けた松尾駅の修理費だってかかる。ここは潔い撤退も視野に入れて、腰を落ち着け直して考えてみるべきじゃないでしょうかね」

副頭取は冷徹に言った。

「うちは建設会社にも融資をしてましてね。崖崩れで道がふさがったケースの工事費だって、過去にいくつも実例があり、その資料だって持っている。あなたがたが出した数字は、少し甘すぎないでしょうかね」

痛いところを突かれたが、亜佐美は引かなかった。

「工事は、身内の飛高さんが採算ぬきでやってくれてるんです。うちの社員は残業代も危険手当もなく働いています」

「言いたくないが、飛高建設は当てにならない。あそこも青息吐息《あおいきといき》だと聞いているよ」

「県の入札から閉め出されたのには誤解がある、と飛高社長がおっしゃってました」

「うちも飛高さんにはいくらか融資をしていてね。だから、苦しい経営状況は理解している。もり鉄と一緒に飛高さんにまで倒れられたんじゃ、地域経済の崩壊につながりかねない。素人の君では、わからないかもしれないがね」

あからさまな皮肉を言われて、亜佐美は唇を噛んだ。

副頭取がやけにうつむき、低い声を押し出した。

「正直言えば、うちだって苦しいんだよ。地元の要でもある飛高さんにもし何かあれば、うちも共倒れになりかねない。だから、言ってるわけでね」

こだま銀行までが苦況にあるとは知らなかった。

周辺自治体はどこも借金を抱えており、だから合併話が進んでいった。人口は減っていき、地域経済のパイも縮まっているのだった。

「うちだって、生き残るために必死なんだ。……せめて、新たな土産物の開発はストップすべきでしょうね。今ならまだ間に合う。可能な限り、経費を抑える手を打ってください」

切実な要請だった。が、ひとつの商品開発には、多くの担当者の情熱が結集されている。熱を冷やしてしまえば、町と社内のやる気を奪ってしまう。

「気持ちはわかりますよ。しかし、うちは独自に、もり鉄の資産評価を始めさせてもらいます。復旧費がかさんでいけば、今年度中に基金を食いつぶす事態も考えられる。そうなれば、社員の給与だって払えなくなる。経理に関しては素人のようなものでも、あなたは社長だ。もりはら信用金庫さんもうちも、充分な担保がなければ、資金は提供できないのです。おわかりですね」

最後通牒《つうちょう》を突きつけられた。

多くの土地や設備は、経営安定基金を出してもらう際、自治体が抵当権を押さえていた。残る設備は、古い車両や事務用品などしかなかった。銀行としては、土地や車両を、自治体と交渉して担保としておきたいのだった。

「あとの判断は、そちらと県に任せましょう。我々は負債が出るとわかっている事業を奨励する気はありません。ご理解ください」

ここまで来て急に梯子《はしご》を外されたようなものだった。銀行の支援がなければ、多くの事業が実現できなくなる。外から人を呼べなくなり、赤字は増えていく。

負債の責任をかぶりたくない銀行としては、県に最終判断を委ねるつもりなのだろう。あとは鵜沢の腕頼みになる。

本当なら原坂商店街に寄って鉄道祭りの打ち合わせをしたかったが、亜佐美は銀行を出たところで足が動かなくなった。

こんな顔で商店街を回ったのでは、多くの人に心配をかけてしまう。

会社にも戻れず、亜佐美は重い足を引きずって近くの公園へ歩き、ベンチに座った。素人社長の不甲斐なさに、涙がこぼれかける。

が、泣いたところで何ひとつ解決はしなかった。亜佐美は手帳を取り出し、自分で描いた社員の似顔絵を眺めていった。今日まで一緒に働いてきた仲間を前に、社長が音《ね》を上げるわけにはいかない。役所や地元の商店街も力を貸してくれていた。

この先は、地元の熱意こそが重要になる。先頭に立つ者が弱気を見せたのでは、誰もついてはこない。胸に言い聞かせてベンチから立ち上がった。手帳を胸に押し抱いてから、歩きだした。

亜佐美はその足で、予定どおりに原坂駅前の商店街に立ち寄った。

「よく来てくれましたね、社長さん」

「ねえねえ、お祭りにゃ、ご祝儀ってのがつきものでしょ。みんなで募金を呼びかけるってのは、どうだい？」

「そうよ。崖崩れは誰の責任でもないんだからね」

「県が災害支援を見送るなんて話、冗談じゃないわよね」

亜佐美が事情を話す間もなく、集まってきた人々から声が上がった。県による支援の話は出ていないが、噂が独り歩きをしているのだった。

「ご心配いただき、ありがとうございます。もり鉄祭りを開催できるよう、社員総出で頑張っております。地元の皆さんの熱意を、県に伝えられる方法を、考えていきたいと思っています」

「うちらが署名を集めて、地元の議員さんに持ってくのはどうかい？」

「そうだよ。政治家連中は、鉄道存続を望んでるんだ。力になってくれるよ」

「社長さん、厳しい顔しないでくれよ。お祭りを開く資金がもしないってのなら、地元の祭りにすりゃあいいんだ。おれらが手弁当で祭りを開催するよ。もり鉄さんは、場所だけ貸してよ。テレビ局も面白がって来てくれるかもよ」

「そりゃあいいわね。マスコミを味方につければ、政治家や役人だって、ころりと態度を変えるよ、きっと」

笑いと決意の声が商店街の狭い道に響き渡った。

たくましい人たちだった。商店街も再生の道を探るために必死なのだ。本当に心強い。沿線の切なる期待に応えていくには、意地でも踏ん張るしかなかった。

もり鉄祭りへの出店希望は、すでに予想を超える数になっていた。開催を前提にして話を進めておかないと、本当に実現できなくなる。抽選という形は取りたくないが、使える車両基地の広さに限りがあった。共同店舗という形が取れないものか。参加希望者を集めての説明会を近いうちに開くことで意見がまとまった。また次々と仕事が増えていく。

その話し合いの最中に、鵜沢からの電話が入った。亜佐美は一人で路地へ歩き、急いで携帯電話を開いた。

「どうだったの、県の反応は？」

「一度ゴーサインを出して発表した以上、あとはこっちの判断に任せるそうだよ。喜

「細かく問いつめてったら、復旧費用の支援を求められる、そう警戒したんじゃないの？」

県の上層部はいつも鵜沢をせっつき、細かい数字を上げさせていた。ところが、崖崩れという大ピンチに見舞われたのに、ただ報告をされるがまま受け入れたらしい。

「やりたいなら、やればいい。そう突き放すような言い方だよ。復旧費用の数字を出したのに、細かく問い返してもこないなんて、おかしすぎる」

奥歯にものがはさまったような口調に疑問を覚えて、亜佐美は訊いた。

「朗報じゃない。どうして喜べないのよ」

んでいいのかどうか……」

商店街でも噂になっていたが、自然災害に見舞われた被災者には、自治体が一定額の支援をする仕組みがある。その対象はあくまで大規模な災害に限られる。今回はもりはら鉄道一社の被災であり、国や宮城県による支援制度の対象外だった。特例を認めるわけにはいかないという事情があるのだろう。

「銀行は厳しかったわよ。飛高さんの共倒れまでを警戒してた」

独自に資産評価を始めるという一件を伝えると、鵜沢は声をつまらせた。

「ついに逃げの一手に出たか」

おそらく県の上層部も、銀行の動きは知っている。それでも彼らは鉄道祭りにストップをかけなかった。マスコミの反応を怖れているのだ。復旧への支援もなく、一度発表した企画を撤回させたとなれば、県側への批判が出かねない。

「やるしかないわよね」

「ああ……。失敗すれば、もり鉄は一巻の終わりだ」

携帯電話を持つ手が震えた。もうあと戻りはできない。

一日の乗車賃を犠牲にして、どれほど祭りを盛り上げられるか。

もとより多くの利益は見込めなかったが、鉄道存続を訴えるには絶好の企画だった。人を集めることで注目度は上がる。土産物を売って利益も出してみせる。その成功が、もりはら鉄道の明日に直結する。

亜佐美は腹をくくって声を上げた。

「皆さーん。たった今、県が最終的な判断をしてくれました。もり鉄祭りを開催します！」

集まっていた住民から、どっと歓声が沸き起こった。

夜は本社の会議室で、秋のイベント列車に出す弁当の試食会だった。

地元で採れた松茸《まつたけ》と栗ご飯をメインに、小室渓谷の紅葉をアピールできる弁当を業者から集め、感想を聞くための会である。

今まで試食会は社内で行っていた。それを社員のアイディアでイベント化したのだ。ホームページで参加者を公募し、下は二十代から上は六十代まで、計三十名の女性を集めた。

参加費は千五百円。弁当が食べられるうえに、地元のワインも飲めて、ちょっとした土産物がつく。もとより弁当代は必要経費であり、実質ワインと土産物の代金だけですむ。利益はまったく出ないが、目的はファンサービスだったし、経費の分が確実に浮く。

これをふた月に一回程度の恒例行事にして、ファンがセレクトした絶品弁当として売り出す計画だ。年に一度はオープンマッチと題して、弁当も一般公募する。もりはら鉄道に搬入できる業者であれば、参加は自由。駅弁のグルメ・グランプリといったイベントにしていけば、この先は利益にもつながると考えていた。

その第一回なので、例によって地元のテレビ局や新聞各社にリリースを流し、取材陣を集めることにも成功した。

「第一回絶品弁当セレクト会です。皆様方の舌ひとつで、イベント列車のお弁当と、沿線で売っていく駅弁のメイン商品が決定します。つまり、もり鉄の将来を決めると言っても過言ではありません。十分に吟味《ぎんみ》して、どんどん業者さんに意見を出し、美味しいお弁当に仕上げていきましょう。皆さん、お願いいたします」

ワインを格安で提供してくれた地元ワイナリーの社長に乾杯の発声を頼み、試食会がスタートした。

小分けにした弁当の食材を、参加者と一緒につまんでいく。営業や経理の社員がアンケートを取って回る。最後には投票で一位を決める。

参加者を集める際、複数での応募に限定したのは正解だった。友人同士での参加なので、会場のあちこちでグループ同士が笑顔で語り合っている。都合が悪くなった者が出ても、代わりの人を見つけてくれるとの読みも当たり、一名の欠員も出なかった。

亜佐美は一般参加者の反応が気になり、味はろくに吟味できなかった。女性だけという気安さもあるのか、遠慮ない感想が飛び交った。その意見を業者も熱心にメモしている。亜佐美もアンケートのボードを持って話を聞いて回った。崖崩れは大変でしたね、と逆に声をかけてもらうことが多かった。

二時間の会は無事に終了し、新たに売り出す駅弁が投票によって決定した。

亜佐美はクッキーとハンカチが入ったお土産袋を一人一人に手渡し、参加者を送り出した。最後に業者と最終的な打ち合わせを終えると、全身くたくただった。台風から崖崩れの処理と続き、睡眠時間は削られている。

「社長、今日はもうそろそろお帰りになったほうが……」

このところ、ずっと秘書の仕事までさせてしまっている町村かおりが案じてくれた。

「ありがと。でも、ちょっとまだ気になることがあるから」

そう言ってごまかし、亜佐美は総務のオフィスに戻った。第一回の弁当セレクト会なのに、鵜沢が一度も顔を見せていなかった。彼のことだから、仕事を一刻も早くすませ、また防犯カメラのＤＶＤをチェックするつもりなのだ。

午後九時をすぎていたが、復旧工事の伝票整理に追われる小野塚をはじめとして、まだ多くの社員が残っていた。全員がオーバーワークなのだ。

崖崩れという緊急事態は、ただでさえ山ほど仕事を抱える社員をさらに疲弊させていく。金銭的な打撃のみでなく、社員の体力を奪うというボディブローも効いていた。こういう時こそ、ミスが怖い。早く通常のローテーションに戻さないと、会社そのものが動かなくなる。

「お疲れ様でした、社長。やはり松茸弁当がトップでしたか？」

イベント列車のチラシを仕上げていた宮崎が席を立って尋ねてきた。

一同が顔を上げる中、鵜沢一人がパソコンに向かったままだった。その様子を、横で町村かおりが気にしていた。

「みんな、会議室にお弁当の残りがあるわよ。ただし、ワインのほうは禁止だからね」

亜佐美は明るく言って手をたたいた。小野塚までが笑顔で席を立ち、社員たちと廊下へ出ていった。

まだ一人で仕事を続ける鵜沢の横に、かおりが歩んでいった。これでは話しかけることもできそうにない。そう危ぶんでいると、鵜沢が急に椅子から立った。近づくかおりに気づいたふうもなく、亜佐美を見て呼びかけてきた。

「社長。ちょっとお願いします」

亜佐美はあえてゆっくりと歩んだ。かおりがそれとなく鵜沢の横を抜けて廊下へ出ていく。鈍感な男なのではなく、事件に気を取られて周囲が見えていないのだ。

「見つけましたよ、ついに……」

やはり防犯カメラの録画を見ていたのだった。パソコンのディスプレイには、駐車場のすぐ脇の道に通りかかった黒っぽい車が映し出されていた。

「ここですよ、おかしいと思いませんか」

鵜沢がボールペンの先でディスプレイの左端を示した。黒っぽいセダンのナンバープレートが見えている。

深夜なので辺りに照明が少なく、暗い画面だった。車は左上に小さく映し出されており、白黒画面で解像度も悪いため、ナンバーの文字ははっきりとしない。数字を読もうと目を細めたところで、亜佐美は違和感にとらわれた。

「あれ……。ちょっと傾いてない、このナンバープレート？」

「そうなんだ。どう見たって傾いてる」

車は駐車場の横に差しかかろうとしている。その前方のバンパー中央に取りつけられたナンバープレートの右端が、わずかに下がったように見えるのだ。

「最初はたまたま外れかかってるのか、と思ったんだけど、ナンバープレートってのは運輸支局でしっかりと留めて封印する決まりになっている。傾くなんて普通ではない。で、よく見ると、この垂れ下がった部分の向こうにも、白い下地のようなものが見えるんだ」

亜佐美はディスプレイに目を近づけた。鵜沢がキーボードをたたき、画像をアップにしていく。確かに白い下地のようなものが確認できた。

「これ――もう一枚のナンバープレートじゃないだろうか」

指摘を受けて、亜佐美は横に立つ鵜沢の顔を凝視した。

ナンバープレートはバンパーの真ん中に取りつけられている。車体の色に合わせて、バンパー部も黒い。ナンバープレートが外れかかっているのであれば、その下地は黒に近いはずなのだ。

自分の車のナンバーを隠すために、別の車から外したプレートを貼りつけたのか。

透明のテープで貼ったとすれば、何かの拍子にずれてしまうことも……。

鵜沢が辺りをはばかる声になった。

「もし本当にナンバーを隠したのなら、人に見られたくなかったから――としか思えない」

亜佐美は画面に目を戻した。映像の下には撮影時刻が刻まれている。午前三時二十三分の映像だった。この深夜に、原坂方面から崖崩れの現場に近い農道のほうへと向かっている。

「鵜沢君、車種はわかる？」

「わからないんですか、社長。今一番売れてるハイブリッド車ですよ」

この車で現場近くの踏切へ向かい、崖へ近づく。車を農道に残しておくのは得策ではない。いくら黒っぽい車でも、深夜の農道に停車していたのでは、通りかかった者が不審を覚える。ナンバープレートに細工をしてあっても、近づかれたら、気づく者が出るかもしれない。

共犯者を用意しておき、車を踏切から立ち退かせたほうが安全だ。仕事を終えたところで連絡をつけ、拾ってもらう……。

亜佐美は携帯電話を取り出した。五木田のもとに電話を入れる。

「会長。見つけたのかもしれません。今から鵜沢君とそちらへうかがいます」

2

「うーん。言われれば、そう見えないこともないけどねぇ……」

原坂警察署の副署長はディスプレイから目を上げると、悩ましそうに眉を寄せた。

「よく見てください。どう見たって、偽のナンバープレートを貼りつけてあるんですよ。違います？」

篠宮が食ってかかるような勢いで言った。横に座った五木田が目で制してくる。町長からの呼びかけに応じて、朝一番に役場まで来てくれただけでもありがたかった。が、副署長とおつきの警官は、どれほど防犯カメラの映像を見ても、慎重な態度を変えなかった。

哲夫はパソコンのキーをたたき、ナンバープレートをアップにした。

「ここです。プレートが斜めになってますよね。台風が通りすぎたあとも、あの日は雨がぱらついていたはずです。偽のナンバープレートをテープか何かで貼りつけたものの、粘着力が落ちて、傾いてしまった。そうとしか思えません」

「ですから、何度も言ったように、運輸支局で封印するのは後方のプレートなんですよ。前方のナンバープレートが外れかかることは、珍しいことではなくてね」

交通課の警官がまた同じ見解をくり返した。

五木田も悩ましげに腕を組み合わせる。

「お願いできませんかね、副署長。もりはら鉄道の存続に関わる大事件だと言って差し支えない。例の松尾駅での小火だけでなく、これまでにも不審な事件が立て続けに起きているという状況も考えてください」

「しかし町長……。怪しげな車が崖崩れの現場近くに停まっていたのならまだしも、そこから一キロ以上も離れたコンビニの前を通りかかった車のナンバープレートがちょっと傾いていたように見えるだけでは、捜査員を投入はできませんよ」

「傾いて見えるんじゃありません。現に傾いてるんです。ほら、ほら、ここ。自分のナンバーを隠すために、別のプレートを貼りつけたに決まってるじゃないですか」

篠宮が二人の警官に迫った。

哲夫も身を乗り出して言う。

「では、正式な被害届を出させてください。我が社はこの崖崩れによって、現時点で七百万円近い損害を被っています。怪しい車が、崖崩れの直前に近くの道を走っていたことがわかった以上、その事実を公表しないわけにはいきません。沿線住民の大切な鉄道ですので、警察に正式な捜査を願いでた事実も、広く伝えておくべき義務が我々にはあります」

警察が腰を上げてくれないのなら、民意に訴えるほかはなかった。マスコミが関心を持ってくれれば、道も拓《ひら》ける。

副署長が苦笑を消して、哲夫たちを見回した。

「被害届を出していただくのは自由です。しかし、崖崩れが故意に起こされたものだという証拠がない限り、受理はできないと思われます」

「誰にでもわかる証拠があれば、こうしてお願いなんかしません！」

分からず屋を非難するように、篠宮が肩に力を込めた。

「社長さん……。確かに会社と新社長の出ばなをくじくようなタイミングで、不審な出来事が続いているように見えなくもない。しかし、故意に引き起こされたという証拠は何ひとつないわけですよね」

厳しく問われたが、篠宮は意地でも認めるわけにはいかないと身構えていた。副署長が次なる発言をさえぎるように手を上げた。

「我々警察は慈善事業をしているわけではないんです。こうしている間にも、窃盗事件や交通事故が管内で発生している。二日前にはバイパスで轢《ひ》き逃げと見られる事故も起きています。検挙率が低いと批判の多い現状もあって、捜査員は皆オーバーワークが続いています。あやふやな情報で部下を動かすわけにはいかないという事情もお察しください」

副署長は五木田一人に向かって言った。

明確な被害が出たあとでなければ、警察は動かない。ストーカー事件などでよく初動の遅さが問題にされるが、今回も同じだと思えた。もりはら鉄道の周辺で起きている不審な出来事は、それほど証拠のないあやふやなものなのか。

哲夫はなおも食い下がって言った。

「泉整備工事に不審な男が勤めていたとわかった時も、警察は動いてくれませんでしたよね。けれど、その男は指名手配犯だった。違いますか？」

「その件では失礼をしました。しかし、明確な証拠と思われるものが出てきたからこそ、我々も即座に動き、逃亡犯を逮捕することができたわけです」

初動の遅さを棚に上げておき、自らの手柄を誇るような言い方に聞こえた。

篠宮が細く整えた眉を吊り上げる。

「要するに警察は、もっと疑いようのない証拠を自力で見つけろ、と言うんですね」

「もちろん、証拠があれば捜査に着手します。しかし、偶然かもしれない事象の積み重ねを提示されただけで捜査員を動かすのは難しいと言わざるをえません」

警察には様々な相談が寄せられる。そのすべてに対応できる人員は確保されていない。すでに起きてしまった事件は多く、検挙率は低迷している。優先順位をつけて捜査を進めるほかはないのだった。

ナンバープレートを傾けた車が走っていたからといって、直ちに人員を割くことはできない。人気の車種であり、県内に登録された車は何千台にも及ぶ。そのすべてを調べて回るには、何百人もの捜査員が必要となる。

副署長はまた五木田一人に向かって姿勢を正した。

「町長、どうかご理解ください。今後、もし何か不審な出来事が起こるようであれば、また相談を寄せてください」

「こうなったら、前の時みたいに、わたしたちで犯人を探し出すしかないわね」

原坂署の副署長を見送って応接室に戻ると、篠宮が決然と拳を握った。苦境にめげないのはいいが、すぐ熱くなりすぎるのが玉に瑕《きず》だ。

五木田が苦笑まじりに言う。

「でも、どうやるつもりだね。宮城県内に登録されてるこの車種が何台あると思う」

「運輸支局が情報提供してくれるわけはないし、車のディーラーも同じでしょうね」

哲夫も疑問を投げかけたが、篠宮の決意にはやる表情は変わらなかった。

「実はひとつ、気づいたことがあるのよね」

言うなり哲夫を振り返り、いつものように人差し指を突きつけてきた。

「ねえ、鵜沢君。犯人はどうしてナンバープレートに細工をしたんだと思う？」

「そりゃあ……いくら深夜でも、あんな農道に車が停まってたら、嫌でも人目につくだろ。ほかの車が通りかかったらまずいと考えて、念のためにナンバーを隠しておいた……」

「でも、あの辺りって、街灯がほとんどなかったでしょ。夜中になると真っ暗よ。通りかかった車から、ナンバープレートの数字が読めたと思う？」

その指摘にはうなずけた。車のカラーは黒に近い。だから白いナンバープレートははっきりと見えただろう。だが、車を降りて近づくならともかく、あの農道を走りながら、路肩に停まる車のナンバープレートをどこまで読めただろうか。

「でも、犯人には不安があったのよ。で、ナンバープレートに細工を施してから現場に向かった。なぜだと思う？」

暗い夜でも犯人には不安があった……。

指摘を受けて、連想が結びついた。ナンバーをひと目見ただけで、その持ち主の見当がつけられたとすれば――。

「――わかった、レンタカーだ」

「そのとおりよ、鶉沢君。犯人は車を持っていなかったか、使えない状況にあった。それで仕方なくレンタカーを借りた。でも、レンタカーって、〝わ〟と〝れ〟、どっちかが数字の頭についてるものよね。だから、ナンバープレートに細工するしかなかったのよ」

　興奮気味に語る篠宮を見て、五木田がぼそりと言った。

「それはどうかな……。もう一枚のナンバープレートが簡単に入手できるだろうか。車を盗んだほうが早いくらいだ」

「でも会長。崖崩れを起こすには、台風が通りすぎた直後を狙って、素早く爆発物をしかけないといけなかったんですよ。急に都合よく車が盗めるほどのプロならともかく、犯人もそこまでの凄腕は持っていなかった……。でも、近くに廃車があって、そのナンバープレートを使える算段がついていた。だからレンタカーを借りて細工をほどこした。そう考えるほうが自然ですよ」

　言われてみれば、納得はできる。五木田がまた自慢の娘を見るような目になった。

「名探偵だな、亜佐美君は……」

「でも、レンタカーだと見当がついても、どうやったら犯人を探し当てられるのか、それが問題だよ。レンタカー屋だって、この宮城県内に何十店舗もある。個人情報保護法という壁もあるし、そう簡単に顧客の情報を教えてくれるとは思えないだろ」

「鵜沢君。我々は何の仕事をしてるのよ？」

　篠宮が意味ありげに横目で見つめてきた。今さら訊くまでもない話なので、そこに何らかのヒントが込められているらしい。そう予想はついたが、答えは見つからなかった。

「いい？　鉄道会社を運営してるのよ。だったら、簡単じゃない。業務提携を呼びかけるのよ」

「あ――！」

哲夫は五木田と同時に声を上げていた。

篠宮が微笑み、笑窪《えくぼ》を作った。

「レンタカーを使って、もりはら鉄道へ乗りに行こう。そういうキャンペーンにご協力を願いたい。個人情報の問題はありましょうが、ここ一ヵ月の顧客リストさえご提供いただけたなら、わたくしどもで御社の名前を一緒に刷り込んだダイレクトメールを送らせていただきます。決してそれ以外にはリストを使用はいたしません。そう言われて、みすみす商売のチャンスを断る経営者がいると思う？」

「亜佐美君……。君はシャーロック・ホームズの生まれ変わりかね」

五木田が人のよすぎる感想を放ち、小さく拍手をくり返した。

哲夫も感心はした。が、気になることが、ひとつあった。

「待ってくれ。実際にダイレクトメールは送るんだろうな。でないと、単なる情報泥棒という指摘を受ける」

「細かいこと言うなあ、鵜沢君は。ホントお堅い役人なんだから」

当然だとも。こっちはミスを嫌う役人なのだ。何が悪い。

それにしても……。

ダイレクトメールはあくまで口実だったたと見える。本当に図々しい女だ。

「わかったわよ。泥棒扱いされたんじゃ困るものね。キャンペーンも実施しましょう。それならいいわけでしょ」

もちろん、異議なしだ。

「じゃ、あとは頼んだからね、鵜沢君」

「え……？」

「あたしは鉄道祭りの準備で地元を回らないといけないでしょ。鵜沢君のほかに、任せられる人、いると思う？」

「うへー。こんな忙しい時期に、レンタカー屋とのキャンペーンですか」

本社に戻って山下修平に丸投げを試みると、嘆きがオフィスにこだました。

「社長命令なんだよ。直ちに企画書をまとめてくれ。おれはダイレクトメールの見積もりを取って、試算を出さなきゃならない。今日中にだぞ、いいな」

さらなる嘆きを聞き流して、パソコンに向かった。山下も渋々と席について仕事を始めた。文句を言いながらも、このところ彼はよく働いてくれる。

二千人にはがきを出せば、一通五十二円なので十万四千円也。印刷費を値切ってみても、さらに五万円近くの出費にはなる。

キャンペーンを張ったところで、売上が増える当てはなかった。会社の大切な金をばら撒いて犯人捜しをするようなものに思えた。しかも、顧客情報を手に入れるためであり、それが即、犯人の目星につながるとは限らなかった。

篠宮にそう指摘すれば、また役人の発想だと言われそうだ。ただでさえ崖崩れで会社は追いつめられている。いっそ自分のポケットマネーを使ったほうが、まだ気分は楽だ……。

翌日、哲夫は無理にスケジュールを空けて、仙台へ向かった。今はどんな業種も、顧客情報を一括管理している。仙台の営業所へ出向けば、東北の広域情報が手に入るだろう。

大手のレンタカー屋に電話でアポイントメントを取り、話を持っていった。

ところが――。

大手の担当者は、上司や東京本社の許可が必要だと言い、話を聞いても明確な答えを出してはくれなかった。中には顧客情報を引き出すのが狙いで、ライバル社の回し者ではないか、と訝《いぶか》る者までいたのである。

警察手帳を持っていれば、一発で情報を引き出せるのに……。

これは楽な作業ではない、と暗澹《あんたん》たる思いになった。今は引越業者がレンタカー業務まで手がけていて、とても一日で電話帳に記載された業者すべてを回れるものではなかった。

「社長、無理ですよ、この作戦は……」

夜まで足を棒にして仙台市内を歩き回ったあと、哲夫は電話で報告を上げた。

「弱音を吐かないでよ。こうなったら偽の警察手帳を手に入れるしかないかもね」

「すぐ手に入れてください、お願いします。ただし、こっちは公務員だから、身分詐称で逮捕されるわけにはいかない。その時は、社長自ら捜査に回ってください」

冗談で言い返すと、篠宮の声に苛立ちの響きが強くなった。

「悔しくないの。絶対に誰かが崖崩れを起こしたに決まってるでしょ」

「だったら、君も仙台を歩き回ってみたらいい」

「わかったわよ。都合つけて、やるわよ。やればいいんでしょ」

翌日、彼女は自分で宣言したとおり、本社には姿を見せず、一人で仙台へ出張した。

社長と副社長が仕事そっちのけで犯人捜しに熱を上げて大丈夫なのか。復旧工事に鉄道祭りの準備と、仕事は山ほどあった。今ここで会社を傾かせたなら、明日さえ見えなくなるのだ。我ながら不安になった。

その夜も残業を続けていると、見るからに疲れきった表情の篠宮が社に戻ってきた。

彼女は哲夫に近づこうとはせず、デスクに溜まった書類の整理を黙々と始めた。自分で歩いてみて初めて、無謀な策だったと気づいたのだろう。

午後十時が近づいても篠宮は席に残り、じっと腕を組んで何やら思案していた。気が上りの最終が近づいていたので、哲夫はパソコンを閉じて帰り支度を始めた。気がついてみれば、自転車で通勤する町村かおりと篠宮のほかは、もう誰の姿もオフィスにはなかった。

「町村君も、そろそろ帰ったらどうだ」

「はい。お先に失礼します……」

そう言いながらも、かおりはデスクの周りを片づけだし、なかなか席を立とうとしなかった。

「さーて。わたしも帰るかな」

篠宮が伸びをしながらバッグを手にした。

三人でオフィスの明かりを消して回った。下の運輸部に挨拶してから、本社を出る。自転車で通っているかおりとは、改札の前で別れた。また明日。篠宮は手を振りながら、いつまでもかおりを見送っていた。

もうこの時間になると、駅員もいない。上り下りとも、終列車まではまだ十五分近くあるため、ホームには一人の客もいなかった。

後ろから篠宮が小走りに近づいてきた。

「鈍感ね、まったく……。彼女が残ってたのは、あたしとあなたがこのところ、仕事以外の何かをやたらとひそひそ話してたからよ」

立ち止まった哲夫を追い抜いて、篠宮は一人で暗いホームの先へ歩いた。

何を一人で怒っているのか。これだから、女というやつは扱いづらい。

「別に隠すことはないんだ。誰が近くにいようと、話しかけてくれたらよかったろ。会社に関わる重大事なんだ」

「そうだけど……。彼女の前で、弱点をさらけ出すわけにはいかないと思ったのよね」

言葉の意味がわからず、立ち止まった篠宮の後ろ姿を見つめた。

「誰か近くにいてくれないと、ずるずる引きずられる気もしたし……。でも、家族の前で電話なんかできないし……」

「何を言ってるんだ。電話って何のことだよ？」

哲夫に背を向けたまま、篠宮が携帯電話を取り出した。一度、星明かりのまたたく夜空を見上げてから、彼女は携帯のボタンを押した。

相手はすぐに出たようだった。

「あ、わたしです、篠宮です。ご無沙汰してます。以前メールをもらったのに、ずっと無視してすみませんでした。でも、そうするのがわたしの正直な気持ちでしたので。今よろしいでしょうか……」

肩先から腕にかけて、やけに力が入っていた。言葉遣いも堅苦しく、よほど話したくない相手なのだろうか。

「はい。そうなんです。頑張ってます。でも、いろいろあって、ぜひ力を借りたいことができてしまい、仕方なく電話をしてます。……お断りしておきますが、これは脅《きょう》迫《はく》の電話です」

哲夫は耳を疑い、足を止めた。

脅迫とは、あまりに物騒な言葉だ。

「力を貸してください。崖崩れのことは、東京でもニュースになってますよね。どうも何者かの嫌がらせかもしれない状況が出てきたんです。……いいえ、最後まで聞いてください。警察には相談しました。でも、証拠がないと動いてくれません。それで、この辺りのレンタカー屋の顧客リストがほしいと思ってます。現場にレンタカーで近づいたとしか思えないんです」

相手はいったい誰なのか？　なぜ脅迫なのか……。次々と疑問が頭を駆けめぐる。

「泣く子も黙る日本最大手の代理店で幹部にまで登りつめた人なら、個人情報保護法にとらわれない何かしらの抜け道があるのでは、と考えました。鉄道を守るためなんです。力を貸してください」

とても頼むような口調ではなかった。断れば、どうなるかはわかっているだろうな。まさしく脅しつける口調だった。

「そうです、脅迫です。もし手を貸していただけないのなら、奥様にすべてを打ち明けます」

篠宮の背中が強張《こわば》っていった。どういう顔をしているのか、とても彼女の前には回り込めない。

「やめてください。今ここに、会社の同僚がいます。男の人です。そう言えば、わかっていただけますよね」

おいおい、こっちまで脅迫の共犯者にする気か……。

「わたしの性格はよくご存じだと思います。こんなことは頼みたくありません。でも、ほかに方法が見つかりませんでした。……どうか力を貸してください。いえ、脅迫ですから、必ず返事をください。待っています」

言い終えると、篠宮は携帯を耳から引きはがすようにしてボタンを押し、通話を終えた。

長く、深く、低い吐息が夜の暗いホームに響き渡った。そのまま彼女の体がくずおれるように低くなった。倒れるのかと思って哲夫は手を差し伸べた。

が、篠宮は自分のひざに両手をかけ、中腰の姿勢になって耐えた。百メートルを全力で走った選手のように肩で息をしていた。

声もかけられずに、哲夫は立ちつくした。朧気《おぼろげ》ながらに想像がついた。

奥さんにすべてを打ち明ける。その言葉が耳の奥で反響している。電話相手の不始末を探り出して妻に密告すると脅すのでは、あまりに悪質だった。どこから見ても、正真正銘の脅迫になる。

篠宮の言葉には、無理して強がっているような響きがあった。電話をかける直前、ずるずる引きずられる気もする、と言っていた。

たぶん間違いはない。篠宮は自分との関係を脅しの材料とした――。

だから、かおりがいる前では電話ができなかった。女としての弱点を見せてしまう。けれど、誰かがそばにいてくれないと、電話をかける勇気が持てそうになかった。

おそらく彼女も一時は本気でいたのだろう。だが、もう会ってはならないと決めた。そこに転職の隠された理由があったとも考えられる……。

「あら、誰かと思ったら、社長さんじゃないの？」

後ろから声がかかった。五十年配とおぼしき婦人の二人連れだった。もうまもなく最終列車が到着する。

「どうしたの、気分でも悪いの？」

「すみません。ちょっと飲みすぎたみたいで……」

振り返った篠宮が、近づく二人連れに笑顔で答えた。哲夫のほうは見向きもしない。

「このところ飲み会が続いてたんです。ほら、客寄せパンダだから、接待もしないといけないでしょ」

「まあ、大変なのね、社長さんも」

篠宮は二人の客と笑顔で鉄道談義を始めた。その姿が痛々しくて、哲夫はベンチのほうへ身を引いた。彼女と違って自分は町の人に顔を覚えられてはいない。

上りの最終列車の時刻が迫り、ホームに人が集まってきた。一杯飲んだ帰りと思われるサラリーマンが多い。若い男女の姿もあった。さびれた田舎町の駅に、ささやかな喧噪《けんそう》が訪れた。

虫の音が消えて、ディーゼル機関の唸るような音が近づいた。上りの最終列車が辺りを仄《ほの》かに照らしながらホームにすべり込んでくる。

「じゃあ、今後ももりはら鉄道をよろしくお願いしますね」

篠宮が二人連れの客に手を振っていた。運転士は若手のタナカッチだった。哲夫は軽く目で挨拶してから列車に乗った。

ドアが閉まっても、篠宮は哲夫のほうを見なかった。恥を承知でも、彼女は誰かにいてほしかったのだ。電話の相手を頼るしか、犯人を捜し出す方法を見出せなかった。

この鉄道を何が何でも守り抜いてみせる。たとえ我が身を苦しめても。その切なる思いが胸に染みた。

列車がゆっくりと動きだした。暗いホームに篠宮一人が立っていた。その姿が、頼りないほど小さくなり、夜の闇の中にまぎれて、消えた。


疲れた体を引きずる思いでマンションに帰りつくと、郵便受けに速達が届いていた。見慣れた文字だったが、裏に差出人の名前はなかった。

この筆跡を見間違えるわけはない。藤井優理子のものだ。

封筒の厚みはたっぷりとあった。台風の前にレストランで別れて以来、メールも電話もしていなかった。できなかった。長くつき合ってきた女性を便利に使おうとした自分が恥ずかしく、一人の殻《から》にこもるしかなかった。そして、この分厚い手紙が届いた。

彼女には、文字を正直に書きつけて、言っておきたいことがあったのだろう。

気が重くなり、階段を上がる足が思うように動かなかった。

鍵を開けて、誰もいない部屋に入った。明かりをつけると、封筒をテーブルに投げ出した。ユニットバスでシャワーを浴びてから、テレビをつけた。買い置きの缶ビールを飲み、仕方なく封筒を開けた。

一読して、頬を殴りつけられた。

『秘書課と人事課、それに財政課の知り合いに話を聞きました。あなたが期待している話かどうかはわかりません。ですが、人事課の中でも、森中町の補助金申請を担当する人が急に異動となったことは噂になってました。

名前は出せませんが、ある人ははっきりと私に言ってくれました。あの異動は、矢島さんの派閥によるごり押しだった、と。新たな担当者はそれなりに実績を上げていたかたですが、土木の経験はなく、矢島派閥の人脈にある人でした。その矢島さんが最近よく外出するそうです。庁舎内ではあまり大っぴらにできない話をひそかに進めているようだ、との噂も出ています。

秘書課の友人も気にしてくれて、矢島さんのスケジュールをこっそりコピーしてくれましたので、同封します。ただし、絶対に表には出さないようにしてください。彼女に迷惑がかかります。

私にできることは、ここまでです。鉄道のお仕事がうまく行くことを、心からお祈りしています。頑張ってください。

藤井優理子』

レストランで別れてから、まだ一週間……。

彼女は哲夫の頼みを受け入れ、ひそかに県庁内で調べを進めてくれた──。

篠宮は自分との隠し事を脅迫の材料として、かつての男に調査を手伝ってくれと依頼した。そして、相手の気持ちを考えもせずに女性を都合よく呼び出して、便利に使おうとした男もいる。

哲夫は恥ずかしさのあまりに目を閉じた。

篠宮の覚悟には最初から敵わないと思っていた。けれど優理子の覚悟にも負けていた。

愛情とは別の思惑から呼び出されて、ただ利用されるのだと承知しながら、優理子は哲夫のためにスパイの真似事をしてくれた。ひそかに上司を探っている、と職場で悪い噂が立つかもしれない。それでも泥をかぶる覚悟で庁内を探り、控えめな郵便という手段で成果を届けてきた。自分の行為を誇るでもなく、彼女らしく控えめに。すべては哲夫の仕事のために……。

手紙がずしりと重かった。自分の軽々しさを教えられた。

哲夫はもう一度じっくりと読み直すと手紙を置き、携帯電話を握りしめた。慌てたためにボタンを押し間違えた。アドレス帳を表示させて電話をかける。

「おかけになった電話番号は現在使われておりません……」

何度かけ直しても同じだった。おかしい。彼女はいつから携帯の番号を替えたのか。

泡を食って、柴野幸子に電話を入れた。

「あら、珍しい。何なの、こんな時間に？」

酔っているのか、多少言葉がはっきりとしなかった。声の背後で、テレビのものらしき笑い声が流れている。

「優理子に電話をしたら、つながらなかった」

「そうよ。彼女——親にしつこく言われて、お見合いしたんだって」

なぜか勝ち誇ったように聞こえる言葉が、耳から胸へと哲夫の身を貫《つらぬ》いていった。

「知らなかったでしょ？　あたしもつい二日前に聞かされたんだから。よっぽどあなたに電話しようかって思ったんだけど、やめとくことにしたの。どうしてだか、わかる？」

わかる気がした。女の敵に優しくなんかしてやる必要はない。教えたところで親友のためになるとの保証もない。

「わかるわよね。あんたも馬鹿じゃないんだから。ま、そういうことよ」

切られそうな雰囲気だった。哲夫は携帯電話を引き寄せた。

「彼女から手紙が来たんだ。実は先週、庁内でスパイの真似事をしてくれ、と彼女に頼んだ。もり鉄の周辺で、何かが起きてるとしか思えなかったんだ。断られたと思ってたけど、その結果が手紙で届いた……」

返事がなかった。電話の向こうが静まりかえった。テレビを消したのだとわかる。

「聞いてるか？」

「馬鹿、馬鹿。大馬鹿者めが！」

携帯のスピーカーが割れるかと思うほどの大声が鼓膜を打った。

「馬鹿だよ、本当に。あんたも優理子も……」

事実なので、返す言葉がなかった。冷たくなってきた男のために、最後の誠意をつくした女。その気持ちをずっと疑い、一方的に鬱陶《うっとう》しいと思い始めていた男。後者のほうが、身勝手極まりない、本物の大馬鹿野郎だった。

また柴野幸子は言葉を途切れさせ、そして今度は静かに言った。

「どうしてこう、馬鹿ばっかりなんだろ。もう嫌になる……」

悔しそうな声が、ぷつりと途切れた。馬鹿がつくほど健気《けなげ》な友だちのために、彼女は涙をこらえているのかもしれなかった。

3

連日の疲れがどんよりと重く体に残っている。夢見が悪かったのは、そのせいだろう。教室で一人なぜか期末試験に取り組んでいる。シャープペンの芯が次々と折れて答案がまったく書けない。現状を暗示するかのようで実に笑えない夢だった。

亜佐美は顔を洗い、両手で頰をたたいた。弱気が悪い夢を呼び寄せるのだ。そう、後悔なんかはしていない。

パジャマのままダイニングへ向かうと、驚いたことに母が味噌汁をすすっていた。

「あれ、珍しい。早いじゃないの」

「早いもんかね。遅すぎるって。朝帰りだっちゃ」

亜佐美のためにお玉を手に取った祖母が、冷たい眼差しを娘へと送る。が、母は気にしたふうもなく平然と言った。

「いやー、カラオケつき合ってたのよ。だから、仕事。それよりあんた、朝っぱらから、男に捨てられでもしたような怖い顔してるじゃないの」

いきなりドキリとさせてくれる。女親の勘とは怖ろしい。

「そりゃ怖い顔にもなるべ。崖崩れで、せっかくの夏の売上がパーやもの」

「あのね、ばあちゃん。仕事の顔と、女の顔は違うって。仕事ん時は、いつも眉の間にしわ寄せてたでしょ、亜佐美は。見てみい。今は違うもの」

母がお椀をテーブルに置くなり、やけに大真面目な顔で言った。

「はんかくさいこと言ってっと、娘に捨てられっぞ。ほれ。さっさと寝ちまえ」

怒ったような口調から、祖母も何かしら気づいていたのかもしれない。それほど顔つきが変わっていたのか。

「はいはい。言われなくても寝ますって」

箸を乱暴に投げ出して、ふらりと腰を上げた母の動きが止まった。

「でも、少しは安心したよ。女の顔、捨てたのかと心配してたからね。はい、おやすみーっ」

また祖母が睨みを利かせたので、母は手を大きく振りつつ廊下へ逃げだした。

「ほでなすがぁ！」

祖母がお玉を振り上げた。それから、いつもの申し訳なさそうな顔に変わった。

「すまないねえ……。あたしがあんな子に育てちまったせいで」

母と祖母に気を遣われていた。亜佐美は無理して微笑み、朝食をのどに押し込んでいった。

鵜沢がどう思ったかを気にしても始まらない。いくら何でもこの祖母の前で、妻子ある男の話は出しにくい。皆川充との一件は、友だちの誰にも打ち明けていなかった。ほかに頼れる者はなく、否応《いやおう》なしの選択だったのだ。

そうだとも……。鵜沢にわざわざ弱みを見せようと考えたのではない。いくら町村かおりが彼に心を寄せていようと、あの男には恋人とおぼしき女性がいた。あえて自分の評判を落としてやる意味などはない。

そう。あの男の気を引こうという意図もなかった。すべては会社のため。犯人捜しの材料を手に入れるための、やむをえない電話だった。

よし。だから、今日も堂々と会社に出ればいい。

自分を勇気づけると、念入りに化粧で武装を調えて、家を出た。

普段より一本遅い列車で原坂駅へ到着する。

「お早うございまーす！」

いつものように運輸部に寄って、今日の運行担当に挨拶してから二階へ上がった。何食わぬ顔でオフィスへ入り、自分の席へ歩く。

鵜沢は今日も早くから出社し、もうパソコンに向かっていた。目の端でとらえたそばから、立ち上がるのが見えた。亜佐美のデスクへ大股に歩いてくる。

「社長。これを見てください」

朝の挨拶もなく、手にした書類を差し出してきた。視線は亜佐美をとらえておりず、自分の手元を見ていた。

書類ではなかった。誰かのスケジュール表をコピーしたもののように見える。

「大きな声では言えないが……これ、矢島副知事の、ここふた月ばかりのスケジュールです」

言われて亜佐美は目を上げた。鵜沢はある意図から県幹部のスケジュールを調べてみたらしい。

「注目してもらいたいのは、ここ――」

鵜沢が指をさしたのは、八月最後の月曜日の欄だった。

九時半から部課長会議。十一時に知事の定例会見に同席して、十二時から農水部との昼食会。十四時に教育委員会の月例会議に出席。十六時に大崎《おおさき》市長の訪問。十七時に陣野部長と打ち合わせ……。副知事ともなると、予定はびっしりと埋まっている。

「問題は、この部分……」

鵜沢の指先がすべり、左の欄外に走り書きされたメモへと移動した。

――仙台中央銀行管谷《すがや》氏、ミツバ・コンサル石垣《いしがき》氏、ＴＥＬ。

矢印が引かれた先に、そう書き込みがあった。

「実はこの翌日に、森中町の補助金申請を担当してた農水部の職員が急に異動となっている」

亜佐美はわずかに身を引き、鵜沢を見上げた。

県の担当者が急に替わってから、補助金の申請基準が厳しくなり、話がまとまらなくなっている。そう五木田が嘆いているとの話を聞いた。

「担当者が異動となる前日に、陣野部長が矢島副知事の部屋を訪れ、二人きりで何らかの打ち合わせを行っていた。そして、たまたまその日、仙台中央銀行とミツバ・コンサルという会社の人物から電話があったか、または矢島副知事から電話をかけていたと思える書き込みがある。面白い偶然でしょ？」

何を言いたいのかが、今ひとつ見えてこなかった。

勘の鈍さをとがめるかのように、鵜沢の視線が厳しくなった。

「もう忘れるとは……。思い出してほしいな。いつだったか、仙台中央銀行の名前が出てきたじゃないか」

亜佐美は急いで記憶をたぐった。会社とは取引のない銀行だが……。

「ヒントは――トロッコ列車」

思いだした。

あれは第一回企画会議のあとだったと思う。山下が炭鉱の跡地に今も残るトロッコを使ってイベント列車が運行できないか、と言いだしたのだ。線路が古いため、その傷み具合を鵜沢と山下で確認に行った。すると、跡地に合宿施設を建てる話が出ているとかで、周辺の土地を持つ仙台中央銀行の者が、飛高建設の社長を案内役にして来ていたのだった。

そのメンバーに、亜佐美がかつて新幹線で何度か見かけた男も加わっていた。

「偶然にしては面白すぎる」

鵜沢の言いたいことが読めてくる。

メモにある「コンサル」という言葉から、石垣という男の勤め先が建築関係のコンサルタント会社だと想像をつけているのだ。建設業界には、専門技術のコンサルタントを請け負う業者があり、民間の建築物はもちろん、公共事業の分野でも業者間のまとめ役として動いていた。

「ネットで検索したら、すぐにヒットした」

手にしていたもう一枚のプリントを、鵜沢がデスクに置いた。

株式会社ミツバ・コンサルティングのホームページだった。ビルやダムといった巨大な建築物の写真が掲載されている。本社は東京の新橋《しんばし》。支社は大阪と名古屋の二ヵ所。東北に支社はなかった。

亜佐美が新幹線で見かけた男が、このスケジュールにも出てくるミツバ・コンサルティングの石垣という男ではないか……。

「炭鉱の跡地は森中町にある。以前、跡地を町が買って炭鉱博物館を作る話が持ち上がり、その計画に大反対して町長選に立候補したのが、五木田会長だ。ここに来て、また跡地に何らかの計画が持ち上がっている。で、八月になると急に県の担当者が異動して、森中町の補助金申請が通りにくくなった。しかも、新たな担当者は矢島副知事の派閥に属するという。見事に一本、筋が通ってくる」

鵜沢が睡眠不足を物語る充血した目を輝かせて言った。

「待ってよ。ただここの欄外に、銀行とミツバ・コンサルというメモが書きつけてあっただけでしょ。何もこのメンバーが一堂に顔を合わせて密談したってわけでは

——」

「だから、それを調べてみようと思う。偶然なんかであるはずはない」

鵜沢が思いつめた顔で言った。

昨日までは亜佐美のほうが、崖崩れを起こした犯人を突きとめようと熱を入れていた。が、鵜沢はこのスケジュール表を提供され、見逃すわけにはいかない事実を見出した。よほど信頼できる仲間からの情報だったのだろう。その仲間の熱意が、鵜沢の胸にも火を灯《とも》したと見える。

「わかった。まずはわたしから、ちょっと確認をさせてくれる?」

亜佐美は言って、デスクの受話器をつかんだ。飛高建設に電話を入れる。

鵜沢は驚きもせずに見つめてくる。彼も同じことを考えていたらしい。

「おはようございまーす。もりはら鉄道の篠宮です。社長さんはもういらしてますでしょうか」

建設業の朝は早い。飛高仁三郎は六十歳を超え、現場の仕事はすべて息子に任せていると聞く。二十秒も待たずに、飛高の野太い声が聞こえてきた。

「お疲れさん。崖崩れの件なら、息子にしっかり確認させますから、ご安心を」

「いえ、朝早くから、すみません。実は……うちの鵜沢君が県で気になる話を聞いてきたんです。ほら、例の森中炭鉱の跡地のことで――」

「え……？」

驚きと困惑の入りまじった声に聞こえた。

「四月だったと思うんですけど、鵜沢君が古い線路を見に行った際、社長さんと偶然お会いしたじゃないですか。あの時――ミツバ・コンサルティングの石垣さんもご一緒だったんですよね」

ことさら明るく問いかけた。深刻そうに尋ねたのでは、余計な警戒心を抱かれて、ごまかされるに決まっていた。

「あ、いや……。銀行の人と一緒だっただけで……」

明らかに声がうわずっていた。わかりやすい人だ。

「あら、残念。鵜沢君ががっかりするかも。何かミツバ・コンサルティングさんに知り合いがいるとか言ってたのに」

「えっ、本当かい？」

「そう聞きましたけど。何かまずかったでしょうか？」

「あ、いや、別に……。ミツバさんの名前は聞いたことあるけど、うちとは縁がないからなあ」

もう間違いはない。亜佐美は確信した。ごまかし方が本当に下手だ。嘘をつけない人なのである。よく建設業界で生き残ってこられたものだと感心する。

亜佐美も復旧工事の再確認へと話をそらし、礼を言ってから電話を終えた。

「ごまかそうとしてたけど、嘘だってわかる慌てぶりだった」

「やはりミツバ・コンサルティングが関係してるんだ……」

「でも——疑問がひとつ」

見つめる鵜沢の鼻先で、人差し指を立てて言った。

「どうして飛高建設が県の入札から外されたのか」

鵜沢が、まだ人の少ないオフィスを見回してから慎重にうなずいた。

「要するに、飛高さんはただ利用された——そういうことじゃないだろうか。つまり、ミツバ・コンサルティングのほうが、どうしても炭鉱の跡地を見ておきたい理由があった。所有権を持つ銀行が地元の業者に案内を依頼した」

「そこで飛高さん、何かおかしな点に気づきでもしたのかしらね？」

合宿施設の建設計画が持ち上がっている。そう飛高は話を聞いて、炭鉱の周辺を案内した。その最中に何らかの疑問を抱き、銀行とミツバの担当者に質問を投げかけた。だがそれは、あまり関心を持たれては困ることだった。

「跡地の再利用は、合宿施設なんかじゃないんだよ。しかも、矢島副知事のスケジュールから想像するに、その裏では県もミツバ・コンサルティングと組んでいる。飛高さんも同じことに気づいたのかもしれない。だから、県の入札から外されるという嫌がらせを受けた――」

「じゃあ、森中町の補助金申請が厳格化したのも、同じ意味が隠されている――と？」

亜佐美も声をひそめた。最大株主でもある県の不可解な行動を、社内で大っぴらに語るわけにはいかない。

鵜沢が目でうなずき、声をさらに絞った。

「そう考えると、見えてくるものがあると思う。鉱山の跡地に計画が出ているのは、合宿施設ではない。また五木田町長が反対したくなる何かを建設しようという動きがあるんじゃないだろうか。だから、急に補助金の申請が通らなくなった。ゆくゆくは発表されるであろう県の方針を、五木田町長が呑むように、という布石を打つためにも」

「まさか、崖崩れも――だなんて言うんじゃないでしょうね？」

亜佐美は息を呑み、早口に問いかけた。

鵜沢は思いつめたような表情を変えない。

「鍵になってくるのは、このミツバ・コンサルティングの石垣って男だよ。顔を隠すように新幹線で一ノ関駅まで通ってたなんてのも、只事じゃないように思えるだろ？」

言われて亜佐美も納得できた。石垣と思われる男は、以前から何度も森中町に来ていたのではなかったか。一ノ関で新幹線を降りれば、もりはら鉄道と接続するＪＲ興石駅は、東北本線で二駅しか離れていない。

いつも顔を隠すようにしていたのも、何らかの理由から隠密行動を取る意図があったように思えてくる。

「東京への出張を認めてください」

「ミツバ・コンサルティングの石垣に会うつもりね」

亜佐美が認めなければ、鵜沢は間違いなく有給休暇の申請を出すだろう。

「でも、正直に打ち明けてくれると思う？」

「まず無理だろうね。でも、挨拶ぐらいはしておくべきだと思う。ずいぶんと前から、こっちに来てくれてたようだからな」

鵜沢は怒っているのだ。上司たちが何らかの事業計画を描き、ひそかな動きをしている。彼らにとっては赤字ローカル線より、その計画のほうが大切なのだ。が、森中町の五木田町長だけが目の上の瘤《こぶ》だった。そこで、五木田が会長を務めるローカル線に、子飼いの部下を送り込んで情報を上げさせていた。

その事実を、鵜沢は一切知らされていなかった。単なる駒として使われていた。だから、上司たちが内密に計画する事業の全貌を暴き出したいのだ。

「これから会いに行くつもり？」

「善は急げと言いますから」

「わかった。あとは何とかする。石垣って人に、よろしく伝えておいてね」

鵜沢がオフィスから出て行くと、亜佐美は廊下に出て携帯電話を手にした。今の情報は五木田の耳にも入れておくべきだと思えたのだ。

「こんな早くから、また何かあったのかね」

五木田は、亜佐美と鵜沢の入れ込みようを不安視していた。だが、県上層部の動きを伝えると、電話の向こうで息を吞むのがわかった。

「待ってくれないかな、亜佐美君……。県と銀行と、そのミツバ・コンサルティングという会社が一緒に動いているというのは間違いないのかね」

「はい。鵜沢君の仲間が矢島副知事のスケジュール表を密かに提供してくれたんです。それを見ると、森中町の担当者が急に異動を命じられる直前に、銀行とミッバ・コンサルティングから電話が入るか、副知事からかけるかした、というメモ書きが残されていました」

「しかし、なあ……」

「単なる偶然なのかもしれません。ですから、鵜沢君が今その辺りのことを調べるために東京へ向かっています」

「例の、顔を隠していたとか君が言う、ミツバ・コンサルの社員を問いつめる気だね」

「はい。地元には知られたくない計画なので、顔を隠すようにしていた。あるいは、過去に森中町やその周辺で仕事をしていて、その時にも反対運動を起こされた経緯があったのかもしれません。その石垣という人物は……」

「待ってくれ。石垣という名前なのかね？」

五木田の声が高く跳ねた。その驚きように、亜佐美は携帯電話を引き寄せた。

「そうですが……。石垣という名前に何か？」

「写真があると言っていたね。今すぐメールで送ってくれ」

五木田のいつになく忙《せわ》しない声が、亜佐美にも胸騒ぎを呼び起こした。

4

もりはら鉄道に揺られながら、哲夫は携帯電話のネットを使って新幹線の時刻表を確認した。十時すぎのやまびこに乗れば、一時前には東京に到着できる。無謀な東京行きだとわかっていた。よく篠宮も許可してくれたと思う。勝算はまるでないのだ。

列車の揺れに身を任せ、哲夫は思案する。大学時代の友人が国土交通省や建設大手に勤めていなかったか。つてを頼れば、ミツバ・コンサルティングの石垣という男の情報を集めることができるかもしれない。その方法が無理なら、矢島副知事の名前を出して電話をかけ、相手の腹を探ってみるか……。

哲夫の脳裏には、ひとつの想像が形をなしていた。

炭鉱跡地の再利用。地元の反対が予想される案件。県の介在……。いくつかの材料から、過去の事例が思い浮かぶ。

おそらく飛高社長も同じ予想をつけたのだ。地元で建設業にたずさわってきた者なら、過去の事例も承知している。彼としては、その案件に加わりたいと考えた。が、地元の反対が予想されるため、決して口外はできなかったろう。

県の入札から外されたのは、口止めの意味合いもあったのではないか。もし事前に話をもらせば、もっと重大なペナルティーを科すと思え。そういう脅しの意図が秘められている……。

やはり地元が猛反対しそうな案件なのだ。確信めいたものが胸に宿る。

東北本線に乗り換えて、一ノ関駅で降りる。新幹線のホームへ急ごうとしたところで、携帯電話が鳴った。着信表示を見ると、五木田からだった。篠宮が五木田にも報告を上げたと見える。

「――鵜沢君。今どこだね」

「一ノ関駅に着いたところです」

「待ってくれ。わたしも一緒に東京へ行く」

「会長まで……？」

驚きに足が止まった。町長を務める五木田までが仕事を放り出して探偵の真似事をするとは、予想もしていなかった。

「今、車でそっちへ向かってるところだ。詳しい話はあとにしよう。頼むから、わたしを待っていてくれ。頼む」

おおよそ三十分後、駅前ロータリーに黒塗りの公用車が到着した。

「お待たせ、鵜沢君！」

五木田が降り立つと思って歩きだすと、開いたドアの奥から現れたのは、篠宮だった。

「ほら、ぼさっとしてないで。新幹線の切符を買ってきてよ」

命令口調で指示を出す篠宮の後ろから、五木田が車を降りてきた。

「どうして君までいるんだよ……」

「話はあと、あと。やまびこがあと三分で到着するわよ。さあ、会長も急いでください。あ——鵜沢君、切符は小山《おやま》駅までだからね」

「はあ……？」

「細かい話はあと回し。ほら、みどりの窓口へ急ぎましょう」

言うなり五木田の手を握って早足に歩きだした。公用車の運転手も呆気に取られて見ていた。

なぜ篠宮までが同乗してきたのか。しかも、切符は小山駅まで。電話で知らせてくれればいいのに。哲夫はひと足先に窓口へ走り、篠宮の分の切符も買った。

ホームへ上がると、すでに新幹線が到着していた。

自由席の空きを探してくるのも哲夫の仕事だった。二両先に並びの席を見つけて、二人を案内した。篠宮が勝手に窓側の席に着き、五木田をはさんで腰を落ち着けた。

「どういうことだよ、君まで来るなんて、聞いてなかったぞ」

「ごめんなさい。車の中でいろいろ話を聞いてたのよ、会長から。だから電話できなかったの」

「すまないな、鵜沢君。わたしからミツバ・コンサルティングの本社に電話を入れさせてもらったんだ……」

「会長が、ですか？」

「ああ、彼は企画部に在籍していた。これから会いに行くと伝えたら、どうぞご自由に、と言ってくれたよ」

なぜ五木田が石垣という男に電話を入れたのか……。車内で話を聞いたという篠宮が、哲夫の顔を訳ありげにのぞき込むようにして言った。

「知り合いなんですって、会長の」

一緒に東京へ行くと電話をもらった時から、もしやと想像はしていた。ほかに五木田が予定を変えて自ら同行すると言いだす理由は考えつかなかった。

「さすが、鵜沢君。驚かないのね」

「どういうお知り合いなんでしょうか？」

哲夫が尋ねると、唇を一度嚙んだ五木田がゆっくりと視線を上げた。

「彼は……同業者だった男の息子だよ。石垣という名前を聞いて、すぐに父親の顔が浮かんだ……」

「同業というと……スーパーやホームセンターのほうですね」

「そうだ……。彼の父親が、当時の原坂町内で経営していた小さなスーパーマーケットを、わたしが二十年も前に力ずくで吸収合併した。安売り攻勢をかけて、廃業へと追い込んだわけだ」

五木田の横顔から目が離せなかった。

町長でもあるため、普段は好々爺《こうこうや》の表情を崩さずにいるが、物流企業の経営者としての側面を、初めて見る思いだった。

「彼は潔く負けを認めて、店を売り渡してくれた。しかも、わたしは買い取った店をそのままうちの支店に変えて、五年以上も彼に任せた。店長として新たに雇用関係を結んだわけだ」

石垣という男の父親は、五木田に店を乗っ取られたあげく、一社員として雇われることになったのである。

篠宮が通りかかったアテンダントに手を振っていた。知り合いなのかもしれない。彼女はコーヒーを三つ注文してから哲夫に千円札一枚を突き出した。

その間にも、五木田の告白は続いた。

「愛着ある店で働いてもらったほうが、問題なく店の営業ができる。そう考えた結果だった。石垣君はよく務めてくれたよ。店を奪われて悔しかったと思うが、彼は屈辱に耐えて、五木田物産の一社員として実によく働いてくれた。というのも、彼には仕事を失うわけにはいかない理由があったからだ……」

自分の犯した重い罪を語るように、五木田の視線がひざもとへ落ちていった。

「新幹線のコーヒーは美味しいんですよ。さあ、会長。どうぞ飲んでください」

篠宮に言われてコーヒーの入った紙コップを受け取っても、五木田は口をつけようとしなかった。公用車の中で一度語ったと思われる話を、また哲夫のために続けた。

「彼の下の息子さんが、体に障害があって、原坂市内の療護施設に幼いころから入所していた。その療養費が必要だったからね……」

子どものためを思えば、店を奪われても仕事を手放すわけにはいかなかった。中高年の再就職は難しい。慣れた仕事を続けたほうが、収入も確保できる。つらく厳しくとも、切実な選択だったのである。

「実は、今も石垣君には、うちの役員として働いてもらっている」

だから、面会の約束が取りつけられたのだとわかる。

五木田の首がさらにうなだれた。

「下の息子さんの療養費がかかるため、上の息子さんは——毅《たけし》君と言うんだが——彼は高校を出ると奨学金を得て仙台の大学へ進んだ。一流商社へ就職したが、二年ほど前に今のミツバ・コンサルティングに転職したという」

多くのことが読めてきた。

石垣は沿線の出身だったのである。彼が顔を隠すようにして新幹線に乗っていたのは、地元の知り合いに会いたくなかったからだろう。やはり反対意見が出て当然の案件を、県と一緒に進めているのだ。

「あの子は……わたしに復讐しようと考えたんだろうな」

復讐、とは物騒な話だ……。哲夫は手のコーヒーから五木田の横顔に目を移した。篠宮は一人でコーヒーに息を吹きかけている。

父親がスーパーの経営者から一会社員となって、家族の生活も変わらざるをえなかったろう。そして、奪われたスーパーで働き続けるという屈辱の道を、父親は選ぶしかなかった。その姿を間近で見てきた息子は何を思ったろうか。憎き男は地元の名士となって、町長にも当選した……。

「さあ、飲んでください。冷めても美味しいですけど、熱いうちが一番ですから」

篠宮が明るく言って、自らもコーヒーに口をつけた。

哲夫も正面を向いてコーヒーを飲んだ。確かに悪くない味だった。

「うん。苦みの中にこくがある。こうでなくっちゃね、コーヒーは」

篠宮が一人で言って舌鼓《したつづみ》を打った。

五木田はそれでもしばらく、紙コップのコーヒーに目を落とし続けていた。

石垣毅は急な電話にも動じず、面会を了承したという。ただし、担当する現場を回る日なので、外でしか会う時間は取れないと言ってきた。

指定されたのは、新幹線の小山駅から車で二十分ほど行った建築現場だった。渡良瀬《わたらせ》遊水地に近い丘陵《きゅうりょう》地帯で、雑木林と畑の真ん中に突如、異様な鉄板の塀が長々と連なっていた。近くの路上にはダンプカーが列をなして停まり、巨大なクレーンのアームが何本も見えた。長閑《のどか》な田園風景の只中《ただなか》に何を建てているのか、疑問しか浮かんでこなかった。

建設会社の名前が書かれたゲートの横で、タクシーを降りた。鉄の塀にはイラスト入りの大看板が掲げてあった。南栃木《みなみとちぎ》自然公園（仮称）ゴミ焼却施設建築現場、との文字がカラフルにレタリングされていた。地下にゴミ焼却施設を作り、地上を公園に整備し直す計画だとわかる。

「まあ、素敵。自然を大切にしようという、素晴らしい志ある眺めだこと」

皮肉たっぷりに言った篠宮を先頭に、三メートルを超える高さの柵にはさまれたゲートの中へ進んだ。

入ってすぐ右手に、プレハブの二階家が並んでいた。管理施設なのだろう。その先に巨大な穴が口を開けている。作業服姿の男たちが行き交い、土を満載にした大型のダンプカーが横を通りすぎていく。

プレハブ屋舎の受付で五木田が名乗りを上げると、ヘルメットを手渡された。建築現場にアナウンスが響き渡った。

「ミツバ・コンサルティングの石垣様。お客様がお見えになっております」

十分以上も待たされた。五木田は受付の外に出ても、苦み走る顔で工事現場を見やっていた。篠宮は興味津々といった風情で穴のほうに近寄ろうとして、警備員に制止された。

「ちょっとぐらい見せてくれたって、減るもんじゃないのにね」

わざと怒ってみせたのは、五木田の緊張を和らげようとするためだろう。いや、単なる野次馬根性か。

哲夫も、地面から突き出す巨大クレーンと、敷地を囲う足場を見回した。自然あふれる丘陵地帯を大々的に破壊して、地下に焼却場を作り、地上には人工的な公園を作り上げる。自然保護という体裁をつくろうことで、地域住民の賛成を得られたに違いなかった。

それをごまかしと指摘する者は多いだろう。だが、周辺住民の反対を無視して、強引にゴミ焼却場を建設することはできない。自然保護に反していようと、たとえ余分な建設費がかかろうと、ほかに手はないのだ。

この場に五木田を呼び出した石垣という男の真意を、哲夫は想像した。彼は単に今日この場へ寄る予定があったから、五木田を呼び出したのではない。そう思えた。明らかな意図を持ち、この建設現場を見せようとしたのではなかったか。

「ほら、来たわよ」

篠宮に言われて、哲夫は地下へ続く坂道を振り返った。

鉄板で補強された坂の奥から、作業着とヘルメットに身を包む男が歩いてきた。石垣毅だった。哲夫は四月に彼と炭鉱跡地で会っている。あの時と同じで髪は長く、日焼けサロンで焼いたかのように肌が黒い。その口元に白い歯がのぞいていた。笑っていたのだ。

歓迎の笑みではない。石垣毅は、自分の父親が手塩にかけて育てたスーパーマーケットを奪い取っていった男を呼び出し、してやったりの笑みをたたえていた。

「ようこそいらっしゃいました。わざわざ遠いところからお越しいただき、恐縮です」

石垣は五木田を見ると、大きく手を振り上げた。工事の音が鳴り響いているためもあるだろうが、堂々とした声は彼の自信のほどを表しているように感じられた。

「これはこれは……。もり鉄の社長さんもご一緒でしたか。おやおや、いつぞやお目にかかった副社長さんまで。その節は挨拶もできずに失礼しました」

石垣は、篠宮のみならず、哲夫の顔と素姓まで知っていた。現地の調べは行き届いている。

「久しぶりだね、毅君。わたしが会ったのは、もう何年前になるだろうか。君はまだ小学生だったかな」

五木田が姿勢を正すように出迎え、硬い声を押し出した。

「やだなあ、もうお忘れですか。ぼくが六年生の時だったから、二十二年も前ですよ。あの時はすみませんでした。まだ子供でM&Aなんて言葉すら知らなかったもんで、スーパーを返せとか、あなたを泥棒呼ばわりした記憶がありますからね」

「いいや、君たち家族の目から見れば、当然の言葉だったと思うよ」

五木田と石垣の間で、見えない火花が散っていた。とても言葉をはさめるような状況ではなかったが、篠宮は五木田の横に進み、一緒に迎え撃つような顔で石垣を見つめた。

二人の視線を平然と受け止めて、石垣がまた白い歯を見せて笑った。

「父から久しぶりに電話がありましたよ。五木田社長に何をしたんだって怒るんですよね。ぼくは親に怒られるようなことは、何ひとつしてないのに。親父のやつ、すっかりサラリーマン生活が身に染みついてるみたいだ」

五木田が急に東京のコンサルタント会社へ向かうとわかり、その情報が会社にも流れたのだ。石垣毅の父親は、コンサルタント会社と聞いて、真っ先に息子の勤め先を思い浮かべた。そして、まさかとは思いながらも、社長の行方を確かめるつもりで息子のもとへ電話をかけたと思われる。

五木田が一歩、前に足を運んだ。

「本当に助かっているよ。君のお父さんがいたから、わたしは会社の仕事を心配もせず、町長選に立候補できたし、もりはら鉄道の会長職までを務められている」

「嬉しいなあ。そう言ってもらえると、親父も喜びますよ。大切な城を奪っていった男の下に仕えて、もう二十二年ですからね」

石垣はわざと明るく言っていた。今の自分は森中町と何のしがらみもない。だから、恥じることなく存分に仕事ができる。そう伝えるためだろう。

「毅君。森中町に帰ってきていたのなら、どうしてご両親に顔を見せなかった?」

親に顔向けできない仕事をしているからではないのか。そう五木田は、石垣に揺さぶりをかけていた。

「仕事に追われていて、地元でゆっくりしてる暇がなかったんです。でも、ご安心ください。親父たちの顔は見てなくても、トオルの顔は見に行ってましたから」

彼には療護施設で暮らす体の不自由な弟がいる。憎き男の部下となって働く父親の顔は見なくとも、弟のことは忘れていない。そう言っていた。

「君は——何を企んでるんだ」

「企むだなんて聞こえが悪いな。ぼくは懐かしい故郷でもある、もり鉄の沿線を第一に考えているんですよ」

「あら、ありがたいお言葉ですね」

篠宮が初めて会話に割り込んだ。その横で素早く五木田が首を横に振る。

「違うな。君はわたしに復讐しようとしているんだ」

「しかも、一人じゃ何もできないから、県と銀行の力を借りて、ね」

篠宮が挑発的に言って微笑んだ。

石垣毅の余裕あふれる笑みは変わらなかった。

「そうだよな、毅君。君は県と銀行と組んで、ここと同じようなゴミ焼却施設を、森中町にも建設しようと動いているね」

石垣が横を向いて笑い飛ばした。

「やだなあ、五木田町長ともあろう人が……。周辺のスーパーを次々と買収していったやり手の経営者にしては、読みが浅いなあ」

「ごまかすな。君は、森中町の住民が反対を表明したがる施設を建築しようと企んでおるはずだ。県も、その計画に乗った。だから、鉄道経営に子飼いの部下を送り込み、細かい情報を集めだした。森中町への補助金も渋るようになった」

自分のことを言われて、哲夫はひそかに拳を固めた。自分でわかっていても、人に言われると、小間使いの身が恨めしくなる。

「しかも、ここへ来てまた原坂市との合併話を持ち出してきた。合併を承諾すれば、補助金は問題なく下りる。同時に、原坂市がゴミ焼却場の建設計画を受け入れることで、もりはら鉄道も存続の道が拓ける。そういう筋書きができているんだよな」

「会長。ゴミ焼却場ではないと思いますよ」

篠宮が五木田に微笑んでみせた。

石垣が、出しゃばり女をとがめる眼差しを向けた。篠宮は気にした様子もなく先を続ける。

「炭鉱跡には、まだ多くの坑道が残されていますよね。地中深くに穴がいくつも残ってるんです。その再利用を図るとともに、もりはら鉄道も有効利用しようという計画なんですよ」

「そうか……産廃《さんぱい》か」

五木田が目の前に垂れ込めた暗雲を払うかのように大きく首を振った。

産業廃棄物処分場——。

建築廃材、燃えがら、汚泥、廃油、ガラス屑《くず》、古タイヤ……。事業活動によって生じたゴミを集中管理という名の下に集めて保管する。要するに、大規模なゴミ捨て場である。

炭鉱跡には坑道があり、そこにゴミをため込める。近隣の自治体のみならず、東北各県からの廃棄物も、もりはら鉄道を使えば安く運搬できる。まさしく一石二鳥。今までその話が出なかったのが不思議なくらいだ。

いや……。もしかしたら、過去に一部で取り沙汰されることがあったのかもしれない。しかし現町長の五木田がいたのでは、絶対に反対される。そこで、原坂市との合併を押し進めて、聞き分けの悪い町長には退場してもらう。そういうアイディアを語る者が出たとしてもおかしくはなかったろう。

県としては、もりはら鉄道に素人の女社長が就任することは大歓迎だった。経営能力のなさから赤字が増え、社内が混乱していけば、新社長をスカウトした五木田の責任問題を追及できる。

ところが、篠宮亜佐美の手腕によって、もりはら鉄道は再生への道を大きく踏みだしていった。そこで補助金申請をストップさせるという嫌がらせを始め、合併話を再燃させる。

やはり、あの崖崩れも……。

産廃施設には、暴力団まがいの業者が関与するケースもあった。もりはら鉄道の赤字が減っていけば、五木田の町長職も安泰となりかねない。そこで、崖崩れを起こして黒字を一掃させるという強硬手段に出た……。

「五木田さん。新聞記事で読みましたよ。あなたはもりはら鉄道を守るためなら、自分の首を差し出してもいい。そういう強い意志で、素人の女社長を就任させたんですよね。あなたは地元の町民のため、何が何でももり鉄を存続させたいと願っている。今もその決意に変わりはありませんよね」

石垣が挑戦的な響きを込めて言った。哲夫も直接、五木田から聞いていた。鉄道を守るためなら、自分の首を差し出してもいい、と。

「だったら、感謝してほしいぐらいですよ。だってそうじゃないですか。ぼくのアイディアをあなたが受け入れてくれたら、もり鉄は安泰になるんですから」

産廃処分場が炭鉱跡地にできれば、多くの廃棄物が貨物列車に乗って集まってくる。その認可と同時に、県はもりはら鉄道への支援を約束する手はずになっている……。

「五木田さん。ぼくは地元の大切な鉄道を守るために、産廃を誘致すべきだと県に話を持っていったんです。ぼくだって、地元の鉄道を愛してるんだ」

五木田が肩を震わせ、石垣を睨みつけた。

森中町では今、畜産と酒造りで町を再生させようという動きが出始めていた。だが、産廃処分場の麓《ふもと》で作られた牛乳や酒を求めたがる消費者がどれほどいるか。土壌や地下水への影響は出ないのか。不安はつきない。

「あなたの手を借りなくたって、もり鉄は再生できます」

篠宮が力を込めて言ったが、石垣が小馬鹿にしたような笑いを返した。

「何を言ってるんだか……。まだ赤字は半分もなくなってないじゃないか。来年になったら、客寄せパンダの効力だってなくなってくる」

ギリギリと歯を食いしばる音が、今にも篠宮の口元から聞こえる気がした。

「どこのローカル線も、社長が替わった当座は、ちょっと収益が改善するんだ。でも、すぐまた赤字は増えていくだけ。もり鉄を守るには、ぼくのアイディアを採用するほかはないんだよ、ねえ、町長？」

「毅君。わたしのこんな細く短い首でよければ、いつでも差し出してやろう」

五木田が掌で首をたたきながら言った。

石垣が笑いをこらえるように口元を引きしめた。

「そうですよね、五木田さん。あなたには、スーパーマーケットの経営という本来の仕事があるんだ。いつだって町長や鉄道会社の会長職から引退できる。羨ましい限りだ」

「毅君。君は地元の人たちを甘く見すぎているよ。鉄道を守るために産廃を誘致するなんてのは、邪道だ」

「客寄せパンダも似たようなものじゃないですか。そのうえ、採算を度外視した乗り放題を強行して、沿線に媚《こび》を売ろうとしている」

「今まで支援してくれた沿線の方々へ、感謝の気持ちを表すためのお祭りです」

篠宮が眉を吊り上げて、また一歩、前へ進んだ。

石垣がはぐらかすような笑みを浮かべて横を向く。

「わかってないな。本当に沿線のためを考えているなら、何よりもまず鉄道を存続させる道を優先させるべきなんだ。存続が決まれば、多くの人が感謝してくれる。もう答えは出てるんだ。ねえ、わかりますよね、町長？」

憎い男を目だけで見つめて、石垣が言った。

「客寄せパンダの力をフルに使っても、まだ赤字は一億円以上も残っている。あとは廃線の道を選ぶか、処分場を受け入れるか、ふたつにひとつ。まあ、どっちにしても、五木田町長、あなたの居場所はもうないでしょうがね」

「わたしはあきらめんぞ」

「そうですよ、会長。沿線の力を結集して戦いましょう」

篠宮が肩に力を込めてうなずき、石垣を睨みつけた。

「こんな状況で、お祭り騒ぎをしてる場合なのかな。いやあ、楽しみだな、もり鉄祭りの日が。その細くて短い首を洗っておくことですね、五木田さん」

話は終わったとばかりに背を向けると、石垣はまた地下の工事現場へ戻っていった。

第七章　線路よ続け、いつまでも

1

「よーし。俄然《がぜん》やる気が出てきたわね」

建設現場の前からタクシーが走りだすと、篠宮が力強く言った。

「だって、そうじゃない？　敵の姿が見えてきたぶん、戦いやすくなるでしょ」

自分で言って大きくうなずき、助手席の哲夫に目で同意を求めてくる。

たとえルールを外れていない正当な経済行為であっても、過去の自らの行いが愛する町と鉄道を追いつめる結果となった。そう知らされた五木田が忸怩《じくじ》たる思いでいるのは明らかだった。小柄な身をさらにしぼませ、うなだれている。その五木田を前に、篠宮はあえて己を鼓舞《こぶ》するように言った。

「鵜沢君も覚悟を決めておいてよね」

県の側について社員一同を敵に回すか。それとも一緒に戦っていくか。篠宮のことだから、単純な二者択一を迫りかねないと予想はしていた。

「亜佐美君。罪なことを言うもんじゃない」

背を丸めていた五木田が、吹っ切るように顔を上げた。

「あら、どうしてですか、会長？」

「鵜沢君は今も県の職員なんだ。上が黒と言えば、たとえ白でも黒だと信じて動かなきゃならん時だってある」

「お言葉ですが、会長。鵜沢君は、県庁の上司のために働いているんじゃありません。県民のために力をつくすのが仕事です」

「だったら、なおさらだよ。県民のためにも、産廃処分場は必要になる。鉄道も守っていかなきゃならない。そのふたつの難題を同時に解決できる道があるなら、県職員としての選択肢は決まったようなものだ」

「ずいぶんと弱気ですね、会長らしくもない」

篠宮がまた勇気づけるように言ったが、五木田の視線は落ちたままだった。

「正直、迷っているよ……。畜産や酒造りに取り組む者は、町でも少数派でしかない。もし住民の意見を聞いて回れば、鉄道存続のためになら産廃処分場の受け入れもやむをえない、という声が多くなる気がする。民主主義の原則を守るのであれば、少数派の意見は切り捨てられていく運命にある……」

「わたしたちに任せてください。今は厳しい状況ですが、絶対にもり鉄祭りを成功させて、地元の気運を盛り上げてみせます。弁当グランプリやイルミネーション列車の企画も控えてるんです。必ずや、もっともっとお客さんを集めてみせます。ねえ、鵜沢君」

「会長。次の経営会議で報告しますが、夏休み以降も土産物の売上は落ちていないんです。新商品が充実してきたことと、広く観光客にもり鉄が認知されてきたからでしょう。そこに地元の酪農製品とお酒が新たな名産に育っていけば、黒字はさらに増えていくはずです」

哲夫は冷静に売上データから予測をつけて言った。希望的な観測も多少はふくまれている。が、数字しか見ない銀行にとっても、見逃せないデータのひとつではあるのだ。

「今が大切な時です、会長。もり鉄祭りで酪農製品とお酒の新商品を大々的に発表して、世間に広く町の取り組みを認知させていきましょうよ。地元の牛乳と卵をたっぷり使ったとろけるもり鉄高原プリン。とろーり甘い森の朝露《あさつゆ》冷酒。どうです、いけますよね？」

思いつきにしては絶妙なネーミングなので、ずっと考えてきたものと思われる。二十四時間、彼女は仕事に向き合っている。

「会長。引退するなんて言ったら、わたしが許しませんからね」

「かなわんなあ、亜佐美君には……」

弱々しく言った五木田の口元には、無理してシールを貼りつけたような薄れがちの微笑みがあった。

「ねえ、鵜沢君。あのナンバープレートが傾いてた車だけど――」

篠宮がさらりと話題を変え、助手席のシートに手をかけてきた。

「ほら、産廃計画の裏で暴力団の連中までが動いてるとなれば、自動車関係の修理工場だって経営してそうじゃないの」

まんざら突飛な発想でもなかった。仙台中央銀行が計画の中心だとしても、産廃処分場を自ら運営していくとは思いにくい。系列下の業者が仕事ほしさに、ヤクザまがいの者を使わせた可能性はありそうだった。

「銀行の系列や取引先で、産廃業者がいるのかもしれないわね」

仙台中央銀行をトップにして、産廃処分場の計画を押し進めるチームが作られ、すでに動きだしていると見られる。建設業界から話を聞く手もあるが、もっと身近な方法がなくはない。哲夫は二人に言った。

「産廃処分場は県の認可がなくては建設できなかったはずだ。うちの廃棄物対策課に乗り込んでみますよ……」

「注意するんだぞ、鵜沢君。君の県での評価に影響が出かねん」

五木田が慎重な言い回しで哲夫の身を案じてくれた。

「任せてください。うまく立ち回るのが役人の得意技ですから」

安請け合いしたものの、具体的な作戦は何ひとつ思いついていなかった。


再び新幹線で帰路についたが、哲夫は一人、仙台で途中下車した。県庁へ乗り込むためだ。地下鉄を使うのでは少し歩くため、いつものようにバスを使った。どうやって調べ出したらいいか思案すべきなのに、バスプールへ歩きながら浮かんでくるのは、藤井優理子の顔だった。県庁まで何度も同じバスに乗り合わせるうち、いつしか彼女をバス停の前で待つようになった。

地方の出張所へ飛ばされていなければ、案外すんなり結婚まで行っていたかもしれない。それほど最初は話が合い、デートに誘うとすぐに互いの部屋を行き来する仲となった。

大丈夫よ、鵜沢君ならすぐ本庁に戻れる。仕事に手を抜かないこと、みんな知ってるもの。ずっと彼女は哲夫を励まし続けてくれた。

晴れて県庁への復帰が決まった時、彼女は自分のことのように喜び、電話をかけてきた。人事課の友人から情報を得たのだと言って。振り返ってみれば、あの時が違和感を抱き始めた最初だったと思う。

それから急に結婚を匂わせる発言が多くなった。哲夫も三十歳となり、周囲からも早く所帯を持てと言われることが増えた。それらが一緒になって、仕事のほかにも責任を押しつけられるような息苦しさを覚えていったのは確かだった。

そして今、自分は優理子を失おうとしている……。

バスの中で笑いあった日々が、ただ懐かしい。出張所のあった田舎町にも、彼女はよく足を運んでくれた。いつも横にいるのが当たり前のように考えていた。

迷ううちにバスは県庁前に到着した。

気を取り直して、本来の職場に向かった。産廃処分場の許認可権を持つ環境生活部に知り合いはおらず、名案も浮かんではいなかった。が、こそこそ背を丸めて動き回る必要はない。まだ処分場は本決まりになったわけでなく、上司からの指示は何もないのだ。

環境生活部を訪ねて、さもついでを装い、担当者を訊き出した。

「すみません、突然お邪魔しまして……。もりはら鉄道に出向している商工経営支援課の鵜沢です。役場の噂で聞いたんですが、もり鉄の沿線に産廃処分場を作る計画が出ているようなのですが、何かご存じでしょうか。――いえ、もし計画が本当なら、鉄道で廃棄物を運ぶ話も進められるかと思いまして、少し情報を集めておきたいのです」

空振り覚悟で正面からぶつかった。

矢島副知事が陰で動いているとなれば、かなり大きな案件であり、一担当者のもとにはまだ話が下りていない可能性はあった。相手は地元の大手銀行なのだ。県の中枢に取り入り、トップダウンの根回しを進めていると予想はつく。

読みが的中したらしく、担当者は盛んに首をひねっていた。むろん役人であれば、他部署の者にも平然と情報を隠すことはある。

そこで、手持ちのカードを切った。仙台中央銀行の名前を出して産廃業者との関係を尋ねた。

「どうですかね。確か中央さんは、ギケンのメインバンクだから、その系列じゃないのかな」

ギケン――。東北では大手に当たる宮野城《みやのぎ》建設の略称だった。その系列に産廃業者があり、県西部の加美町《かみまち》に処分場を持っているという。

許可を得て、資料を閲覧させてもらった。

素早く業者の連絡先をメモに取る。大倉《おおくら》産業。本社の住所は青葉《あおば》区郷六《ごうろく》。記憶では、近くに大きな墓地と清掃工場があったはずだ……。

礼を言って環境生活部のオフィスを出た。

後ろから急に肩をたたかれた。

あまりのタイミングのよさに背中が冷えた。振り返ると、陣野尚彦が立っていた。

「部長……」

陣野は無言であご先を振ると、廊下の奥へ歩きだした。ついてこい、ということらしい。

仮病での早退を見とがめられた中学生のように肩を落として、陣野のあとに続いた。環境生活部の中に、おたくの部下が嗅ぎ回りに来ている、と注進する者があったに違いない。

陣野は、経済商工観光部のフロアに戻るまで、ひと言も口を利かなかった。階段横にある第三会議室のドアを開けて、窓の前へ歩んだ。哲夫がドアを閉めると、背を向けたまま言った。

「まったく、いい度胸をしてるよなぁ」

わずかに怒気をふくんだ声だった。

「おまえ、ガキのころには、仮面ライダーとかゴレンジャーとかに憧れてた口だろ？」

何を問われているのかわからず、哲夫はまばたきをくり返した。

「おれは、等身大のヒーローってのが大嫌いだった。ウルトラマンシリーズのほうがお気に入りだったよ。なぜかわかるか？」

「いえ……」

「等身大のヒーローってのは、仮面や戦闘服を身につけたごっこ遊びにしか見えなかったからな。その点ウルトラマンは巨大化して、見事なジオラマの中で颯爽《さっそう》と戦ってた。一応、まあ、ＳＦものに見えないこともなかったろ。等身大だと、おまえみたいな馬鹿がごっこ遊びに興じて、すぐに怪我をしたもんだったよな」

話の先が見えてきた。相変わらず回りくどい言い方をする。

陣野があきれ返った目で振り向いた。

「スパイごっこのつもりかもしれないが、どうしてもっとうまくできないのかね。下手なごっこ遊びはするな」

「まずかったでしょうか……」

「当たり前だろ。敵のまっただ中に、仮面も被らずに突っ込んでいくようなものだぞ。玉砕《ぎょくさい》も同然だろ」

「同僚を敵だとは思ってもいませんでした」

「だから、おまえは考え足らずなんだよ。役人なんてのは、誰でも仮面を被って、敵か味方かわからないようにするもんだろうが。ったく、変身ヒーローをもっと見習えよな」

本気で怒ってくれていた。つまり、陣野は敵ではない、というわけか。それとも、自分で言ったように、仮面を被っているのだろうか。

いや、違う。

本当は仮面を外して、素顔をさらけ出したい。だが、役職という立場が彼にはある。だから、陣野も絶えず仮面を被り、身を守っている。

「以前、部長にいただいたヒントの意味が、少しずつですが、わかってきました」

篠宮が初めてイベント列車に乗務した日の翌日だった。売上を報告すると、陣野が電話をかけてきて思わせぶりに言った。赤字を垂れ流すことに意味が出てくる――と。

「言っとくが、おれはヒントなんか出した覚えはない。こう見えても、庁内では矢島派で通ってるんだ。知ってるだろ？」

「はい……」

「だから、おまえに釘を刺しとかなきゃならない」

「わかります」

「下手に動いてると、二度と戻ってこられなくなるぞ。小野塚さんみたいに、だ」

哲夫は驚きに息がつまった。

確かに小野塚部長は、かつて県からの出向者だった。子どもの喘息の治療は表向きの理由らしいと想像はしながらも、詳しい話は聞いていなかった。

「何も教えられていなかったのか、ゴレンジャーの仲間なのに？」

「はい……」

いくつか忠告は受けていたが、本物の同志だと、まだ小野塚に認められていなかったのかもしれない。

陣野は長めの髪を物憂げにかき上げた。

「炭鉱博物館なんてのは、最初の一歩だったんだよ。銀行にそそのかされて、あの一帯を県と地元の自治体で再開発しようって話があった。その動きを県庁内でさんざん嗅ぎ回って、今の町長に注進したのが小野塚さんだよ」

「まったく知りませんでした……」

「小野塚さんと同期だった当時の部長が黒幕だったらしい。出世争いに敗れた腹いせに話を潰したってのが、もっぱらの噂だよ」

県の予算を食い物にして、別の第三セクターを立ち上げようとする動きがあったのだろう。その情報をつかんだ小野塚が、五木田と組んで反対運動を展開した……。おそらく、そのせいで小野塚は県庁に戻ることができなくなった。

「おまえも田舎に骨を埋める気かよ」

窓から射す夕陽が眩《まぶ》しく、哲夫は視線を落とした。

鉄道経営の仕事に興味を覚えているのは確かだったが、このまま第三セクターに身を埋める覚悟があるかと問われたならば、自信はなかった。

「だらしねえヒーローだこと。それにだいたい、おまえのモモレンジャーはどっちなんだよ？」

戦隊ヒーローものには、たいがい女性メンバーが一人ふくまれている。哲夫は反射的に目を上げた。藤井優理子にもスパイの真似事を頼んだ事実を見抜かれていたのだ。そして、おまえの本当の彼女はどっちなのだ、と問われてもいた。

「まあ、いいさ。よく考えて行動しろよな。おれは矢島派だから、命令どおりに動くしかない。逆恨《さかうら》みはするなよ」

「はい……」

哲夫は深く一礼した。陣野の度量に感じ入っていた。自分にここまでの目配りはできない。何が幹部候補生だ。思い上がるにもほどがある……。

うなだれてドアへ歩きかけると、陣野の声が追いかけてきた。

「実は、今日もこれから矢島副知事と、外で会食の予定だ」

「え……？」

「おれも詳しいことは聞かされちゃいない。ただ、もり鉄の現状を報告するために来てくれ、と言われた。どうもお客は、わざわざ霞《かすみ》が関《せき》から来てくれた人のようだよ。何でも矢島さんの元同級生らしい、大学時代のな」

意外な思いにとらわれて、険しい目に変えた陣野を見つめ返した。

霞が関から同期の官僚が出張してくる。だが、産廃処分場の計画であれば、県の認可のみでゴーサインは出せる。国が関与してくるケースではなかった。

県庁の幹部である陣野も、認可の事情は承知している。だから哲夫を呼び止め、打ち明けてきた。矢島派と言われる彼には、表立って県庁内で動き回ることはできない。本当に抜け目のない人だった。

陣野は先ほど言った。――炭鉱博物館なんてのは、最初の一歩だった、と。

つまり今回も……。だから、霞が関から官僚が来るのだ。

思いを巡らしていると、陣野が先にドアへ歩いた。ノブをつかんで哲夫を振り返った。

「おれは釘を刺したからな。あとは自分で考えてくれ。気をつけろよな、赤レンジャーさんよ」

陣野は大きくドアを開けると、軽やかに手を振り、廊下へと消えた。

2

いったい何をしているのか……。

午後八時をすぎても鵜沢は本社に戻らなかった。探りを入れると言って新幹線を降りてから、もう五時間。電話一本かかってこない。

亜佐美は窓際の席で腕を組み、片足をいらいらと揺らした。社長が貧乏揺すりを隠そうともせずにいるのを見て、社員は誰も近づいてこなかった。一人二人と亜佐美に声だけかけ、帰宅していった。

「何モタモタしてんだか……」

スパイ活動の最中に電話が鳴ったのでは迷惑だろうと控えていたが、もう我慢できなかった。デスクに置いた携帯に手を伸ばした時、呼び出し音が鳴った。着信表示を見ながら素早く通話ボタンを押す。

「さぞや情報が集められたんでしょうね。何もなかったら、無断欠勤扱いにするわよ」

「今、東北本線のホームだ」

厳しく言ったからではないだろうが、鵜沢の声には覇気《はき》がなかった。

「尾行に失敗したよ。慣れないことはするもんじゃない……」

「何の話よ、尾行って？」

「また東京への出張を認めてくれるとありがたい。詳しい話は明日するよ」

あっさりと電話は切れた。説明不足にもほどがある。

亜佐美はつい立ち上がっていたのに気づき、憤然《ふんぜん》と椅子に座った。仙台中央銀行と関係の深い産廃業者を調べ出すと言っておきながら、何者かの尾行をしたという。意味がわからなかった。明日は根掘り葉掘り問いつめてやる。

帰り支度に取りかかると、また携帯電話が鳴った。

着信表示には、見覚えのある番号が出ていた。亜佐美はオフィスを見回した。今日も経理の町村かおりと営業の山下修平が残業中だ。亜佐美は深く息を吸った。通話ボタンを押し、あえて二人に聞かせるため、声を大きくした。

「はい。もりはら鉄道、篠宮でございます」

「まだ仕事中なのかい？」

するりと心の隙間に忍び入ろうとするかのように、皆川充は優しげな声で言った。

「はい。どういうご用件でしょうか」

「またかけ直すよ」

「いいえ。今この場でお聞かせ願えますでしょうか」

これだけよそよそしく言えば、どれほど勘の鈍い男であろうと、本意は伝わる。ただし図々しい男ほど、相手を思いやる振りを装い、自分の意見を押し通そうとする。

「ゆっくりと話をしたいと思ってたんだ。だから――」

「もしかしたら、例の書類の件でしょうか」

「そう堅苦しく言われると、けっこう胸に応えるな。もちろんぼくは、脅しだなんて信じちゃいないよ」

「書類がそろったのなら、まずお送りいただけますでしょうか」

「君に会って渡したいんだ。いろいろと謝りたいこともある。誤解も晴らしておきたい」

甘い手口に何度も騙されてたまるか。少しは学習能力だってあるのだ。

「それはそれは、ありがとうございます。では、宅配便でお願いできますでしょうか」

「かなり手こずって集めた資料だからね。会ってくれない限り、渡せない。そう言ったら、どうするかな」

自信に満ちた声に聞こえて、腹が立った。

「そうですか……。こちらの主張をご理解いただけないなら、わたしどもといたしましては出るところに出て、正式な抗議をさせていただくしかないと思いますが」

「亜佐美ちゃん、もうよそうよ。そういう遊びは」

「お言葉を返すようですが、こちらは充分に本気なんです。どうか書類をお送りください。もし準備ができていないのであれば、正式な手段に訴えさせていただきます」

「妻とは別れ話を進めてるよ。嘘じゃない。依頼した弁護士の電話番号を教えたっていい」

同じ手が通用すると思っているのだから、なめられたものだ。

「何か誤解なさってませんでしょうか。我が社としては、致し方なく電話を差し上げ、こちらの本意をお伝えしたまでです。当社の判断はもう動きませんので、どうかご了承ください」

「今までのことは謝らせてほしい。そのお詫びもかねて、書類を用意したんだ」

「ありがとうございます。では、お待ちしております。もしこちらに届かない場合には、相応の覚悟をしていただけますと助かります。では、失礼いたします」

恥ずかしいことに膝が震えていた。亜佐美は電話を切り、椅子にへたり込んだ。足元のフロアが抜け落ち、もっと底へ落ちていくような感覚があった。

母も祖母も、男運がないと嘆いてきた。確かに二人とも、幸せとは縁遠い結婚生活だったろう。でも、それは〝運〟なのではない。男を見る目がなかった。いいや、人を見る目がなかった、と言い換えてもいい。

外見や収入や上辺《うわべ》の優しさに騙されて、男の真の姿を見抜けなかった。甘いささやきに一時だけ酔い、勝手な夢をふくらませてきた。だから、結婚に失敗したのだ。

もう騙されない。母と祖母の轍《てつ》を踏んでたまるか。

「甘く見やがって！」

亜佐美はデスクの脚を蹴飛ばした。何度も騙されているから、見下されたような扱いを受けるのだ。本当ならば、自分を蹴りつけるべきだったろう。

「社長、どうしたんスか……」

山下が及び腰で様子を見に来た。かおりも席を立ち、こちらを見ていた。

「あー、頭くる。女社長だと思って、甘く見る男がいるのよ」

二人とも下手な言い訳を信じたとは見えなかった。かおりが何かに気づいたかのように何度もうなずいた。

「ええ、いますよね、相手を甘く見て、図々しく注文をつけてくるやつって」

「気取った男に多いんですよね」

若い二人に気遣われていた。惨めな思いは最初から覚悟のうえで皆川に電話したはずだった。決意の土台は固めた。もう土砂崩れを起こすわけにはいかない。

「今度また同じ電話がかかってきたら、ぼくがガーンと言ってやりますよ」

山下が拳を大きく振り回してみせた。少年野球の下手な三塁コーチャーばりの仕草だった。

「ありがと。でも、社長の仕事は取らないでよね。わたしは戦うパンダなんだから」

決意をさらに踏み固めて言い、胸をたたいた。赤字会社の社長に、うじうじと悩んでいる暇などはない。間近に迫ったもり鉄祭りを成功に導かないと、銀行から引導を渡されかねない状況にある。

二人に手を振り、先にオフィスを出た。バッグの中でまた携帯電話が鳴りだしたが、亜佐美は暗い廊下の先を見すえて歩きだした。

翌朝、鵜沢から電話をもらい、森中町役場の前で待ち合わせた。彼が県庁で集めた情報を、五木田とともに聞くためだった。

始業時間より早く登庁した五木田に応接室で出迎えられ、また三人で額を寄せ合った。

「ちょっと待ってくれる。産廃処分場の許認可権は県が握ってるわけよね。だったら、どうして副知事が、うちの業績を霞が関のお役人に報告させるわけ？」

鵜沢の説明は回りくどく、すぐには理解が及ばなかった。

五木田が口元の皺を指先でさすった。

「亜佐美君。前にわたしがストップをかけた炭鉱博物館も、初めの一歩にすぎなかったんだよ。つまり、今回も同じというわけだ」

「じゃあ、もっと大規模な計画が隠されている、と――？」

亜佐美の問いかけに、鵜沢が大きくうなずき返す。

途方に暮れて天井を見上げた。

炭鉱跡に産廃処分場を作る。その周辺を石垣毅が小山市内で手がけていた施設のように人工的な公園に作り替え、ほかにも箱物《はこもの》を建て増しする計画だろうか。何が隠されていようと、補助金目当てに役人と建設業者がスクラムを組んでいるのは疑いなかった。

「工事の規模が大きくなれば、多くの業者が潤《うるお》うし、役人もおこぼれに与《あずか》れるって寸法だ。地元の代議士さんも一枚噛んでるだろうな」

五木田が舌打ちまじりに言った。

役人は、建設業者を潤わせることで、天下り先の確保を狙う。地元の政治家も、建設業界からの支援を得られそうな案件であり、反対するわけがない。

鵜沢が五木田を見て言った。

「ところが、肝心の炭鉱跡地がある森中町には、頭の固い町長が居座っていて、大規模な開発計画に応じるとは思えない。そこで、大赤字のもりはら鉄道を存続させるためにはやむをえない選択だとして提案する作戦に切り替えた」

「県は鉄道のことも真剣に考えている。そのアピールのために送り込まれてきたのが、鵜沢君、君だってわけだな」

「はい、実によくできた戦略ですよ。鉄道は残るし、銀行が抱える役立たずの土地も始末できる。地元業者も潤って、政治家に献金でのお礼が入る。役人も天下り先が確保できる。一石二鳥どころか、三鳥四鳥の効果がある」

「冗談じゃないわよ。だからって、崖崩れを起こさせるなんて、許せない！」

敵は、もりはら鉄道の夏の業績を見て驚き、焦りを覚えたのだ。

赤字がなくなってしまえば、交換条件を出すという、せっかくの計画が流れかねない。銀行や役人が崖崩れという犯罪行為をしかけるとは思えないが、何か打つ手はないかと、下請け業者に相談という名の実質的な要請を押しつけたことはありえそうに思えた。

すでに敵は、いくつかの妨害工作をしかけていた。このまま鉄道の赤字が続いていけば、必ずや計画は成し遂げられる。折しも台風が日本列島を縦断する。もし沿線で崖崩れが起これば、鉄道は大打撃を受ける……。

「鵜沢君。ますますレンタカーを調べなきゃね。絶対にあれは偽のナンバープレートよ。台風が近づくと知って、慌てて行動を起こした。だから車の手配がつかず、レンタカーを借りるしかなかった。うん、間違いない」

「犯人は車を持っていなかった。または持っていても、車体に会社名が書いてあるものしかなかったため、使うことができなかった……そう考えていいでしょうね」

今日現在、業務提携に乗ってきたレンタカー屋は一社しかない。住所氏名のリストのみを提供すると言い、台風の当日にハイブリッドカーを借りた者が何人いたか、を探る目処は、無念ながら立っていなかった。

だが、提携の申し出を交渉していくほかに、レンタカーを調べる手立てはありそうにない。

「よし。あたしも時間見つけて、どんどんレンタカー屋を回るわよ。鵜沢君もお願いね」

決意を込めて語ると、鵜沢がそれとなく目をそらした。相変わらず、言葉より先に態度で表すのが好きな男だ。

「それもやってみましょう。でも、東京で調べてみたいことがあるんです」

「昨日もそう言ってたわね」

「ここまで計画の全貌がわかってるのに、何を調べる気だね」

五木田の問いかけに、鵜沢がわずかに身を引いた。

「霞が関から人が来ることを、陣野部長がどうして教えてくれたのか。それが気になるんです」

「だって……国の役人も関係するほどの大規模な計画が進んでるってことを伝えるためじゃないの？」

「いいや、亜佐美君。大規模な開発計画があるのなら、県のほうから霞が関まで出向くのが普通だよ」

「会長の言うとおりなんだ。ところが、どういうわけか霞が関のほうからわざわざ県に足を運び、もり鉄の経営状況を知りたいとまで言ってきた。そこが不可解なんだ。だから部長も疑問に思って、ぼくにヒントを与えてみたんだと思う」

「なるほどな……。矢島さんの派閥に属する陣野部長としては、教えられてもいないことを自分から探るわけにはいかない。だから、鵜沢君にヒントを与えて、疑問点を解決してもらいたかった……」

五木田が腕を組んで呟くと、鵜沢が素早く応じた。

「そうとしか思えません。部長も霞が関の動きには、大いに疑問を抱いてるんです」

亜佐美には、役人の仕事ぶりはよくわからなかった。陣野部長も鵜沢も疑問に思うところが、まだ今回の計画の裏にはあるようだった。が、今は犯人捜しのほうが先に思えた。

「時間にゆとりがあればいいけど、やはりレンタカー屋を回るのが先じゃない？」

東京と仙台。どちらも答えが出るとの当てはなかった。仕事は山積みで、優先順位をつけなくては動きが取れなくなる。

五木田が二人を交互に見てから言った。

「充分に気をつけてくれ。産廃業者の背後に、暴力団まがいの男たちが本当に動いているのかもしれない。身の危険を感じることがあれば、すぐに手を引く。そして、あらためて警察に相談する。いいね」

「レンタカー屋との業務提携も、しばらくは社内にも伏せておこう」

鵜沢がやけに思いつめたような表情で言った。その口調に不安を覚えて目で問い返した。

「気の回しすぎかもしれない。でも、車両基地に停めてあった列車の電源コードが切られているし、トイレを改修したばかりの駅で小火が発生している。犯人は、我々の身近にいる可能性も捨てきれない……」

冷たい手で胸元を撫でられたような薄気味悪さを覚えた。だが、もりはら鉄道の中でも事件は起きていた。

「くれぐれも早まったことはしないように。わたしもまた副署長に相談してみよう」

五木田自身、警察にあまり期待はしていないとわかる声だった。


午前中は、もり鉄祭りの準備会合が原坂市役所で開かれた。周辺警備の打ち合わせもあり、警察とも事前のすり合わせが必要だった。

祭りの会場は、原坂車両基地の一ヵ所とする。ふたつの基地を同時に開放したのでは、人手が足りないため、警備上も問題が出る。

開始は午前十時。イベントの終わりは十八時。二十時までには屋台の出店もすべて撤収する。帰りの時刻に合わせての増発も決定した。

車両基地の一部に駐輪場を設け、簡易トイレを設置することも要請された。年配客が多くなるかもしれず、座って休める場所も必要だという指摘も出た。

午後は、商店会の代表者もまじえての会議に移った。

マスコミからの問い合わせが多く、人出が予想を超える事態も考えられた。そのため、各駅前商店街で独自のイベントを開こうと意見がまとまった。人出の分散を図る策である。

検車倉庫前に仮設のステージを設置し、そこを本部とする。屋台は本社と車両基地をつなぐ通路に出そうと考えていたが、希望が多いため、留置線の一部にベニヤ板を敷いて特設コーナーを作ることも決まった。イベントの司会には、地元放送局が手弁当でアナウンサーを出してくれるという嬉しい知らせもあった。

鉄道祭りの話を聞きつけた広告代理店から、イベントを仕切りたいという申し出もきたが、亜佐美は断わらせてもらった。彼らは祭りの注目度を上げてスポンサーを集め、屋台の参加費まで取ろうと言いだしたのだ。

沿線住民への感謝を表すイベントであり、参加費を取るなど、もってのほかだった。利益はのどから手が出るほどにほしいが、やはり譲れない一線はある。見返りを期待したのでは、感謝のお祭りにはならない。

会議は予定時刻をすぎて、午後三時に終わった。鵜沢はすぐに荷物をまとめ、一人で先に市役所を出た。仙台に向かい、レンタカー屋を回るのだという。

亜佐美は町村かおりと落ち合い、鉄道祭りに合わせた新たな土産物の打ち合わせに、今度は森中町役場へUターンした。五木田に提案したプリンと冷酒を、何としても間に合わせたかった。

どちらも試作品はいい味わいだった。あとはパッケージと値段設定にかかっている。大量生産ができないので、どうしても価格は高めになる。限定品を謳い文句にするにしても、その見極めが肝心だった。

「皆さん、損して得を取りましょう。味に自信があるんだから、お祭り会場で試供品コーナーを作ってお客さんに味わってもらうんですよ。大丈夫、このできなら絶対に売れます」

もりはら鉄道の開発商品ではないため、ロイヤリティーは取れなかった。だが、地元の名物商品を売り出し、町興しをしていかねば、鉄道会社にも未来はない。

打ち合わせを終えて本社に戻ったのは、秋の夕陽がすっかり山間《やまあい》に沈むころだった。

オフィスに上がると、社長宛の宅配便が届いていた。書類を入れるＢ４判ほどの厚紙でできた封筒だった。

亜佐美はバッグを投げ出し、宅配便の包みを手にした。差出人は星都エージェンシー。担当者の名前はない。宛名書きの文字も女性のものに思える。だが、亜佐美の脅迫に屈した皆川からの身代金だった。

ビニールテープの封印をはがすのがもどかしく、隙間に指を入れて破った。大資料の束が入っていた。分厚い雑誌並みの枚数がある。震える指で引き出すと、大手レンタカー会社の名前が欄外に印刷されていた。客の名前と住所に車種名、貸し出し時間が一覧になっている顧客表だ。束は全部で六つ。大手レンタカー屋がほぼ網羅《もうら》されていた。メモの類は一切入っていなかった。

どうやって手に入れたのか。亜佐美には想像もつかなかった。電話で言っていたように謝罪の気持ちから送ってきたのか……。皆川の真意もわからない。けれど、脅迫と称した亜佐美の依頼を果たしてくれた。

胸の奥で音を立てて暴れるものがあった。

脅しという卑劣な手段に訴えた自分を恥じる感情ではない。妻子がありながら近づいてきた卑怯な男への思慕が再び燃え上がることもなかった。愛情とはほど遠く、友情に近いようでいて、わずかに恨みを引きずる気持ちが暴れていた。自分で出した要求でありながら、それが果たされてみると、喜びや感謝より、申し訳なさのほうが強かった。

必ずこれを役立ててみせる。送られた塩を無駄にしたのでは恥ずかしい。

亜佐美は今も仙台でレンタカー屋を回る鵜沢に電話を入れた。

「喜んでくれる？　大手の顧客リストは手に入ったわよ」

鵜沢は、その出どころを想像しているような間のあとで、淡々と言った。

「そいつはありがたい。提携先を絞ることができるよ」

「ひとまず車種と日時を確かめてみる。それが終わったら、また電話する」

「了解。じゃあ、頼む」

鵜沢はあっさり電話を切った。多くを語ることなく、亜佐美の思いを悟ってくれている。

亜佐美は早速、資料の束を見ていった。崖崩れの当日に借り出されたハイブリッドカーをリストアップする。

車両基地で列車の電源コードが切られていたことから見て、犯人は身近にいると思えた。そこで、絞り込みの対象を宮城県内に限定した。

あの日、宮城県内六社の店舗で合計十二台がレンタルされていた。ただし、白黒画面に映った時、黒と見られそうな色は三台しかなかった。どれも色は濃紺。

一人が二十六歳の男性。もう一人が三十三歳の女性。どちらも住所は仙台市内だ。残るもう一人が一関市に住む四十一歳の男性。三人ともに連絡先として携帯電話の番号が書かれており、勤務先の欄は空白だった。

女性が崖崩れを起こさせた犯人だとは思いにくいところもあるが、真犯人に頼まれて車を借りたケースも考えられる。

迷った末に、亜佐美は会議室へ行き、三人に電話を入れた。レンタカー屋のサービス係だと名乗って訊いた。

「お忙しいところ、大変失礼いたします。実は原坂警察署の交通課から捜査協力の依頼がわたしどもにございました」

言葉を切って、相手の出方を待つ。もし犯人の一味であれば、声に何かしらの反応が出るのではないか。

「はあ……。警察ですか？」

二十六歳になる前原光男《まえはらみつお》は語尾を弾ませるように訊いてきた。

「お客様がうちの車をレンタルなされたあの台風の夜に、原坂署管内でちょっとした接触事故が起きたらしく、目撃者がナンバープレートからレンタカーだったと証言なさっているそうなんです」

「原坂ってどこですかね」

訊き方に不自然さは感じられなかった。話し向きを面白がっているような雰囲気がある。

「東北本線の輿石駅から、もりはら鉄道という第三セクター鉄道が出ているんですが、その先にある町だと聞きました」

「へえ……。でも、そっちには行ってませんよ、本当に」

「そうでしたか。こちらでも車にほんのわずかな傷が見つかりましたが、お客様にお貸しする前からできていたとも考えられますし、接触事故の証拠とは思いにくいものでした。けれど、顧客リストを提出せよと言われ、協力せざるをえなかった次第です。警察が何らかの確認にうかがうかもしれないと思い、念のために連絡を差し上げました。ご心配をおかけしまして申し訳ございません。今後も当社のレンタカーをご利用いただきますよう、お願いいたします」

　相手の動揺を聞き逃すまいと耳をすましましたが、終始口調は変わらなかった。が、もし犯人であれば、レンタカー屋からの電話だと知って先を読み、警戒心を抱いたとも考えられる。電話一本で何がわかるものか……。

　警察は直接相手を訪ねて話を聞き、嘘を見破ろうとする。だが、犯人に出くわす確率のほうが低く、多くが空振りに終わるのだ。怪しげな情報で捜査員を動かせないという警察の主張も、仕方ないのだと思えてしまった。

　空振り覚悟で、ほかの二人にも電話をかけた。青葉区国見《くにみ》のマンションに住む山上《やまがみ》妙子《たえこ》は電話に出なかった。一関市山目町《やまのめまち》二丁目の板東実《ばんどうみのる》は、電話口で怒りだした。

「おれは事故なんか起こしてないぞ。あんたらも車に傷がなかったことは確認しただろ。違うかい？」

まともに話を聞いてもらえなかった。犯人であれば、怒りだすような目立つ反応を見せるとは思いにくいが、その人物の性格にもよるので、確かなことは言えなかった。

「おい、早まったことをしてくれるなよ」

鵜沢に電話をかけると、とがめ立てるような声で言われた。

「相手の携帯にかけたってことは、本社の電話番号を敵に教えるようなものじゃないか。わかってるのか」

「向こうの着信記録に残るってことでしょ。でも、相手の住所はつかんでるんだから、逃げられても心配はないはずよ」

「崖崩れを起こそうとするような相手だぞ。気づかれたと知って、もっと過激な妨害に出てきたら、どうする。社員に危害が及ぶことだってあるかもしれない……」

そこまでは考えてもいなかった。一刻も早く犯人を突きとめたいという気持ちに勝てず、電話をかけていた……。

「あとは任せてくれるか」

「どうする気なの？」

「実にありきたりな方法だよ。近所を歩き回って、どういう人物かを探る。勤務先を訪ねてみるのもひとつの方法だろうな」

犯人が近くにいる可能性は高い。飛高建設の下請けに当たる泉整備工事に、指名手配犯がまぎれ込んでいたように、建設業界ならば潜入は楽にできる。

鉄道祭りまで二十日を切っていた。いつまで犯人捜しの時間が取れるか。

亜佐美は電話を切ると、カレンダーと向き合って吐息をついた。

3

レンタカー屋との業務提携は難航した。

哲夫は仙台市内を回って、東北地方に店舗を持つ三つの中堅レンタカー屋を説得し、どうにか顧客リストを手に入れた。が、うち一社は顧客の住所氏名のみしか提供してくれず、レンタルした車種はわからずじまいだった。

残る二社で、あの台風の夜に借り出されていたハイブリッド車は三台。そのうち二台が白だった。黒に近い色は一台のみで、借り手は四十三歳になる主婦。もちろん容疑者リストから外すわけにはいかない。

身辺調査を終えたのは、まだ二人だけ。仙台市太白《たいはく》区に住む二十六歳の男性は、塾の講師と判明した。記載された住所に足を運ぶと、古びたワンルームマンションだった。郵便受けの並ぶエントランスに、管理会社によるゴミ出しの注意書きが貼り出されていた。そこに書かれていた電話番号をメモに取り、弁護士事務所の者だと偽って電話を入れた。

――そちらで管理されているパレスホーム太白301号室の前原光男さんと連絡が取れずに困っています。勤務先の宮野城建設へ電話を入れても休んでいるとか。

希望もまじえて勝手な勤務先を告げると、管理会社の男は人違いだと言い、前原光男の勤務先を教えてくれたのである。

同じように一関市にも足を運んでみた。板東実の自宅は一軒家だった。管理会社に電話を入れるという手は使えず、思案していると、息子らしき小学生が帰宅してきた。表札を見ると、二人の子を持つ四人家族だとわかった。

NTTの番号案内で板東家の住所を告げると、電話番号が登録されていた。レンタカー屋を名乗って自宅に電話をかけた。本人ではなく、家族の側から話を聞き出したのである。電話に出た妻らしき女性は、あっさりとレンタカーの使い道を教えてくれた。

「おばあちゃんが足を怪我して、引き取りに行くことになってたんです。それが何か？」

残るは二人の女性。うち一人は主婦で、もし犯人にレンタカーを又貸しでもしていた場合、その確認をどう取ったらいいのか、悩みどころだった。

「あとはもう直接ぶつかってみて、相手の反応を見るしかないわよ」

篠宮は今にも一人で出かけていきそうな雰囲気で言った。いくら相手が女性でも、もし犯人の一味であったら大変なことになる。

「わかってるって。暴力団のヒモや身内がついてるかも、っていうんでしょ。一人で無茶なことはしないわよ。何かこの女の周辺を探る方法、鵜沢君も考えてよね」

そう言われたが、名案は浮かばなかった。地道な調査が必要なのだが、その時間もなかなか取れずにいた。

間近に迫った鉄道祭りには、最大株主である宮城県から、担当の副知事のみならず、奥本博知《おくもとひろし》事も出席すると正式に返事がきた。

「驚いたろ。東北のみならず、東京からも取材陣が来ると言ったんだ。そしたら知事さん、ガラッと態度を変えた。あの人、噂どおりに次の衆院選を狙ってるな」

陣野がわざわざ電話をかけてきて自慢げに語った。

そこで哲夫は気になっていた質問をした。矢島副知事と一緒に会った霞が関の役人とは誰だったのか、を。

「名刺もくれやしないから、あきれるよな。経済産業省の田原《たはら》っていう偉そうな男だった。おれは報告だけで、すぐさま追い払われた。よほど二人で仲良く昔話をしたかったんだろう」

経済産業省には、地方経済の振興を図る部局がある。だが、炭鉱跡地を再開発するにしても、経産省がどう関係してくるのかが見えてこない。

大規模な工業団地を作る計画が出ていようと、県と地元自治体で進められる。国の認可までは必要ない。

産廃処分場の建設に縁がありそうな部局としては、産業技術環境局の中にリサイクル推進課があった。リサイクル技術を持つ大規模な施設の計画なのか。が、もりはら鉄道の経営状態を報告させただけで、陣野を早々に帰らせた理由がわからなかった。リサイクル関連の施設であれば、産廃処分場より遥かに聞こえはいい。ところが、矢島副知事も田原という官僚も、陣野に計画を知られるのを怖れるかのような行動を取っている。

敵の狙いが見えてこないのだった。

五木田も、石垣毅の父親に事情を打ち明けたというが、息子から何も詳しい話は聞き出せなかったという。

「本当に役立たずで、すまない……」

手がかりの糸口さえ見出せない状況だった。

そのさなかに、新たな突発事態が起きた。設立記念の鉄道祭りを五日後に控えた火曜日に、こだま銀行の社員が突然、もりはら鉄道の本社にやって来たのだ。総勢五人。

「過去の帳簿と登記関係の書類をすべて確認させていただきます」

銀行は、篠宮への宣告どおりに、ついに会社の資産評価を始めたのである。

事前に連絡もせず、不意打ちを食らわせる。そのやり方に憤りを覚えた。篠宮と二人で防戦を試みたが、すでに伝えてあると冷たく言い返された。

彼らは書類をすべて端からコピーしていった。その入念さは、さながら破産管財人を思わせる仕事ぶりだった。

「こんな時期に乗り込んでくるなんて、絶対、県の上層部による差し金よね」

篠宮は怒りに声を震わせた。

哲夫が環境生活部に探りを入れた事実は、もう県庁内に広まっている。計画を悟られようと、もはやもりはら鉄道と五木田に逃げ道はない。そう思い知らせるために、こだま銀行の尻をたたいたとしか思えなかった。

「鵜沢さん。どうなってるんです。銀行が資産評価を始めたってことは、県が廃線を考えてるって証拠ですよね」

哲夫がオフィスに戻ると、村上が険しい顔で待ち受けていた。

つい春先までは社内で孤立しかけていた村上だった。それがいつしか社員のまとめ役を担っている。先頭に立ってイベント列車の企画をまとめてきた彼の実績を誰もが認めているからだった。本当にこの半年で、社内は大きく変わった。

心強い思いで村上を見つめ返して、哲夫は言った。

「いや、逆だよ。県はもり鉄を残そうとしてるんだ。その裏で、銀行と綱の引き合いが始まってるんだと思う」

産廃処分場の計画が進んでいる事実を、今はまだ話すわけにはいかなかった。噂が広まれば、沿線住民の中に賛成反対の声が飛び交い、鉄道祭りを成功させようという気運までが吹き飛びかねない。

「鵜沢さんを信じていいんですね」

「ああ。もり鉄を守るためにも、絶対に鉄道祭りを成功させるんだ。銀行の連中を驚かせてやろうじゃないか」

哲夫に迫ってきたのは、村上一人ではなかった。銀行員を送り出したあとで、小野塚がそれとなく近づき、ささやいてきた。

「庁内で噂になってるそうじゃないか。誰かの二の舞になりそうなほど、派手に動き回ってる馬鹿がいるって……」

際どい話を平然と語る小野塚をまじまじと見返した。いまだ県庁内に情報源を持っているとは知らなかった。

「こそこそしなくてもいいだろ。堂々と動けば、相手の見方も変わる。君は誰かと違って、恥ずかしい動機から動いてるわけじゃないだろうが」

一語一語が身に染みた。小野塚は出世争いに負けて、ライバルの反対派に回った。そして五木田と組み、恨みを晴らすべく県の計画を潰したのである。

「おまえが堂々としてれば、必ず庁内に仲間も増えてくる。うちの社員だって落ち着いて仕事ができる。気になることがあるなら、ぶつかってみたらいい。社の面倒な仕事は、おれが引き受けてやるよ」

小野塚には、今も消えない悔いが残っていそうに感じられた。

彼の言葉に甘えて、哲夫は翌日、有給休暇を取って東京へ向かった。最後まで食らいついてやる。沿線のためにも、県上層部のおかしな動きを見極めるのだ。

「頼むわよ、鵜沢君。とことん探り出してよね。社内の面倒な仕事はわたしが引き受けるから」

篠宮までが小野塚と同じ言い回しで、東京行きを了承してくれた。出張扱いにすると言われたが、哲夫は有給を取った。社に負担はかけたくなかったし、自分にはここで引き下がるわけにはいかない個人的な理由もあった。

哲夫は地元新聞社の知人を介して、経済産業省を担当する中央紙の記者を紹介してもらった。経産省の中で、田原という男がどんな仕事を手がけているのか。調べを進める手がかりは少ない。できることから虱潰《しらみつぶ》しに当たってみるまでだった。

東京行きの新幹線に乗り、車内販売のコーヒーを飲んだ。そのあとの記憶がなかった。通常の業務に鉄道祭りの準備と犯人捜しもあって、連日の残業が続いていた。目を覚ますと、もう東京駅のホームだった。

気合いを入れ直して新幹線を降り、東京駅から近いホテルへ急いだ。

先にラウンジで待っていると、五分ほど遅れて記者がやって来た。年齢は四十歳前後。流行のタブレットPCを手に持っていた。

「もりはら鉄道の噂はこっちにも鳴り響いてますよ。副社長さんまで、ずいぶんとお若いんですね、驚きました」

さして驚いた様子もなく言ったところを見ると、会社の基本情報を調べてから来てくれたのだとわかる。

「でも、第三セクター鉄道の副社長さんが、どうして経産省に興味を持たれたんです？」

誰もがそう思う理由を、哲夫は簡潔に告げた。県の副知事を経産省の役人が訪ねてきたと知り、不思議でならなかったからだ、と。もりはら鉄道を担当する上司を呼び出し、会社の現状を報告までさせた意味がわからない、と。

「ほう……。確かに珍しい話ですね。国交省の担当者が興味を抱くというのならまだしも、経産省がローカル線の経営状況を確かめに行くなんて聞いたことがない。それも非公式の訪問に思えるし……。で、誰なんですか、その役人とは？」

「田原さんという方です」

「ああ、資源エネルギー庁から異動してきた人か……」

記者はタブレットPCをたたき、ネット検索を始めた。すぐにヒットしたらしく、画面を拡大して、哲夫にも見せてくれた。経産省の幹部職名簿だった。

田原昌也《まさや》。産業技術環境局の参事官、と書かれていた。

「実は、もりはら鉄道の沿線に産廃処分場を建設しようという動きがあるらしいのですが、経産省で何か話題になってはいないでしょうか」

哲夫が話を核心に近づけると、記者が苦笑を浮かべた。

「そりゃ聞いたことないなあ。だって、産廃は環境省の管轄でしょ。確か県の認可で建設できて、自治体や環境省で立ち入り検査をしてるんじゃなかったかな」

「経産省にはリサイクル推進課という部署があったはずです。そこで大規模なリサイクル施設を作るような動きはないのでしょうか」

「技術促進を図る部署だからなあ……。リサイクル施設を経産省が作るという話は聞いてないけど――」

記者の動きが止まった。視線が宙をとらえ、まばたきがくり返される。

「何か思い当たることでも……」

哲夫は気が急き、テーブルにひざをぶつけた。慌ててコーヒーカップを押さえながら、目で問いかける。

「ひとつだけ、思い当たることがありますよ。もりはら鉄道の終点には、昔、炭鉱があったはずですよね」

「そうです。そこに産廃処分場を作る計画が出ているようなんです」

記者がテーブルに手をつき、顔を近づけてきた。目つきが急に鋭くなった。

「副社長さん。どうやらとんでもない計画が水面下で動いてるのかもしれませんよ」

言うなり記者はまたタブレットをたたき、何かを調べ始めた。

「思ったとおりだ。田原参事官の経歴がすべてを物語っている。見てください」

そこには、田原が在籍していた部署名が記されていた。

資源エネルギー庁原子力政策課、原子力安全・保安院放射性廃棄物規制課……。

「鵜沢さん。本当にこの田原さんがもりはら鉄道の経営状況を確認しに仙台まで行ったんですかね。もし事実であれば……大スクープになる」

哲夫は答えず、携帯電話を手にした。一刻も早く報告しなければならない。

アドレス帳を表示させようとした時、手の中で電話が鳴った。かけようとしていた相手、篠宮からの着信だった。

「今、電話しようとしてたところだ。とんでもないことがわかってきた」

「こっちも犯人の見当がついてきたわよ」

「ええっ？」

驚きに声が裏返った。篠宮が自慢まじりのふくみ笑いを洩らす。

「例の女性――主婦じゃないほうだけど――国分町《こくぶんちょう》のバーに勤めてたのよね」

山上妙子という女性のほうだった。なぜ急に勤め先が判明したのか。

国分町は仙台でよく知られた繁華街で、多くの酒場がひしめく一画だった。

「驚いたでしょ。ほら、夜に何度か電話しても出なかったのよね。で、もしかしたら夜のお仕事でもしてるのかな、なんて想像してみたわけよ。もし夜の仕事をしてたのなら、どうして夕方からレンタカーなんか借りたのかなって。ちょっと不思議でしょ？」

台風が通過する日なのだ。繁華街にくり出す人は少ないとの予想はつく。臨時休業した店もあったろう。そこで車を借りてどこかへ出かけた、という見方はできた。

疑問を感じての沈黙だと悟ったらしく、篠宮が声をわずかにとがらせた。わかりやすい性格だ。

「だって、大型台風だったのよ。たとえ夜の仕事が休みになっても、車まで借りて遊びに行くと思う？」

もちろん可能性はある。身内に不幸があって急に出かける必要ができた。引越の手伝いを頼まれていた……。まだほかにも考えられる。

篠宮が言っているのは、推理というより単なる勘にすぎなかった。が、それをここで指摘したのでは、話が先に進まない。

「で、どうしてバーに勤めてるとわかった？」

「怪しいと思ったから、探偵を雇ったのよ」

「いやー、緊張しましたよ」

急に男の声に替わった。話の展開についていけず、携帯電話を耳から離し、しばし見つめた。目の前で記者も何事かと注目している。

「聞いてますか、鵜沢さん？　ぼくですよ。山下ですよ、例の女性の仕事先を探り出した名探偵は」

あきれて声が出なかった……。鉄道祭りを間近に控え、彼も仕事を山ほど抱えていた。

「どうして、おまえが……」

「社長があまりにも深刻そうな顔してるんで、ずっと心配してたんですよ、村上さんやかおりちゃんたちと。で、社長が睨みつけてた資料をのぞいたら、レンタカー屋の顧客名簿だったたんで大いに首をひねったわけです。だって、レンタカー屋との提携はちっとも進んでなかったでしょ」

いいから返しなさい、と篠宮の声が聞こえたが、山下の話は終わらなかった。

「三人で社長を問いつめたんです。隠し事なんて水くさいって。詳しく話を聞いて、頭にきたなあ……。鵜沢さんと二人でひそかに犯人捜しだなんて、ずるいですよ」

「言えるわけないだろ。みんな仕事を山ほど抱えてるんだ」

「心外だよなあ、ちっとも信頼されてないみたいで……」

だから謝ったじゃないの。また篠宮のぼやきが聞こえる。

「ほら、女性だと危険もあるし、鵜沢さんは別の調査してるし、村上さんは商店街との打ち合わせが目白押しだし。そこで、ぼくが探偵役を買って出たわけですよ。でも、危ないことはしてませんから。外回りのついでに女のマンションへ寄って、ちょっとあとをつけてみただけでして」

「よくそんなことができたな……」

「自慢じゃないですけど——ぼくって存在感、薄いでしょ。学生のころから、ずっとなんです。まったく気づかれずに尾行できました」

「もういいでしょ」

ついに携帯電話を奪い返したようで、篠宮の声が大きくなった。

「わたしだって尾行はできたと思うのよ。例の女、まったく警戒してなかったっていうんだから。でね、驚くじゃない。山下君が客として店へ入って、お酒を飲みながら訊き出したわけよ。あの日は、帰宅できないサラリーマンを当て込んで営業してたらしいの。本名山上妙子——源氏名ハルカさんは、あの台風の夜も店に出てたっていうから、おかしいでしょ？　レンタカー借りといて、深夜まで働いてたなんて」

決まりだ。

何者かに頼まれてレンタカーを借りたのだ。

ほかには考えにくい。車を借りるには、運転免許証を提示する必要がある。名前を残しておきたくない事情があるから、知り合いの山上妙子に車を借りさせた——。

「こっちも驚くような話が出てきた」

「ねえ、鵜沢君？」

篠宮は話をせつくでもなく、やけに落ち着いた口ぶりで問いかけてきた。

「何だか素晴らしいお祭りになりそうな予感がしてきたわね」

「ああ。我々の手で、祭りを精一杯に盛り上げてやろうじゃないか」

4

秋日和《あきびより》の優しい陽射しを浴びて、上り列車が原坂駅に到着した。

まだ祭りの始まる前だったが、二両編成にしておいたのは正解だった。運転士が扉を開けると、多くの乗客がいっせいに降りてきた。

小学生がホームに駆け出し、そのあとを追って両親が続く。老夫婦もいれば、手をつないだ若いカップルも笑顔で降りてくる。中には、夏休み限定のTシャツを着た子どももいた。

駅に人があふれる光景を見て、亜佐美は鼻の奥がまたツンとした。

銀行による資産評価の作業はなおも続き、その動きに気づいた一部の新聞社から、取材依頼が入った。あくまで不測の事態に備えるためで、最大株主の県は鉄道祭りも許可している。その証拠に県知事までが出席の予定なのだ。沿線住民に不安を与えたくないので、誤解を招くような記事にはしないでほしい。鵜沢とともに無理して笑顔を作って説得に努めた。

ただし、今日はまた多くのマスコミ関係者が集まってくる。

改札へ向かう人々を見て、亜佐美は力強くうなずいた。

この日のために、仲間と入念な準備を進めてきた。絶対に成功させてみせる。もりはら鉄道の明日がかかっている一日だった。

亜佐美は駅事務所でマイクを握り、大きく息を吸った。

「――皆様、ようこそ原坂駅にお越しくださいました。皆様の篤いご支援のおかげで、もりはら鉄道は二十五年の長きにわたって、沿線の思いをつなぐ架け橋として今日まで営業を続けることができました。さらなる二十五年に向けて、邁進《まいしん》してまいります。今日は皆様へ感謝の気持ちを込めたイベントを多数ご用意させていただきました。押し合わずに会場までお進みください」

このところは笑顔の大魔神となっている井上駅長が改札前で身ぶり大きく手を振り、人々を誘導していく。

「はい、こちらです。皆さん、足元にお気をつけください」

一日乗り放題なので、切符を受け取る必要はない。本社ビルの横から車両基地まで、両側に飾られた万国旗が道案内の目印だった。

ホームを埋める人の列を眺めながら、亜佐美は会場の受付にいる村上に携帯電話で連絡を入れた。

「そっちの様子はどう？　駅は予想以上の出足よ」

「自転車で来てる人がけっこういますね。門の前には早くも列ができてます」

「だと思った。ちょっと早いけど、オープンしましょう」

「了解！」

通話が切れると同時に、シュルシュルと青空へ向けて白い煙が伸びていった。景気づけの花火だった。

当初の計画では、全額を社で持つ予定だったが、銀行に睨まれている時でもあり、見送ろうとの声が多くなった。それを伝え聞いた地元商店会の有志が、周辺の自治会を動かして、独自に上げることを決めてくれたのである。やはり祭りに花火はつきものだった。多くの人々の支援が本当にありがたい。

「社長、そろそろ支度をお願いします」

本社二階の窓から、町村かおりが呼びかけてきた。彼女もアテンダントの制服に早くも着替えている。

日曜日なので、今日もイベント列車が走る。お祭り特別号と銘打ち、地元の小学生たちがこの日のために育ててくれた花で飾った列車である。

乗り放題の日なので、弁当とお茶の実費のみの格安料金だった。一部ホームからはみ出してしまう五両編成にしたが、受付開始からたった五分でネット予約は満杯となり、電話予約分も四十分ほどで完売した。

その最後尾の車両に、招待客である宮城県知事や株主一行と報道陣が乗車する。

「井上駅長、あとはお願いしますね」

ワイヤレスマイクを託して微笑むと、大魔神の顔がさらにほころんでいった。お客であふれる駅を見て、喜ばない鉄道マンはいない。

かおりと二人で踏切を越えて行くと、花で飾られたイベント列車が待っていた。

今日は車両基地の留置線がふさがっている。その一角に板を敷き、十五にも及ぶ屋台が並んでいるからだった。集まってくれた人々が線路の上を歩くのでは、足元が悪いために転んで怪我人が出かねない。その対策もかねての屋台コーナーである。

「社長さん、一緒に写真撮ってください」

列車の前には、もう子どもたちが群がっていた。かおりと一緒にポーズを決め、十分間限定の撮影会になった。星山光太もおばさんに腕を組まれて苦笑しながら写真に収まっていた。

運転士の制服を着た五木田も到着した。お客に笑顔を振りまいてから亜佐美に近づくと、声を低めて耳打ちしてきた。

「まだ鵜沢君から連絡はないのかね」

「もうマンションに踏み込んでる時間だと思うんですけど……」

亜佐美もずっと仙台の成り行きが気になっていた。鵜沢は昨日も午後から仙台へ行き、山上妙子が勤めるバーの関係者を回っていた。そして、決定的な情報を探り出してきたのだ。

その報告を聞き、ついに原坂警察署の副署長も重い腰を上げた。二人の刑事を仙台に派遣すると約束してくれたのである。

時刻は九時四十六分。そろそろイベント列車の出発時間が近づいていた。

鵜沢哲夫は覆面パトカーの後部座席で忙しなく何度も座り直した。この日のために、多くの時間を費やしてきた。今日の結果が、もりはら鉄道の明日を決めると言ってもいい。

女のマンションはもう目の前だった。ところが、二人の刑事はまだ半信半疑の面持ちを変えずにいる。車中であらためて話を聞かせてもらいましょう。そう言われて、昨日も副署長に報告した情報を一から細かく伝え直した。すると、年配の刑事のほうが呑気な顔で片方の眉をいじりだして言った。

「うーん。決定的な証拠と言えるかな……」

ここまで来て今さら何を言いだすのか。

哲夫は刑事が座る助手席のシートを後ろからつかんだ。すでに上司が了解したから、この仙台行きが決定したのだ。状況証拠はそろっている。

「もう一度言いますよ。山上妙子って女の客に、宮野城建設から仕事をもらっている零細土木会社の社長の息子というのがいるんです。その宮野城建設は、加美町に産廃処分場を持っています。しかも山上妙子は、台風の日にレンタカーを借りておきながら、深夜遅くまで店で働いていたんです。崖崩れを起こさせた犯人に又貸ししたに決まってるじゃないですか」

「疑わしく思える状況は確かにありそうだ。でも、崖崩れが人工的に起こされたという証拠はない。女がレンタカーを又貸しした証拠も同じ……」

「だから、それを確認してほしいんです」

「任意で話を聞くわけだからね。とぼけられたら、それでおしまいだな……」

本当にこの刑事はやる気があるのか。日曜日に出張を命じられて、素人の探偵ごっこにつき合わされるのではたまらない。そういう本音が見える。若い刑事のほうは、すべて先輩に任せたようで、言葉を一切はさもうとせず、運転に専念を決め込んでいた。二人ともに、勢い込む哲夫をはぐらかそうとするような態度ばかりを見せている。

「まあ、話を聞いてはみましょう。町長からのお願いとあっては断れませんからね」

要は、素人にせつかれて聞き込みへ行くのが嫌なのだった。出張までして何も出てこなかった場合、同僚に笑われると考えている。メンツを気にする役人は多かった。だが、鉄道の往来妨害は、二年以上の懲役《ちょうえき》を処される重罪だ。単なるレンタカーの又貸しではない。

もっと緊迫感を持って仕事に当たってもらいたかったが、刑事の機嫌を損ねたのでは、調べが進まなくなる。哲夫はぐっとこらえて言葉を控えた。

九時三十六分。青葉区国見のマンション前に到着した。

心配なのは、山上妙子が今日、自宅にいるかどうかだった。

土日はバーが休みなので、泊まりがけで旅行に行かれたのでは困る。そこで哲夫は昨日、宅配業者を名乗って山上妙子に電話をかけた。明日の午前中はご在宅でしょうか。冷凍便のお届け物がございます。女は疑う素振りもなく言った。午前中ならいますよ——と。

哲夫も続いて車を降りると、年配の刑事があらたまるような顔で振り向いてきた。

「言っておきますが、廊下の離れたところで待っていていただきますよ。警察とは無縁の者が一緒にいたのでは、あとで問題になりかねませんからね」

警察官も公務員の仲間であり、揉め事の芽は摘んでおきたがる。こうして同行させてもらっていること自体、副署長の計らいによる特別待遇なのだ。この先は彼らに任せるほかはなかった。

エレベーターで四階に上がった。412号室の前に立ち、刑事が呼び鈴を押した。が、反応はない。まだ寝ているのか……。

二度三度とベルを押したが、同じだった。

「どうも留守にしてるみたいだな」

二人の刑事が、後ろに立つ哲夫に、話が違うぞと責めるような目を向けてきた。そんなはずはない。午前中ならいる、と言っていたのだ。

哲夫は腕時計を見た。そろそろイベント列車が輿石駅へ向けて出発する時刻になっていた。

ＪＲと接続する輿石駅のホームも、人でごった返していた。乗り放題につられて来た観光客、イベント列車を予約した人、鉄道ファンに取材記者たち……。亜佐美の横で五木田が窓へと身を乗り出している。

花で飾られた列車がホームに入ると、カメラを持つ人々が列をなして出迎えた。記者会見の時に負けないほどの報道陣が集まっていた。取材をかねてイベント列車の予約を入れたテレビ局もあり、最後尾の車両は株主とマスコミ関係者の貸し切り状態と言っていい。

土産物の特設コーナーにも、狙いどおり人が早くも群がっていた。列車を待つ時間があれば、必ず売店をのぞいてくれる。これは予想を超える売上になる。

馬場山運転士が停車位置を確認してから席を立ち、乗降ドアを開けた。五木田とホームに出ると、フラッシュの砲列が光る。今日の広報係を務める山下が根回しをしてくれたおかげで、代表質問の形は整っていた。

山下が手を回してサインを出すと、マイクが突きつけられた。

崖崩れによって予想外の出費があったというのに、一日乗り放題を決行して赤字は増えないのか。マスコミの関心事は予想できたので、亜佐美は難なく受け答えができた。

「ご安心ください。株主でもあるこだま銀行さんが、不測の事態に備えてくれています。関係各社にご迷惑をおかけする事態にはならないはずです。年末にかけて楽しいイベントも盛りだくさんですし、沿線の皆様のご期待に添えるよう今後も全力をあげてまいります」

具体的なイベント名も告知しつつ、懸命に笑顔を振りまいた。鵜沢からまだ連絡が入らず、気が気ではなかったが、作り笑いはお手のものだ。

「早くも会場は、お客様であふれ返っております。この盛り上がりぶりを見れば、もり鉄が沿線にどれほど愛され、注目されているか、皆さんにもわかっていただけると思います」

五木田もカメラを見回し、慎重な言い回しでアピールに努めた。県から災害支援の話は出ていないが、今日の成功を足がかりにして、沿線の意見をまとめて県に申し入れていこうという腹案もあった。そのためにも、仙台からの連絡が待たれてならない。

出発十五分前になって、予定どおりに知事と県職員一行の車列が駅前ロータリーに到着した。

先頭は奥本博知事と夫人。夫婦仲のよさをアピールするつもりか、車を降りると熟年フルムーン旅行のように腕を組んで歩きだした。政治家もイメージ戦略に余念がない。

その後ろには、矢島副知事に陣野部長と秘書課の面々が続く。夫人同伴者はおらず、そろってスーツ姿だった。日曜とはいえ、仕事のうちなのだ。

こだま銀行の副頭取ともりはら信用金庫の担当者は、奥さんと子どもを連れての参加だった。これは五木田のリクエストである。家族連れを多くすることで、アットホームな鉄道をイメージさせる作戦だと、表向きには言ってあった。その実、家族の前では銀行マンも厳しい意見はひかえてくれる、との読みがある。

飛高建設の社長も、二代目の息子夫婦をしたがえていた。こちらは銀行や県庁幹部との列車外交が目的だ。堀井市長と原坂市の職員は、会場の担当を引き受けてくれている。合併をまた呼びかけ始めたために、五木田とは顔を合わせにくいというのが本音だったろう。

これで関係者は勢ぞろいした。あとは鵜沢からの報告を待つだけだった。

ホームを見ると、商品の搬入を手伝い始めていた山下が目で問いかけてきた。亜佐美は素早く首を振った。午前十一時二十分。まだ連絡はない。

鵜沢と刑事たちは何をしているのか……。出発時刻が迫っていた。

女というやつは気が知れない。電話で午前中は自宅にいると言っておきながら、山上妙子はネイルサロンに出かけていたのだ。大慌てで哲夫が昨日に引きつづいて携帯に電話を入れると、あっけらかんとした口調で返事があった。

「ごめんなさいね。予約してたのを忘れてたのよ。夕方には帰るから、夜にでも持ってきてくれるかしら」

それは困る。夜では祭りが終わってしまう。すべての関係者が一度にそろうという絶好の機会が失われてしまう。

「すみませんが、どちらのネイルサロンでしょうか?」

「こっちに持ってこられても困るわよ」

それだけ言われて電話を切られた。もっともな主張なので、反論のしようもなかった。

刑事たちが、どうする気だと非難を込めた目を向けてきた。夜まで待たされたのでは、たまらない。こうなったら、山上妙子の言葉を信じるほかはなかった。仙台中のネイルサロンに電話を入れて確認するまでだ。

「待っててください。今すぐ調べますから」

刑事たちにも手伝ってほしかったが、彼らは覆面パトカーに引き揚げてしまった。あとで副署長に文句を言ってやる。

哲夫は一人、マンションのロビーで探索作業を開始した。携帯電話でネット検索すると、ずらりと何十軒ものネイルサロンが画面に表示された。仙台の繁華街に近い店から、片っ端に電話を入れて確認した。

山上妙子が嘘つき女ではなかったことを、哲夫は神に感謝した。十一軒目で、名前がヒットしたのだ。

「はい、確かに山上様はお見えですが」

「見つかりました。青葉通りの店です。急ぎましょう！」

哲夫は運転席に座る若い刑事に、店の住所を表示させた携帯電話を突きつけた。

イベント列車お祭り特別号は、定刻どおり十一時三十分に出発した。

輿石駅のホームには、次の列車を待つ人々がまだ残り、手にした携帯電話やデジカメを突きつけながら見送ってくれた。

仙台の動向が気になるが、亜佐美にはアテンダントとしての仕事があった。五木田にうながされて、ワイヤレスマイクを握った。

「本日はお忙しい中、お祭り特別号にご乗車いただき、まことにありがとうございます。この列車は秋真っ盛りの小室渓谷を抜けて、お祭り会場になっております車両基地のある原坂駅までノンストップでまいります。本日の運転士はもり鉄きっての大ベテランのパパパパさん。アテンダントは篠宮、町村、星山の三名でございます。短い時間ですが、終点まで楽しい旅のひと時をご満喫くださいませ」

アナウンスを終えると、まずは弁当とお茶のセットを配っていった。知事や多くの報道陣が乗り合わせる最後尾の車両はあと回しにして、前の四両を手分けして回る。ついでにビールや名物となったワインを注文する人が多く、経営者としては笑顔を絶やすわけにはいかない。

それにしても……。

鵜沢と刑事はうまくやっているだろうか。出発の寸前になって、山上妙子がマンションにいないという電話が入った。ネイルサロンへ急行して話を聞くと言っていたが、まさか失敗したのか……。このままでは、絶好のチャンスがふいになってしまう。

列車は速度を抑えてゆったりと走るが、終点までは九つの駅しかなく、時間は限られている。その後、知事一行は本会場でのイベントに出席したあと、すぐ帰宅してしまう予定だ。この車中しか、話を切り出す時間はない。缶ビールやワインを売りながらも、時計ばかりが気になった。

三両目に差しかかったところで、亜佐美を呼び止める声がかかった。

「コーヒーをいただけますかね」

一瞬、息が止まりかけた。

声の主を振り返ると、窓側の席にサングラスをかけた男がいた。

「あ、そうか。新幹線と違って、もり鉄では淹れ立てのコーヒーは用意してなかったか。それなら赤ワインにしておこうかな」

新幹線の車内で何度も会った時と同じく、今もサングラスで顔を隠していた。先日の建設現場で見せたように、白い歯をのぞかせて亜佐美に笑いかけてくる。

どうしてこの列車に石垣毅が乗っているのだ……。

亜佐美は息をつめて見返した。一瞬にして記憶が甦る。そういえば……あの建設現場で彼は言っていた。もり鉄祭りの日が楽しみだ、と。あれは単に、採算を度外視した無謀な企画を皮肉った発言だと思っていたが……。

「早くしてくださいよ。皆さん、待っていますからね」

石垣が余裕を見せて言い、亜佐美は我に返った。震えそうになる指先でプラコップにワインをそそいだ。コップの中に負けじと、胸の中にも波紋が広がっていた。

亜佐美がワインを手渡すと、石垣は何事もなかったように窓の外へ視線を移した。その口元には、ずっと笑みが貼りついていた。自分が乗り込んでいることを伝えるため、彼はあえて呼びかけてきたのだ。

あとは釣り銭を間違えないようにするのが精一杯だった。とても笑顔は作れず、大慌てで最後尾の車両へ移動し、来賓客にも弁当セットを配っていった。

知事夫妻の向かいに座る五木田が、沿線風景のガイドをこなしながらも時折、亜佐美に問いかけの目を送ってきた。鵜沢からの連絡を気にしてのことだが、亜佐美はただ首を振り続けた。

車両をすべて回り終えると、亜佐美は在庫を置いた運転室へワゴンごと身を隠した。携帯電話を取り出して、山下と五木田にＳＯＳのメールを送る。緊急事態発生、と。

二人は二分もせずに狭苦しい運転室へとやって来た。

「どうしたんだ、亜佐美君」

「鵜沢さんたち、失敗したんですか？」

亜佐美は二人を招き入れると、運転台を仕切るドアを閉めた。

「石垣毅が来てるのよ。三号車十二列のＤ席に」

「どうして、また……」

山下が飛び上がるようになって目をむき、五木田がカーテンで隠れた通路の先を見すえるように視線を振った。

「やはり、来たか」

予期でもしていたような言い方だった。五木田の苦りきった表情を亜佐美は見つめた。

「会長、あの男が乗り込んでくると――」

「ああ、覚悟はしていたよ。小山の建築現場で会った時から……。彼はわたしへの復讐の総仕上げを、この列車の中でする気なんだろう」

「どういうことです？」

山下が声をかすれさせて訊く。

「この車内には、もり鉄の関係者が勢ぞろいしている。そのうえに報道陣も全国から集まってくれてる。大々的に事を起こすには、願ってもない日だとは思わないかな」

「そうか……。県がまだ発表していない事実を、この場で」

「楽しいお祭りをぶち壊そうって魂胆《こんたん》ね」

亜佐美はワゴンの柄《え》をきつく握りしめた。向こうもこの日を待っていたと見える。

だが――それなら話は早い。

「会長、こちらも予定どおりに計画を進めましょう」

亜佐美は言い、車内販売のワゴンと帽子を山下に押しつけた。

「無理ですよ、社長。証拠集めがまだ……」

「ここで手をこまねいていたら、相手に先を越されるわよ」

「でも、証拠を突きつけてこそ、敵を攻め落とせるって、鵜沢さんが」

「真相糾明のチャンスをふいにする気なの？　会長も今言ったでしょ。今日しか関係者が顔を合わせる機会はないのよ」

もりはら鉄道に妨害をしかけてきた犯人を突きとめ、その真相も同時に発表したほうが話に説得力は出るのだが、致し方なかった。

また何か言いかけた山下の鼻先に、五木田が手を上げて待ったをかけた。

「よし。やろう。状況証拠はいくつもあるんだ。それでも相手は言いがかりだと怒りだし、我々を非難するだろうな。なに――いざとなったら、わたしの首をくれてやるから、存分に戦ってやろうじゃないか、なあ、亜佐美君」

「会長まで……」

せっかくの祭りの日に騒ぎを起こすとは何事だと、非難は亜佐美たちに集まるだろう。しかし、マスコミの中には、興味を抱いてくれる人たちもいるはずだ。彼らを味方につけることで、真相を追及していくという方法もある。

覚悟を固めて、うなずき合った。

身にあまる社長という職にスカウトされて、六ヵ月。全力で働いてきたという実感がある。三十一年間生きてきて、これほど充実した日々はなかった。後悔はない。

「待ってくださいよ、鵜沢さんに電話してみますから」

山下が携帯電話を取り出した。彼の不安はわかるが、そろそろ始めないと時間が足りなくなる。やるわよ、と彼に目で訴えてから、亜佐美は運転室のドアを開けた。五木田とともに、車両の最後尾へと向かう。

さあ、列車内で開く二度目の記者会見の始まりだ。

「ちょっと待ってくれるか、亜佐美君」

五木田が小声で呼びかけてきた。今さらどうしたのだと思って振り返ると、五木田も携帯電話を取り出していた。

「敵に備えて、次の手を打っておいたほうがいいだろ？」

謎かけでもするように言い、五木田がどこかへ電話をかけ始めた。


ネイルサロンの女性店員は、刑事が差し出した身分証のバッジを見つめて顔色をなくした。

「ここに山上妙子という女性が来ていますね」

「え、はい……いらっしゃってますが」

「案内してもらうよ」

年配の刑事が威圧を込めて言い、若いほうが廊下の先を見回している。逃げられたのでは困ると、非常口を確認しているのだ。やっと刑事らしい仕事ぶりになってくれた。

カウンターの奥から店長らしき女性が現れ、刑事たちに相対している。やがて、二人の刑事が個室へと続く廊下の先に消えた。

入り口で待てと言われたが、哲夫は刑事たちの姿が見えなくなると、サロンの中へ足を踏み入れた。廊下には男の社員も出てきて、狭い廊下を走っていった。

これで山上妙子はつかまえられた。すでに特別列車は原坂駅へ向けて出発している。刑事に迫られ、どこまでしらを切りとおせるものか。やっと展望が拓けてくる。

ドアの前まで歩いて中の様子を見たかったが、社員が哲夫に近づいてきた。

「警察のかたですか」

哲夫は曖昧《あいまい》にうなずき、勝手に解釈してくれるような言い方をした。

「参考のために話を聞かせてもらうだけですので、どうかご心配なく」

刑事たちが消えた廊下の先には、いくつもの個室が並んでいる。哲夫はひとまず携帯電話を取り出した。現状を篠宮に報告しておいたほうがいい。

アドレス帳のボタンに指をかけると、廊下の先で椅子が倒れるような物音が響き渡った。

「おい、待て！」

刑事の叫び声も聞こえた。哲夫はドアに向かって歩いた。その途端、ふたつ先のドアが開き、黒い人影が飛び出してきた。

「逃がすな！」

黒いショールをまとった女が、髪を振り乱して走ってきた。山上妙子に間違いなかった。マスカラを塗りたくった目を見開き、眉を吊り上げている。

刑事が現れたのを見て逃げ出したのだ。その行動が、共犯者だと自白しているも同じだった。

哲夫は手を広げて身構えた。逃がしてたまるものか。二人の刑事は何をしている。女と見て油断するにもほどがある。

山上妙子は哲夫を見てもひるまなかった。

「どいてよ！」

叫びを上げるとバッグを振り回し、哲夫の広げた腕を殴りつけてきた。衝撃を受けて、手の携帯電話が飛んだ。女の体が横をすり抜けていく。

哲夫は体勢を立て直して、床を蹴った。ここで逃がすわけにはいかない。二人の刑事も後ろから追いかけてくる。

山上妙子がサロンの入り口を走り抜けた。正面がエレベーターで、右が階段。彼女はサロンの看板を弾き飛ばして右へ向かった。哲夫も大慌てで追いかける。

連日の疲れが足に来ていた。思うように体が動かず、階段に差しかかったところで前のめりになった。足がもつれて、世界が反転した。それでも、山上妙子の後ろ姿めがけて手を伸ばした。

衝撃が体を襲い、あとは何もわからなくなった。

列車の後ろ半分が来賓席になっている。

亜佐美は背筋を伸ばし、息を大きく吸った。前を行く五木田に続いて、クロスシートにはさまれた通路を歩く。知らずと鼓動が跳ねて息苦しさを覚えた。が、引きつった笑顔を作るわけにはいかない。追いつめる側が焦りを見せたのでは、敵に余裕を与えてしまう。

奥本知事と夫人が報道陣に近いシートに座り、二人並んでお弁当をつつく姿をつい先ほどまでカメラが囲み、笑い声も起きていた。ひととおりの取材は終わったらしい。

知事の向かいの席に五木田が戻り、中座を詫びるように軽く頭を下げた。何も知らない知事は、笑顔のままだ。

通路をはさんだ左側が、矢島副知事と陣野部長の席だった。二人は笑顔の知事夫妻を横目に、つまらなそうな顔で車内販売のビールを飲んでいる。銀行や飛高建設の関係者は、その後ろで和気あいあいと家族で語り合っていた。

亜佐美は通路で一礼してから、奥本知事と夫人に話しかけた。

「いかがでしたでしょうか？　先日のファン投票で一位になったお弁当なんです」

「いやあ、素晴らしい景色も調味料になっているんだろうね。とても美味しかったよ、なあ」

知事がまだカメラを意識したような答えを返して、横で夫人もうなずいた。二人ともにお弁当はほぼ空になっていたので、単なるリップサービスでもなかったらしい。

五木田が小さく合図の空咳《からぜき》を放った。いよいよ計画のスタートだった。

ところが、そのタイミングを待っていたかのように、亜佐美のポケットで携帯電話が震えた。

鵜沢からの連絡が入ったのか。亜佐美は目で五木田に伝えてから再び頭を下げ、知事の前を離れた。ドア横へと歩いて携帯電話を取り出した。やはり山下からの電話だった。

「鵜沢さんはつかまりません。それより、例の男が今そっちに向かいました」

「見えるわ。我々の動きに気づいたようね」

亜佐美はそれとなく通路の後ろを振り返り、小声で言った。

連結器のドア窓を通して、四号車のほうから歩み来る男の姿が見えた。今はサングラスを外し、決意に満ちた表情をしている。やはり彼にも目的があると思えた。

「それともう一点だけ。石垣が座ってた席。こだま銀行に言われて用意した分のひとつなんですよ。どういうことだと思います？」

亜佐美は銀行関係者のシートを振り返った。

石垣が今回の案件を持ち込んだのは、鉱山跡地を所有する仙台中央銀行のはずだった。この列車に乗りたいのであれば、仙台中央銀行を通じて飛高建設に用意させればいい。彼らは鉱山跡地を下見する際にも、飛高建設を動かしているのだ。

なるほど……。やはりこだま銀行まで敵チームに加わったらしい。だから、祭りの直前になって資産評価を始めるという、一種の脅しに出てきたのだ。

株主でもあるメインバンクを押さえてしまえば、所帯の小さなローカル線の経営は、より自由に操れる。敵陣営による根回しは、かなり進んでいた。そのスクラムを崩すのは容易ではないだろう。だが、敵の尻尾はもう見えている。

ひそかに闘志を固め直すと、連結器のドアが開いた。

ゆっくりと石垣毅が近づいてくる。亜佐美は急いで知事の横に戻り、歩み寄る石垣を意識しつつ、早口に話しかけた。

「実は、知事。今日この日のためにと、一人のお客様が来てくれたようです」

「ほう……。何か余興でも始まるのかね」

知事が手にした缶コーヒーを置き、辺りに視線を振った。五木田も何事かと見つめてくる。

亜佐美は車両の先を見て、大きく手を差し向けた。

「矢島副知事のお仲間の一人です。もしかしたら知事はまだご存じではないかもしれませんが」

急に名前を出された矢島が、通路をはさんだ横の席で身を硬くするのが見えた。陣野のほうは顔つきを変えず、視線のみを向けてくる。

報道陣が注目する中、石垣毅が歩みを止めた。テレビ局のクルーがカメラを回し始める。

矢島がそわそわと腰を浮かすような仕草を見せた。その慌てぶりに目ざとく気づいた陣野が、事態の推移を占うかのようにその場の動きを見回している。

奥本知事が通路に乗り出して、石垣毅を見つめた。思い当たるふしがなかったようで、彼はそのまま副知事に目で問いかけた。矢島は平静を装うかのようにスーツの前ボタンを留め直してから、石垣に向かって言った。

「君。知事の前で失礼だぞ。突然押しかけたりして。帰りたまえ」

その言葉から、矢島は何も知らされておらず、石垣一人が独断でこの列車に乗り込んできたものとわかった。矢島たちとしては、完璧な根回しを終えてから発表したいと考えていたのだ。が、その遅さに我慢できなくなり、石垣毅はこの場にやってきた――。

「そろそろ返事をいただきたくて、今日はまいりました。ここにはもりはら鉄道の関係者が一堂に会しておられる。鉄道を守っていくためなのですから、皆さん、大いに興味を持たれる話だと思います」

石垣はそう辺りを見回してから、知事に向かって深々と一礼した。

「突然、お邪魔してすみません。初めてお目にかかります、奥本知事。ミツバ・コンサルティング企画部の石垣毅です」

そこで初めて奥本知事の頰が、ひくりと動いた。余計なことをするな、と石垣を睨み上げてから、矢島にまた問いつめの視線を送った。

矢島がいらいらと足を揺らしながら石垣を見上げた。

「席に戻りなさい、石垣君。今日は多くの人が楽しみにしているお祭りの日だ」

「あら、副知事。まずは石垣さんのお話を聞こうじゃありませんか。マスコミのかたたちも興味をお持ちのようですし」

亜佐美が進み出て言うと、矢島の視線が鋭くなった。石垣も、虚をつかれたような顔でこちらを見ている。まさか話に乗ってくるとは予想もしていなかったのだろう。

「亜佐美君の言うとおりですよ。ねえ、知事。彼の話を聞きましょう」

五木田までが落ち着き払った声で応じた。成り行きを読めずにいる石垣が憎き男の横顔を食い入るように見つめた。

知事がわずかに声をとがらせた。

「五木田町長。余興にしては少し悪ふざけがすぎるようだ」

「いいえ、知事。ふざけるどころか、わたしは真剣そのものですよ。我々の知らないところで、県がとんでもない計画を進めていると知り、大いに驚いているところですからね」

「何ですか、とんでもない計画とは――」

席を立った記者の一人が呼びかけてきた。

苛立ちを目に表した奥本が顔の前で手を振りながら答える。

「たいしたことじゃない。カメラを止めてくれないか。もりはら鉄道とは関係のない話だ。――五木田さん。報道陣の前で、おかしな言い方をしないでください」

「知事が口をにごすのであれば、わたしのほうから発表させていただきましょうか」

五木田は一歩も引かずに言い返した。

「カメラを止めろと言ってるんだ」

たまりかねた奥本が席を立ち、マスコミ関係者をひと睨みした。横から夫人がそっと手を伸ばして夫を引き止めたが、遅かった。こんな姿がテレビで流されたのでは、支持率と次の選挙に影響が出る。

亜佐美は、あえて明るい口調を心がけて横から言った。

「ちょうどいい機会ですし、マスコミの皆さんにも知っていただきましょう。ここにいる石垣毅さんは、地元の大切な鉄道を守るために、とんでもない秘策を思いつき、仙台中央銀行さんと県に話を持っていったんです。そうですよね、石垣さん」

話を振られた石垣が、亜佐美を睨みつけてきた。売られた喧嘩を買うとは度胸がいい。そう言いたげな目つきだった。

「では――わたしから少しご説明させていただきましょうか」

石垣がもったいつけるように間を取り、報道陣を振り返った。

「このもりはら鉄道の終着駅の先には、森中炭鉱の廃坑跡が今も残されています。その跡地を利用して、大規模な産業廃棄物処分場を建設してはどうか、と提案させていただいたんです」

おお、と報道陣から声が上がった。彼らとしては噂すら耳にしていない情報だったろう。

苦りきった表情の奥本知事をとらえようと、カメラマンが一斉にシャッターを切った。奥本は顔を背け、夫人がハンカチで頬の辺りを隠した。何も知らない飛高建設と信用金庫の関係者が、家族をそっちのけで、こそこそと話をし始める。

亜佐美はあえて石垣に向かって微笑みかけた。

「素晴らしいアイディアですよね。各地で処理に困った廃棄物を、このもりはら鉄道で運搬する計画ですから。その運賃で我がもり鉄の収益も改善が図れる。銀行も持てあましていた土地の有効活用ができる。大規模な処分場を管理する第三セクターでも設立すれば、お役人たちも新たな天下り先が確保できる。一石二鳥どころか、三鳥四鳥のアイディアですものね」

せっかく誉め讃《たた》えてやったというのに、石垣の目の鋭さは変わらなかった。この女は何を考えている。なぜ五木田も落ち着き払っていられるのだ。先が読めないために、焦りが表情をこわばらせていた。

「本当ですか、知事」

「県はどこまで関与してるんです！」

質問を浴びた奥本が、威厳を取り繕《つくろ》うように居住まいを正した。

「単に話が出ているだけでね。まだ正式な案件としては県も関知はしていないものですよ」

奥本は余裕ある態度を保とうとしたが、声の端々に不快さが表れていた。

とうに知事も承知ずみの案件だったのである。産廃処分場の認可ひとつで、大赤字のローカル線が県のお荷物から脱却できる。知事の業績として数えられる。

「あら、奥本知事。県が正式な案件として議題に取り上げるってことは、もう本決まりで撤回は絶対にできない計画だってことを意味しますよね、お役人の世界では普通」

亜佐美が指摘すると、報道陣から賛同の声が上がった。

「そうですよ、知事。県は各所に根回しを始めたわけですよね。正直に教えてください」

「マスコミのかたなら、当然よくご存じですものね。ダムや護岸工事とかによくあるケースですから。計画を発表したら、もうあと戻りは許されない。地元を説得するため、御用学者を集めた環境アセスメントや、不満のガス抜きの意味しかない説明会をくり返すだけ。住民の意思など無関係に、どんどん計画は進められていく」

亜佐美が言ってつめ寄ると、横に立つ石垣がうなずいた。

「そのとおり。県が認可さえしてくれたら、誰もが納得しますよ。森中町に大規模な産廃処分場を作ることで、大赤字を抱えるこのもりは鉄道も、晴れて存続が決定される。森中町の住民だって大喜びしてくれます。ねえ、五木田町長」

「そう決まったわけじゃないよ、石垣君」

「おや、町長。町民のためになる計画を、あなたの一存で潰す気ですか」

勝ち誇ったような顔で、石垣が進み出た。

「いつぞやの炭鉱博物館や記念公園のような実利の出ない計画とは違うんです。あなたが意地を張って反対すれば、このもり鉄は必ずや近い将来、大赤字を抱えて廃線に追い込まれる。町民は大切な移動の足を奪われ、よそへ転居していくしかなくなってしまう。そうなる前に、あなたへのリコール運動が起きるでしょうね」

「町長、産廃処分場を受け入れる気はないのですか？」

今度は報道陣から五木田に質問が投げかけられた。

「まあまあ、少し落ち着いてください、皆さん。もりはら鉄道は、新社長に就任した亜佐美君や社員の奮闘により、順調に収益を伸ばしております」

「でも、崖崩れの復旧費用が、この先かさんできますよね」

記者の一人が手を上げた。

五木田が立ち上がって報道陣を見回した。

「そのとおりです。もりはら鉄道はまたピンチに立たされています。それだけではありません。実は、うちの森中町も今、苦境に立たされています」

亜佐美は五木田に目で合図してから、奥本知事に斬り込んだ。

「ずいぶん県も強引な手をお使いになりますね、知事。以前、炭鉱跡の再開発に反対を唱えて町長に当選した五木田さんを黙らせるため、森中町の補助金申請に難癖をつけてストップさせる。しかも同時に、また原坂市との合併話をしつこく持ちかける。これでは嫌がらせとしか思えませんよね」

「わたしは些細な補助金申請の認可にタッチはしていない。個別の案件は、すべて現場の判断に任せている」

責任逃れとしか思えない言い方だった。

亜佐美は通路をはさんだ横の席に視線を振った。

「では、矢島副知事が部下に指示を出されたわけでしょうか」

「馬鹿なことを言わないでくれ。失礼だぞ、君は」

「だって、矢島さん、あなたが可愛がってた部下の一人が突然異動になって、森中町の新たな担当になったんですよね。違いますか」

「それは……人事課が決めることだ。わたしは知らん」

計画の中心にいるのはこの男なのだ。報道陣にもその印象は焼きつけられたに違いない。

横から強い視線を感じた。石垣が口を真一文字に引き結んで亜佐美を見ていた。

彼は多くを知らされていない。彼が見すえていたのは、父からスーパーマーケットを奪っていった憎き男だけだったのだろう。

亜佐美は追及の手をゆるめずに言った。

「でも、不思議だとは思いませんか、皆さん。県がひそかに産廃処分場の計画を進めだしたとたんに、森中町の補助金申請が滞るし、たまたま崖崩れが起きて、もりはら鉄道の財政状況が悪化する。偶然にしては、県が進める計画にとって都合のよすぎる展開ですよね」

「どういう意味です」

「先日の崖崩れは台風のせいじゃなかったというんですか？」

記者からの質問が飛び交った。ここが苦しいところだった。

亜佐美は目の端で山下の姿を探した。まだ運転台の横で電話をかけている。鵜沢がつかまらないのだ……。が、ここで矛《ほこ》を納めるわけにはいかない。亜佐美は焦りを抑えて言った。

「わたしどもは確信しております。現場の状況から多くの社員が不審を抱き、故意に崖崩れを起こさせた可能性もあると見て、今日まで調査を続けてきました」

「何か証拠が出てきたと言うんですかね」

それまで黙《だんま》りを決め込んでいた陣野が、絶妙なタイミングで質問を入れてきた。

「はい、陣野部長。あなたが人選して送ってくださった鵜沢君が、今も仙台で捜査を続けています。二人の刑事さんと一緒に……」

「本職の刑事が動いているわけですね。どういうことです！」

報道陣がざわつくのも当然だった。

五木田も首を伸ばし、電話中の山下を気にして見ている。ここは少しでも時間稼ぎをするしかない。

「あの台風の夜、不審なレンタカーが現場付近を走っていたんです。その事実を我々は街道沿いのコンビニエンスストアに設置された防犯カメラの映像から探り当てました。そのレンタカーの借り主は、山上妙子という女性でした」

「どういう素姓の人なんですか」

「宮城県下で産廃処分場を経営する宮野城建設の下請けに当たる土木会社がありました。その関係者と親しい女性だとわかりました。我が社の鵜沢副社長が、刑事とともに話を聞きにいっているところなので、いずれ事情は判明するはずです」

「わかりましたよ、町長。あなたが強引に警察を動かしたわけですね」

石垣が、無駄なことをする、と決めつけるように言って五木田を睨んだ。

「その鵜沢とかいう副社長が、いつだったか逃亡犯を見つけだした一件がありましたよね。あの時も、あなたが警察にねじ込んで、刑事を動かしたんじゃなかったかな。新聞で読みましたよ。でも、駅の小火騒ぎとはまったく関係のない犯人が見つかっただけに終わったんですよね」

「今度こそ間違いはない。そうわたしは信じている」

「ほら、皆さん、聞きましたよね。この人は町長という立場を使って警察に圧力をかけ、刑事を働かせているんだ。職権乱用もはなはだしい。こんな人物が本当に町長を務め、赤字ローカル線の会長職に居座っていて、いいんでしょうかね」

石垣が、五木田の責任問題へと強引に論理をすり替えていく。

追いつめられたはずの五木田が、ふいに優しげな目になって石垣に言った。

「毅君。君がもりはら鉄道を残すために、産廃処分場のアイディアをひねり出したことは、よくわかっているよ。しかし、君はまだ本当の計画を知らされてはいないんだ……」

ついに五木田が真相へと踏み込んでいった。

石垣の目が戸惑いに揺れていた。矢島が忙しなく足を組み替え、五木田を見る。

報道陣は言葉の意味をつかめずにいるようで、その場が静まり返った。列車はそろそろ渓谷に差しかかっている。

「社長！　鵜沢さんと連絡つきました」

山下の声が車内に響き渡った。亜佐美は期待を託して振り返った。

人々の視線が集まる中、山下が携帯電話を手にしたまま、喜び勇んで通路を走ってくる。

間に合った……。ひざが崩れそうになったが、亜佐美はシートに手をかけて体を支えた。五木田も大きく息をついている。

山下が携帯電話を突き上げ、通路の真ん中で一回転する。

「ここに、うちの鵜沢副社長が出ています。原坂警察署の捜査一係の方々と、今仙台にいます」

もう一方の手に握っていたワイヤレスマイクを携帯電話に差し向けた。鵜沢からの電話が入ることを信じて、マイクの音声は最後尾の車両のみに伝わるよう、セッティングをしてあった。

「鵜沢さん、どうぞ！」

山下が大きく言うと、天井のスピーカーから鵜沢の声が流れ出した。

「皆さん、聞こえますでしょうか。宮城県商工経営支援課から出向しております、鵜沢哲夫です。ちょっとアクシデントがあって、報告が遅れましたことをお詫びいたします。つい今し方、刑事さんが山上妙子から話を聞き、彼女がすべてを自白しました。あの崖崩れが起きた台風の夜、宮野城建設の下請けに当たる土木会社の関係者に頼まれて、秋山良太郎という男にレンタカーを又貸しした、と」

亜佐美は驚きに声を失った。

ここで秋山良太郎の名前が出てくるとは予想もしていなかった。

「本当ですか、鵜沢さん。秋山良太郎が犯人だったんですか？」

山下が携帯電話に向かって叫んでいる。五木田も茫然と亜佐美に目を向けた。

「誰ですか、その秋山というのは？」

「もりはら鉄道の関係者ですか！」

報道陣から矢継ぎ早に質問が飛ぶ。

亜佐美は気を取り直し、テレビカメラを意識しながら一同を見回した。

「皆さん。先ほども石垣さんが言いましたが……以前うちの鵜沢が松尾駅で発生した小火に放火の疑いがあると見て、改修工事を請け負った会社を調べるうち、指名手配犯を見つけだしたことがありましたよね。あの時、逃亡していた男は、持病を治療するため、偽名を使ってもぐり込んでいた会社の同僚から健康保険証を盗んでいたんです。その事実が発覚し、足がついたようなものでした。その保険証を盗まれた者が、秋山良太郎だったんです」

ざわめきが車内に広がった。

亜佐美もまだ驚きが続いている。逃亡犯を追いかけるため、秋山良太郎は鵜沢と一緒に原坂警察署まで同行していたのだ。

あの小火も、秋山良太郎の仕業だったに違いない。そこに小火の犯人を突きとめようとする鵜沢が現れた。秋山は内心、肝を冷やしたはずだ。が、鵜沢が怪しいと睨んだ相手は国分喜久夫であり、秋山は保険証を盗まれた被害者として警察に届け出て、迷惑を被った側に回ることができたのである。

「うちの下請けにまぎれ込んでやがったのか……」

飛高社長が肩を怒らせて立ち上がり、悔しげに声を押し出した。

「どうもそのようですね、飛高さん。宮野城建設は、炭鉱跡地を持つ仙台中央銀行の融資を受けており、グループ企業の一社とも言えます。その下請けに当たる会社が、一連の事件をしかけていたんです」

亜佐美が言うと、五木田が通路に乗りだした。

「仙台中央銀行は、産廃処分場を建設することで、持てあましていた炭鉱跡地の処分を進めたかった。宮野城建設は、新たに作られる処分場の経営を任される話が出ていた。ところが、亜佐美君の活躍により、もりはら鉄道の経営はにわかに好転し始めた。このままでは頭の固い町長も、鉄道存続のためにやむなく産廃処分場を受け入れるという苦渋の選択をしなくてもすんでしまう。そこで、台風が近づいたのをいいことに、崖崩れを起こしてその修復経費をかさませて、また赤字体質へ逆戻りさせようと目論《もくろ》んだわけです」

五木田が筋道を立てて語ると、天井のスピーカーから鵜沢の声が流れた。

「山上妙子はレンタカーを借りただけではなく、携帯用コンロのガスボンベも購入して、秋山良太郎に渡していました。そのボンベを爆発させて崖崩れを起こさせたと思われます」

どよめきが渦を巻いて車内に広がっていった。ここまで明らかになれば、もう真相は見えてくる。

記者が色めき立ち、奥本知事が浮かんでもいない汗をやたらとぬぐう素振りを見せた。石垣は声もないようで、ただ立ちつくしている。

「今、刑事さんが秋山良太郎の自宅へ向かっています。これから先は正式な犯罪捜査となりそうですから、そろそろぼくは手を引かなくてはいけないようです」

「お疲れ様、鵜沢副社長。早くこっちに帰ってきてね」

「これより、そちらへ向かいます。あとは社長、よろしくお願いします」

「お疲れ様でした、鵜沢さん！」

山下が通話を終えて携帯電話を切った。

亜佐美は注目を集めるため、通路の真ん中で一回転してから言った。

「さらに補足させていただきます。犯人と思われる秋山良太郎は、飛高さんの下請けに当たる泉整備工事に、少なくとも去年のうちからもぐり込んでいたはずなんです。つまり、わたしが社長に就任する前から、もりはら鉄道の様子を探っていたわけです」

「待ってくださいよ。去年の暮れには、踏切の故障が連続して起きてるじゃないですか……」

飛高の息子が中腰になって声を上げると、報道陣がさらにヒートアップして、いくつもの質問が同時に寄せられた。

「本当ですか。警察はどこまで知っていたんですか」

「妨害工作をすべて教えてください。被害総額はいくらになりますか」

「おい、本社に連絡を取れ。確認だ、急げ」

亜佐美が転職してくる前のことだが、話はすべて聞いていた。朝から一部の遮断機が下りなくなる事態が続き、社員を現場に置いて手旗での踏切遮断で急場をしのいだという。その後、県と国交省から事業改善命令を出されてもいた。

「それだけじゃない。雪のシーズンには除雪用のモーターカーが故障して、始発電車に遅れが出たこともあった」

五木田が別の事例を紹介すると、どよめきは最高潮となった。

「まさか、そのふたつも下請け会社にもぐり込んでいた者の仕業だと……」

「その点は、必ず警察が突きとめてくれると思います」

亜佐美は確信して言った。

産廃処分場の計画が出るとともに、もりはら鉄道への嫌がらせが始まっていたのだ。国から事業改善命令を受けることで、もりはら鉄道への信用は失われていく。

ついに当時の社長は体調を崩して入院する事態となった。窮余の策として新幹線アテンダントの素人社長が就任すると聞き及び、その出ばなをくじこうと企てて線路に毛布や傘を置き、イベント列車の電源コードを切断した。これも秋山たち下請け業者による妨害工作だろう。さらには駅舎にも火をつけ、そして最後の仕上げが崖崩れである。

と同時に、県幹部も裏で動き始めた。森中町の補助金申請をストップさせ、堀井市長に呼びかけて合併話を再燃させる。五木田町長を追いつめるために――。

亜佐美は一歩、知事の前に進んだ。

「奥本知事。現場の工事を担当する会社に人をもぐり込ませて損害を与える。もり鉄の赤字が増えていけば、産廃処分場を受け入れざるをえなくなる。そう考えた者がいたんでしょうが、これは少しやりすぎですよね」

奥本は心外だとばかりに頰を震わせた。

「わたしは産廃処分場の計画があると聞かされただけだ。下請け会社にもぐり込んだ怪しげな男のことなど知るわけがない」

「そうですよね。知事は何もご存じじゃありませんよね」

亜佐美はあっさりうなずき、同意を示した。奥本が警戒心を露わにして見つめてくる。

五木田が、若い知事に言い聞かせるような口調で応じた。

「もちろん、知事が知るわけはないでしょう。何しろ、まだ本当の計画を聞かされていないと言ってもいいんですから」

自分に向けられた言葉と同じだと知った石垣が、亜佐美を振り返った。

奥本は、知事の立場を軽んじる発言だと思ったのか、五木田に視線をぶつけた。

「どういう意味だね」

「矢島副知事、そうですよね？　知事にも、ここにいる石垣君にも、あなたたちはまだすべてを打ち明けていない」

五木田が、隣のシートで息をつめる矢島に向かって告げた。

「勝手なことを、言わないでくれ……わたしは、何も知らない……」

その場の視線を浴びて、矢島が激しくかぶりを振った。

陣野はいつのまにか上司の向かいで息を呑む秘書課員の横へ移り、記者たちの視線の外に身を置いていた。立ち回りがうまい。

「往生際が悪いですね、矢島さん。では、わたしから質問させていただきましょうか」

亜佐美は記者たちを見回してから、矢島の前へつめ寄った。

「どういうことだ。矢島君が何を知っているというんだ」

奥本が腰を浮かし、片腕とも言える事務方トップの男にまた目を移した。

「お教えいたしましょう、知事。矢島さんは仲のいいお友達と一緒になって、この石垣さんが練り上げた計画を、いつのまにか別のプランへとすり替えたんです。――そうですよね、矢島副知事」

「馬鹿も、休み休み、言いたまえ……」

カメラのフラッシュが幾度もまたたき、矢島の顔に陰影が差す。

亜佐美はとびきりの笑顔を作った。

「副知事は近ごろ、霞が関の官僚とよく連絡を取り合っているそうですね」

「いや……ああ、仕事だよ……。県の財政も、国からの支援があって成り立っているからね。知事も霞が関には何度も陳情に行かれている」

矢島は震え声ながらも懸命に言い繕いの科白《せりふ》を押し出した。まだ逃げ道を探している。

亜佐美はたたみかけて言った。

「聞くところによると、その官僚と、この石垣さんが勤めているミツバ・コンサルティングの社長さんって、実は矢島副知事と大学の同級生だったんですよね」

鵜沢が東京へ出向き、探り出してきた情報だった。石垣も初耳だったのだろう、亜佐美と矢島を交互に見つめた。

「……そりゃ、知り合いは、いろいろと、いる……」

そこまで調べがついているとは思わなかったらしい。声がしどろもどろになっていく。

「誰なんだね。その官僚というのは」

自分の身代わりにできそうなスケープゴートが見つかったと悟り、奥本が席を離れて矢島に迫った。報道陣からも、誰なんですか、と声が上がる。

「誰だろうと、君たちには関係ない」

矢島がカメラから目を背けて声をいきり立たせた。

「でも、わたしたち社員や五木田会長、それに沿線住民には関係大ありですよ。だって、多くの廃棄物をもりはら鉄道で運ぶつもりなんですよね？」

「待ってください。計画をすり替えたと言いましたよね。産廃処分場は計画の中にふくまれており、まったく別のプランに変えたってわけじゃないんですね」

記者の一人が真っ当な質問を投げかけてきた。石垣も同じ疑問を抱いたと見え、視線で問いかけてくる。

亜佐美はその目にうなずいてから、記者たちに向き直った。

「はい、計画は見事にすり替えられてしまいました。矢島副知事とミツバ・コンサルティングの社長、そして田原という官僚による密談によって、です」

おい、田原って知っているかよ。どこの官僚だ。産廃の管轄は環境省だったよな……。記者たちが口々にささやき合う。

石垣が眉を曇らせ、矢島に迫った。

「副知事、正直に答えてください。田原とは何者なんです」

「隠したって、無駄ですよ」

「大学関係者を調べればわかることでしょうが」

多くの記者も口々に言って前に迫ってきた。座席の上に立ってカメラを向ける者までいる。

「――見つけたぞ！」

記者の一人がスマートフォンを手に声を上げた。田原という名前を手がかりにネットで検索をかければ答えは見つかる。

「この四月に経産省の産業技術環境局、参事官に異動してきている。前職は……資源エネルギー庁、原子力政策課長だ」

車内にいるすべての者が息を吞んでいた。ゴトゴトと小室川の上にかかる鉄橋を越えていく走行音が響き渡る。

石垣が荒く息を吐き、声を押し出した。

「そうか……放射性廃棄物か」

そのひと言を引き金に、うめくような声が重なり合って記者たちの顔が紅潮《こうちょう》していった。

原子力発電所では、低レベルから高レベルにいたるまで多くの放射性廃棄物が生み出される。今はそのほとんどが各発電所内に保管されているが、国では一括して管理できる処分場を計画中だった。

その手始めとして、青森《あおもり》県六《ろっ》ヶ所《しょ》村に低レベル放射性廃棄物埋設センターが建設された。高レベルの廃棄物は、同じ六ヶ所村の貯蔵管理センターに保管されるが、いずれ地中深くに埋設処理をしていく計画で、その実験施設を岐阜《ぎふ》と北海道に建設中だという。

炭鉱跡には、地中深くまで穴がすでに開けられている。その穴を有効活用しない手はない、と考える者がいたのである。

「何てことを……」

石垣が額に手を当ててうつむいた。その両肩が震えていたのは、裏切られたことへの怒りだけではなかったろう。憎むべき男に復讐するとともに、地元の鉄道を我が手で守ってみせる。石垣の地元への思いを秘めた計画は、役人たちの手によって盗用され、違った終着駅へのレールを走りだしていたのである。

「矢島君、本当なのかね……」

奥本が背もたれをつかみ、通路へ進み出た。

矢島は窓の外を見るばかりで振り向きもしない。

「副知事、どうなんですか」

「本当に放射性廃棄物の処分場を作る計画があるんですか」

「知事はどうお考えです！」

車内は蜂の巣をつつき、さらに蹴飛ばしたような騒ぎになった。亜佐美を押しのけて矢島に向かう記者、知事を取り囲むカメラマン、本社に電話をかけ始める者……。

「貴様……」

うなるように言った石垣の身が沈んだ。シートに座る矢島へと彼の両腕が伸びた。

「毅君、やめるんだ！」

五木田が叫んだが、遅かった。石垣は前のめりになって、矢島の胸倉を両手でつかみ上げた。亜佐美は慌てて間に割って入ろうとしたが、石垣の肩先で跳ね飛ばされた。

向かいの席にいた陣野が立ち、石垣の懐へと飛び込んだ。

「よせ。冷静になれ」

「放せ。こいつはおれのアイディアを盗みやがった。自分らの出世に利用する気だ」

「毅君。こんな男を殴っても無駄だ。君が憎んでいるのは、君たち家族の城を一度は奪った、このわたしじゃないか」

石垣の動きが止まった。

騒がしかった報道陣が、しんと静まり返る。

五木田が、ふと目を和ませて石垣を見た。

「わたしはずっと言ってきた。町と鉄道が生き残っていけるのなら、いつだってこの首を差し出すつもりだ、と。赤字ばかりを生み出す鉄道でも、頼りとしている住民はまだ多い。地元の町を愛してくれてる者もまだいる。君だって、同じ思いから、産廃処分場のアイディアを思いついたはずだ。違うのかな」

石垣は何も答えずに横を向き、しがみついていた陣野の体を押しやった。

「体《てい》よく利用されたようなものだから、腹立たしく思う気持ちはわからなくもない。しかし、町と鉄道を思っているなら、誰かを殴りつけるのではなく、ここは一緒に知恵を絞るべきではないだろうか」

「皆さん、聞いてください」

亜佐美は手を振り上げ、その場の目を集めてから言った。

「先ほど、はからずも知事がおっしゃったように、まだ県は正式な案件として検討を始めたわけではないのでしょう。国も同じはずです。矢島副知事が、大学時代の友人から相談を受けたにすぎないのだと我々は考えています。ねえ、五木田会長」

亜佐美の呼びかけに応じてうなずき、五木田があとを引き取って記者たちに向かった。

「それに、もりはら鉄道の存続とは別に、廃棄物の処分場もどこかに建設しなくてはならないものと言えましょう」

決意に満ちた言葉を聞き、うなだれていた石垣が顔を振り上げた。五木田は、復讐のために突きつけられた案件を、正面から受け止めていた。その揺るぎない姿勢を見せられ、驚きを隠せずにいる顔に見えた。

五木田が車内に響き渡る声で話を続ける。

「しかし、住民の生活環境に影響を及ぼしかねない計画というものは、正式な手続きを経て、広く情報を開示しつつ、慎重に進めていかねばならないものです。もし県に何かしらの計画が出ているのであれば、包み隠さず、すべてを打ち明けていただくことを要請します」

「では、五木田町長。正式な提案があれば、受け入れるという選択肢もあるわけですね」

記者の一人が手を上げて尋ねた。

五木田は周囲を見てから、慎重に言葉を選ぶようにして言った。

「わたしには提案を子細に確認し、町民の皆さんに説明していく義務があります。しかし、最終的な決断をするのは、わたしではありません。赤字続きの鉄道を維持していくのかどうか、も同じだと考えます。人々の無関心こそが、一番警戒すべき事態だと思うのです。町と鉄道を愛しているなら、現状を厳しく見すえる目も持たねばなりません。いいとこ取りの選択肢はこの先ない、と覚悟をすべきなのでしょう」

そこまで言うと、あとを任せるように五木田が亜佐美に視線を振った。

亜佐美は小さくうなずき、一歩前に進み出た。

「もちろん、我々もりはら鉄道は、今後も社員一同、黒字化を目指して奮闘していきます。楽しい企画も目白押しです。どうかマスコミのかたがたも冷静に取材を続け、沿線住民の皆さんの意思決定に役立つ記事作りをしていっていただけると助かります。今後ももりはら鉄道を見守っていってください、よろしくお願いいたします」

5

列車は定刻から二分遅れて原坂駅に到着した。特別列車の入線風景を撮ろうと、ホームには取材陣をはじめ多くの鉄道ファンが待っていた。

奥本知事は記者に囲まれながら車両基地へ向かい、矢島副知事は群がる報道陣をかき分けて改札から飛び出すと、一人でタクシーに乗ってどこかへ逃げていった。矢島派に属するはずの陣野の姿を探すと、いつのまにか知事夫人をエスコートしており、その身の処し方には感心させられた。

堀井市長は、早くも会場から消えたらしい。矢島から電話が入ったのかもしれない。つまり、堀井市長も今回の計画には一枚嚙んでいたということだった。いずれ彼らの役割分担も、調べが進めばはっきりしてくるだろう。

「社長、早く早く。もうすぐ写真コンテストの発表ですから」

先に列車を降りた山下がスケジュール表を掲げて手招きする。だが、亜佐美は五木田とホームに残って最後の乗客を送り出した。

車内には、石垣毅が一人、残っていた。

彼は列車の窓からホームを眺めると、その姿に気づいて足を止めた。最初は記者の何人かが話を聞こうとしていたが、彼らも察しをつけたらしく、やがて石垣から離れていった。

ホームの先に、一台の車椅子が待っていたからだった。

デッキで立ちつくしていた石垣の両肩が大きく動いた。深呼吸をしたのだろう。それから乗降ドアを抜けてホームに降り立ち、ゆっくりと車椅子に近づいていった。

亜佐美の立つ場所からは、車椅子の後ろに立つ年配夫婦の姿しか見えなかった。石垣がわずかにかがみ、車椅子の人に何か話しかけた。

気がつくと、横にいたはずの五木田がいつしかホームから消えていた。イベント列車の中から電話をかけていた理由がようやくわかる。

五木田は一人で療護施設を訪ね、話を聞き出してきたという。石垣毅の弟は、子どものころから電車の運転士になるのが夢だったらしい。施設に入院する者たちも、窓から見えるもりはら鉄道を眺めるのが大好きなのだ、と。

弟とその仲間たちのために、もりはら鉄道を守ってやりたい。父からスーパーマーケットを奪った五木田陽造が会長職に就任したが、鉄道の赤字は増え続けている。このままでは地元の鉄道に明日はなかった。ならば、自分の手で守ってやる。その決意が、産廃処分場というアイディアへつながっていった……。

見ると、駅のスロープから二台の車椅子が押されてきた。施設の仲間とその親族だった。愛すべき鉄道を守ろうとした仲間の兄を迎えるため、彼らは集まってきた。石垣毅の顔が、亜佐美たちの前では決して見せることのなかった穏やかな表情になっていく。

さまざまな人生を乗せて、列車は走る。彼らのためにも、もりはら鉄道をなくすわけにはいかない。

「あとは頼むわね」

亜佐美はワゴンと売上集計をかおりと星山の二人に託してから、改札へ走った。

車両基地までの通路に並ぶ屋台には、長い列ができていた。多くの笑顔に出迎えられ、亜佐美は会場入りした。

自然と足が止まった。人で埋まった車両基地に圧倒された。

留置線に並ぶイベント列車に子どもたちが群がり、記念写真を撮っている。屋台にはどこも行列ができ、呼び込みの声が青空の下に弾ける。土産物を抱えた親子連れが笑顔で通りすぎていった。こんなにも多くの人に支えられている。

「何してるんです、社長ってば……」

山下に背を押されて再び歩きだした。本部テントの前から、会場係を受け持つ村上が頬を上気させて出迎えに走ってきた。

「予想を超える出足ですよ、社長。市役所や警察の人が悲鳴を上げてます」

「村上君。来年はもっと広い会場を考えないとだめかもね」

「町全体のお祭りにすればいいんですよ。この表通りを出店で一杯にしましょう。市役所の人たちも賛成してくれてます」

「さすが村上君、いいアイディアね。よし、採用。でも、ご褒美の有給休暇はしばらく我慢してよね」

「わかってますって」

村上に送り出されて、亜佐美は検車倉庫前の特設ステージへ急いだ。ビール箱を並べた上に板を敷きつめ、両袖をテントで固めた手作りのささやかすぎるステージだった。

「皆様、大変お待たせいたしました。我らがもりはら鉄道の社長、篠宮亜佐美が到着いたしました！」

イベントの司会をボランティアで引き受けてくれた地元放送局の女性アナウンサーがステージ上から手招きをした。そんな段取りはなかったので、亜佐美は慌てて手を振り、こそこそと舞台裏へ回ろうとした。

　すると、予想もしなかった拍手が集まる人々の間からわき起こった。

「亜佐美君、ほら、早くステージへ上がりたまえ」

　先に登壇していた五木田がアナウンサーのもとへ歩き、横からマイクに言った。また拍手が高鳴り、やがて手拍子へと広がった。

「ほらほら、社長。堂々と正面から上がってください」

　山下にまた背中を押された。テント下に陣取る小野塚部長も笑っている。

　新幹線の車内では、多くの客に注目されてこそ商売になると思ってきた。だから、人の目には慣れているつもりだった。グルメ・グランプリの時もステージに上がったが、足はすくまなかった。なのに、手拍子で迎えられるという予想外の出来事に、ひざが震えていた。

「さあ、社長。どうぞ、こちらに。今日の設立記念イベントに、こんなに多くのお客様が集まってくれました」

　女性アナウンサーがにこやかにマイクを向けてきた。

　ステージ前の広場に、何千もの人々が集まっていた。どこを見てもあふれるほどの笑顔がある。戦前から地元経済を支えてきた炭鉱は廃山となり、若者たちは都会へ出ていった。鉄道の利用客は減少の一途をたどっている。けれど、この沿線にはまだ地元を捨てず、この地に骨を埋める覚悟で生きる人々がいた。そして、鉄道ファンの篤い支援があった。

亜佐美はマイクを手渡されると、拍手に合わせてリズムを取った。アンコールの拍手に迎えられたロックシンガーばりに大きく拳を天に突き上げて言った。

「みんな、乗ってるかい、もり鉄に！」

いぇーぃ、と大歓声が応えてくれた。町が栄え、人が集まってこその鉄道なのだ。人々の夢と思いをつなぐために、鉄道は走る――。

「これからも、町とそこに住む人と一緒に、もり鉄は走り続けていきます。よろしく！」


「亜佐美ーっ、あんた、ずいぶん偉くなったもんだねぇ」

ステージを降りたところで声をかけられた。振り向くと、焼きトウモロコシを頬張《ほおば》る母の姿があった。その横では、楊枝に刺さったたこ焼きを手に祖母が笑っていた。母まで来てくれるとは思ってもいなかった。

「酒屋の慎太郎《しんたろう》や三丁目のみっちゃんも来てるわよ。それに、奈美《なみ》ちゃんや俊坊《しゅんぼう》も仙台から帰ってきてるとか言ってたわね」

小学校時代の同級生だった。地元の仲間とは何度か会っていたが、夏に開かれた同窓会は、松尾駅で小火騒ぎがあったために、泣く泣く欠席していた。

「ありがと。みんなを探してみる」

「慎太郎、いい男になってたぞ。あたしがちょっと唾《つば》つけといたから」

母が笑って言い、またトウモロコシをかじる。

「ごめんよ、亜佐美。あたしがこんな子に育てちまったせいで……」

祖母が苦笑を浮かべながら、娘の足を踏みつけた。

「何すんのさ、ばあちゃん」

「あんた、今日は酒を控えときなよ」

二人の漫才にはつき合っていられなかったので、亜佐美は手を振り、特設屋台のコーナーへと歩きだした。

同級生の姿を探しにかかると、どこかで見た覚えのある女性の二人組が目にとまった。ステージの横手に置いてある放送機材の陰から、テントのほうをのぞき込んでいた。

一人は髪が短く、濃いめの化粧ながらジーパンにジージャンという活動的なスタイルだ。もう一人は銀縁眼鏡に長い髪を後ろでまとめ、薄茶のアンサンブルという地味な出で立ちをしている。この二人組、以前に原坂駅のホームで見た記憶がある。

亜佐美は踵《きびす》を返し、二人のそばに近づいた。短髪のほうが気づいて、なぜか睨みつけるような目を送ってきた。もう一人はすぐに視線をそらし、おどおどと連れのほうに身を寄せた。

「よくお越しいただきました。鵜沢君のお知り合いのかたたちですよね」

「鵜沢さん、どこにいるんですか」

ジージャンのほうが、なぜいないのだと不満をぶつけるような口調で問いかけてきた。

「あら、お探しでしたか。すみません、ちょっと用事があって仙台に行ってもらってたんです」

「嘘ーっ。だって、招待状、送ってきたんですよ、あいつのほうから。だから来てやったのに、どういうことなんだろね、もう」

彼女は完全に怒っていた。もう一人の女性の肩が見る間に落ちた。

おおよその状況が読めてくる。鵜沢は眼鏡の女性に招待状を出したのだ。ところが、彼女たちに詳しい話を伝えず、鉄道の行く末を優先して刑事たちと仙台へ行ってしまった。

ジージャンのほうがこれほど怒っているからには、もう少し深い事情もありそうだった。もしかしたら鵜沢と眼鏡の女性の仲がまずくなりかけ、ジージャンのほうの骨折りによって、ひとまず招待状が届けられたのかもしれない。鵜沢は出向以来、ずっと仕事に追われていた。その影響が二人の間になかったとは言えない。

亜佐美は胸の痛みを隠して、眼鏡の女性に告げた。

「ご安心ください。もう仙台での仕事は終わりましたから。そろそろこちらに帰ってくるころだと思います」

笑顔を心がけたが、眼鏡の女性は頼りなさそうな目を返してきた。亜佐美は思いついて腕時計に目を走らせた。

「あ！　あと二分で、輿石からの下り列車が到着します。たぶん、それに乗ってるんじゃないかと。つい三十分ほど前に電話で話したところなんです。すぐこちらに向かうと言ってました」

「本当ですか……」

うつむいていた女性が、期待を託すような目を据えた。

やはりそうなのだ……。彼女は鵜沢の答えを待つため、ここに来たのだ。

亜佐美は無理して二人に微笑みかけた。

「よし。待ち伏せして、とっちめてやりましょうか、鵜沢君を」

「でも……」

「いつも自信たっぷりだから、ちょっと困った顔も見たいじゃないですか。さあ、行きましょうよ。早く早く」

亜佐美は二人の前で駆け足の真似をして笑った。うまく笑えた自信はあった。

「行こうよ、優理子。あんたは立ってるだけでいいから。あとはあたしに任せろって」

ジージャンの女性が自分の胸を平手でたたいて言った。

「急ぎましょ。うちの鉄道、ローカル線にしてはダイヤをきっちり守ってるのが自慢なんです」

亜佐美はおどけたふうを装い、二人に告げた。眼鏡の女性が小さくうなずき返す。ジージャンのほうがその腕に手をかけ、二人がやっと走りだした。

「社長、どこ行く気ですか？　そろそろテレビ局のインタビューですけど」

スケジュール表を手に山下が後ろから追いかけてきた。

「今いいとこなのよ。あと五分待ってもらってくれる？」

首をひねる山下に告げて、二人のあとを追いかけた。改札横の踏切で赤いランプが点滅を始めていた。遮断機がゆっくりと下りてくる。

亜佐美は改札の前で立ち止まった。さして走ってもいないのに、息が苦しかった。

二人の女性がホームへ上がっていくと、そこにオレンジ色の列車がゆっくりとすべり込んできた。車内はほぼ満員だ。

ぷしゅう、と音を立てて列車の扉が開いた。

真っ先に飛び出してきたのは、鵜沢だった。遅刻を取り戻そうとする高校生並みのスタートダッシュでホームを走る。そこに彼の思いが表れていた。

そうなんだ……。あいつは心を決めたんだ。胸の奥でまたわずかな痛みが走り抜ける。

鵜沢の足が階段の前で止まった。改札から近づく人影に気づいたのだ。急に立ち止まった鵜沢を、列車から降りてきた人々が追い越していく。

ジージャンの友人が何か言い、眼鏡の女性の背を押した。鵜沢も彼女の前へと歩んでいく。

亜佐美はそこで回れ右をした。

ひとつ大きく息をつく。

鵜沢が会社に残ってくれることを期待する気持ちはあった。が、あとは彼自身の問題だった。

心引かれる思いを残して、お祭り会場へ歩きだした。そこには多くの仲間と、鉄道を支えてくれる人たちが待っている。

足を速めようとすると、本社ビルの通用口に、一人で立つ町村かおりの姿が見えた。車内販売の精算が終わったらしい。彼女は歩いてくる亜佐美に気づき、視線と肩を落とした。

唇をすぼめるようなその表情を見て、亜佐美は知った。彼女も駅を見ていたのだ、と。通用口を出たところで、亜佐美と二人の女性に気づいて、すべてを悟った。

昔の自分を見るような思いがして、胸の奥が締めつけられた。でも、鉄道がいつも傷を癒《いや》してくれた。きっと彼女なら大丈夫だ。

「何してるんですか、社長。早く早く！」

屋台の前で、山下が飛び跳ねながら手招きをしていた。その後ろには、五木田や村上の笑顔も見えている。

「行こう、かおりちゃん。みんなが待ってる」

「――はい」

無理したように、かおりが顔を上げてうなずいた。その目がわずかに赤くなっている。

亜佐美は彼女の肩を抱き、一緒に歩きだした。待ち受ける仲間に大きく手を振る。

この先も当分、鉄道が恋人――になりそうだった。

○主要参考文献

『鉄道再生論』川島令三　中央書院
『鉄道の基礎知識』所澤秀樹　創元社
『人の5倍売る技術』茂木久美子　講談社
『新版鉄道用語事典』久保田博　グランプリ出版
『新幹線ガール』徳渕真利子　メディアファクトリー
『ローカル線ガールズ』嶋田郁美　メディアファクトリー
『廃線の危機からよみがえった鉄道』堀内重人　中央書院
『プロが教える電車の運転としくみがわかる本』谷藤克也監修　ナツメ社

解説

大矢博子

閉店後のデパートを舞台に家族の再生を描いた『デパートへ行こう!』に続く、「行こう!」シリーズ(と勝手に名付けた)の二作目である。といってもまったく別の話なので、どちらから読まれてももちろん構わない。

真保裕一といえば取材力を駆使した硬派な冒険サスペンスから近年では時代小説まで幅広い作風を誇るが、この「行こう!」は徹底したエンターテインメント。痛快かつ爽快、文句無しに楽しませてくれる。一言でいうなら「元気が出る」小説である。だが決して「軽い」小説ではない。楽しい中にも、本書にはさまざまな要素が盛り込まれている。ひとつずつ見ていこう。

物語の舞台は宮城県にある第三セクターの赤字ローカル線もりはら鉄道、通称もり鉄。原坂市・森中町をまたぐ総延長四十二キロ、全十七駅のうち十四駅が無人駅。森中町はかつては炭鉱やセメント工場で栄えたが、産業は廃《すた》れ、沿線の人口は減った(宮城県に実在した、くりはら田園鉄道がモデルであることに気づく鉄道ファンも多いだろう)。もり鉄の赤字はついに二億円を超え、運行本数を減らし、社員の半数近くをリストラするという大鉈《おおなた》を振るったものの、今も走れば走るほど赤字が嵩《かさ》むという状態だ。

そこで、もり鉄の会長であり森中町長でもある実業家の五木田陽造《いつきだようぞう》が、思い切った策に出た。経営経験ゼロの三十一歳の独身女性を社長に招聘《しょうへい》したのだ。それが元東北新幹線のカリスマ・アテンダント、地元出身の篠宮亜佐美《しのみやあさみ》である。

こんな若い女に何ができる、という周囲の目に対し、篠宮は「五ヵ月後の数字を見て、わたしを首にしてくださってもけっこうです」と宣言。もり鉄の改革に着手し、その言葉通り結果を出していくが、何やら妨害工作と思しき不穏な事件も起きて……。さて、もり鉄の再生はなるか、というのが本書のアウトラインだ。

そうそう、篠宮亜佐美と並ぶ、もうひとりの主人公も紹介しておかねば。お目付役として県から出向を命じられ、もり鉄の副社長職に就いている県庁職員の鵜沢哲夫《うざわてつお》だ。だがその立場ゆえに社員からは疎《うと》まれ、鵜沢から歩み寄る気もない。このふたりを中心に、もり鉄の再生物語が綴《つづ》られるという次第。

本書には多くの要素が盛り込まれていると先に書いたが、まずはこのふたりから見ていこう。

最初に目を引くのは、バイタリティがあって物怖じしない篠宮の魅力だ。株主総会では旧弊に凝り固まった株主たちを向こうに一歩も引かず、かといって正面衝突はせずに、にこやかに自分のペースに取り込む。鵜沢をして「カリスマ・アテンダントではなく、トップキャバクラ嬢かと」思わしめるほどの、爺転がしの腕。この株主総会とそれに続く五木田・鵜沢と三人の場面は、本書の最初の読みどころと言っていい。読者も、はじめは株主たちと一緒に彼女を「客寄せパンダか」と斜めに見下ろすかもしれないが、次第に座り直すに違いない。

赤字路線に対して高所から物を言う株主に向かって、「今日ここまで、もりはら鉄道を利用して来たかたは、手を上げてください。はい！」と呼びかけた場面で、あっ、と声が出た。赤字だ赤字だと騒ぐくせに自分はその路線に乗らない——そんな株主たちの隙をついた一撃である。なんとも痛快ではないか。この人、面白いぞ。ここで一気に篠宮のトリコになってしまった。

そんな彼女が繰り出すもり鉄改革プランは、決して目新しくはないのになぜか新鮮で、目を奪われる。運転手にニックネームをつけ、乗客に親しみを持ってもらう。自らがアテンダントとしてイベント列車で車内販売を行う（この手腕がまた見事！）。

駅のトイレをきれいに改修する。沿線の商店と提携してグルメ・グランプリを開催し、チケット代わりのTシャツで盛り上げる。奇を衒《てら》うわけでもない、むしろ堅実なものばかりなのに、篠宮の演出ひとつで華やかで親しみやすいイベントに見えてくるから不思議だ。「これ、本当に実現できそう」と思わせる説得力のあるプランの数々は、業界小説としても読み応え満点。

ここで、彼女は会社の赤字だけではなく、「若い女が」という周囲の目とも戦わねばならないことに注目願いたい。若いということ、女であるということ。このふたつが人の上に立つときどれだけハンデになるか、社会に出ている人なら、特に女性ならよくおわかりだと思う。彼女の能力を認めて抜擢した五木田会長ですら、彼女を「亜佐美君」と呼ぶ。男性社員は苗字で呼んでいるのに、である。男性が無意識のうちに若い女性をどう見ているか、端的に表していると言っていいだろう。

だが、篠宮はそれを逆手にとった。敢えて対等に振る舞おうとせず、むしろ若い女性であることを前面に出してみせたのだ。社長だからといって高飛車にならず、先輩社員に対して頭を下げて素直に教えを乞うた。明るさや親しみやすさを重視し、自らを客寄せパンダと称してそれを存分に利用した。

これは決して、若さや女を売りにしているのでも、卑屈になっているのでもないことに気づかれたい。欠点を利点に変える、という彼女の作戦なのだ。物珍しさで集客し、その場で、性別も年齢も関係ない篠宮亜佐美という個人の実力を見せつける。このパンダ、ただのパンダじゃないと知らしめる。宣伝効果は抜群だ。アテンダントの経験から得たノウハウを駆使して軽やかに結果を出していく様子も気持ちいい。どれも「年寄りの男」にはできないことばかり。常に明るく、先頭に立って動き、結果を出す。そんな篠宮に、社員たちも少しずつ影響されていく。実に痛快な細腕繁盛記ではないか。

この「欠点を利点に」「ピンチをチャンスに」という思考は、彼女のもり鉄再生プランにも如実に表れているのだが、それは後述。

ふたつめのポイントは、鵜沢だ。県庁から出向してきた彼は、当初は典型的な役人思考だった。名前の通り、ウザかった。なんせ篠宮がどんなアイディアを出しても、できない理由ばかり挙げ、否定的なことしか言わないのだから。うわあ、いるわ、こういうヤツ。

ところが、この鵜沢が、徐々に変わっていくのである。彼は、最初は県庁の方を向いて仕事をしていた。それが次第に、もり鉄とその沿線住民の方を向くようになる。その変化が読みどころだ。あ、ここで変わった、と思う瞬間があるぞ。また、彼の恋愛事情も実に読ませる。

会社や業界を舞台にした小説には、経済小説（企業小説）とお仕事小説の二種類がある。職業の内幕が描かれるのはどちらも同じだが、前者は組織や経営がテーマであり、後者は仕事を通しての当人の成長がテーマだ。本書の場合、篠宮パートで経済（企業）小説の面白さが、鵜沢パートでお仕事小説の魅力が堪能《たんのう》できると言っていい。

さらに、そこにチームプレイの要素が加わる。県庁を辞めた先輩社員や職人肌の技術職。ベテラン運転士、旅行代理店からの転職営業マン、経理の女性社員。さまざまな人が自分の持ち場でできることを考え、協力する。文化祭前のような熱気にワクワクが止まらない。つまり本書は一粒で三度美味《おい》しい構造なのである。

さて、ここまで私は「もり鉄の再生」という言葉を使ってきた。だが実は、この言葉は正確ではない。本書が描いているのはもり鉄という一企業の再生ではないからだ。

先ほど、「ピンチをチャンスに変える」と書いたが、もり鉄のピンチはイコール沿線経済のピンチであるということが、本書の根底にある。鉄道があるからこそ、駅という人の動きの拠点が存在できるのだ。鉄道がなくなることは、沿線一帯の地盤沈下を意味するのである。

作中、鵜沢や五木田が指摘するように、地方は中央からの補助金なしには立ちゆかないのが実情だ。過疎が進み、疲弊《ひへい》した地方は多い。市町村合併で大きくなった自治体では、ますますマイノリティの発言力は弱まっていく。

だから篠宮は沿線に目を向けた。沿線を巻き込んでの企画を立ち上げた。沿線が活気づくプランを実行した。鉄道を中心にしたその巻き返し――つまり「もり鉄の再生」ではなく「地域の再生」こそが、本書の真のテーマなのである。

本書には現実の厳しさがはっきり書かれている。赤字を抱えた会社が篠宮のプランで一気に立ち直るわけではないし、地方が抱えたすべての問題が解決するわけでもない。一地方の、一企業の力では、どうしても抗《あらが》いきれない大きな力がある。そんな現実が随所に出てくること、篠宮の企画が奇を衒《てら》ったものではなく極めて実用性の高いものばかりであることなどからもわかるように、本書は痛快な業界小説のようでいて、実はかなりリアルな設定なのだ。本書が決して「軽い」小説ではない、と書いた理由はそこにある。

その象徴が、好転し始めたもり鉄の経営を脅《おびや》かす妨害工作だ。赤字ローカル線の再生を何のためにわざわざ妨害するのか、という動機が最大の謎。それをここで明かすわけにはいかないが、「地方の現状」に加え、二〇一三年の二月に刊行された本書の舞台が東北であるということも展開にかかわってくる、とだけ言っておこう。

ことほどさように現実は厳しい。それでも――いや、だからこそ、敢えて言おう。

本書はとても楽しく、元気の出る小説なのだ、と。

本書を読んで元気が湧くのは、ただ篠宮が活躍するからでも、鵜沢が成長するからでもない。廃線間近だったもり鉄の社員と寂《さび》れる一方だった沿線の住民が一緒になって地域を盛り上げていく、その姿があるからだ。限界はあるし、すべてがうまくいくわけではないとわかってはいるけれど、それでも自分たちの力で立ち上がる、そうしたらきっと何かが変わる。その勇気が、その知恵が、その熱が、その希望が、描かれているからだ。

読んでいる間、とても幸せな時間が過ごせる。本書は、さまざまなピンチにあえぐ「地方」への、力強い応援歌なのである。

この作品は、二〇一三年二月に小社より刊行されたものです。

|著者|真保裕一　1961年東京都生まれ。'91年に『連鎖』で江戸川乱歩賞を受賞。'96年に『ホワイトアウト』で吉川英治文学新人賞、'97年に『奪取』で山本周五郎賞と日本推理作家協会賞長編部門をダブル受賞し、2006年には『灰色の北壁』で新田次郎文学賞を受賞。「行こう！」シリーズでは『デパートへ行こう！』『ローカル線で行こう！』（本書）『遊園地に行こう！』『オリンピックへ行こう！』がある。他の著書に『暗闇のアリア』『こちら横浜市港湾局みなと振興課です』『おまえの罪を自白しろ』など。

ローカル線《せん》で行《い》こう！

真保裕一《しんぼゆういち》

2016年5月13日第1刷発行
2019年11月8日第5刷発行

発行者――渡瀬昌彦
発行所――株式会社　講談社
東京都文京区音羽2-12-21　〒112-8001
電話　出版（03）5395-3510
　　　販売（03）5395-5817
　　　業務（03）5395-3615

Printed in Japan

講談社文庫

定価はカバーに
表示してあります

デザイン―菊地信義
本文データ制作―講談社デジタル製作
印刷―――豊国印刷株式会社
製本―――株式会社国宝社

ISBN978-4-06-293392-6

講談社文庫刊行の辞

二十一世紀の到来を目睫に望みながら、われわれはいま、人類史上かつて例を見ない巨大な転換期をむかえようとしている。

世界も、日本も、激動の予兆に対する期待とおののきを内に蔵して、未知の時代に歩み入ろうとしている。このときにあたり、創業の人野間清治の「ナショナル・エデュケイター」への志を現代に甦らせようと意図して、われわれはここに古今の文芸作品はいうまでもなく、ひろく人文・社会・自然の諸科学から東西の名著を網羅する、新しい綜合文庫の発刊を決意した。

激動の転換期はまた断絶の時代である。われわれは戦後二十五年間の出版文化のありかたへの深い反省をこめて、この断絶の時代にあえて人間的な持続を求めようとする。いたずらに浮薄な商業主義のあだ花を追い求めることなく、長期にわたって良書に生命をあたえようとつとめるところにしか、今後の出版文化の真の繁栄はあり得ないと信じるからである。

同時にわれわれはこの綜合文庫の刊行を通じて、人文・社会・自然の諸科学が、結局人間の学にほかならないことを立証しようと願っている。かつて知識とは、「汝自身を知る」ことにつきていた。現代社会の瑣末な情報の氾濫のなかから、力強い知識の源泉を掘り起し、技術文明のただなかに、生きた人間の姿を復活させること。それこそわれわれの切なる希求である。

われわれは権威に盲従せず、俗流に媚びることなく、渾然一体となって日本の「草の根」をかたちづくる若く新しい世代の人々に、心をこめてこの新しい綜合文庫をおくり届けたい。それは知識の泉であるとともに感受性のふるさとであり、もっとも有機的に組織され、社会に開かれた万人のための大学をめざしている。大方の支援と協力を衷心より切望してやまない。

一九七一年七月

野間省一

島田雅彦　虚人の星
真保裕一　連鎖
真保裕一　取引
真保裕一　震源
真保裕一　盗聴
真保裕一　朽ちた樹々の枝の下で
真保裕一　奪取(上)(下)
真保裕一　防壁
真保裕一　密告
真保裕一　黄金の島(上)(下)
真保裕一　発火点
真保裕一　夢の工房
真保裕一　灰色の北壁
真保裕一　覇王の番人(上)(下)
真保裕一　デパートへ行こう!
真保裕一　アマルフィ〈外交官シリーズ〉
真保裕一　ダイスをころがせ!(上)(下)
真保裕一　天魔ゆく空(上)(下)
真保裕一　ローカル線で行こう!

真保裕一　遊園地に行こう!
篠田節子　弥勒
篠田節子　転生
篠田真由美　未明の家〈建築探偵桜井京介の事件簿〉
篠田真由美　玄《くろ》い女神〈建築探偵桜井京介の事件簿〉
篠田真由美　翡翠《ひすい》の城〈建築探偵桜井京介の事件簿〉
篠田真由美　灰色の砦〈建築探偵桜井京介の事件簿〉
篠田真由美　原罪の庭〈建築探偵桜井京介の事件簿〉
篠田真由美　美貌の帳《とばり》〈建築探偵桜井京介の事件簿〉
篠田真由美　桜闇〈建築探偵桜井京介の事件簿〉
篠田真由美　仮面の島〈建築探偵桜井京介の事件簿〉
篠田真由美　センティメンタル・ブルー〈蒼の四つの冒険〉
篠田真由美　月蝕の窓〈建築探偵桜井京介の事件簿〉
篠田真由美　失楽の街〈建築探偵桜井京介の事件簿〉
篠田真由美　胡蝶の鏡〈建築探偵桜井京介の事件簿〉
篠田真由美　聖女の塔〈建築探偵桜井京介の事件簿〉
篠田真由美　一角獣《ユニコーン》の繭《まゆ》〈建築探偵桜井京介の事件簿〉
篠田真由美　黒《か》影《げ》の館〈建築探偵桜井京介の事件簿〉

篠田真由美　燔《はん》祭《さい》の丘〈建築探偵桜井京介の事件簿〉
篠田真由美　angels《エンジェルス》―天使たちの長い夜
篠田真由美　Ave《アヴェ》 Maria《マリア》
篠田真由美　加藤俊章 絵　レディMの物語
重松　清　定年ゴジラ
重松　清　半パン・デイズ
重松　清　世紀末の隣人
重松　清　流星ワゴン
重松　清　ニッポンの単身赴任
重松　清　ニッポンの課長
重松　清　愛妻日記
重松　清　オヤジの細道
重松　清　青春夜明け前
重松　清　カシオペアの丘で(上)(下)
重松　清　永遠《とわ》を旅する者〈ロストオデッセイ 千年の夢〉
重松　清　かあちゃん
重松　清　星をつくった男〈阿久悠と、その時代〉
重松　清　十字架
重松　清　あすなろ三三七拍子(上)(下)

講談社文庫　目録

重松　清　峠うどん物語(上)(下)
重松　清　希望ヶ丘の人びと(上)(下)
重松　清　赤ヘル1975
重松　清　なぎさの媚薬(上)(下)
重松　清　さすらい猫ノアの伝説
重松　清／渡辺　考　最後の言葉〈戦場に遺された二十四万字の届かなかった手紙〉
新堂冬樹　血塗られた神話
新堂冬樹　闇の貴族
柴田よしき　ア・ソング・フォー・ユー
柴田よしき　ドント・ストップ・ザ・ダンス
新野剛志　八月のマルクス
新野剛志　美しい家
新野剛志　明日の色
殊能将之　ハサミ男
殊能将之　鏡の中は日曜日
殊能将之　キマイラの新しい城
殊能将之　子どもの王様
首藤瓜於　脳男
首藤瓜於　指し手の顔〈脳男II〉(上)(下)
首藤瓜於　事故係生稲昇太の多感
首藤瓜於　大幽霊烏賊〈名探偵　面鏡《いじか》真澄〉(上)(下)
島本理生　シルエット
島本理生　リトル・バイ・リトル
島本理生　生まれる森
島本理生　七緒のために
小路幸也　高く遠く空へ歌ううた
小路幸也　空へ向かう花
小路幸也　スターダストパレード
小路幸也／原案 山田洋次／平松恵美子　家族はつらいよ
小路幸也／原作・脚本 山田洋次／脚本 平松恵美子　家族はつらいよ2
小路幸也／原作・脚本 山田洋次／脚本 平松恵美子　妻よ薔薇のように〈家族はつらいよIII〉
島田律子　私はもう逃げない〈自閉症の弟から教えられたこと〉
辛酸なめ子　女修行
辛酸なめ子　妙齢美容修業
清水康之／上田紀行　「自殺社会」から「生き心地の良い社会」へ
柴崎友香　ドリーマーズ
柴崎友香　パノララ
清水保俊　機長の決断〈日航機墜落の「真実」〉
翔田　寛　誘拐児
翔田　寛　築地ファントムホテル
白石一文　この胸に深々と突き刺さる矢を抜け(上)(下)
白石一文　神秘(上)(下)
小説現代 編／石田衣良 他著　10分間の官能小説集
小説現代 編／勝目梓 他著　10分間の官能小説集2
小説現代 編／乾くるみ 他著　10分間の官能小説集3
白河三兎　ケシゴムは嘘を消せない
朱川湊人　満月ケチャップライス
朱川湊人　冥《めい》の水底《みなそこ》(上)(下)
柴村　仁　夜宵
柴村　仁　プシュケの涙
柴村　仁　ノクチル笑う
柴田哲孝　チャイナ インベイジョン〈中国日本侵蝕〉
柴田哲孝　クズリ〈ある殺し屋の伝説〉
塩田武士　盤上のアルファ
塩田武士　盤上に散る
塩田武士　女神のタクト
塩田武士　ともにがんばりましょう

2019年9月15日現在